AMANDA HELLBERG

Ein Sommer der Geheimnisse

ROSENLUND

Aus dem Schwedischen
von Antje Rieck-Blankenburg

FISCHER
TASCHENBUCH

Originalausgabe
Erschienen bei FISCHER Taschenbuch

Die schwedische Originalausgabe erschien 2023
unter dem Titel »Rosengömman«
bei Lovereads Bokförlaget Forum, Stockholm.
© Amanda Hellberg, 2023 by Agreement with Enberg Agency
Für die deutschsprachige Ausgabe:
© 2025 S. Fischer Verlag GmbH,
Hedderichstr. 114, 60596 Frankfurt am Main
Die Nutzung unserer Werke für Text- und Data-Mining
im Sinne von § 44b UrhG behalten wir uns explizit vor.
Redaktion: Maria Poets
Satz: Dörlemann Satz, Lemförde
Druck und Bindung: GGP Media GmbH, Pößneck
ISBN 978-3-596-70993-9

Kontaktadresse nach EU-Produktsicherheitsverordnung:
produktsicherheit@fischerverlage.de

FREUNDE SIND DIE FAMILIE,
DIE MAN SICH SELBST AUSSUCHT

PROLOG

»Wo bist du?«

Seine Stimme hallte durch den dunklen Raum. Sie fuhr erschrocken zusammen und setzte sich im Sessel auf, offenbar war sie für eine Weile weggedöst.

Die Stimme klang ungewöhnlich scharf, und sie stand rasch auf, um zu ihm zu gehen. Sie verspürte einen Hauch von Gereiztheit, doch sie schob das Gefühl beiseite. Das Herz schlug ihr bis zum Hals, und ihr Körper fühlte sich steif und zerschlagen an.

»Ich bin hier«, antwortete sie leise in einem, wie sie hoffte, beruhigenden Ton. Doch sie fühlte sich keineswegs ruhig. Sie war todmüde, ausgelaugt – und hatte eine Sterbensangst.

Sie streckte die Hand nach der Lampe auf dem Nachttisch aus und knipste sie an. Im sanften Schein des Lichts betrachtete sie besorgt sein Gesicht. Es war schmerzverzerrt, aber da war noch mehr. Panik.

»Nein! Schau mich nicht an.«

Er kniff die Augen zusammen und wandte den Kopf ab. Vielleicht wollte er sie ebenfalls nicht anschauen, schaffte es einfach nicht, seinem eigenen Schmerz in ihrem Blick zu begegnen.

Sie suchte nach seinen Händen. Obwohl sie zitterten, erwiderte er ihren Griff und hielt sie fest. Dann drehte er den Kopf langsam zurück und schaute ihr tief in die Augen. Es war ein langanhaltender Blick, klar und ernst.

Danach herrschte eine geradezu unheimliche Stille. Es fühlte sich an, als wäre die Zeit stehengeblieben. Sie starrte hinunter auf ihre eigenen Hände und meinte, am Knöchel ihres Zeigefingers einen kleinen Blutfleck auszumachen. Sie schabte ihn mit dem Daumennagel weg.

Nie mehr werde ich an diese Nacht zurückdenken, sagte sie im Stillen zu sich selbst und presste die Kiefer aufeinander, um den Schrei zu unterdrücken, der aus ihrer Kehle zu dringen drohte. Sie musste sich zusammenreißen. Jetzt war es vorbei.

Sie wusste nicht, dass es gerade erst begonnen hatte.

1

Anna steckte das Taschenbuch, den Notizblock und ihr Handy in die Stofftasche, aber ihren Lieblingsstift konnte sie nicht finden. Sie wollte gerade Astrid rufen, um zu fragen, ob sie ihn irgendwo gesehen hätte, doch dann fiel ihr wieder ein, dass ihre Tochter bereits drüben bei Helena auf der anderen Straßenseite war.

Suchend schaute Anna sich in der behaglichen kleinen Küche um, durchwühlte ihre Arbeitstasche und scannte das Kiefernholzregal, in dem sie Astrids Schul- und Spielsachen verwahrten. Doch auch dort konnte sie den hübschen rosafarbenen Parker-Stift nicht entdecken, mit dem es sich so angenehm schreiben ließ, und der etwas zu teuer gewesen war. Der Kugelschreiber, den sie dreizehn Jahre zuvor von Jacob geschenkt bekommen hatte.

Anna war gereizt, und in ihren Frust mischte sich noch etwas anderes, weitaus Schmerzhafteres, das nichts mit dem verlorengegangenen Stift zu tun hatte. Sie liebte das Schreibutensil zwar, doch weitaus mehr liebte sie die vorausschauende Art ihres Mannes, der gewusst hatte, was ihr gefallen würde, und es für sie ausgesucht hatte. Er hatte den Stift kurz nach ihrem Kennenlernen gekauft, kein extravagantes Geschenk, aber etwas weitaus Besseres als das: eine aufmerksame Geste. Genauso war Jacob gewesen. Umsichtig und herzensgut, ein Mensch, der stets mehr an andere dachte als an sich selbst.

Die alte Trauer machte sich wieder bemerkbar, sie lauerte fortwährend unter der Oberfläche. Oft waren es alltägliche Dinge oder Beschäftigungen, die Anna an Jacob denken ließen und dafür sorgten, dass ohne jegliche Vorwarnung sämtliche Erinnerungen auf sie einstürmten. Selbst die schönen aus der Zeit ihres Kennenlernens, an die erste gemeinsame Wohnung, die Hochzeit und ihre Schwangerschaft taten dann weh. Zu ihrer Sehnsucht gesellte sich ein Gefühl der Machtlosigkeit, und mitunter übermannte sie reine Hoffnungslosigkeit verbunden mit der Unfähigkeit, all das Schöne im Leben zu sehen, das sie trotz allem hatte. Ihre Tochter, ihr gemütliches Haus, ihre wunderbaren Freundinnen. Verständnisvolle Eltern und einen guten Job. Ihre eigene Gesundheit. All das wurde manchmal von einer dunklen Verzweiflung darüber überschattet, wie sinnlos ihr das Ganze erschien, wie viel ihr vorenthalten wurde und vor allem, wie viele Jahre Jacob selbst nun nicht mehr erleben konnte.

Die Tränen brannten in Annas Augen. Sie zog die Chaosschublade heraus, wie Astrid sie nannte, und durchwühlte ihren Inhalt. Dort lagen alte Quittungen, Knöpfe und Tesafilmrollen, ein Gummiflicken für das kleine aufblasbare Planschbecken und mehrere bunte Tattoostifte, die ihre Tochter irgendwann auf einem Kindergeburtstag geschenkt bekommen hatte. Doch der Kugelschreiber, den Anna suchte, ließ sich auch dort nicht finden. Ihr Puls stieg, und sie rief sich zur Vernunft. Es war doch nur ein Stift, nur ein *Gegenstand*. Dennoch symbolisierte er für sie etwas Wichtiges. Wie konnte sie nur so nachlässig gewesen sein?

Anna beugte sich hinunter und schaute unter den Tisch, aber dort lag nur eine vom Frühstück heruntergefallene Brotkante. Als sie sich danach streckte, um sie aufzuheben, schnürte es ihr den Brustkorb zusammen, und in ihrem Kopf begann es zu rauschen. Das hier war nicht gut, Anna erkannte die Signale. Obwohl sie bereits spät dran war, zwang sie sich auf einen Küchenstuhl und stellte beide Füße fest auf den Boden. Sie versuchte, alle Gedanken beiseitezuschieben, die Perspektive zu wechseln und das große Ganze zu sehen, während sie ihre Atemübungen absolvierte. Dabei richtete sie den Blick nach draußen in ihren geliebten Garten. Schmetterlinge und Hummeln schwirrten zwischen den Sommerblumen umher, während ein leiser Wind durchs Laub des Pflaumenbaums strich. Jacob hätte dieses kleine Haus auf der Anhöhe oberhalb von Skövde ebenfalls gefallen, das wusste sie. Er hätte es gut gefunden, dass Astrid und sie nun hier wohnten, umgeben von Freunden und nahe bei ihrer Familie. Allmählich beruhigte sich ihr Puls wieder, und die unangenehme Empfindung ihres aus dem Takt geratenen Herzens klang langsam ab.

Es war schon lange her, dass sie eine ausgewachsene Panikattacke gehabt hatte, und dafür war sie dankbar. Mittlerweile hatte Anna gelernt, die Anzeichen rechtzeitig zu deuten und auf die Signale ihres Körpers zu hören. Wegen eines verschwundenen Stifts in Stress zu geraten, war eigentlich lächerlich, wenn nicht sogar pathetisch, insbesondere wenn sie an all die Schwierigkeiten dachte, die sie in den vergangenen neun Jahren bereits gemeistert hatte. Doch wenn sie unter Druck geriet oder müde war, konnten mitunter die belanglosesten Dinge überdimensionale Proportionen annehmen. Sie rief sich dies in Erinnerung und stand vom Küchentisch auf. Entweder würde der rosa Parker-Stift wieder auftauchen, oder sie müsste sich schlicht und einfach einen neuen kaufen und so tun, als sei es derselbe, den sie fünf viel zu kurze Jahre vor dem Tod ihres Ehemannes von ihm geschenkt bekommen hatte.

Sie warf einen Blick auf Astrids Stuhl. Es war richtig gewesen, hierherzuziehen, in dieses eher bescheidene, aber gemütliche kleine Haus im Wohnviertel Rönnbacken. Auf der anderen Straßenseite waren die Häuser weitaus luxuriöser, doch das machte ihr nichts aus. Neid auf materielle Dinge hatte sie noch nie empfunden.

Aus ihrer Stofftasche drang ein Brummen, eine Nachricht. Sie nahm das Handy heraus, und in ihrer Brust begann es zu flattern, als sie seinen Namen erblickte. *Daniel.* Wenn noch vor einem halben Jahr jemand gefragt hätte, ob sie interessiert gewesen wäre, jemanden Neues zu treffen, hätte sie garantiert geantwortet: Nie im Leben. Das kann ich mir nicht einmal vorstellen. Doch mittlerweile war das anders.

17:58
Hoffe, du hast einen schönen Abend mit deinen Queens. Denke an dich.

Beim Lesen von Daniels Worten umspielte ein Lächeln ihre Lippen. Das alles war noch ganz frisch, und sie hatten noch nicht viel Zeit miteinander verbracht. Dennoch musste sie oft an ihn denken, und dann prickelte es in ihrem ganzen Körper vor Aufregung. Eigentlich hatten sie bisher nur miteinander geredet, wenn auch auf eine intime und flirtende Weise. Doch er schien ernsthaftes Interesse an ihr zu haben und hatte sich sogar gemerkt, dass sich Anna und ihre Freundinnen in ihrer Chatgruppe scherzhaft die Queens of Rönnbacken nannten.

Nein, es war kein Wunder, dass sie nervöser und müder war als sonst. Was jedoch ausnahmsweise nicht auf Stress und Belastung beruhte, sondern vielmehr mit aufregenden und schönen Dingen zu tun hatte.

Sie schlüpfte in ihre schwarzen Birkenstock-Pantoletten und ließ ihr Handy wieder in die Tasche gleiten. Am liebsten hätte sie sofort geantwortet, aber irgendwie war es auch reizvoll, es etwas hinauszuzögern. Ihre Wangen brannten, als sie an Daniel dachte, und sie fühlte sich unsicher und etwas zittrig. Wollte sie wirklich, dass der Flirt mit diesem netten stoppelhaarigen Polizisten, der sich oftmals zur selben Zeit wie sie unten in der Imbissbude etwas zu essen kaufte, irgendwohin führte? Anna holte tief Luft, schnappte sich die Weinflasche von der Kommode im Flur und öffnete die Haustür. Vermutlich war sie noch nicht bereit für etwas Ernstes, und vielleicht würde sie das auch nie sein. Aber bislang hatte jede Begegnung mit diesem neuen Bekannten ein ungewohntes verführerisches Kribbeln in ihr ausgelöst.

Doch jetzt wurde es höchste Zeit für den Literaturkreis. Sie musste unter Leute kommen und ihre Grübeleien beenden. Sie verließ ihr Haus und überquerte die Straße. Die späte Nachmittagssonne tauchte das Wohnviertel in ein goldenes Licht. Ein Rasensprenger berieselte eine perfekt getrimmte Grünfläche, und aus einem nahen Garten duftete es nach gegrilltem Fleisch. Das ältere Ehepaar aus dem Nachbarhaus trabte im Partnerlook flotten Schrittes an ihr vorbei.

»Hej, welch ein schöner Abend«, grüßte Anna und lächelte ihre Nachbarn an.

»Oha, schon wieder Party?«, fragte der Mann und verzog den Mund, während er auf die Weinflasche in Annas Hand starrte.

Normalerweise wäre Anna wohl verstummt oder hätte irgendetwas Unterwürfiges geantwortet, während sie innerlich vor Wut gekocht hätte. Doch »Lars-Inger«, wie die Eheleute hinter ihrem Rücken von allen genannt wurden, konnten Anna im Augenblick nicht die Laune verderben. Deswegen winkte sie ihnen übertrieben fröhlich zu.

»Ja genau, ist doch herrlich, sich hin und wieder den Alltag ein wenig zu versüßen.«

Sie meinte sogar, im Blick der Frau eine gewisse Sehnsucht auszumachen, bevor das grauhaarige Ehepaar um die Kurve bog und in Richtung der beleuchteten Joggingstrecke im Wald verschwand.

Helena öffnete ihre Haustür weit und breitete die Arme aus.

»Oh, Roséwein! Aber du hättest doch nichts mitbringen müssen«, sagte sie und schloss Anna in die Arme.

»Machst du Witze? Du hast schließlich den ganzen Tag Babysitter gespielt«, entgegnete Anna.

»Und wie war's draußen bei der Arbeit, alles in Ordnung?«, fragte Helena.

Sie und ihr Ehemann Tom besaßen einige Kilometer entfernt auf der anderen Seite des Berges ein Hotel: das wunderschöne Rosenlund. Anna hatte das Glück, in dem prachtvollen Herrenhaus aus dem neunzehnten Jahrhundert für die sozialen Medien und das Marketing zuständig zu sein, und in Helena hatte sie nicht nur eine phantastische Arbeitgeberin, sondern auch eine enge Freundin gefunden.

Helena trug ein flatterndes Sommerkleid in blau und grün, das ihre Sommersprossen und roten Haare hervorhob. An ihren Handgelenken klimperten jede Menge goldene Armreifen, die mit ihrem lebhaften Blick um die Wette strahlten. Sie war eine taffe und coole Geschäftsfrau, die jederzeit ihre innere Filmdiva zum Leben erwecken konnte, auch wenn sie sich nur auf einem Berghang in Westschweden mit Blick auf die Stadt Skövde befanden und nicht in den Hollywood Hills.

»Alles ist gut gelaufen. Die Fotografin war supernett und echt professionell«, antwortete Anna. »Einfühlsam und kreativ, die Außenaufnahmen sind phantastisch geworden. Ich finde, wir sollten sie öfter beauftragen.«

Anna betrat Helenas makelloses Haus. Die große Küche im hinteren Teil ging in ein Wohnzimmer im luxuriösen Bohemestil über, das von einem Kronleuchter in Edelsteinfarbtönen und einem ausladenden smaragdgrünen Sofa dominiert wurde.

»Wie gut, dann kann sie ja vielleicht auch die neuen Zimmer für die Website fotografieren. Die Mädels und Rex haben übrigens gerade gebadet«, erklärte Helena. »Sie ziehen sich jetzt in Nellys Zimmer um, und ihr Abendessen steht schon im Ofen. Alles ist prima gelaufen, die beiden sind so wahnsinnig lieb zu dem Kleinen.«

Sie stellte die Weinflasche auf ihre Kücheninsel aus schwarzem Marmor mit goldener Aderung.

Woanders hätte es wahrscheinlich protzig gewirkt, doch dank Helenas Gespür für Design mutete alles eher cool und ziemlich stilsicher an. Anna horchte in der Villa nach oben und hörte fröhliches Kindergeplapper. Als sie die helle Stimme ihrer Tochter wiedererkannte, wurde ihr warm ums Herz. Ihr Blick fiel auf die luxuriöse geschliffene Steinoberfläche. Eine halbgegessene klebrige Banane, massenweise Kekskrümel und mehrere von einem Kaffeebecher stammende feuchte Ringe. Es juckte Anna in den Fingern, sie abzuwischen und die Fläche blank zu polieren, aber natürlich ließ sie es bleiben. Innerlich musste sie darüber lachen, wie unterschiedlich Helena und sie doch waren.

»Ich hätte mich nie getraut, Astrid bei irgendwem anders zu lassen als bei dir, nicht mit dem Pool«, sagte Anna.

»Klar. Meine Ausbildung zur Rettungsschwimmerin in Australien ist nach wie vor gültig«, meinte Helena und lächelte bei der Erinnerung. »Das waren noch Zeiten, tagsüber Bondi Beach und abends Drinks servieren.«

»Das hätte ich nie geschafft«, gestand Anna. »Da unten musst du ja in Sonnencreme gebadet haben.«

»Ja, stimmt.« Helena betrachtete ihre blassen sommersprossigen Arme. »Aber es war supercool, eine Zeitlang jedenfalls. Trotzdem, hier in Schweden gefällt es mir besser.«

Helena öffnete den Roséwein und schenkte ihnen ein. Anna nahm ein beschlagenes Glas mit klirrenden Eiswürfeln darin entgegen.

»Aber eines begreife ich nicht ganz«, hakte Anna nach und nippte an ihrem Wein. »Andere Wirtschaftsbonzen nehmen sich einen Tag Urlaub, um ... keine Ahnung, ins Spa zu fahren? Golf zu spielen? Aber du nimmst dir frei, um für die Kinder aus der Nachbarschaft die Freizeitpädagogin zu spielen?«

Helena zuckte die Achseln.

»Ich liebe das eben auch«, entgegnete sie. »Manchmal überkommt es mich, und dann hätte ich am liebsten das ganze Haus voller Kinder. Es sind schließlich Sommerferien, und wir haben einen Pool hier. Außerdem ist es zu Hause für sie viel gemütlicher als im Hort. Und Kim hat doch diese Deadline für den Entwurf eines neuen Computerspiels ...«

»... wie üblich«, ergänzte Anna.

Kim war die junge alleinstehende Mutter aus Annas Nachbarhaus und galt außerdem als Wunderkind der Computerspieleindustrie. Ihr wonniger Vierjähriger namens Rex war so etwas wie ein Bonusbruder für ihre Tochter Astrid und deren beste Freundin Nelly, Helenas Jüngste. Die beiden Achtjährigen liebten es, sich den Kleinen »auszuleihen«, und mittlerweile wusste er alles über Narnia, Fidget Toys und das süße Spiel *Animal Crossing: New Horizons*.

»Aber bevor die anderen kommen ...«, begann Helena

und holte mehrere glasierte Schälchen aus dem Schrank, die sie auf die Kücheninsel stellte. »Hast du noch mehr über deinen neuen Lover in Erfahrung gebracht? Und hast du ihm ausgerichtet, dass er zum Sommerfest am nächsten Wochenende herzlich willkommen ist? Ich muss ihn unbedingt in Augenschein nehmen.«

»Jetzt mach mal halblang«, zischte Anna. »Astrid weiß noch nichts von ihm … Und er ist ganz und gar nicht mein Lover. Jedenfalls noch nicht. Ich habe ihm eine Nachricht geschrieben, dass er willkommen ist, und er hat zugesagt. Aber mich macht das Ganze ziemlich nervös.«

»Was für ein Lover?«, ertönte eine piepsige Stimme von der Tür.

»Ach nichts!«, wiegelte Anna rasch ab. »Hej, mein Liebling, alles in Ordnung?«

»Alles super«, antwortete Astrid und strahlte übers ganze Gesicht. »Wir haben gebadet und gemalt und Pizza vorbereitet und danach noch mal gebadet … «

»Kommt, Kinder, eure Pizza ist fertig. Und zum Nachtisch gibt es Eis mit Baiser und Schokoladensoße«, erklärte Helena und zog ein großes Blech aus dem Backofen.

Nelly kam mit dem kleinen Rex an der Hand die Treppe aus dem Obergeschoss herunter, und die Kinder setzten sich an den großen Küchentisch.

»Dann steht jetzt ja wohl eine Probefahrt an, wie mit einem neuen Auto. Macht doch einfach eine kleine … Spritztour.«

Auf dem Weg zwischen Kühlschrank und Esstisch zwinkerte Helena Anna mit einer Milchpackung in den Händen zu.

»Jetzt hör aber auf!«

»Wollt ihr ein neues Auto kaufen?«, fragte Nelly.

»Nein, das wollen wir nicht. Deine Mutter zieht mich nur auf«, erklärte Anna.

Es klopfte an der Haustür, und sie ging, um zu öffnen. Draußen stand eine weitere Nachbarin und liebe Freundin. Nadja Khory.

»Sorry, dass ich zu spät bin. Ich habe nur gerade so viel um die Ohren wegen der Klimakonferenz.«

Anna bekam eine kurze, aber herzliche Umarmung.

»Wie du es überhaupt schaffst, dabei zu sein, ist mir ein Rätsel. Wir fühlen uns wirklich geehrt«, sagte sie.

»Ach, Blödsinn«, entgegnete die vielleicht prominenteste Frau der ganzen Stadt. »Ich habe schon seit unserem letzten Treffen Sehnsucht nach euch. Aber mein Gott, wie gut es hier riecht. Ist das etwa Pizza?«

»Ja, die haben die Kinder selbst belegt, natürlich unter Helenas Aufsicht. Wenn du dich beeilst, kriegst du vielleicht noch ein Stück ab.«

»Danke, aber ich habe schon gegessen. Ich werde zu Hause dermaßen verwöhnt mit den ausgefallensten Lunchboxen, sowohl von Papa als auch von Sebbe.«

Nadjas neunzehnjähriger Sohn absolvierte in Helenas Hotelküche eine Kochlehre, und ihr Vater betrieb Georges Grill, eine gemütliche Imbissbude mit libanesischem Touch, die nur einen kurzen Spaziergang von den Häusern in Rönnbacken entfernt lag.

Nadja legte den Kopf schräg und schaute Anna forschend an. Sie sah aus, als käme sie direkt von einer Vorlesung an der Uni oder einem Kongress, kühl und korrekt gekleidet in grauem Kostüm und mit perfektem dezentem Make-up. Doch zugleich umgab die Wissenschaftlerin eine mädchenhafte Aura, die sie bedeutend jünger aussehen ließ als ihre vierzig Jahre. Man würde nicht glauben, dass sie ständigen Bedrohungen ausgesetzt war, sowohl von rechtsextremen Klimaleugnern als auch ihrem kriminellen Exmann, der allerdings zum Glück die meiste Zeit im Gefängnis saß.

»Anna, irgendwas an dir ist doch anders, stimmt's? Du strahlst ja geradezu! Was hat er getan, dieser geheimnisvolle Polizist, den du immer unten beim Grill triffst? Habt ihr ...?«

»Pst, die Kinder können uns hören! Natürlich nicht.« Anna spürte, wie sie bis zum Hals hinunter errötete. »Haben dein Bruder und dein Vater uns etwa nachspioniert?«

»Nein!«, beruhigte Nadja sie. »Dafür sind sie viel zu feinfühlig, und außerdem haben sie Angst um ihre Stammkunden. Aber es könnte sein, dass Molly und Sebbe ein ... gewisses Knistern in der Luft um den Imbiss herum bemerkt haben.«

»Das sind aber auch zwei Klatschtanten«, sagte Anna kopfschüttelnd. »Warte nur, wenn ich die erwische.«

Helenas achtzehnjährige Tochter Molly jobbte in den großen Ferien regelmäßig in Rosenlund und war seit über einem Jahr mit Nadjas Sohn Sebastian zusammen.

Nadja hatte kaum die Küche betreten, als es erneut an der Haustür klopfte. Nur Sekunden später stand Kim im Flur. Ihre kurzen Haare waren verwuschelt, und die runde Brille auf ihrer Stupsnase war leicht heruntergerutscht.

»Hej! Ist hier zufällig irgendwo mein kleiner süßer Junge?«, rief sie.

Im selben Augenblick kam Rex fröhlich rufend angelaufen. »Mama-Mama-Mama!«

Sie hob ihren Sohn hoch und wirbelte ihn herum. Anna und Nadja wechselten warmherzige Blicke. Es war schön, Kim so entspannt und glücklich zu sehen, wenn auch nur für einen kurzen Augenblick. Seit ihre Ex Emilia sie im letzten Jahr verlassen hatte und aus dem Haus in Rönnbacken ausgezogen war, gab es nicht viele solche Augenblicke. Die jüngste der Freundinnen versuchte zwar, ihren Liebeskummer mit allen Mitteln zu verbergen, doch für Anna, Nadja und Helena war klar, dass Kim zusätzliche Unterstützung und Zuwendung benötigte. Sie war erst einunddreißig, und Anna erinnerte sich mit Grausen daran, wie hart es gewesen war, als Alleinerziehende für ein Kleinkind verantwortlich zu sein. Im Unterschied zu Anna, deren Eltern nur wenige Kilometer entfernt lebten, erfuhr Kim keinerlei Hilfe von ihren Eltern. Der Zusammenhalt in ihrer Familie schien nie besonders stark gewesen zu sein, und mittlerweile lebten Kims Eltern als Golf spielende Rentner an der spanischen Costa del Sol.

»Ich habe ganz allein Pizza gemacht, komm und guck mal«, rief Rex und zog seine Mutter mit sich in Helenas geräumige Küche.

Anna schaute Kim lächelnd hinterher und wandte sich dann Nadja zu.

»Möchtest du Wein?«

»Ja, gerne ein Glas Rosé, wenn noch welcher da ist. Aber danach trinke ich nur noch Holunderblütensaft.« Nadja setzte sich auf einen Barhocker an der Kücheninsel. »Morgen will ich fit sein, da kommt eine Delegation aus dem

Parlament, und ich muss einen Vortrag über Innovationen für nachhaltiges Unternehmertum halten. Aber egal, erzähl jetzt von deinem Polizisten. Kommt er zu Helenas Sommerfest?«

»Er ist nicht *mein* Polizist. Aber ich hoffe darauf, und zugleich habe ich ziemliche Angst davor«, sagte Anna gedämpft, damit die Kinder am Esstisch es nicht mitbekamen. Sie errötete erneut. »Ich glaube, ich habe vergessen, wie man das macht.«

2

»Wow, schaut mal, welcher Superpromi Nadja auf Instagram folgt.«

Anna stand in Helenas Küche und bereitete gerade einen Snack zu, doch Kims Tonfall ließ sie innehalten. Neugierig reckte sie den Hals, um zu sehen, worüber die anderen redeten. Kim hielt Helena, die mit dem Rücken zum Pool gewandt saß, ihr Handy hin. Anna konnte erahnen, dass auf dem Display Nadjas Instagram-Account zu sehen war.

»Großer Gott, ist das wahr? Lass mal sehen.«

Helena stellte ihr Weinglas ab und streckte sich nach dem Handy.

»Alle Achtung! Das ist ja der helle Wahnsinn, wen du so alles triffst. Und jetzt folgt sie dir auf Instagram!«

Nadja ordnete eine Strähne ihres langen dunklen Haares und zuckte die Achseln. Doch ihr dezentes Lächeln verriet, dass sie äußerst zufrieden damit war, eine berühmte neue

Followerin zu haben. Nicht wegen des Glamours, sondern weil es Nadja als renommierte Wissenschaftlerin bestätigte.

»Wer ist denn die neue Followerin?«

Anna trat mit einem Tablett voller herzhafter Häppchen auf die Terrasse.

»Greta Thunberg!«, rief Helena. Ihre grünen Augen leuchteten vor Aufregung. »Oh, wie schön du das arrangiert hast, Anna. Du bist wirklich die Beste im Garnieren.«

»Ach, das macht doch Spaß«, entgegnete Anna und setzte sich zu ihren Freundinnen an den Tisch auf Helenas lauschiger Terrasse, um mit ihnen anzustoßen.

Sie saßen umgeben von Kletterrosen, die sich bis hinauf zum Dach der Pergola rankten. Die Wärme des Sommertages war einer angenehm lauen Abendstimmung gewichen, und vor ihnen fiel der bewaldete Berg Billingen sanft ab in Richtung Skövde.

Helenas einladender Pool war nach dem wilden Treiben tagsüber spiegelblank, während die aufblasbaren Wasserspielzeuge, Handtücher und Häufchen nasser Badebekleidung noch immer am Beckenrand verteilt lagen. Es gab ganz offensichtlich wichtigere Dinge, als sie zu sortieren und zum Trocknen aufzuhängen. Wie zum Beispiel Nadjas neue prominente Followerin in den sozialen Medien. Anna widerstand dem Impuls, aufzustehen und den kleinen zusammengeknäuelten Badeanzug ihrer Tochter auszuwringen. Irgendwann würde sich schon jemand der Schwimmsachen annehmen, doch ihr fiel es schwer, sich beim Anblick unerledigter Dinge zu entspannen. Aus dem Inneren der schönsten Villa in ganz Rönnbacken drangen Geräuschfetzen eines Zeichentrickfilms, begleitet von hellem Kinderlachen. Anna holte tief Luft. Entspann dich, sagte sie zu sich selbst.

»Das ist ja der Hammer, Nadja. Wer soll dir denn als Nächstes folgen? Michelle Obama? Das Königshaus?« Helena grinste breit.

»Wie cool ist das denn!«, rief Kim und betrachtete ein Foto ihrer Freundin, das sie gemeinsam mit der jungen Umweltaktivistin zeigte. »Und wie war sie so, Greta?«

»Sie wirkt absolut integer. Aber wir konnten uns leider nicht ausführlicher unterhalten.«

»Hast du nicht noch mehr Fotos von ihr?«, fragte Helena und streckte sich nach Nadjas Handy.

Nadja zog ihr Mobiltelefon erst zurück, doch als Helena theatralisch seufzte, entsperrte sie es zögerlich und reichte es ihrer Freundin, die sich daraufhin durch ihre Bilder scrollte.

Anna räusperte sich und streckte den Rücken. Anschließend klopfte sie auf das dicke Taschenbuch neben ihrem Weinglas. Es war voller Post-it-Zettel, und neben dem Roman lag fein säuberlich ausgerichtet ihr Notizblock.

»Sorry«, begann sie, »aber sollen wir nicht vielleicht anfangen, über das Buch zu reden? Jetzt, da die Kinder gerade ihren Film gucken …«

»Mensch, Nadja! Wer ist denn dieser gut aussehende Typ hier?«, unterbrach Helena sie lautstark. »Irgendein Filmstar oder ein Model?«

Anna verdrehte die Augen.

»Gut, ignoriert mich nur«, brummte sie. »Vielleicht sollten wir diesen sogenannten Literaturkreis umbenennen in Weinkreis. Anscheinend bin ich hier ja wohl die Einzige, die die Bücher liest, oder?«

»Entschuldige vielmals, *Fräulein Übereifrig*«, sagte Kim und griff sich eine Handvoll Käsecracker. »Ich habe es gelesen. Na ja, zumindest versucht. Ich habe das E-Book überflogen, aber die Story war so sterbenslangweilig, dass ich ständig eingeschlafen bin.«

»Ich habe es auch gelesen, oder besser gesagt, mir angehört«, erklärte Nadja. »Auf dem Rückweg von der Klimakonferenz in Deutschland, im Zug. Es ist ... zugegebenermaßen ganz schön langatmig. Dieser Schriftsteller liebt es offenbar, sich über Gott und die Welt auszulassen.«

Sie nippte an ihrem eiskalten Holunderblütensaft.

»Löblich, dass du den Zug genommen hast, Nadja! Das gefällt Greta bestimmt«, sagte Helena und warf ihre roten Locken zurück. »Aber jetzt sag schon, dieser Typ hier, wer ist das? Dieser blonde Schönling zwischen all den Anzugträgern und Weißkitteln auf deinen Fotos.«

»Helena!«, brauste Anna augenzwinkernd auf. »Sitzt du etwa da und scrollst durch Nadjas private Fotos? Ist das nicht ein bisschen unverfroren?«

Doch sie konnte ihrer besten Freundin nicht ernsthaft böse sein.

»Ach, hör auf. Nadja hat doch vor uns nichts zu verbergen, stimmt's?«, lachte Helena.

»Jetzt bin ich aber neugierig geworden. Dann zeig mir mal diesen phantastischen Kerl«, seufzte Anna, doch beim Anblick des Mannes auf Nadjas Handy riss sie die Augen auf. »Oh. Wow. Wahnsinnig attraktiv!«

Nadja zog die Beine unter sich und zupfte an dem eierschalenfarbenen Kaschmirschal um ihre Schultern herum. Irgendetwas an ihr erinnerte an eine zufriedene Katze.

»Ach der«, sagte Kim und warf einen Blick über Helenas Schulter auf das Handy. »Gustav Irgendwas, Nadjas Doktorand. Ich sehe ihn jedes Mal, wenn ich in der Uni bin und eine Vorlesung halte. Er ist nur schwer zu übersehen. Ich glaube, er genießt die Blicke der anderen förmlich. Manchmal joggt er über den Campus und stellt sich richtig zur Schau. Bleibt dann genau vorm Eingang zum Café stehen und macht sein Stretching. Es ist so offensichtlich.«

»Aber er sieht wirklich wahnsinnig gut aus«, sagte Helena lüstern. »Echt knackig.«

»Knackig? Pfui, schäm dich!«, kicherte Kim. »Aber okay. Ihr wisst ja, dass Jungs nicht mein Ding sind, aber der ist echt scharf. Und das weiß er leider auch.«

Kim trug ein schmal gestreiftes Top, das ihre sämtlichen Tattoos hervorhob, und durch die fransige Kurzhaarfrisur sah man ihre leicht abstehenden Ohren. Die jüngste der vier Freundinnen erinnerte an einen niedlichen Elfen aus einem der erfolgreichen Computerspiele, die sie entwickelt hatte.

»Klar«, sagte Nadja. »Er sieht gut aus. Aber Gustav ist gerade mal fünfundzwanzig, und ich bin seine Doktormutter. Allein schon, das zu denken, was ihr gerade aussprecht, ist absolut unmoralisch. Außerdem würde ich niemals meine Machtposition ausnutzen ... «

»Wir machen doch nur Witze, Nadja. Wir wissen doch, dass du so etwas nie tun würdest! Aber jetzt wechseln wir das Thema. Können wir *bitte* versuchen, uns ein wenig auf Knausgård zu konzentrieren?«, flehte Anna.

»Nein«, antwortete Helena entschieden und streckte den Rücken. »Ich sag's ganz offen, ich habe es nicht gelesen.«

»Was mich nicht überrascht«, grinste Kim.

»Das musst du gerade sagen«, entgegnete Helena mit gespieltem Ärger. »Sorry, aber ich kapiere nicht ganz ... warum wir noch so ein anmaßendes Buch von einem anmaßenden Greis lesen müssen.«

Sie glättete einen Volant an ihrem blaugrünen Kleid.

»Gab es denn keine Filmversion, die du dir stattdessen hättest reinziehen können?«, zog Kim sie auf.

»Wenn du damit andeuten willst, dass mir Knausgård zu schwierig wäre, hast du dich gründlich getäuscht.«

Auf einmal hatte Helenas Stimme einen leicht gereizten Unterton bekommen, und Anna erahnte einen verletzlichen Zug unter der forschen Fassade ihrer Freundin, der sich sonst nur selten zeigte.

»Es ist nur so, dass ich nicht gezwungen sein will, beim Lesen ständig nachzudenken«, fuhr die Gastgeberin fort. »Können unsere Bücher nicht einfach mal nur entspannend sein? Ich muss mir schließlich Tag und Nacht Gedanken machen. Über Rosenlund, über die Mädchen, über Tom ... «

Anna meinte, einen Schatten über Helenas Gesicht huschen zu sehen. Sie streckte den Arm aus und ergriff die sorgfältig manikürte Hand ihrer Freundin.

»Ist irgendetwas mit Tom?«, fragte sie gedämpft.

»Ach«, sagte Helena und schniefte. »Nichts Dramatisches. Es ist wohl einfach nur ... der Lauf des Lebens. Er ist schließlich fünfzehn Jahre älter als ich, und ich finde, dass er so langsam ... alt wird. Das macht mir Angst. Nein, verflucht, ich will nicht heulen!«

Helena schüttelte den Kopf und blinzelte mehrfach heftig.

»Tut mir leid«, fuhr sie fort und nahm dankbar ein Taschentuch von Kim entgegen. »Puh, wie abscheulich das klingt. Aber er muss sich andauernd hinlegen, diese Altherrennickerchen. Er ist auch nicht mehr so begeisterungsfähig, weder draußen im Hotel noch ... na ja. Ich glaube, es setzt ihm ziemlich zu, dass Molly jetzt erwachsen wird, und ... nein, entschuldigt bitte, das ist albern von mir. Ich klinge ja wie eine verwöhnte Göre. Das mit Tom hat bestimmt nichts zu bedeuten. Wir haben schließlich alles, *alles*. Uns geht es so wahnsinnig gut.«

Helena presste das Taschentuch unter die Augen und vergewisserte sich, dass ihr Make-up nicht verlaufen war.

»Helena, du kannst mit uns über alles reden«, sagte Nadja freundlich. »Fünfundfünfzig ist doch wirklich kein Alter, und ich finde, Tom hat sich nicht im Geringsten verändert. Schau dir doch mal meinen Vater unten im Imbiss an, und der wird bald siebzig!«

Sie stand auf, um sich noch etwas Holunderblütensaft zu holen, blieb jedoch hinter Helena stehen, legte beide Hände auf ihre Schultern und drückte der Freundin einen Kuss auf den Scheitel.

»Pass auf, Nadja, ich glaube, wir haben Läuse im Haus«, rief Helena erschrocken aus.

Nadja wich von Helenas Kopf zurück, und Anna sprang rasch auf.

»Was sagst du da?«, rief sie. »Wir sind Astrids Läuse gerade erst losgeworden. Jetzt sitzen die Mädchen da drinnen zusammen auf dem Sofa, und mit Rex und so ...«

Helena lachte auf.

»Ganz ruhig, *Miss Perfekt*. War nur ein Witz.« Sie beugte sich vor und stupste aufreizend Annas Notizblock an, so dass er etwas in Schieflage geriet. »Also, jetzt guck doch nicht so. Aber mal im Ernst, liebe Anna. Und ihr anderen Lieben! Was sollte ich nur ohne euch tun?«

Helenas Augen wurden erneut feucht. In diesem Augenblick kam Astrid aus dem Haus getapst.

»Worüber lacht ihr? Habt ihr noch mehr Chips? Und Oliven? Nelly und Rex sind eingeschlafen«, verkündete sie und schmiegte sich in die Arme ihrer Mutter.

Anna bohrte ihre Nase in den warmen Nacken des Mädchens. Die dünnen Haare ihrer Tochter waren heller als ihre eigenen, nahezu weiß.

»Du kannst dir nehmen, so viel du willst«, sagte Helena. »Aber vielleicht sind diese Chips etwas zu würzig für dich.«

Die Gastgeberin des Abends schob dem Mädchen die Schalen zu, während Kim aufstand, um nach den beiden anderen Kindern drinnen auf dem Fernsehsofa zu schauen.

»Diese Chips sind die besten«, verkündete Astrid und kaute zufrieden. Sie lehnte ihren Kopf an Annas Schulter. Mit einem Mal fuhr ihre kleine Hand zum Kopf hoch und kratzte sich unterm Pony. »Mama, es juckt ganz doll in meinen Haaren.«

Helena und Anna wechselten finstere Blicke, und Helena mimte die Worte »Verfluchter Mist«.

3

»Die Blumensträuße, die du für das Sommerfest gebunden hast, sind wunderschön. Gute Arbeit!«, lobte Helena ihre junge Empfangsdame Frida und klopfte ihr wohlwollend auf den Rücken. »Ich glaube, diese Ausbildung zur Floristin hast du gar nicht mehr nötig, du scheinst ja schon alles zu können.«

»Danke! Das war aber auch keine Kunst, jedenfalls nicht mit all den schönen Blumen, die hier draußen im Garten wachsen«, entgegnete die junge Frau. Sie errötete, streckte sich aber stolz. »Ich werde Rosenlund so sehr vermissen. Und ich würde gern irgendwann in Zukunft mal wieder einspringen, wenn das für euch okay ist.«

»Selbstverständlich«, sagte Helena und drückte sanft Fridas Schulter. »Wir werden dich auch vermissen. Aber du bist ja noch eine Woche hier, richtig?«

Frida nickte.

»Wäre es vielleicht möglich, dass du Molly ein paar Tage einarbeitest, bevor du aufhörst? Ich würde ihr nach deinem Weggang gern die Möglichkeit geben, die Stundenzahl zu erhöhen, aber ihr fehlt noch ein wenig der Durchblick beim Buchungssystem hier an der Rezeption.«

»Ja, klar. Deine Tochter lernt ja superschnell. Oh, da kommen neue Gäste.«

Helena folgte Fridas Blick in Richtung Eingangsbereich, dann ging sie über die Perserteppiche durch das elegante Foyer, um die sich nähernden Hotelgäste willkommen zu heißen. Sie hielt die Tür auf und ließ ein älteres Ehepaar mit Wochenendgepäck und erwartungsfrohen Blicken herein.

»Oh, was duftet denn hier so himmlisch?«, fragte die Frau. Ihr Mann begutachtete währenddessen interessiert die blank polierten Messingbeschläge sowie die Ölgemälde an den Wänden und den in einem warmen Ton gehaltenen

Holzfußboden, die im Zusammenspiel ein heimeliges und zugleich exquisites Ambiente bildeten.

»Frisch gebackene Kekse für unsere Gäste.«

Helena deutete mit der Hand in Richtung eines Nebenraumes mit zartgeblümten Tapeten im Stil des neunzehnten Jahrhunderts und bonbonrosafarbenen Samtsesseln, die zum Entspannen einluden.

»Dort gibt es den ganzen Tag Kaffee und Tee. Nach siebzehn Uhr stellen wir eine Käseplatte und Wein bereit. Bedienen Sie sich einfach.«

Der Mann lächelte überrascht.

»Das nenne ich Service«, gluckste er und strahlte seine Begleitung an. »Was für ein Paradies!«

»Unsere Frida dort am Empfang wird Ihnen beim Einchecken helfen und Ihnen, wenn Sie möchten, für heute Abend einen Tisch im Restaurant reservieren«, fuhr Helena fort. »Herzlich willkommen in Rosenlund.«

»Entschuldigung, diese Silberfälle, die so reizvoll sein sollen, liegen die in der Nähe?«, fragte die Frau.

Helena sah erst jetzt, dass sie robuste Wanderstiefel trug.

»Nur einen Steinwurf vom Hotel entfernt. Wenn Sie rausgehen, biegen Sie hinter dem Parkplatz links ab, und dann sind es nur wenige Minuten bis hinauf zu den Wasserfällen. Es gibt hier übrigens auch jede Menge andere schöne Wanderwege. Die Empfangsdame informiert Sie gerne ausführlicher. Wir können auch ein Picknick vorbereiten, wenn Sie etwas mitnehmen möchten. Hier draußen ist es nämlich richtig romantisch.«

Die Frau lachte, und der Mann legte ihr einen Arm um die Schultern.

Ob Tom und ich in zwanzig Jahren wohl auch so sind?, fragte sich Helena. Sie hoffte es inständig.

In der Personalumkleide befand sich im Augenblick außer ihr niemand, wofür Helena dankbar war. Sie knöpfte ihren Blazer auf, öffnete ihren Spind und schnappte sich das Tütchen von der Apotheke. Natürlich hätte sie auch ihre Privaträume im Hotel aufsuchen können, doch sie hatte es eilig. In ihrem Bauch kribbelte es erwartungsfroh. Schon seit gestern hatte sie eine gewisse Veränderung im Körper gespürt. Der App auf ihrem Handy zufolge war es noch einen Tag zu früh, doch Helena könnte schwören, dass es schon so weit war.

Sie schloss die Toilettentür ab und öffnete den Ovulationstest. Dann pinkelte sie auf das Stäbchen, wusch sich die Hände und wartete gespannt auf das Ergebnis. In ihrem Körper breitete sich ein Prickeln aus. Bitte, bitte, flüsterte Helena im Stillen, während die Sekunden vergingen.

Ja! Das auf dem Stäbchen eingelassene kleine Fenster zeigte nun nicht mehr nur einen leeren Kreis, sondern einen fröhlichen Smiley. Es war, als hätte sie es geahnt, sie hatte ihren Eisprung! Helena ballte die Hand zu einer Siegerfaust und begegnete ihrem Blick im Spiegel oberhalb des Waschbeckens. Auf ihren grünen Augen lag ein glücklicher Glanz. Als sie Tom eine Nachricht schrieb, zitterten ihre Hände ein wenig.

15:23
Sehne mich so nach dir. Wann kommst du? Das Fest beginnt um 19, ICH WILL DICH.

Sie wartete kurz, um zu sehen, ob er ihre Nachricht gelesen hatte und eventuell antworten würde. Doch nein, natürlich nicht. Tom spielte gerade Golf bei Schloss Bjertorp, was sie ihm aufrichtig gönnte, so hart, wie er in ihrem gemeinsamen Unternehmen arbeitete. Das Hotel verlangte ihnen beiden einiges ab, und es war kein Zufall, dass daraus in den letzten Jahren eine Erfolgsgeschichte geworden war.

Helena betrachtete sich erneut im Spiegel und holte tief Luft. Die Lachfältchen um ihre Augen herum hatten zugenommen, doch ihr großzügig geschnittener Mund war noch genauso sinnlich wie eh und je. Sie rückte eine unbändige rote Haarsträhne zurecht.

Ihre Haare waren das, was Tom an ihrem Äußeren am meisten liebte, diese wogende wilde und hübsche Pracht. Ihre Töchter Molly und Nelly hatten eher Toms Züge und sein dunkelbraunes Haar geerbt. Würde das neue Kind ihre Haarfarbe bekommen? Sie schüttelte den Kopf, denn es mutete geradezu lächerlich an, über ein Kind zu phantasieren, das noch nicht einmal gezeugt worden war. Aber vielleicht würde es heute Abend dazu kommen.

In ihrem Körper pochte es dumpf, und in ihrem Inneren breitete sich eine angenehme Wärme aus. Der Gedanke, schon bald, ganz bald Sex mit ihrem wunderbaren Mann zu haben, erregte sie. Die Sache mit dem Ovulationstest war neu. Tom und sie versuchten jetzt schon seit über einem Jahr erfolglos, ein weiteres Kind zu bekommen. Sie hatten sich in dieser Zeit intensiv geliebt, und die Sehnsucht nach einem dritten Kind, bevor es zu spät wäre, hatte ihrem Liebesleben einen neuen Kick verliehen, jedenfalls empfand Helena es so. Doch bislang war noch nichts passiert. Sowohl bei Molly als auch bei Nelly hatte es sofort funktioniert. »Ich habe nur auf Toms Schoß gesessen«, pflegte Helena im Scherz zu sagen.

Helena legte etwas rosafarbenen Lipgloss auf, bevor sie die Personaltoilette verließ. Sie widerstand dem Impuls, das Ergebnis des Ovulationstests abzufotografieren. Dieses kleine alberne, aber fröhliche Symbol, das keck signalisierte: *Tja, heute kann ein Kind gezeugt werden!* Aber Tom hätte dieses Foto nicht gerade angetörnt. Vielleicht hätte sie eher ihre Bluse etwas aufknöpfen und ein sexy Selfie knipsen sollen, um ihn für heute Abend in Stimmung zu bringen. Ach nein. Als die Tür zur Umkleide aufging, schob sie den Test rasch in ihre Handtasche. Beim Anblick ihrer ältesten Tochter hellte sich Helenas Miene auf.

»Hej, Mama!«, grüßte Molly. »Ich komme gerade aus der Küche, Sebbe bereitet jetzt die Häppchen zu. Die Meeresfrüchte sehen unglaublich lecker aus.«

Sie zog ihre Jeansjacke aus und setzte die Sonnenbrille ab.

»Zu Hause alles in Ordnung?«, fragte Helena und umarmte ihre Achtzehnjährige.

Die Villa in Rönnbacken lag auf der anderen Seite des Billingen, und die Fahrt von Skövde über gewundene Nebenstraßen nach Rosenlund dauerte eine knappe halbe Stunde.

»Alles gut«, antwortete Molly und steckte ihr glänzendes braunes Haar zu einem Knoten hoch. »Nelly und ich haben gerade zu Mittag gegessen, als die Babysitterin kam. Und jetzt baden sie vermutlich im Pool. Astrid ist auch rübergekommen, kurz bevor ich losfuhr. Kommen deine Freundinnen zum Vorglühen hierher?«

Helena konnte sich vorstellen, wie ihre kleine Nelly zusammen mit ihrer Freundin und ihrer Lieblingsbabysitterin fröhlich im Wasser herumplantschte. Ihr wurde ganz warm ums Herz, weil sie wusste, dass die Kinder es guthatten.

»Nein, die anderen trinken zu Hause in Rönnbacken ein Glas«, antwortete sie und musste an ihre Freundinnen denken.

Schon bald würden sie sich zurechtmachen, entweder in Nadjas exquisit eingerichtetem Haus oder in Annas gemütlicher Küche. Bei einer ersten Flasche Wein den Schmuck anlegen, Parfüm auftragen und sich in Schale werfen. Eine frohe Erwartung lag in der Luft, und Helena wünschte, sie hätte ihnen Gesellschaft leisten können. Doch hier draußen im Hotel gab es noch einiges vorzubereiten, wenn ihr Sommerfest so zauberhaft werden sollte, wie sie es erhoffte.

»Du kannst dich doch auch allmählich partyfein machen«, schlug Molly vor, als hätte sie geahnt, woran ihre Mutter gerade dachte. »Es sieht alles schon richtig schön aus, und ich kann gleich noch einen letzten Blick auf die Lichterketten und Lampions werfen.«

»Genau das hatte ich gerade vor. Bist du sicher?«

Molly nickte eifrig und lächelte, so dass die Grübchen auf ihren Wangen sichtbar wurden.

»Das ist doch kein Aufwand. Entspann dich einfach, ich möchte, dass es ein herrlicher Abend für dich und Papa und eure Freunde wird.«

»Du bist wirklich ein Schatz, Molly. Aber das sagst du nur, um diesen Mini Cooper zu bekommen, sobald du den Führerschein hast, stimmt's?«

»Das könnte sein. Aber nicht *nur* deswegen«, entgegnete

Molly und scheuchte Helena hinaus. »Du kannst doch ins Zimmer hinaufgehen, vielleicht ein Schaumbad nehmen und ein paar Pralinen naschen, oder was auch immer. Das hast du dir verdient, Mama.«

»Du bist die Beste«, sagte Helena und umarmte ihre Tochter noch einmal. Sie wusste genau, was sie mit ihrer freien Zeit anfangen würde.

*

Der Sommerhimmel über dem Hotel- und Konferenzgebäude Rosenlund war fast unwirklich blau. Aus dem Rosengarten drang ein dezentes Pfeifen. Helena konnte ihn zwar nicht sehen, wusste aber, dass ihr Gärtner Adam dort gerade seine preisgekrönten Rosen umsorgte. Ihn einzustellen, war ein Geniestreich gewesen. Adam hatte zwar keine abgeschlossene Ausbildung, doch mit Geschick und Fingerspitzengefühl hatte er den Hotelgarten in ein eigenes Ausflugsziel verwandelt, in einen beruhigenden Lustgarten mit einer unwiderstehlichen Farben- und Formenpracht, die natürliche Wildheit verströmte und betörend schön war.

Sie bog um eine Ecke des Hotelkomplexes und ging in Richtung Parkplatz. Annas Auto stand noch immer auf seinem Stammplatz, obwohl Helena ihr angeboten hatte, Feierabend zu machen, um sich für die Party umzuziehen. Eine pflichtbewusstere und gewissenhaftere Person als Anna ließ sich nur schwer finden, und Helena war überaus zufrieden damit, Anna als Social Media Marketing Managerin engagiert zu haben. Vor allem aber war sie froh, Anna als Freundin zu haben.

Der Kiesweg knirschte unter ihren Füßen, und Helena sog den himmlischen Duft von Hunderten Blüten ein, vermischt mit dem Geruch nach frisch gebackenem Brot. Aus der etwas entfernten Restaurantküche auf der Rückseite des großen Gebäudes hörte sie fröhliche Stimmen und Geschirrgeklapper. Kurz vor der Straße unterhalb des Hotels drehte sich Helena um und warf einen Blick zurück auf Rosenlund. Das prachtvolle Landgut aus dem neunzehnten Jahrhundert besaß eine weiße Holzfassade und bestand aus zwei Gebäudeflügeln, in denen das Gros der Hotelzimmer lag. Helena hatte nur selten Zeit, hier zu stehen und ihr Lebenswerk, oder besser gesagt Toms und ihres, zu bewundern.

Sie seufzte leise und lächelte, denn die ersten Jahre waren nicht nur anstrengend gewesen, sondern hatten auch unglaublich viel Spaß gemacht. Molly war noch keine sechs Jahre alt gewesen, als Helena die Idee hatte, das alte Landgut zu erwerben, und ein paar Jahre später, als Rosenlund gerade begann, Gewinne einzufahren, und die Arbeit besonders hart war, wurde Nelly geboren. Trotz all der Risiken, die sie eingegangen waren, war Helena stets davon überzeugt gewesen, dass alles möglich war, wenn Tom und sie es nur anpackten. Und sie hatte recht behalten. Am Ende war alles gut gegangen, sogar mehr als gut. Dass sie etwas so Erfolgreiches aus dem Nichts aufgebaut hatten, führte dazu, dass Außenstehende sie mit anderen Augen betrachteten, und sie eine ganz ungewohnte Bewunderung erfuhr.

Helena warf einen Blick auf die Uhr. In wenigen Stunden würden die Gäste eintreffen, und in ihrem Körper machte sich ein Prickeln breit. Tom und sie hatten es sich zum Ziel gesetzt, einmal im Jahr ein größeres Fest für ihre Freunde zu veranstalten, und die erwartungsfrohe Stimmung unmittelbar davor war einfach nur herrlich. Die Partys des Ehepaares Hedström wurden allgemein geschätzt, was Helena äußerst zufrieden stimmte. Eine gewisse Spannung lag in der Luft, verbunden mit der Gewissheit, dass ein interessanter und vielversprechender Abend vor ihnen lag.

Sie entfernte sich weiter vom Hotel und nahm den Pfad hinauf zu den Silberfällen. Jetzt würden Tom und sie also ein neues Kapitel in ihrem Leben aufschlagen. Ein weiteres Kind in einem etwas reiferen Alter, mit mehr Zeit und mehr Lebenserfahrung, das war eine absolut aufregende und verlockende Vorstellung. Allein der Gedanke, dass Tom noch einmal Vater eines Kleinkindes werden würde, ließ sie vor Sehnsucht nach ihm brennen. Mittlerweile hatte sein Haar zwar graue Einsprengsel bekommen, und er war näher an der Sechzig als an der Vierzig. Der Altersunterschied zwischen ihnen und die Befürchtung, dass sein Energielevel gesunken sein könnte, bereiteten ihr mitunter ebenfalls Sorgen. Tief in ihrem Inneren hegte sie jedoch keinerlei Zweifel daran, dass er dieses Kind mit derselben liebevollen Fürsorge willkommen heißen würde wie damals Molly und Nelly. Großer Gott, die kleine Nelly als große Schwester! Sie würde phantastisch in dieser neuen Rolle sein!

Helena blinzelte ein paarmal. Der Gedanke an ihre Familie und die Hoffnung darauf, dass diese schon bald um ein weiteres kleines Mitglied anwachsen würde, rührte sie zu Tränen.

Sie holte tief Luft. Hier duftete es frisch nach Moos, Humus und Kiefernnadeln. Sie stand am Ausgangspunkt mehrerer beliebter Wanderwege, die am Fuße des Berges entlang oder hinauf auf die Steilhänge führten. Im Augenblick war nirgends eine Menschenseele zu sehen, was ungewöhnlich war. Sie genoss die Einsamkeit und dringend benötigte Stille um sich herum und empfand beides als heilsam. Später würde sie in ihre Privaträume in Rosenlund zurückkehren und sich für die Party zurechtmachen, bei angenehmer Musik und einem ersten Gläschen zur Einstimmung, doch das hier war eine langersehnte Atempause.

Helena stieg die Holztreppe hinauf, die sich steil am Felsen emporwand. Eine Stufe war kaputt, dort war ein großes Stück herausgebrochen, und Helena notierte sich im Geiste, es reparieren zu lassen. Die Instandhaltung der Silberfälle lag eigentlich nicht in ihrer Verantwortung, doch es war in ihrem eigenen Interesse, die Gemeinde zu informieren und den Schaden zu beheben, bevor sich noch ein Gast oder Wanderer verletzte.

Als sie das nächste Plateau erreichte, ging ihre Atmung etwas schwerer. Brennnesseln und Disteln wucherten am Pfad, und nur das entfernte Rauschen der Wasserfälle war zu hören. Sanftes Sonnenlicht fiel durch die belaubten Baumkronen, und es war, als stünde sie in einem großen Saal im Freien. Es war ein besonderer Ort, der feierlich und zugleich wie verzaubert anmutete.

Sie schaute nach oben. Die Felsen ragten wie riesige Säulen in den Himmel und ließen sie selbst im Vergleich dazu winzig erscheinen. Hoch über dem Bergkamm schwebte ein majestätischer Raubvogel. Beim Hinaufschauen wurde

Helena von leichtem Schwindel erfasst, was sie jedoch keineswegs abhielt. Was war das für ein Vogel? Sie kniff die Augen zusammen und beschattete sie mit der Hand. Vielleicht ein Bussard? Ihre Brüder hätten es gewusst. Großer Gott, wie die beiden hier herumgetobt hatten, als sie jünger waren, gemeinsam mit ihren Freunden und oftmals auch mit ihr selbst im Schlepptau. Der kleinen Schwester, die so gerne dabei sein wollte. Sie hatten unzählige Lagerfeuer gemacht und waren auf den Felsen herumgeklettert, manchmal bis in die Abenddämmerung hinein. Sie hatten heimlich geraucht, wie wild mit dem Luftgewehr um sich geschossen und Gott weiß was alles angestellt. Es hatte einen Riesenspaß gemacht, wenn auch mitunter auf halsbrecherische Weise, und sie hatten sich so frei gefühlt, wie Helena es sich heutzutage bei den meisten Kindern kaum mehr vorstellen konnte.

Sie ermahnte sich, ihren Brüdern bald mal wieder einen Besuch abzustatten. Das letzte Mal lag bereits viel zu lange zurück, obwohl die beiden nur wenige Kilometer von Rosenlund entfernt in ihrem ehemaligen Elternhaus wohnten. Oder sollte sie sie zu sich ins Hotel einladen? Nein. Sie verwarf die Idee rasch. Robban und Ricky würden die erlesenen Gerichte, die im Restaurant serviert wurden, nicht schmecken, auch wenn der Schwerpunkt auf gehobener Hausmannskost aus erstklassigen regionalen Erzeugnissen lag. Und die Gäste im gediegenen Speisesaal wiederum würden mit Sicherheit ihre Jogginghosen und Holzpantinen nicht gutheißen. Besser wäre es, sie würde mit einem großen Karton voller selbstgebackener Kekse und Zimtschnecken zu ihnen ins Elternhaus hinauffahren. Wenn es nur nicht so schwierig wäre, Zeit dafür zu finden. Die Tatsache, dass ihre letzte Begegnung bereits ewig her war, machte es auch nicht gerade einfacher.

Helena holte tief Luft, reckte das Gesicht gen Himmel und schloss für einen Moment die Augen. Beide Hände lagen auf ihrem Bauch, und sie sprach im Stillen ein kurzes Gebet, eine Art Bitte an Mutter Natur und die vier Elemente sowie an alle Urkräfte, deren Namen sie zwar nicht kannte, die sie jedoch hier draußen, wo sich alles Wachstum und Leben in einen Kreislauf fügte, so deutlich wahrnahm. Diese Ursprünglichkeit hatte ihr schon immer Kraft verliehen. Sie brachte ihren innigsten Wunsch zum Ausdruck, Mutter eines weiteren Kindes werden zu dürfen. Anschließend streckte sie die Arme geradewegs in die Luft, öffnete die Augen wieder und spürte, wie die Energie in ihrem Körper zu sprudeln begann.

Ihre Freundinnen hielten sie manchmal für esoterisch, das wusste sie, doch es war ihr egal. Man konnte sowohl eine beschlagene Geschäftsfrau als auch etwas spirituell veranlagt sein, ein Naturkind eben. Darin lag doch wohl kein Widerspruch. Hier hatte sie schon als Kind gemeinsam mit Robban und Ricky gespielt, hatte ihre Kraft und Phantasie entwickelt und war zu der Person geworden, die sie heute war. Hier war ihr Zuhause, Helena spürte es tief in ihrem Herzen. Sie klopfte auf die Rinde eines grau gesprenkelten Baumstammes, bevor sie sich dem tosenden Wasserfall näherte. Obwohl der Sommer bislang warm und trocken gewesen war, ergoss sich ein beträchtlicher Strahl über die steile Bergflanke hinunter. Wie schon oft bekam sie große Lust, sich ihrer Kleidung zu entledigen und über die Steine zu balancieren, um unter dem Wasserfall eine Dusche zu nehmen.

Eines Tages werde ich das auch tun, dachte sie. Aber nicht allein, sondern mit meinen Freundinnen. Und schon gar nicht jetzt, denn gleich würde sie sich um das Sommerfest kümmern müssen. Doch bevor sie diesen besonderen Ort wieder verließ, zückte Helena noch rasch ihr Handy und schoss ein lächelndes Selfie mit den Silberfällen im Hintergrund. Sie schrieb dazu: »Lasst uns hier ein gemeinsames Bad nehmen, bevor der Sommer zu Ende geht!« und stellte die Nachricht im Gruppenchat ihrer Freundinnen, der Queens of Rönnbacken ein.

Dieser wundervolle Gedanke ließ sie wohlig erschaudern. Schließlich machte sie kehrt, um zu ihrem Hotel zurückzugehen. Dort würde heute Abend die größte Party des Sommers stattfinden und ein neues Kapitel in Helenas Leben beginnen.

4

Anna schob hektisch die Kleiderbügel hin und her. Sie war in Eile, vielleicht hätte sie doch nicht so lange arbeiten sollen. Schließlich fand sie in den Tiefen ihres Kleiderschranks, wonach sie suchte. Das Kleid hatte sich zwischen eher praktischen, aber hochwertigen Alltagsklamotten versteckt, und kaum hatte sie die kühle Seide berührt, erinnerte sie sich wieder an das Gefühl, das sie beim letzten Tragen empfunden hatte. Das Kleid hatte ein dezentes

Blumenmuster auf hellem Untergrund, eine schmale Taille sowie Spaghettiträger. Ein kokettes wunderschönes Teil, das sie hatte strahlen lassen. Aber war sie das überhaupt noch? Hatte sie das noch in sich, dieses Romantische, dieses sommerlich Frische und … Glückliche? Anna hielt sich das Kleid vor den Körper und runzelte die Stirn. War es nicht zu altmodisch? Würde es ihr überhaupt noch passen? Wann hatte sie es eigentlich zuletzt getragen? Vor zehn Jahren, konnte das sein? Ja, es stimmte. Jacob und sie waren zu einer Hochzeit in den Schären vor Göteborg eingeladen gewesen, eine zauberhafte traditionelle schwedische Sommerhochzeit. Damals waren sie selbst noch nicht verheiratet gewesen, und Astrid war noch nicht geboren, noch nicht einmal angedacht.

Sie warf einen Blick auf das gerahmte Foto auf ihrem Nachttisch. Es zeigte Jacob, der hohläugig lächelnd die frisch geborene Astrid in seinen abgemagerten Armen hielt. Der Gedanke an die Zeit vor seiner Krankheit war bittersüß. Die Vorstellung, dass Jacob einmal gesund gewesen war, stark und leidenschaftlich. Er war geradezu besessen von Geschichte gewesen und hatte davon geträumt, selbst einmal Bücher über historische Themen zu schreiben.

Doch das war, bevor der rasche Krankheitsverlauf ihn in einen gebrochenen Mann verwandelt hatte, voller Schmerzen durch die unheilbaren Tumore in seinem Körper. Es tat so weh, an diese sorglose verzauberte Zeit der Verliebtheit zurückzudenken, als sie voller Vertrauen in die Zukunft geblickt hatten. Wie unbedarft sie gewesen war, fest davon überzeugt, dass ein langes und wunderbares gemeinsames Leben vor Jacob und ihr lag. Doch diese wenigen Jahre waren alles, was ihnen vergönnt gewesen war. Und danach, als die Trauer Anna aufzufressen drohte, war alles noch schlimmer geworden. Wegen eines widerlichen Mannes mit widerlichen Absichten.

Anna seufzte und schlüpfte in das Kleid. Sie kämpfte mit dem Reißverschluss und befürchtete für einen kurzen Moment, dass sie es nicht alleine schaffen würde, ihn bis ganz oben hochzuziehen, und dass Kim oder Nadja ihr helfen müssten, wenn sie herüberkämen. Eigentlich müssten sie jeden Moment eintreffen. Unten in der Küche wartete schon eine Flasche Prosecco im Kühlschrank, und sie hatte bereits drei Gläser bereitgestellt.

Verdammt nochmal, es musste doch gehen! Anna bog den Oberkörper nach hinten und verdrehte den Arm in einen nahezu unmöglichen Winkel, bis sie endlich den Reißverschluss am Rücken zu fassen bekam. Sie richtete sich vor dem Spiegel auf, bis sich der Stoff an ihren Körper schmiegte, betrachtete kritisch ihr Erscheinungsbild und rückte einen Träger zurecht. Sie kam zu dem Ergebnis, dass es eigentlich ganz okay aussah. Das Kleid betonte ihre Figur sowie die sonnengebräunten Beine, doch sie überlegte, ob sie ihrem glatten blonden Haar eine festlichere Note verleihen sollte. Vielleicht den Pony mit einer hübschen Spange hochstecken? Es war schließlich ein besonderer Abend, und Daniel hatte sie noch nie so aufgedonnert gesehen.

Der Gedanke an ihn löste ein Kribbeln in ihrem Inneren aus, das aber unmittelbar von einem Gefühl der Zerrissenheit abgelöst wurde. Was hätte Jacob von Daniel gehalten? Nur Gutes, wie sie hoffte. Er war ein vernünftiger und verlässlicher Mann, noch dazu aufmerksam und nett.

Sehr nett. Jacob und Anna hatten dieses sensible Thema in seinen letzten Lebenstagen angesprochen, und Jacob hatte klar und deutlich den Wunsch geäußert, dass sie etwas Neues anfangen sollte, eine neue Liebe finden und das Beste aus ihrem Leben machen sollte. Sie hatte wortlos genickt und die Tränen unterdrückt. Jacobs Worte hatten so herzlos geklungen, obwohl sie begriff, dass er sich tapfer geben wollte. Außerdem hatte es sich so ... einfach angehört. Schon damals hatte sie gewusst, dass es viele Jahre dauern würde, bevor sie sich überhaupt würde vorstellen können, sich erneut zu verlieben. Jacobs tragischer Tod, ja eigentlich alles, was damit verbunden war, hatte sie unglaublich mitgenommen.

Aber jetzt war es passiert. Ein Polizist mit kurz geschorenen Haaren, der genauso verrückt nach Hamburgern war wie sie, hatte sie nach fast neun einsamen Jahren dazu gebracht, ihr Herz zu öffnen und an eine Zukunft zu glauben. Was würden ihre Freundinnen wohl zu ihm sagen? Sie hoffte, dass sie Daniel ebenfalls sympathisch und nett finden würden. Großer Gott, sie war verliebt!

Noch bis vor wenigen Monaten war ihr allein der Gedanke, einem anderen Mann als Jacob näherzukommen, geradezu unvorstellbar erschienen. Doch dann war sie Daniel unten in der Imbissbude in Rönnbacken begegnet. Und danach ein weiteres Mal. Und dann wieder. An so vielen Abenden hatte ihr einfach die Kraft gefehlt, für Astrid und sich zu kochen, und am Ende wäre es albern gewesen, wenn sie Daniel nicht gegrüßt hätte. Auf den Gruß folgten schließlich ein scheues Lächeln und ein wenig Smalltalk übers Wetter, über die leckeren Falafelwraps von George, dem Besitzer, sowie die Tatsache, dass Anna ganz in der Nähe wohnte. Im Lauf der Zeit hatten sie sich zunehmend persönlichere Dinge anvertraut: dass Daniel frisch geschieden war und ursprünglich aus Mariestad kam, und dass Anna eine Tochter hatte und aus Varnhem stammte.

Anna hatte den ersten Schritt gemacht und ihn gefragt, ob sie nicht mal einen Kaffee zusammen trinken wollten, woraufhin Daniel errötet war und überglücklich gewirkt hatte. Das Kaffeetrinken hatte mit einer langen herzlichen Umarmung geendet, die etwas in Anna ausgelöst hatte, eine Sehnsucht nach mehr. Doch weiter waren sie noch nicht gekommen. Wegen ihrer unterschiedlichen Arbeitszeiten und Lebenssituationen war das ohnehin nicht ganz leicht, und sie war auch noch nicht richtig bereit dazu. Noch nicht. Anna war das Ganze ausnahmsweise einmal nicht im Geringsten analytisch angegangen, sondern hatte sich ausschließlich auf ihr Gefühl verlassen, und dieses Gefühl sagte ihr: Ja! Daniel ist ein guter Mann, und das mit uns ist so leicht, weil es irgendwie *richtig* ist.

Jetzt würde er also zum ersten Mal ihre Freundinnen treffen, auf der Feier draußen in Rosenlund. Sie trug Eyeliner und Mascara auf, dann setzte sie sich auf die Bettkante, um die Riemchen ihrer hochhackigen Sandaletten von Michael Kors zu schließen. Ein völlig unnötiger Spontankauf, den sie sich eigentlich gar nicht leisten konnte. Zudem waren die Schuhe weitaus femininer als jene, die sie sonst trug. Aber sie wollte sich für Daniel schön machen, und das war ein neues aufregendes Gefühl.

Um drei Minuten vor sechs klopfte es an der Haustür, ein leises, aber beharrliches Klopfen, und Anna wusste sofort, dass es Nadja war. Aus irgendeinem Grund benutzte ihre Freundin nie die Klingel.

»Komm rein, es ist offen«, rief Anna und stakste auf unsicheren Beinen in den Flur. Sie war die hohen Absätze nicht gewohnt und hielt sich sicherheitshalber am Türrahmen fest.

»Oh, wie schick du bist, absolut süßes Kleid«, sagte Nadja herzlich und stellte eine Flasche Champagner auf Annas Kommode im Flur. Ihre Freundin duftete wie immer himmlisch, die Finger waren akkurat maniküft, und sie trug ein blaues Wickelkleid, das ihren olivbraunen Hautton schimmern ließ. Die dunklen Haare waren zu einem bewusst nachlässigen French Twist hochgesteckt, und einige lose Strähnchen rahmten ihre hohe Stirn und die klugen Augen ein.

»Danke, meine Liebe, komm rein. Ich bin seit letztem Wochenende auch wieder läusefrei! Und du siehst aus wie die Königin, die du ja auch bist.«

Anna spürte einen winzigen Schweißtropfen von ihrer Schläfe hinunterrinnen. Vielleicht war es doch keine so gute Idee gewesen, sich in ihrem kleinen Haus zu treffen, wo doch Nadjas vollklimatisierter Palast aus Glas und Stahl unmittelbar gegenüber lag. Aber sie trafen sich so oft bei Helena oder Nadja, deren Häuser größer waren, dass Anna endlich einmal eine Gegeneinladung aussprechen wollte.

»Königin, von wegen«, sagte Nadja lachend und durchquerte Annas Wohnzimmer, um die Terrassentür zu öffnen. »Aber schon klar, von Södra Ryd bis hier rauf ins exklusive

Villenviertel ist es natürlich ein kleiner Aufstieg. Wir sitzen doch draußen für den Aperitif, oder? Das Taxi kommt erst in einer Stunde, und ich wette, dass Kim sofort über die Hecke zwischen euren Grundstücken springt, sobald sie das Knallen des Champagnerkorkens hört.«

»Ich glaube, es ist besser, wenn wir drinnen sitzen, sonst können wir gleich unser eigenes Wort nicht mehr verstehen.«

Anna biss sich auf die Lippe.

»Nein! Sag, dass das nicht wahr ist. Verfluchte Lars-Inger. Werfen sie etwa immer noch jeden Freitag um Punkt sechs ihren Rasenkantenschneider an?«

Nadja deutete auf das Nachbarhaus nebenan und horchte angespannt in die Stille. Genau in dem Moment ertönte ein unangenehmes lautes Knattern, das sie die Nase rümpfen und rasch die Terrassentür wieder schließen ließ.

Lars' und Ingers Grundstück grenzte unmittelbar an Annas. Die beiden trugen Freizeitkleidung im Partnerlook, besaßen ein gigantisches Wohnmobil und hegten überdies eine starke Abneigung gegen alle Leute im Wohnviertel, die nicht penibel Ordnung hielten, was Mülltonnen, Autos oder Kinder betraf. Das Ehepaar war in der Nachbarschaft eine ständige Quelle sowohl des Ärgers als auch der Belustigung.

»Ich glaube, es ist eine Art Strafe«, erklärte Anna. »Die Kinder sind ja nicht gerade leise, wenn sie zwischen Kims und meinem Garten hin- und herrennen, Wasserspiele mit dem Rasensprenger veranstalten oder Trampolin springen. Neulich haben wir abends ein wenig gegrillt, und danach lag prompt ein Zettel im Briefkasten. Der Rauch vom Grill war nämlich in Lars-Ingers Wäsche gezogen.«

»Die beiden haben einfach zu wenig um die Ohren«, ertönte eine helle Stimme vom Flur her.

Kim war wie üblich hereingekommen, ohne zu klingeln. Sie hielt lässig eine Bierflasche in der Hand und grinste ihre Freundinnen an.

»Ich habe noch mehr davon drüben bei mir, wenn jemand möchte«, erklärte die jüngste Hausbesitzerin in Rönnbacken und umarmte beide Frauen.

»Nett von dir, aber ich denke, wir machen den Champagner auf, oder?«, fragte Nadja und begegnete Annas Blick.

Anna nickte eifrig. Den Prosecco konnte sie auch für ein anderes Mal aufheben.

»Und wie läuft's mit dem Sleepover der Kids?«, fragte Kim, während sie sich breitbeinig vor Annas Flurspiegel stellte und ihren schmalen Schlips richtete. »Rex ist völlig verzweifelt, weil er es verpasst, aber es ist schließlich Emilias Woche. Sie und *Stefan* sind heute offenbar mit ihm nach Skara Sommarland gefahren. Rex liebt diesen Freizeitpark.«

»Alles gut, drüben in Helenas Haus scheint die Kissenschlacht schon voll im Gange zu sein. Die Babysitterin tut mir fast leid.«

Anna dachte an ihre kleine Astrid und war fest überzeugt, dass ihre Tochter gerade viel Spaß hatte.

Kim ließ die Schultern hängen, und Anna konnte ihr den Schmerz ansehen. Es musste entsetzlich sein, auf diese Weise verlassen zu werden, wie es ihrer Nachbarin widerfahren war. Hoffentlich würde die heutige Party eine willkommene Ablenkung für Kim werden, die dazu neigte, sich während ihrer »kinderfreien« Wochen in Arbeit zu vergraben. Ein Ausdruck, von dem Anna wusste, dass sie ihn hasste. Und wer könnte es ihr verübeln?

»Jetzt setzen wir uns erst einmal in die Küche und stoßen an«, sagte Nadja in ungezwungenem Ton. »Und dann machen wir ein schönes Foto von uns und schicken es Helena als Antwort auf ihr erfrischendes Selfie.«

Sie steckten die Köpfe zusammen und lächelten, während Nadja ihr Handy von sich wegstreckte und ein Bild knipste, das sie rasch in der Chatgruppe postete.

»Oh, das Fest wird bestimmt herrlich, ich habe mich so danach gesehnt! Und Hände hoch, wer neugierig ist auf Annas neuen Lover«, fuhr Nadja fort.

Sie reckte die Hand hoch, und Kim streckte beide Arme in die Luft.

»Oh mein Gott, ja! Aber sie tut ja so wahnsinnig geheimnisvoll, dieses Mädel«, sagte Kim in Richtung Anna. »Ist dieser mysteriöse Daniel überhaupt schon mal hier im Haus gewesen?«

Anna nahm ein Glas Champagner entgegen und schüttelte den Kopf.

»Er weiß zwar, wo ich wohne, aber es erscheint mir noch ein bisschen zu früh, mit Astrid und allem.«

»Verstehe. Aber ich finde, du bist echt mutig«, sagte Nadja und erhob ihr Glas. »Prost!«

»In der Tat«, pflichtete Kim bei und räusperte sich. »Außerdem finde ich es saucool, dass wir als Clique jetzt einen Draht zu einem hochrangigen Polizisten haben.«

»Aha, und warum? Hast du etwa vor, kriminell zu werden?«

Anna nippte erneut an ihrem Glas.

»Ja, lach du nur, du verliebtes Huhn«, sagte Kim grimmig. »Aber wenn ich diesen verfluchten Stefan zusammen mit meinem kleinen Jungen und meiner Liebsten sehe … nee sorry, inzwischen ja *seiner* Liebsten. Dann würde ich dieses Arschloch am liebsten erwürgen. Und ihn anschließend mit dem Wagen platt fahren. Er ist echt ein fieser Typ, allein schon sein Tonfall. Er findet, dass Rex verhätschelt wird. Vorletztes Wochenende hat Rex mir erzählt, dass er von einer Wespe gestochen worden ist und angefangen hat, zu weinen. Aber dieser verdammte Stefan meinte nur, dass er eine Heulsuse sei und sich zusammenreißen müsse. Also echt, unser Sohn ist gerade mal vier Jahre alt, *vier Jahre*! Wer macht denn so was?«

»Man sollte diesem Stefan ein ganzes Wespennest in den Arsch schieben«, brummte Nadja.

Kim nickte und trank verbissen und mit großen Schlucken. Ihre Augen waren feucht und rot gerändert. Sie tat Anna leid. Sie hatte sich mit dieser hochbegabten und etwas kantigen jungen Frau angefreundet, nachdem Kim im letzten Jahr verlassen worden war. Als direkte Nachbarinnen und Singleeltern unterstützten sie einander häufig, wenn es um die Kinder ging, oder hielten einfach nur einen Plausch.

»Und was sagt Emilia dazu?«, fragte Anna, während Nadja ihnen nachschenkte.

Kim starrte eine Weile ins Leere, bevor sie freudlos auflachte.

»Sie ergreift natürlich Stefans Partei, schließlich liebt sie ihn. Was ich ja noch verstehen kann, auch wenn es mich fertig macht. Aber ich kann nicht akzeptieren, dass er sich jetzt für Rex' Vater hält und mich als eine Art fünftes Rad am Wagen betrachtet. Nur, weil ich nicht seine biologische Mutter bin.«

»Wie mies«, sagte Nadja mit Nachdruck.

»Sorry.« Kim streckte sich. »Eigentlich wollten wir doch Spaß haben, und jetzt sitze ich da und suhle mich in Selbstmitleid.«

»Das ist schon okay«, entgegnete Anna liebevoll und rutschte auf ihrem Küchenstuhl etwas zur Seite, um die Straße durch das Fenster einsehen zu können. »Bemitleide dich ruhig so lange, wie du es brauchst.«

Nadja nippte an ihrem Champagner und schaute Anna an.

»Aber jetzt erzähl mal ein wenig von Daniel. Ihr trefft euch also schon seit ein paar Monaten heimlich unten am Imbiss meines Vaters? Und habe ich das richtig verstanden, dass da ansonsten nichts weiter läuft?«

»Nein, mehr ist da nicht.«

Anna drehte ihr Glas zwischen den Fingern. Beim Gedanken an die verstohlenen Augenblicke an der Imbissbude und daran, wie sehr sie sich jedes Mal darauf freute, Daniel dort zu treffen, musste sie lächeln. Als sie sich anfangs eher ungeplant begegneten, hatte sie sich vor jedem Besuch immer etwas zurechtgemacht, nur für den Fall. Und zu Astrids großer Freude hatte es bei ihnen zu Hause mehrmals in der Woche Hähnchenburger gegeben.

»Ich finde, du machst es richtig, dass du ihn deiner Tochter erst mal nicht vorstellst«, sagte Kim. »Aber findest du nicht auch, dass Georges ein phantastischer Ort für eine Hochzeitsfeier wäre, wo ihr euch doch dort kennengelernt habt?«

»Oh mein Gott, das würde Mama und Papa gefallen!«, rief Nadja aus. »Die haben nämlich längst die Hoffnung aufgegeben, dass mein Bruder oder ich irgendwann mal heiraten werden.«

»Wir wollen hier nichts überstürzen!«, entgegnete Anna und hob abwehrend die Hände. »Oh, unser Taxi scheint da zu sein.«

Gerade, als das bestellte Taxi das Wohnviertel Rönnbacken verließ und unten bei der Imbissbude um die Kurve bog, vibrierte Annas Handy. Daniels Name auf dem Display ließ Annas Herz einen kleinen Sprung machen.

18:40
Muss heute Abend leider Dienst schieben, mein Kollege hat ein krankes Kind zu Hause. Aber ich kann trotzdem kurz kommen. Tut mir echt leid! Küsschen D

»Das war aber ein tiefer Seufzer. Ist was passiert?«, fragte Kim, die neben ihr auf der Rückbank saß.

»Ja, ich habe mir offenbar einen ziemlich pflichtbewussten Kriminalinspektor angelacht«, antwortete Anna und schüttelte leicht den Kopf. »Leider muss er heute Abend einen Kollegen vertreten und kann nicht lange auf der Feier bleiben.«

»Wie blöd.« Nadja drehte sich auf dem Beifahrersitz um. »Hattet ihr eigentlich auch vor, draußen im Hotel zu übernachten?«

»Ja, so war es eigentlich geplant. Aber es ist, wie es ist. Vielleicht kommen ja noch mehr Gelegenheiten.«

Etwas enttäuscht war sie schon, doch im Großen und

Ganzen fand sie das nicht weiter schlimm. Daniel war Chef eines fünfköpfigen Polizeiteams in Skövde, und es gefiel ihr, dass er seine Arbeit so ernst nahm. Es hatte etwas Verlässliches und auch Bewundernswertes, und außerdem konnte sie nicht leugnen, dass ihm die Uniform wahnsinnig gut stand, auch wenn sie ihn bislang nur wenige Male darin gesehen hatte. Normalerweise trug Daniel im Dienst Zivil. Sie fragte sich, was er wohl heute Abend anziehen würde. Hoffentlich würde er sich stylen, damit sie neben ihm nicht zu aufgetakelt wirkte. Sie holte tief Luft und schüttelte ihre Enttäuschung ab.

Anna warf einen Blick auf ihre Füße in den hochhackigen goldenen Sandaletten. Wow, wie schick sie aussahen. Eigentlich war es doch egal, was Daniel heute Abend tragen würde, dachte sie. Hauptsache, sie war so gekleidet, wie es ihr selbst gefiel. Es würde ein schöner Abend werden.

5

Sie ließen Skövde hinter sich und erreichten den Riksväg 49, der erst durch eine Schlucht und dann über den Billingen, den größten Tafelberg der Västgöta-Bergkette, führte. Anna war die Strecke nicht nur schon unzählige Male zur Arbeit, sondern auch zu dem kleinen Ort Varnhem gefahren, in dem sie aufgewachsen war und wo ihre Eltern noch immer wohnten. Draußen vor der Seitenscheibe zogen dichter Nadelwald sowie darin abgesetzte hohe Felswände vorbei, die im Winter mit graugelbem Eis überzogen waren. Doch jetzt stand der Berg in vollem Grün, eine satte dunkelgrüne Vegetation, die hier und da von einzelnen kleinen Häusern und Höfen unterbrochen wurde.

Nachdem das Taxi den Kamm des Berges erreicht hatte und auf der anderen Seite wieder ins Tal hinunterkam, breiteten sich Felder und Äcker vor ihnen aus. Das hoch stehende Getreide wiegte sich in der leichten Brise, doch bereits in wenigen Wochen würden die Mähdrescher über die Ebene rollen. Die hohen Kiefern wurden von Laubbäumen mit üppigen Kronen abgelöst, und als der Wagen schließlich in schmalere kurvigere Straßen einbog, fühlte es sich für sie noch immer so an wie Nachhausekommen. Skövde war eine schöne Stadt, aber hier draußen auf dem Land hatte sie ihre Wurzeln, genau wie Helena.

Die Abendsonne tauchte die idyllische Landschaft in ein goldenes Licht, und schon bald näherten sie sich den Silberfällen und dem Hotel- und Konferenzgebäude Rosenlund. Der schattige Parkplatz war schon mehr als halbgefüllt, und Anna spürte eine freudige Erwartung in sich aufsteigen. Daniels Auto stand noch nicht dort, er würde aber hoffentlich bald eintreffen.

Kim half ihr aus dem Taxi, und nach wenigen Schritten gelang es ihr, sich auf den hohen Absätzen einigermaßen elegant fortzubewegen. Ein dezenter Geruch nach Kühen mischte sich mit dem Duft der Heckenkirsche, und die Mücken und Kriebelmücken waren an dem warmen Abend bereits ausgeschwärmt.

Die drei Freundinnen umrundeten das Hauptgebäude und folgten dem gepflasterten Weg entlang des eingefriedeten Rosengartens. Ein kleiner braun gefleckter Mischlingshund streckte die Nase zwischen den eisernen Verstrebungen des Zauns hindurch und schaute sie mit wachen Augen an.

»Hej, Bibbi«, rief Anna liebevoll und ging in die Hocke. »Wo ist denn dein Herrchen?«

»Hej, Mädels«, ertönte eine fröhliche Stimme im melodischen Dialekt Västergötlands.

Die hochgewachsene Gestalt des Gärtners Adam tauchte unter einem Rosenbogen auf. Die Kuppel bog sich unter hellpinkfarbenen Kletterrosen, die das Gartentor wie den Eingang zu einem Märchenschloss anmuten ließen.

»Bibbi ist angeleint und das Tor verschlossen, damit sie nicht abhauen kann«, erklärte Adam und tätschelte seinen kleinen Hund. »Ich muss hier drinnen nur eine arme Pflanze mit Blattläusen behandeln. Aber in zehn Minuten schließe ich wieder auf und nehme den Hund mit in den Anbau.«

Er hielt eine Sprühflasche mit Seifenlauge hoch.

»Es hat keine Eile, aber später werfe ich gern mal einen Blick auf die Rosen. Ich bin den ganzen Sommer noch nicht hier gewesen«, erklärte Nadja und sog genüsslich den Duft ein.

Anna nannte diese romantische Oase immer das Juwel des Hotels und hoffte, dass sich später die Gelegenheit bieten würde, sie Daniel zu zeigen. Insbesondere die etwas abgeschirmte Laube, auch Rosenversteck genannt, die zu einem Anziehungspunkt für Brautpaare und deren Fotografen geworden war. Anna verbrachte oft ihre Arbeitspause mit einem Kaffeebecher dort.

»Bist du denn nicht zu Helenas und Toms Fest eingeladen, Adam?«, fragte Kim.

»Doch, eigentlich schon«, antwortete der schlaksige junge Gärtner verlegen. »Aber ehrlich gesagt bin ich nicht so der Partygänger. Ich fühle mich dann immer etwas verloren.«

»Ich auch«, sagte Kim. »Aber falls du es dir anders überlegst und Lust hast, dich über Computerspiele oder was auch immer zu unterhalten, findest du mich mit einem eiskalten Bier an der Bar.«

»Klingt gut, aber ich glaube, ich halte mich lieber an meine Pflanzen. Jetzt wünsche ich euch aber einen wunderschönen Abend«, sagte Adam und tippte sich an seine verschlissene Kappe.

Als sie auf dem gepflasterten Weg weitergingen, erfüllten jede Menge üppige spätsommerliche Blumendüfte die Luft.

»Der ist aber süß«, flüsterte Nadja. »Adam in seinem Lustgarten. Glaubt ihr, dass er eine Freundin hat?«

»Nicht, dass ich wüsste«, antwortete Anna leise. »Der reinste Schwiegermuttertraum. Nichts für ungut, aber ist er nicht ein bisschen zu jung für dich, Nadja?«

»Teste es doch mal aus, Nadja«, forderte Kim sie grinsend auf. »Er hat so was schnuckelig Jungenhaftes an sich und erinnert außerdem ein wenig an einen Filmstar. Harry Styles meets Jamie Dornan.«

Aus der Ferne hörten sie Gläserklirren, ausgelassene Stimmen und angenehm sanfte Hintergrundmusik. Ein Schild vor ihnen verkündete: *Private Feier*. Der Ostflügel des Gebäudes beherbergte den kleineren Festsaal des Hotels im Erdgeschoss. Der ansprechende Raum mit den hellen

Wandpaneelen hatte in den sechs Jahren, in denen Anna in Rosenlund angestellt war, abwechselnd als Trauzimmer wie auch als Location für Firmendiscos gedient. Hinweisschilder wiesen den Gästen den Weg zur Rückseite des Flügels zu einem abgeschiedenen Garten mit einer Orangerie sowie einer großen Terrasse im modernen Stil, die jedoch gut zum pittoresken Gebäude aus der Jahrhundertwende passte.

Auf der Freifläche und im Garten wimmelte es bereits von Gästen. Anna erkannte die meisten von Helenas und Toms Freunden wieder, auch wenn sie selbst nur oberflächlich mit ihnen bekannt war. In den die Terrasse beschattenden Baumkronen hingen Hunderte kleiner Lichterketten, die in der Abendstimmung glitzerten, und durchs Laub wehte eine leichte Brise.

»Da seid ihr ja! Willkommen!«

Helena lief glücklich lächelnd über den Rasen auf sie zu. Sie trug ein farbenfrohes Sommerkleid mit einem breiten Ledergürtel und dazu passende perfekt abgetragene Cowboystiefel.

»Keine Läuse mehr, oder?«, fragte Anna lachend und umarmte Helena.

»Nein, ich schwöre«, antwortete Helena und schüttelte ihre prachtvolle rote Mähne. »Kommt und schaut, Molly hat alles so zauberhaft hergerichtet, und Sebbes Häppchen sind die leckersten, die ich je gegessen habe. Winzige Käsetartes aus Västerbotten mit Kaviar aus Spiken. Der Junge hat sich selbst übertroffen.«

»Ich finde auch, dass sie es gut gemacht haben. Obwohl wir als Eltern natürlich parteiisch sind«, sagte eine tiefe warme Männerstimme. »Willkommen, liebe Freundinnen.«

Tom gesellte sich zu der kleinen Gruppe und begrüßte alle Damen mit einem Wangenküsschen, bevor er den Arm um seine Ehefrau legte und sie hingebungsvoll betrachtete. Anna konnte es ihm nicht verübeln. Es war lange her, dass sie Helena so beschwingt und anmutig erlebt hatte.

Sie bekamen jede ein Glas mit Sebbes selbstkreiertem Willkommensdrink, einen perlenden Bellini auf der Basis roter Sommerbeeren. Tom selbst trank etwas Alkoholfreies, wie Anna registrierte. Er sah bei weitem nicht so aus, als würde er demnächst sechsundfünfzig Jahre alt werden. Die halblangen Haare waren zwar bereits von silbernen Strähnen durchzogen, doch seine Augen leuchteten noch immer, und unter dem frisch gebügelten blau gestreiften Oberhemd zeichnete sich ein muskulöser Oberkörper ab.

Anna fiel auf, dass er ausnahmsweise einmal auf Alkohol verzichtete. Normalerweise sagte er zu einem guten Tropfen niemals nein, auch wenn sie ihn noch nie volltrunken erlebt hatte. Vielleicht war ja doch etwas dran an Helenas Befürchtungen, die sie beim Literaturkreis geäußert hatte, und Tom litt tatsächlich unter gesundheitlichen Problemen. Anna erschauderte trotz der lauen Temperaturen. Hoffentlich war dem nicht so. Sie verwarf den Gedanken rasch. Die Trinkgewohnheiten anderer gingen sie nun wirklich nichts an.

»Aber … bist du etwa ohne deinen Kavalier gekommen, Anna?«, fragte Helena. »Ich dachte, heute Abend würden wir diesen phantastischen Daniel endlich kennenlernen …«

Anna kam nicht dazu, etwas zu entgegnen, da sich genau in dem Moment Toms Miene erhellte und er ausrief:

»Ich glaube, er kommt gerade!«

Anna folgte seinem Blick, wandte sich rasch um und schaute über die Rasenfläche zum gepflasterten Weg.

Dort war er, und sie bekam auf der Stelle weiche Knie.

Daniel kam mit federnden Schritten auf sie zu. Er trug eine enganliegende Jeans, schicke Schuhe und ein dazu passendes leicht zerknittertes Leinensakko. Seine kurz geschorenen Haare waren seit ihrer letzten Begegnung ein wenig gewachsen, was ihm gut stand. Er lächelte breit, doch Anna merkte, dass er etwas nervös war. Beim Anblick ihres schicken Kleides und der hochhackigen Sandaletten machte Daniel große Augen.

»Hej zusammen, ich bin Daniel, freut mich«, sagte er und schob seine Hand in Annas.

Es war ein irgendwie ungewohntes, aber dennoch himmlisches Gefühl.

»Willkommen in Rosenlund«, sagte Tom und reichte ihm zur Begrüßung die Hand. »Und was möchtest du trinken, Daniel?«

»Wenn es ein alkoholfreies Bier gäbe, wäre das phantastisch«, antwortete Daniel und begrüßte die anderen Frauen mit einem dezenten Wangenkuss.

Nadja mimte über seine Schulter hinweg ein »Wow« in Richtung Anna, die daraufhin spürte, wie sie errötete.

»Daniel muss heute Abend leider für einen Kollegen einspringen und vielleicht etwas früher gehen«, erklärte Anna und ergriff erneut seine Hand.

Mit jeder Sekunde, die verging, fühlte es sich selbstverständlicher an, und im Augenwinkel sah sie, dass Daniel sie verzückt betrachtete.

»Ja, blöderweise«, ergänzte er mit einer entschuldigenden Geste. »Mein Kollege Stanislaw hat kleine Kinder, die gefühlt jeden dritten Tag krank sind. Aber so ist das nun mal.«

»Das ist völlig normal«, bestätigte Nadja nickend. »Ich glaube, ich kenne Stanislaw, falls es der ist, den ich meine. Ein netter Typ, wir sind zusammen in Södra Ryd aufgewachsen. Übrigens ein enger Freund meines Bruders Josef.«

Tom kam zurück und reichte Daniel ein eiskaltes Bier.

»Stimmt, das hat er erwähnt«, sagte Daniel. »Stanislaw und ich essen ziemlich oft in der Imbissbude deines Bruders ...«

Nadja lächelte ihn an.

»Skövde ist wirklich ein Nest.«

»Ihr zwei habt euch doch auch unten beim Imbiss kennengelernt, oder?«, fragte Helena.

Anna sah, wie Helena Daniel prüfend musterte, doch sie wusste, dass es nur mit den besten Absichten geschah. Und was sie sah, schien ihr zu gefallen.

»Entschuldige, Mama, wenn ich euch unterbreche. Hej zusammen!«

Molly kam auf das Grüppchen zu, sie trug wie alle anderen Bediensteten zu diesem Anlass ein gestärktes weißes Oberhemd.

»Ist etwas passiert?«, fragte Helena.

»Nein, aber Sebbe will demnächst die Platten mit den Meeresfrüchten anrichten, und ich weiß nicht, welche kleinen Teller du dafür vorgesehen hast.«

»Ich komme mit und schaue nach.«

Helena wollte ihrer Tochter ins Haus folgen.

»Könnt ihr nicht noch einen kleinen Moment warten?

Ich wollte gerade meine Willkommensrede halten. Das ist unsere älteste Tochter«, erklärte Tom an Daniel gewandt.

Seine Augen leuchteten stolz, als er sein Glas mit einem Löffel zum Klirren brachte und damit die Aufmerksamkeit der Gäste auf sich zog.

»Liebe Freundinnen und Freunde, willkommen in unserem schönen Rosenlund!«

Der Geräuschpegel um sie herum ebbte ab, und bald war es ganz still.

»Ich möchte euch allen dafür danken, dass ihr zu unserem traditionellen Sommerfest gekommen seid, und ganz besonders möchte ich meiner phantastischen Ehefrau Helena danken«, fuhr er fort und legte den Arm um ihre Taille, um sie zu sich heranzuziehen.

Anna sah, dass Helena bei einem Seitenblick auf ihren Mann leicht errötete.

»Ich hoffe und glaube, dass alle, die ihr heute Abend hier bei uns seid, schon erfahren durftet, welch ein wunderbarer Mensch sie ist. Helena ist die Visionärin von uns beiden, der Motor, der uns vorantreibt, und mein absoluter Fels in der Brandung. Aber sie ist weitaus mehr als eine clevere und tatkräftige Geschäftsfrau. Ich liebe ihre Fürsorglichkeit – gegenüber unserer Familie, gegenüber euch Freunden und nicht zuletzt allen Gästen hier draußen in Rosenlund gegenüber. Das ist etwas ganz Besonderes, und das rührt mich. Helena, ich bin noch nie einem so großherzigen Menschen begegnet wie dir.«

Tom wandte sich Helena zu und lächelte liebevoll. Obwohl Anna einige Meter entfernt stand, bemerkte sie, dass seine Augen feucht waren. Und Tom hatte recht, es gab in diesem Kreis vermutlich nicht viele Leute, denen Helena nicht schon in irgendeiner Form geholfen oder die sie unterstützt hätte, inklusive Anna selbst.

»Ich erinnere mich noch daran, als ich Rosenlund zum ersten Mal sah«, fuhr Tom fort. »Ehrlich gesagt wäre ich beinah in Ohnmacht gefallen, weil das Gebäude in einem so desolaten Zustand war. Geradezu eine Ruine. Und es hat wirklich einer Herkulesarbeit bedurft ...«

»Und einer Investition von mehreren Millionen!«, rief ein Mann aus einem Grüppchen hinter Anna.

Tom lachte auf, wie die meisten anderen Zuhörer.

»Stimmt genau«, sagte Tom. »Das dort hinten ist unser Wirtschaftsprüfer, er kennt die Einzelheiten. Rosenlund hat lange leer gestanden, es war das reinste Spukschloss. Völlig zugewuchert und verfallen. Als Helena mich hierherschleppte, glaubte ich zuerst, sie wäre verrückt geworden, doch sie sah das Potenzial und hat mich überredet. Weißt du noch, Schatz, wir sind hier draußen mit Molly entlanggegangen, sie muss so fünf, sechs Jahre alt gewesen sein, und auf dem Kiesweg ist sie hingefallen und hat sich das Knie aufgeschlagen ...«

»Mittlerweile bin ich aber völlig wiederhergestellt!«, rief Molly und verbeugte sich leicht neben ihren Eltern. »Keine Sorge.«

Die Gäste lachten erneut, und Tom und Helena lächelten einander an.

»Und dann habe ich den Duft von Rosen wahrgenommen«, sagte Tom und schloss für einen Moment genüsslich die Augen. »Wir gingen etwas näher heran, und ich sog die Stimmung dieses wunderbaren Ortes in mich auf. Auf einmal sah ich das, was Helena von Anfang an gesehen hatte. Nämlich, dass sich nach mehreren Jahrzehnten der Vernachlässigung hinter der verfallenen unbewohnten Fassade ein ... märchenhaftes Haus verbarg. Fast schon ein Schloss. ›Ich glaube, dass hier einmal Prinzessinnen wohnen werden‹, sagte Helena zu Molly, woraufhin sie sofort aufhörte zu weinen. Dann phantasierten die beiden gemeinsam über die Inneneinrichtung mit geblümten Tapeten und darüber, welch rauschende Feste hier gefeiert werden würden, natürlich begleitet von den schönsten Leckereien. Von dem Moment an waren all meine Zweifel wie weggeblasen, und mir wurde klar, dass wir auf Rosenlund setzen mussten. Aus dieser Ruine konnte genau der verzauberte Ort werden, zu dem er heute geworden ist. Danke für alles, geliebte Helena, und danke, dass du es mit mir aushältst.«

Er beugte sich vor und küsste sie.

»Oh Schatz, wie lieb von dir«, sagte Helena. »Und ich, die vor dem Kauf extra eine lange Liste voller hieb- und stichfester Argumente vorbereitet hatte, die dich davon überzeugen sollten, wie viele Gäste herkommen würden, um in schöner Umgebung zu übernachten und gut zu essen. Alle Vogelbeobachter, die die Nähe zum Hornborgasee suchen würden, und wer sonst noch alles. Tom weiß ja, wenn ich etwas von ganzem Herzen will, ist es oftmals die richtige Entscheidung, und dann tut er gut daran, sich einzuklinken. Aber jetzt zu euch, liebe Gäste. Ein Prosit auf euch, auf eure Verbundenheit mit uns und eure Freundschaft, ein Prosit auf die harte Arbeit und das gute Leben. Habt nun einen wunderbaren Abend. Danke, dass ihr hier seid, wir lieben euch!«

Helena breitete die Arme aus und machte eine Art Hofknicks in Richtung ihrer Gäste auf dem Rasen. Ihre selbstsicheren Gesten und ihre stolze Haltung hatten etwas von einem Rockstar. Kim pfiff voller Bewunderung, und Anna applaudierte und johlte gemeinsam mit allen anderen. Sie konnte absolut nachvollziehen, was Helena und Tom füreinander empfanden. Eine Aura aus strahlendem Glück schien die beiden zu umgeben, und zwar nicht nur bei glamourösen Festen wie diesem, sondern auch in den tristen Momenten des Alltags. Eine unbestreitbare Harmonie, die bewirkte, dass sich alle in ihrer Nähe wohlfühlten, obwohl die beiden auch Autorität sowie eine gewisse Strenge ausstrahlten. Sie waren schlicht und einfach ein Powerteam sondergleichen.

Der Geräuschpegel hinter dem Ostflügel stieg wieder. Anna warf einen Seitenblick auf Daniel. Er nippte an seinem Bier und unterhielt sich mit Nadja und den anderen. Schade, dass er jeden Moment gezwungen sein könnte, die Feier zu verlassen, und sie beide womöglich um die Gelegenheit gebracht wurden, etwas Zeit miteinander zu verbringen, nur sie zwei. Deswegen fasste Anna einen Entschluss, sie hatten sich schließlich über eine Woche nicht gesehen.

»Bitte entschuldigt, aber jetzt muss ich meinen Kavalier kurz entführen«, sagte sie und ergriff seinen Arm.

»Oha, das geht aber schnell. Hat man dir etwa schon deinen Zimmerschlüssel ausgehändigt?«, grinste Kim.

»Hör auf! Nein, aber ich würde ihm gern das Rosenversteck zeigen«, entgegnete Anna und bedachte Kim mit einem strengen Blick.

»Gute Idee«, pflichtete Nadja ihr bei. »Dort ist es so unfassbar schön.«

Es war angenehm, dem Trubel für eine Weile zu entfliehen. Sobald sie um die Ecke gebogen und außer Sichtweite waren, legte Daniel einen Arm um ihre Taille. Auch wenn es Anna ein wenig kühn vorkam, gefiel es ihr. Er hauchte ihr seinen warmen Atem ins Ohr, und sie erschauderte wohlig.

»Du siehst wirklich wunderschön aus. Und wie habe ich mich geschlagen?«

»Gut«, antwortete Anna leise.

Auf dem gepflasterten Weg kamen ihnen weitere Gäste entgegen, die sie aber nicht persönlich kannte. Sie grüßte und trat zur Seite, um ihnen Platz zu machen. Helena und Tom hatten so viele Bekannte.

»Ich würde dir gerne einen besonderen Ort zeigen«, sagte sie. »Ich suche ihn so oft wie möglich auf, wenn ich hier draußen in Rosenlund bin und sich die Gelegenheit bietet.«

Sie hoffte, dass der Gärtner Adam seine abendlichen Arbeiten abgeschlossen hatte, denn sie sehnte sich nach Zweisamkeit mit Daniel.

»Hier ist es, komm.«

Sie drückte den Türgriff des schmiedeeisernen Tors hinunter. Der Rosengarten war wieder geöffnet, und vom Gärtner sowie seinem kleinen Hund war keine Spur mehr zu sehen.

»Was für ein Paradies!«, rief Daniel aus und betrachtete die vor ihm liegende Pracht.

Es war wie eine Sinfonie duftender Blüten. Manche Rosen rankten sich um Baumstämme und lugten durch die Kronen hindurch wie ein Himmel voller kleiner zarter Blüten, während andere großen prachtvollen Juwelen mit intensivem Parfüm glichen.

»Komm, wir gehen zur Pergola dort hinten«, schlug Anna vor. »Darunter verbirgt sich eine Laube, das sogenannte Rosenversteck. Wenn man dort sitzt, ist man völlig abgeschirmt. Vom Hotel und vom Parkplatz aus kann einen niemand sehen. Manche Brautpaare bevorzugen diesen Ort, um miteinander auf ihr Glück anzustoßen und für einen Augenblick allein zu sein.«

Genau in dem Moment landete ein Schmetterling auf einem Zweig unmittelbar neben Anna. Sie blinzelte verdutzt. Es war ein Bläuling, und er saß ganz ruhig da. Seine hübsche Farbe erinnerte sie an Jacobs und auch an Astrids Augen. Sie besaßen denselben hellen Blauton wie die Flügeloberseiten des Schmetterlings. Anna war nicht abergläubisch, aber sie konnte nicht umhin, es als Zeichen zu sehen, als gutes Omen.

Sie holte tief Luft und lehnte sich leicht an Daniel.

»Ich sitze gerne auf der Steinbank und lese, wenn ich bei der Arbeit eine Pause habe. Komm und schau sie dir an.«

Anna bewegte sich anmutig über den Kiesweg auf die hinterste Ecke des Gartens zu. Sie fühlte sich zunehmend wohler in ihren hochhackigen Schuhen und dem festlichen Seidenkleid.

»Hier ist es ziemlich romantisch«, sagte Daniel und schaute hinauf zum prächtig blühenden Blumendach. »Wie ein eigenes Zimmer.«

Und so war es tatsächlich. Die dichten hohen Rosensträucher waren kreisförmig gepflanzt und besaßen eine auf den ersten Blick nicht ersichtliche Öffnung. Es war fast wie ein altmodisches Gartenlabyrinth, allerdings im Miniaturformat und zudem mit einer Kuppel aus Kletterrosen, die sich über die Mittelachse wölbten. Unmittelbar darunter stand eine schön verzierte Steinbank. Im Rosenversteck nahm man die Geräusche, das Licht und die Düfte ganz anders wahr, wodurch das Gefühl von Heimlichkeit und Intimität noch verstärkt wurde.

»Du?«, begann Anna und stellte sich dicht neben ihn. »Habe ich dir schon gesagt, wie froh ich bin, dass du kommen konntest? Und dass ich dich getroffen habe?«

Sie kam sich auf einmal mutig vor, verwegener als seit langem. Fast so, als würde sie sich im Augenblick alles trauen.

»Ich hoffe, es ist okay, dass ich … ich muss es jetzt einfach tun.«

Sie zog Daniel zu sich heran und küsste ihn sanft. Es war mehr als nur ein Küsschen, ein zärtlicher, sinnlicher Kuss, und er fühlte sich wunderbar an. Für eine Weile existierte um sie herum nichts anderes mehr, bis Anna tief Luft holte.

»Mir wird fast schwindlig«, sagte Daniel.

»Setzen wir uns«, flüsterte Anna und sank auf die Steinbank im Rosenversteck.

Die Sitzfläche war noch immer warm von der Sonne, aber Daniels sanfte behutsame Lippen waren noch wärmer. Sie küsste ihn erneut, und er erwiderte ihren Kuss, diesmal intensiver, hungriger und feuriger. Er umfasste ihr Gesicht mit seinen starken breiten Händen, und sie stöhnte auf, als ihr bewusst wurde, wie sehr sie sich nach ihm verzehrte.

Die Intensität ihrer Gefühle überraschte sie. Womöglich wurden sie durch diesen zauberhaften Ort noch verstärkt. Um sie beide herum wuchsen die schönsten Rosen, und in Annas Innerem sprühte irgendetwas Funken, das sie allerdings nicht genau benennen konnte, noch nicht. Aber es fühlte sich gut an.

In diesem Moment summte Daniels Handy. Nur ein leichtes Vibrieren, doch sie wusste, was das bedeutete. Ihre herrliche gemeinsame Zeit war schon wieder vorbei.

»Verdammt«, rief er aus und zog nach einem Blick auf das Display ein aufrichtig trauriges Gesicht. »Ich muss leider los.«

Anna war kurz davor, zu erwähnen, dass sie sich wohl daran gewöhnen müsste, oder etwas in der Art, hielt sich aber zurück. Von wegen, wir wollen nichts überstürzen.

»Kann ich dich morgen wiedersehen?«, fragte er.

Anna nickte und drückte ihn fest an sich.

»Wir schreiben uns«, sagte sie. »Wenn Astrid irgendwann am Nachmittag eine Weile bei Nelly spielt, können wir uns vielleicht kurz sehen.«

»Ich möchte dich aber nicht nur kurz sehen«, murmelte er. »Ich möchte dich eine ganze Nacht lang bei mir haben und auch den ganzen Tag danach.«

»Ist das so?«, fragte sie leise, und als sie mit den Fingern durch seine kurzen Nackenhaare fuhr, begann es in ihrem Bauch zu flattern. »Ich dich auch, irgendwann. Ganz bald.«

Sie sehnte sich ebenfalls nach ihm, doch zugleich machte sie der Gedanke, zusammen mit Daniel einen Schritt weiterzugehen, unglaublich nervös. Anna war seit der Zeit vor Astrids Geburt mit niemandem zusammen gewesen. Und das war neun lange einsame Jahre her. Was, wenn er enttäuscht von ihr war oder es sich merkwürdig oder gar falsch anfühlte, einem anderen Menschen wieder so nahe zu sein? Sie würde sich verletzbar machen.

»Ja, so ist das, aber es hat keine Eile«, flüsterte Daniel und küsste sie erneut. »Jetzt hab noch viel Spaß.«

Eine Minute später war er verschwunden.

6

Nadja hatte Anna und Daniel lange nachgeschaut, als sie sich Hand in Hand und offenbar bis über beide Ohren verliebt entfernt hatten, um eine Weile allein zu sein. Der Anblick zweier Menschen, die so voneinander eingenommen waren, hob ihre Stimmung, während ihr zugleich die eigene Einsamkeit bewusst wurde.

Kim betrachtete sie.

»Jetzt sind nur noch du und ich Single, Nadja«, sagte die jüngere Frau und fuhr sich durch die ohnehin schon zerzauste Kurzhaarfrisur. »Sollen wir Helena und Molly nach drinnen folgen? Wir müssen unbedingt die Häppchen probieren, die dein genialer Sohn kreiert hat. Ich habe einen Bärenhunger.«

Nadja nickte, dankbar dafür, dass Kim das Thema wechselte.

»Das müsst ihr unbedingt«, empfahl Tom. »Es gibt übrigens auch kleine geröstete Teilchen mit Pfifferlingen, die ganz … Hallo! Entschuldigt mich bitte, ich muss diese alten Spaßvögel vom Golfclub begrüßen. Hier ist dein Zimmerschlüssel, Nadja. Helena meinte, dass du das gelbe Zimmer bekommen sollst, ist das in Ordnung? Doppeltes Türschloss, Überwachungskamera und so weiter.«

»Danke, Tom, perfekt. Und jetzt geh und kümmere dich um deine Gäste.«

Der Zimmerschlüssel war mit einem löwengelben Seidenquast versehen. Tom entschuldigte sich, um die neu angekommenen Gäste willkommen zu heißen.

Nadja schaute Kim an. Es gab solche und solche Singles. Wenn du wüsstest, dachte sie. Dann würdest du mich nie wieder so ansehen. Und ich würde in deiner Gunst sinken wie ein Wackerstein.

Sie bahnten sich einen Weg durch die Menge und grüßten einige Bekannte. Nadja würde am liebsten ihr Handy hervorholen, um zu sehen, ob sie schon eine Antwort auf ihre letzte Nachricht bekommen hatte. Doch sie widerstand dem Impuls. Das musste warten, bis sie in ihrem Hotelzimmer war.

Vor den Buffettischen voller erlesener Speisen hatten sich lange Schlangen gebildet, und sie erblickte auch kurz ihren Sohn in seiner eleganten weißen Kochjacke. Er schaute ernst drein und war vollauf damit beschäftigt, die von ihm selbst zubereiteten, perfekt arrangierten Vorspeisen nachzufüllen. Sie überkam große Lust, ihn zu umarmen, doch er wirkte so konzentriert, dass sie ihn nicht stören wollte. Sie würde Sebbe später begrüßen.

»Du, ich will nur kurz hoch auf mein Zimmer, um zur Toilette zu gehen und die hier abzustellen«, erklärte Nadja und deutete auf ihre Reisetasche von Mulberry aus khaki-grünem Leder. »Bist du sicher, dass du nicht auch auch über Nacht bleiben möchtest? Es gibt bestimmt noch Platz.«

Kim schüttelte den Kopf.

»Nein, ich nehme lieber ein Taxi zurück oder fahre bei Sebbe und Molly mit. Ich würde gern in Skövde sein, etwas näher bei meinem Kleinen. Falls irgendetwas sein sollte, du weißt schon. Emilia hat mir vorhin geschrieben, dass er leichten Schnupfen bekommen hat.«

»Verstehe. Wir sehen uns gleich.«

Sie verließ den Festsaal und nahm die Treppe hinauf zum privaten Bereich der Familie Hedström im Ostflügel. Hier gab es nur eine Handvoll Hotelzimmer, alle von Helena persönlich eingerichtet. Sie und Tom besaßen eine eigene Suite, und nur wenige Türen entfernt lag das gelbe Zimmer. Nadjas Lieblingszimmer, was nicht nur daran lag, dass es besonders hübsch ausgestattet, sondern auch zusätzlich gesichert war. Nahezu alle Freunde und Nachbarn kannten Nadjas beruflichen Hintergrund und wussten, dass sie in ihrer Situation besonders auf ihre persönliche Sicherheit achten musste.

Nach dem Öffnen der massiven Zimmertür erblickte sie als Erstes einen Strauß cremefarbener Rosen, die sie wegen ihres intensiven Dufts so liebte. Die seidenweichen Blütenblätter leuchteten im Abendlicht fast wie von selbst, und neben dem Strauß stand eine in Zellophan gehüllte und mit einem Schleifchen versehene Stumpenkerze aus ökologischem Wachs von Nadjas Lieblingsmarke. Diese kleinen Aufmerksamkeiten waren so typisch für Helena.

Das Zimmer lag auf der Schattenseite des Ostflügels,

und es brannten lediglich zwei Nachttischlampen. Nadja streifte ihre High Heels ab und genoss das Gefühl, als ihre Fußsohlen fast in der flauschigen Auslegware versanken. Die Tapeten aus goldgelber Seide zierten handgemalte Laubranken und Vögel im exotischen Stil, und der Himmel des Bettes aus weißem Seidenstoff erinnerte an den Luxus vergangener Zeiten. Wenn er ihr heute Nacht doch nur Gesellschaft leisten könnte, er, an den Nadja fast ununterbrochen denken musste. Doch das war völlig ausgeschlossen.

Als sie ihr Handy zückte, beschleunigte sich ihr Puls. Drei neue Nachrichten, alle von »Gunilla Svensson«. So hieß er in ihrem Handy. Er, der sie verstand wie kein anderer, und der sie nach den schrecklichen Jahren mit Marko, Sebastians Vater, wieder an die Liebe hatte glauben lassen. Jene Jahre, die mit dazu beigetragen hatten, dass sie so sehr auf ihre Sicherheit bedacht war.

Sie wollte die Nachrichten nicht sofort lesen, sondern den Genuss noch ein wenig hinauszögern. Doch Nadja konnte nicht anders, als vorher rasch zu den Fotos von ihm zu scrollen. Die Gruppenfotos aus einer Kongresshalle wirkten absolut unschuldig, doch Nadja wusste genau, wo im Fotoarchiv ihres Handys sie sich befanden. Wie attraktiv er doch war! Im Prinzip schmachtete die gesamte Hochschule nach Gustav, doch sie war es, die er haben wollte, und sie ihn. Großer Gott, wie sehr sie sich nach ihm sehnte. Was allerdings nicht nur daran lag, dass er wahnsinnig attraktiv war, geradezu schön, und auch nicht nur daran, dass er klug und intelligent und für seine jungen Jahre unglaublich reif war. Er war vielmehr *the full package*, in jeder Hinsicht der Richtige – und zugleich der absolut Falsche.

Sie seufzte und vergrößerte ein Foto, auf dem sie beide nebeneinanderstanden, umgeben von vielen anderen Mitgliedern der schwedischen Delegation. Nadja zoomte es heran, so dass sein und ihr Gesicht das gesamte Display ausfüllten. Der wunderbare, kluge und liebevolle Gustav, der allerdings nur gut fünf Jahre älter war als Nadjas eigener Sohn. Sie schob den Gedanken beiseite, denn das war das Allerschlimmste.

Nadja schlich ins komplett gefliese Badezimmer. Sie hatte ihr Handy bei sich und öffnete seine letzten Nachrichten. Oh, wie sie es liebte, dieses langsame, sich aufschaukelnde Wechselspiel, bei dem die Erregung gradweise zunahm. Sie pinkelte rasch, wusch sich die Hände und überprüfte ihr Make-up, bevor sie wieder ins Schlafzimmer zurückkehrte. Dort legte sie sich aufs bequeme Bett und begann zu lesen.

16:23
Genau, keine gute Idee, ins Hotel zu kommen, zu riskant.

17:10
Muss dich heute Abend unbedingt sehen. Aber wo? Sehne mich nach dir.

19:41
Denke ununterbrochen an dich. Mache alles, was du willst.

Nadja schloss kurz die Augen. Ein Anflug von Begehren schoss durch ihren Körper, und sie las Gustavs letzte Nachricht erneut. Das hier war völlig verrückt und zugleich absolut wunderbar. Durchs gekippte Fenster wehte eine leichte Abendbrise herein, begleitet vom Stimmengewirr und der Musik vom Fest. Ihr kam eine Idee, und sie schrieb eine Antwort.

19:57

Komm um 23.00 zu den Silberfällen, kleiner Parkplatz. Nicht zum Hotel. Ich ziehe jetzt meinen Slip aus.

Sie schickte sie rasch weg, um zu vermeiden, dass sie es sich womöglich anders überlegte. Sie brauchte das hier, und das war gleichermaßen beschämend und wahr. Nadja war zwar schon seit mehreren Jahren nicht mehr in Therapie, aber wenn sie je den Mut aufbringen würde, sich jemandem anzuvertrauen und von ihren geheimen Treffen und ihrem leichtsinnigen Vorgehen zu erzählen, wüsste sie ziemlich genau, wie das Fazit lauten würde: Das war eine Art Rebellion, ein Aufbegehren. Und nicht zuletzt auch ein Sicherheitsventil, ein Atemholen von ihrer professionellen Seite als kontrollierte Dozentin, die sie ebenfalls war. Stets kühl und elegant, korrekt und belesen. Sie wollte an vorderster Front kämpfen und die Welt retten.

Auf dem Display wurden umgehend drei Punkte sichtbar, als Gustav seine Antwort schrieb. Nadja tat, was sie angekündigt hatte, sie streifte ihr dunkelblaues Spitzenhöschen ab. Dann stand sie vom Bett auf und öffnete ihre Reisetasche. Darin lagen eine Garnitur Wechselkleidung, ein Necessaire sowie ein Paar bequeme Sportschuhe – abgenutzte weiße Tennisschuhe, die sie schon als Teenager getragen hatte. Ihre Louboutin-Pumps in allen Ehren, aber die taugten nicht für ein verbotenes Stelldichein mitten in einer Sommernacht draußen in der Wildnis, und diese alten Sneaker passten außerdem mindestens genauso gut zu ihrem Sommerkleid von Diane von Furstenberg. Nadja schaute erneut auf ihr Handy. Gustav hatte geantwortet.

20:01
OK. Also noch drei Stunden Tortur. Ich liebe es.

Ich auch, Gustav, dachte sie und schloss kurz die Augen. Schon bald würde sie ganz nah bei ihm sein, aber jetzt war es Zeit, hinunterzugehen und sich noch für eine Weile unter die Festgäste zu mischen.

7

»Bitte noch ein Bier und einen Fireball Shot«, sagte Kim und stützte sich mit den Ellbogen auf die Theke.

Sie hatte nicht vor, besonders lange auf dem Fest zu bleiben, schon gar nicht jetzt, da ihr Sohn zu Hause bei seinem anderen Elternteil kränkelte. Dennoch hatte sie bereits zwei Willkommensdrinks intus, und danach waren noch ein Bier und ein Shot hinzugekommen. In ihrem Inneren erzeugte die künstliche Ausgelassenheit der Trunkenheit ein angenehmes Prickeln, was sie gern noch für ein paar Stunden festhalten würde. Die Sorgen würden sie schon früh genug wieder einholen, nicht zuletzt die Sehnsucht nach Rex und seiner anderen Mutter Emilia. Wie hatte es zwischen ihnen beiden nur so schieflaufen können? Sie hatten alles gehabt: Liebe, Geborgenheit, den süßesten kleinen Jungen der Welt, einen guten Job und ein schönes Haus in Rönnbacken, dessen Kauf Kims Eltern mitfinanziert hatten.

»Da bist du ja, Süße«, sagte Helena und stellte sich neben sie. »Alles gut? Wo sind denn Anna und Nadja? Hast du schon was gegessen?«

»Die Antworten lauten: Ja, weiß nicht und ja.« Kim lehnte den Kopf an Helenas Schulter. »Möchtest du auch einen Fireball?«

»Großer Gott, ja«, sagte Helena und drückte Kim einen Kuss auf die Wange. »Ich muss so oft an dich denken, weißt du das eigentlich? Du bist wirklich unglaublich, und ich bin echt froh, dass wir Freundinnen sind.«

»Okay … Du bist ja schon hackedicht, Helena. Sorry, aber so ist es.«

»Aha«, sagte Helena und schob beleidigt die Unterlippe vor. »Darf man hier nicht mal mehr ein bisschen nett sein, oder was?«

»Tut mir leid. Anstrengende Woche.«

»Schon klar.«

Helena kippte den Fireball Shot hinunter, der ihr gerade in einem hohen schmalen Glas serviert worden war.

Die Schatten des frühen Sommerabends waren länger geworden, und kleine Insekten umschwärmten die Lampions. Das Jazzquartett hatte sich bereits verabschiedet und Platz für einen DJ gemacht. Die Musik war entspannt und sanft, hatte aber auch etwas Drängendes.

Sie bestellten jede einen weiteren Shot und prosteten einander zu. Tom näherte sich seiner Frau von hinten und bewegte sich im Gleichklang mit ihr.

Kim ertappte sich dabei, wie sie wegsah. Sie schaffte

es nicht, den beiden zuzuschauen, konnte ihr verfluchtes Liebesglück einfach nicht mitansehen. Trotzdem drehte sie sich wieder zu ihnen um und lächelte. Es waren schließlich ihre Freunde.

Im Festsaal hatte man eine Tanzfläche mit blinkenden Discolampen eingerichtet, und als der DJs Beyoncés *Crazy in love* spielte, zog Helena Tom mit sich zum Tanzen. Mehrere Gäste applaudierten und johlten ihnen zu, bevor sie sich selbst begeistert ins Getümmel stürzten.

Kim wusste, dass es Toms und Helenas besonderer Song war. Mit einem Mal kam sie sich steinalt vor. Wie war das nur möglich? Abgesehen vom Servicepersonal war sie doch eher die Jüngste auf dem Fest, oder etwa nicht? Mit gerade mal einunddreißig Jahren bin ich zu einem verbitterten alten Weib geworden, dachte sie und wandte sich wieder der Theke zu, um einen weiteren Shot zu bestellen.

»Hej! Wie geht's?«

Der Mann war mittleren Alters und tiefgebräunt. Er hatte blondierte Haare und trug ein rosafarbenes Hawaiihemd im Retrostil, das ihm ziemlich gut stand.

»Alles bestens«, antwortete Kim.

»Coole Krawatte, die Sie da tragen, und coole Haare.«

Der Mann rutschte etwas zur Seite, um Kim an der Theke Platz zu machen.

Er sprach einen gepflegten Göteborger Dialekt und roch stark nach Rasierwasser. Sein Tonfall war einschmeichelnd, vielleicht sogar eine Spur ironisch.

»Okay«, sagte Kim abwartend.

»Also wirklich, eure Generation ist irgendwie merkwürdig«, meinte der blondierte Mann kopfschüttelnd.

Sein Gesichtsausdruck war amüsiert und skeptisch zugleich.

»Ihr sagt nie *danke*. Habt ihr das nie gelernt, oder was? Schlechte Kinderstube? Vielleicht hatten ja Mami und Papi Besseres zu tun?«

Kim verstummte für einen Moment. Der Kerl redete wirklich absoluten Schwachsinn. Doch das, was er über ihre Eltern gesagt hatte, war nicht weit von der Wahrheit entfernt, und das tat weh. Der berühmte wunde Punkt.

»Und warum sollte ich mich bei Ihnen bedanken?«, fragte Kim und erhaschte zufällig den Blick der Barfrau. Das junge Mädel verdrehte fast unmerklich die Augen.

»Weil ich Ihnen ein Kompliment gemacht habe?«, entgegnete der Mann. »Nun kommen Sie schon, was möchten Sie trinken?«

»Whatever. Fireball.«

Irgendetwas an diesem Mann erinnerte sie an ihren Vater. Vielleicht wäre es ganz lustig, sich mit ihm einen Schlagabtausch zu liefern. Denn so blöd oder ungehobelt war er doch wohl nicht, dass er glaubte, er könnte mit ihr flirten?

»Ich nehme dasselbe wie Sie«, lachte der Kerl im rosa Hawaiihemd.

Es hatte etwas Selbstgefälliges und Großspuriges, wie er da mit weitgespreizten Beinen auf dem Barhocker thronte. Er fuhr sich mit der Hand durchs gebleichte Haar und sah auf sie hinunter. Kim schaute ihm direkt in die Augen. Sein Blick wirkte glasig, und die dunklen Pupillen geweitet. War er etwa high? Die Anzeichen waren ihr leider nicht ganz unbekannt.

Ihre Shots wurden serviert, und sie prosteten sich verhalten zu, aber der Mann wirkte unbeirrbar. Das hier war eine Art Kräftemessen, vermutete Kim. Es belebte sie ein wenig, da ihr das Geplänkel wie eine willkommene Ablenkung von der schweren Düsterkeit erschien, die sie bedrückte.

»Dasselbe noch mal?«, schlug sie vor, geriet aber im selben Moment ins Wanken.

Der Mann merkte es. Verdammt, sie war viel betrunkener als beabsichtigt.

»Eine Limo für das toughe Mädel hier. Sie muss wieder nüchtern werden«, rief er der Barfrau zu.

»Und eine Ramlösa für den toughen Kerl hier«, ergänzte Kim rasch. »*Danke.*«

Der Mann starrte die jungen weiblichen Bedienungen an und leckte sich fast die Lippen, als die achtzehnjährige Molly auf sie zukam, um ihnen auf einem Tablett Häppchen anzubieten.

»Was für 'nen knackigen Hintern die junge Dame hat«, gluckste der Mann, nachdem sich Molly umgedreht und anderen Gästen an der Bar zugewandt hatte. »Stehen Sie auch auf Mädels? Oder eher auf Jungs, oder beides? Aber vielleicht sind Sie ja auch queer oder quer, oder wie das heißt, bei all diesen neuen Bezeichnungen kommt man ja nicht mehr hinterher.«

»Sie sollten vielleicht etwas vorsichtiger sein mit dem, was Ihnen so über die Lippen kommt«, entgegnete Kim. »Im Übrigen geht Sie meine Sexualität einen feuchten Kehricht an. Und die junge Dame, über die Sie sprechen, ist die Tochter der Gastgeber.«

»Das weiß ich doch«, entgegnete der Mann und grinste sie wie ein Raubtier an. »Tom und ich spielen schon seit einer Weile zusammen Golf. Aber ist doch wahr, dass die Kleine bildhübsch ist! Oder darf man so was heutzutage etwa auch nicht mehr sagen? Es ist ja schließlich ein Kompliment. Darf man denn gegenüber euch feministischen Lesben, oder was Sie nun sind, nicht mal mehr ehrlich sein?«

»Reißen Sie sich zusammen«, sagte Kim und durchbohrte ihn förmlich mit dem Blick.

Ihr Herz pochte heftig, und sie befingerte das kleine Fläschchen in ihrer Hosentasche. Das mit der farb- und geruchlosen Flüssigkeit, die sie eigentlich aufgehört hatte zu konsumieren, aber mitunter dennoch verlockend fand, insbesondere, wenn alles um sie herum nachtschwarz war. So wie jetzt. Eine Dosis hatte denselben Effekt wie zwei Starkbiere. Drei Dosen hingegen konnten einen Menschen ins Koma versetzen. Sie starrte dem Mann in die Augen und wich seinem Blick nicht aus.

Er stand vom Barhocker auf. Da er ein ganzes Stück größer war als Kim, wirkte er jetzt fast bedrohlich.

»Darf ich fragen«, begann er bedächtig. »Womit beschäftigt sich ein so kleines Mädchen, das dermaßen von sich selbst eingenommen ist wie Sie eigentlich tagsüber?«

»Ich leite mein eigenes Unternehmen und entwickele Computerspiele«, antwortete Kim.

»Aha«, sagte er und schnaubte auf. »Ich selbst rette Leben.«

Er machte auf dem Absatz kehrt und torkelte in Richtung Garten. Kim blieb entgeistert an der Bar stehen und stierte auf seinen Hinterkopf mit den merkwürdig blondierten Haaren. Ihre Finger umschlossen noch immer das kleine Fläschchen mit Ecstasy in ihrer Tasche.

8

Nachdem Daniel aufgebrochen war, war Anna noch eine ganze Weile im Rosenversteck sitzen geblieben. Am Himmel zeigten sich rosa und violette Streifen, und die Sonne würde gleich untergehen. Sie konnte noch immer einen leichten Duft seines Rasierwassers auf ihrer Haut erahnen und musste lächeln, als sie zum Fest zurückging und auf den Baum zuschlenderte, unter dem Helena und Nadja standen und plauderten.

»Hast du dich etwa umgezogen?«, fragte Anna und deutete auf Nadjas Sneaker.

»Ich habe mir eine Blase geholt. Wo ist denn dein Daniel abgeblieben? Großer Gott, was für ein sympathischer Typ.«

»Er musste leider zur Arbeit.«

»Wie schade!«, sagte Helena. »Du wirkst ein bisschen deprimiert, aber du bleibst doch noch, oder?«

Vom Ostflügel her drang jetzt wummernde Musik zu ihnen, und sie sahen die bunten Discokugeln blinken.

»Klar bleibe ich«, antwortete Anna. »Das Fest ist wirklich wunderbar, und ich muss unbedingt das Essen probieren. Aber wo ist eigentlich Kim?«

»An der Bar, tippe ich mal, wo sie sich am liebsten aufhält.« Nadja spähte nach drinnen. »Sollen wir reingehen und sie retten? Ich habe sie nämlich gerade hitzig mit einem Mann diskutieren sehen, aber jetzt steht er offenbar dahinten neben der Sitzgruppe. Der Typ im Hawaiihemd.«

Sie deutete diskret in seine Richtung, und Anna schaute hin.

Es war, als würde das Blut in ihren Adern zu Eis gefrieren. Als würde sie den Halt verlieren und in die Tiefe stürzen. Das war er. Der Mann, der damals alles zerstört hatte. Der Mann, der sie immer aufs Neue in ihren Albträumen heimsuchte. Der Mann, den sie eigentlich nie mehr wiedersehen wollte. Entspannt und braungebrannt stand er mit einem Weinglas in der Hand und einer Zigarre im Mundwinkel da und lachte gerade über irgendeine Äußerung seines Gesprächspartners.

»Was zum Henker«, schnaubte Helena, »hat dieser Mistkerl auf meinem Fest zu suchen?«

Es dauerte eine Weile, bis Anna begriff, dass Helena vom selben Mann sprach. Dem großspurig auftretenden Typen mit den blonden Haaren und dem quietschrosa Oberhemd. Helena warf ihm wütende Blicke zu, und Nadja schaute ihre beiden Freundinnen fragend an.

»Wisst ihr, wer das ist?«, fragte Helena. »Verflucht, offenbar hat Tom ihn beim Golf kennengelernt oder so.«

Anna schüttelte rasch den Kopf. Sie durfte ihre Verbindung zu diesem widerwärtigen Typen nicht offenlegen.

»Er kommt mir irgendwie bekannt vor«, sagte Nadja. »Ist er möglicherweise Arzt? Kann sein, dass ich kürzlich einen Artikel über ihn gelesen habe, aber ich erinnere mich nicht mehr so genau ...«

»Ein widerlicher Kurpfuscher aus Göteborg«, erklärte Helena. »Er hat bei meiner Tante eine Fehldiagnose gestellt, als sie Brustkrebs hatte. Hat sie wegen ihres BMI runtergemacht und anschließend noch versucht, ihr die Schuld in die Schuhe zu schieben. Wegen seiner unprofessionellen Behandlung wäre sie beinahe gestorben! Aber er hat auch massenweise andere Patienten falsch behandelt, und es ist ein Skandal, dass er seine Zulassung noch nicht verloren hat. Ich bin in einer privaten Facebook-Gruppe über ihn. Und jetzt steht er hier auf unserem Grund und Boden und säuft unseren Wein! Sorry, aber ich muss unbedingt Tom zu fassen kriegen. Dieser Arsch von Ripholm muss hier weg.«

Helena stapfte davon und ließ Anna und Nadja unter dem Baum stehen.

»Holla«, rief Nadja aus. »Hätten wir sie stoppen sollen? Aber was ist denn los? Du bist ja kreidebleich im Gesicht, komm, wir setzen uns erst mal.«

»Geht es Anna nicht gut?«, fragte Kim.

Sie war gerade herausgekommen und hielt einen angebissenen Macaron in der Hand.

»Drinnen gibt es jede Menge leckere Sachen, vielleicht solltest du etwas essen.«

Anna machte eine abwehrende Geste. Sie konnte den Mann nicht aus den Augen lassen und stand wie angewurzelt da, obwohl sie einfach nur so schnell wie möglich wegwollte, bevor er sie erblickte, bevor er …

Doch es war zu spät. Doktor Ripholm hielt ungefähr zehn Meter von ihr entfernt mitten in einer Bewegung inne. Es war, als hätte er gespürt, dass er beobachtet wurde. Ganz langsam drehte er den Kopf in Annas Richtung, und in dem Moment, als er sie erblickte, begannen seine Augen furchterregend zu funkeln. Es gab nicht den geringsten Zweifel, dass er sie erkannt hatte, obwohl seit ihrer letzten Begegnung fast neun Jahre vergangen waren. Ein bösartiges Lächeln umspielte seine Lippen, dann hob er die Hand und winkte. Anna tastete blindlings herum, sie war kurz davor, in Ohnmacht zu fallen. Doch Kim und Nadja standen neben ihr und stützten sie.

»Irgendwas ist mit dir nicht in Ordnung, Anna«, mutmaßte Nadja. »Komm, wir gehen rein und suchen uns ein ruhiges Plätzchen.«

Anna folgte ihnen ergeben. Kim ging vorneweg und bahnte ihren Freundinnen einen Weg zwischen den Partygästen auf der Terrasse hindurch. Im Ostflügel von Rosenlund herrschte jetzt eine ohrenbetäubende Lautstärke, und der DJ spielte rasante Tanzmusik.

Anna schluckte heftig und schaute sich ängstlich um. Hatten die anderen den Grund für ihren Schwächeanfall etwa mitbekommen? Nein, wie es schien, zum Glück nicht.

»Ich werde nach Helena und Tom Ausschau halten«, sagte Kim laut, um die Musik zu übertönen. »Oder hast du deinen Zimmerschlüssel schon bekommen?«

Anna schüttelte kraftlos den Kopf.

»Wir gehen hoch zu mir, ich wohne im gelben Zimmer«, rief Nadja Kim zu, die eilig auf den Küchenbereich zusteuerte.

»Die reizenden Damen wollen doch wohl nicht schon aufbrechen!«, rief eine durchdringende Männerstimme mit Göteborger Dialekt hinter ihnen.

Anna glaubte, ihr würde das Herz stehen bleiben. Nadja schaute den blonden sonnengebräunten Mann im rosa gemusterten Hemd verwundert an.

»Mit Ihnen würde ich gern ein Wörtchen reden«, fuhr er fort und ergriff Annas Hand. »Erkennen Sie mich wieder?«

9

Anna nickte stumm. Ripholms Hand war kräftig und fleischig, und sie wehrte sich nicht gegen seinen Händedruck. Er war ziemlich betrunken und schüttelte ihren Arm ein wenig, während er sich verneigte, fast so wie eine dümmliche Aufforderung zum Tanz. Ihr Unbehagen nahm zu, doch sie hatte keine Wahl.

Mit einer fast überirdischen Kraftanstrengung streckte Anna ihren Körper. Sie lächelte und schaute der verwunderten Nadja geradewegs in die Augen.

»Mir geht's schon besser«, erklärte sie mit so fester Stimme wie möglich. »Wir beide kennen uns, ist schon in Ordnung. Ich hole mir was zu essen und spreche kurz mit ihm. Wir sehen uns dann später.«

Nachdem Nadja sie in einer Ecke der Tanzfläche zurückgelassen hatte, seufzte Anna sowohl vor Erleichterung als auch vor Schreck. Das Letzte, was sie von Nadja sah, war ihr Handy, auf dessen Display sie mit konzentrierter Miene etwas las.

Ripholm ließ Annas Hand los.

»Das haben Sie gut gemacht«, lallte er. »Können wir uns vielleicht irgendwo ungestört unterhalten, Sie und ich? Was für ein Glück, dass ich Ihnen hier begegnet bin.«

»Ich kenne da einen Ort«, antwortete Anna und erschauderte trotz des warmen Sommerabends.

Im Rosengarten war kein Mensch zu sehen. Anna öffnete das Tor und ließ Ripholm den Vortritt. Mehrere altmodische Laternen verbreiteten ein schwaches Licht zwischen den Schatten der belaubten Sträucher. Einige Rosen hatten zur Nacht ihre Blüten geschlossen, während andere jetzt noch stärker dufteten.

Der blondierte Mann geriet ins Stolpern und packte Annas Oberarm, um nicht zu stürzen. Nachdem er das Gleichgewicht wiedergefunden hatte, ließ er sie erst wieder los, als sie seine zudringlichen Finger abschüttelte.

»Hoppla, so schlimm?«, brummelte er. »Also ich verstehe mich wirklich nicht auf euch Weibsbilder heutzutage.«

»Was wollen Sie von mir?«, fragte Anna tonlos.

»*Was wollen Sie von mir*«, äffte er sie nach und lachte übers ganze Gesicht. Seine Zähne waren unnatürlich groß und weiß, aber zum Zahnfleisch hin schwarz gerändert.

Im Dunkel des Rosenverstecks sah Doktor Ripholms Kopf aus wie ein Totenkopf, ein grinsender Schädel mit dunklen Augenhöhlen und eingefallenen Wangen.

»Ihnen scheint es jedenfalls gut zu gehen, Anna Sager«, fuhr er in normalem Tonfall fort. »Sie ahnen womöglich, was ich von Ihnen will?«

Sie zuckte lässig die Achseln, auch wenn sie innerlich alles andere als entspannt war. Ihr Herz pochte in einem Wahnsinnsrhythmus, und sie zitterte am ganzen Körper, versuchte es sich jedoch nicht anmerken zu lassen. Hatte er wirklich keine Ahnung davon, wie sehr ihre gemeinsame Vergangenheit ihr Leben beeinflusst hatte? Wie sehr sein Vorgehen während der letzten Jahre sie immer wieder aufs Neue traumatisiert hatte? Oder er wusste es ganz genau. Sie starrte ihn voller Abscheu an. Er war wirklich ein Sadist.

»Ich will *mehr* haben«, zischte Ripholm. »Ansonsten

sorge ich dafür, dass alle erfahren, was Sie für eine sind, und was Sie getan haben. Ihre ach so netten Freundinnen, die Kollegen an Ihrem reizenden Arbeitsplatz, der ganze verfluchte Ort. Und natürlich Ihre kleine Tochter. Alle werden die Wahrheit über Sie erfahren.«

Anna hätte ihm am liebsten einen Schlag direkt in die grinsende Visage verpasst. Er sah ihre Verzweiflung und ihren Zorn und kicherte manisch. Es war klar, dass er mehr intus hatte als nur zu viel Alkohol.

Das Tor zum Rosengarten quietschte.

Anna blieb reglos stehen, bis sie sah, wer gerade hereinkam. Es war Molly, die liebe nette Molly, die schon unzählige Male als Babysitterin auf Astrid aufgepasst hatte.

Molly hielt ihr Handy vor sich und schien gerade eine Nachricht zu schreiben. Sie wirkte müde. Als sie Anna und Ripholm im Dunkel des Rosengartens erblickte, hielt sie inne. In ihrem Blick zeigte sich ein Anflug von Abscheu, und sie schaute unsicher zwischen Anna und dem widerwärtigen älteren Mann hin und her.

»Oh, hej«, sagte sie zögerlich. »Anna, ich habe gehört, dass dein Date hier auf dem Fest sein würde, ist das ...?«

Molly deutete fragend auf den Mann mit dem rosa Oberhemd. Anna schüttelte heftig den Kopf, und Ripholm kicherte erneut.

»Haben Sie sich etwa einen Lover angelacht?«, fragte er in höhnischem Tonfall.

»Ja, habe ich«, antwortete Anna steif. »Aber er ist im Augenblick nicht hier, Molly. Und wir gehen jetzt zurück nach drinnen, mein Bekannter und ich. Wir reden später, okay? Danke für das wunderschöne Fest.«

»Ja, in der Tat, danke«, sagte Ripholm überspitzt. »Ach übrigens, Molly?«

»Ja, was ist?«

»Nur dass du es weißt. Du bist die heißeste Braut auf dieser ganzen Sause, dein Hintern ist wahnsinnig sexy, und wenn du willst, besorg ich's dir gleich hier und jetzt.«

Er stemmte die Hände in die Seiten, schwankte ein wenig und lachte selbstgefällig. Molly wirkte geschockt.

Diesmal überlegte Anna nicht lange. Sie gab ihrem Impuls nach und schlug ihm fest ins Gesicht.

Ripholm geriet ins Taumeln, hielt sich aber aufrecht. Jetzt grinste er nicht mehr. Ganz und gar nicht mehr.

»Das werden Sie noch bereuen, Anna Sager«, knurrte er mit einer Hand an der Wange.

»Komm, wir gehen zurück«, sagte Molly und zog Anna mit sich zum Tor. »Woher zum Teufel kennst du den denn?«

Sie eilten zurück zum Ostflügel, wo die Party mittlerweile noch lebhafter geworden war. Annas hohe Absätze klapperten auf dem gepflasterten Weg, doch sie spürte längst nicht mehr, wie unbequem ihre Schuhe geworden waren.

Was sollte sie darauf antworten?

»Ich kenne ihn nicht besonders gut«, sagte sie und biss sich auf die Lippe. »Bin ihm auf irgendeinem früheren Fest deiner Eltern begegnet. Und ich habe eine Weile in Göteborg gelebt, kann sein, dass wir uns dort kennengelernt haben ...«

Anna wollte nicht zu viel sagen, aber das war auch gar nicht nötig, denn sie wurde unterbrochen, als Helena auf sie zugestürmt kam. Die war ganz offensichtlich auf dem

Kriegspfad, ihre Augen blitzten wütend, und hinter ihr kam Tom mit verzweifeltem Blick angelaufen.

»Bitte, Helena«, flehte er. »Jetzt beruhige dich doch!«

»Nie im Leben! Wo ist dieser verfluchte Ripholm? Wie konntest du ihn nur hierher einladen, Tom? Ich hatte ja keine Ahnung, dass ihr Kontakt habt, ich hätte nie ...«

»Aber ich wusste all das über ihn ja gar nicht. Bitte beruhige dich!«

Tom klang flehend, doch Anna kannte ihn gut genug, um zu wissen, dass in seiner tiefen Stimme auch eine aufkommende Verärgerung lag.

»Ich werde mich *nicht* beruhigen!«, entgegnete Helena schnippisch. »Habt ihr ihn vielleicht gesehen, Mädels? Er muss unbedingt von hier verschwinden.«

Anna und Molly wechselten einen einvernehmlichen Blick, sagten jedoch nichts. Helena und Tom gerieten nur selten in Streit, doch wenn sie es taten, war es das Beste, sich herauszuhalten.

»Helena, ich höre ja, was du sagst, aber er ist unser Gast, und wir wollen hier keine Szene machen. Wir müssen nett zu ihm sein.«

Tom hielt beide Handflächen hoch.

»Bitte, lass mich das hier klären. Es ist mein Fehler, dass er hier ist. Wir haben uns halt ein paarmal beim Golfen gesehen. Ich sorge dafür, dass er verschwindet, aber auf meine Weise, okay? Und du beruhigst dich wieder.«

»Kapierst du nicht, was ich sage? Ich werde mich nicht beruhigen, und ich werde auch nicht nett sein«, wiederholte Helena.

»Wer ist nicht nett?«

Erneut diese widerwärtige höhnische Stimme. Anna erschauderte. Ripholm kam aus dem Rosengarten heraus direkt auf sie zu.

»Komm, wir gehen«, sagte Anna und zog Molly mit sich.

10

Anna zitterte am ganzen Körper und hielt Mollys Hand noch immer fest. Wie war das nur möglich? Wie konnte dieser widerliche Typ ausgerechnet heute hier sein? Ein Teil von ihr wollte panisch der Situation entfliehen, doch es war, als würde ihr Körper einfach nicht gehorchen.

»Geht zurück zum Fest, ihr anderen. Jetzt sofort«, sagte Tom im Befehlston. »Helena, ich kläre das hier. Wir dürfen die Hotelgäste nicht stören.«

»Willst du ihn etwa irgendwo hinfahren?«, fauchte Helena. »Vergiss es. So einen wie ihn brauchen wir weiß Gott nicht zu hofieren. Er kann sich ein Taxi nehmen, es gibt schließlich noch andere Hotels in der Nähe. Oder warum nicht in Skara Sommarland campen?«

»Lieber das, als noch eine Minute länger hier auf dieser lächerlichen Pseudoparty zu bleiben«, brummte Ripholm. »Tom, ich finde, du hast diesen Hühnerhof hier wirklich schlecht im Griff.«

»Lass uns jetzt in Ruhe, Fredrik. Verschwinde von hier«, brauste Tom auf, während er den vor sich hinkichernden Arzt am Arm packte.

Sein Griff wirkte fest. Er meinte es wirklich ernst, und

sein entschlossener Tonfall half Anna, die Kontrolle über ihre Bewegungen zurückzugewinnen. Mit stockendem Atem eilte sie zusammen mit Molly zurück zum Ostflügel. Helena blieb bei den beiden Männern, und Anna hörte ihren wütenden Protest im Rücken. Eigentlich ließ sie ihre Freundin nur ungern im Stich, doch es war wohl das Sicherste, die drei allein zu lassen, damit sie die Dinge ohne Einmischung von außen klären konnten.

Anna und Molly näherten sich wieder der wummernden Musik und dem fröhlichen Stimmengewirr. Die Erste, die sie im Garten erblickten, war Kim. Sie saß an den Sockel einer Statue gelehnt auf dem Boden und starrte ins Leere. Kim schien weder Anna noch die feiernden Leute um sich herum zu bemerken.

»Aber, Liebes, hier kannst du doch nicht sitzen«, sagte Anna und ergriff Kims Arm. »Molly, hilf mir doch bitte, sie reinzubringen.«

»Ist dieser Mistkerl endlich verschwunden?«, fragte Kim etwas zu laut.

Einige umstehende Gäste auf der Terrasse drehten sich um und starrten auf das kleine Grüppchen.

»Tom und Helena versuchen gerade, ihn hinauszukomplimentieren. Aber los jetzt, Kim, komm auf die Füße, du schaffst das«, forderte Anna sie auf, und mit vereinten Kräften gelang es ihnen, Kim aufzurichten. Ihre Krawatte hatte sich gelöst, und die Hose hatte Grasflecken abbekommen.

»Was für ein gottverdammtes herrliches Chaos«, feixte Kim und ließ dann den Kopf hängen.

»Das ist nicht witzig«, sagte Molly. Sie klang unglücklich. »Mama hatte sich so auf dieses Fest gefreut ... «

»Ich weiß.«

Anna versuchte, die junge Frau zu beruhigen, obwohl sie selbst völlig aus dem Gleichgewicht war. Sie musste alles daransetzen, die Fassade zu wahren, es hatte keinen Sinn, noch mehr aus ihrer Vergangenheit zu enthüllen.

»Diesem Widerling müsste man richtig eins auswischen«, lallte Kim.

Sie war sturzbetrunken, und Anna dachte, dass sie als Erstes jede Menge Wasser trinken und anschließend möglichst rasch ins Bett kommen sollte.

»Oh ja!«, sagte Molly. »Er war wirklich abstoßend. Danke, Anna, dass du … «

»Pst!«, machte Kim überdeutlich und legte den Zeigefinger auf die Lippen. »Ich hätte da so eine Idee. Aber das bleibt geheim!«

»Molly, könntest du mir vielleicht helfen, den Schlüssel für mein Zimmer zu finden?«, bat Anna. »Ich weiß, dass Kim am liebsten zurück nach Skövde fahren würde, aber ich glaube, es wäre am besten, wenn sie über Nacht bei mir bleibt. Und wenn ich deine Mutter richtig einschätze, hat sie mir das blaue Zimmer gegeben.«

»Das glaube ich auch. Kommt einfach mit«, forderte Molly sie auf. »Ich habe Zugang zu allen Schlüsseln, und in der Küche gibt es bestimmt auch Kaffee und belegte Brote, wenn ihr möchtet.«

Anna nickte und half Kim ins Gebäude. Für die meisten Gäste war das Fest noch in vollem Gange, aber was sie selbst betraf, war es in dem Augenblick vorbei gewesen, als sie Doktor Ripholm erblickt hatte. Sie zitterte noch immer am ganzen Körper wegen des Schocks und des Adrenalinschubs, und sie nahm die Menschen um sich herum nur als eine einzige flimmernde Masse wahr.

So rasch es mit Kim im Schlepptau ging, bahnte sie sich einen Weg durchs Getümmel im Festsaal und weiter in Richtung des Personalraums hinter der Küche. Weg vom Stimmengewirr und der lauten Musik. In einiger Entfernung erblickte sie Nadja, die mit dem Rücken zu ihnen stand und sich unterhielt.

Hinter den Kulissen arbeitete das Personal routiniert daran, das Fest am Laufen zu halten. Sie wichen einem jungen Mann mit einem großen Tablett voller Drinks aus, und Anna winkte kurz Nadjas Sohn Sebbe zu, der gerade vor dem Buffet stand und Fingerfood nachfüllte.

»Wie läuft's bei dir? Ich kann dir nachher helfen, die Küche sauberzumachen«, bot Molly ihm an und drückte ihrem Freund einen flüchtigen Kuss auf die Wange.

Anna sah, wie er errötete. Sebbe hatte genauso volles dunkles Haar wie seine Mutter, nur hellere Augen.

»Nett von dir, aber das brauchst du nicht.«

»Aber dann kämen wir heute Nacht früher nach Hause, das wäre doch gut«, entgegnete Molly. Er nickte.

»Das Essen war übrigens sehr lecker, Sebbe«, lobte Anna. »Du hast wirklich Talent.«

Der junge Mann errötete erneut und bedankte sich murmelnd, bevor er weitere Häppchen auf einer Platte drapierte.

Molly holte den Schlüssel zu Annas Zimmer, während Kim schlaff auf einem Stuhl in der Ecke der kleineren Restaurantküche im Ostflügel hing und aussah, als würde sie jeden Moment einschlafen. Es war traurig, sie so betrunken zu sehen, und irgendwo in Annas Kopf schrillten die Alarmglocken. Hatte Kim in diesem Sommer nicht besonders viel getrunken? Gab es vielleicht etwas, das sie als Freundinnen für sie tun könnten, und sollten sie sich überhaupt einmischen?

»Ich gehe mit ihr rauf in mein Zimmer und bringe sie zu Bett«, erklärte Anna. »Danke Molly. Tut mir leid, dass es überhaupt so weit gekommen ist. Ich bin gleich zurück, und dann sehen wir, was wir für deine Mutter tun können.«

»Kein Problem«, sagte Molly. »Sorry, aber ich könnte diesen widerlichen Kerl erwürgen.«

Ich auch, dachte Anna, sagte aber nichts. Sie sehnte sich danach, Daniel eine Nachricht zu schicken, oder, noch besser, ihn anzurufen und ihm zu erzählen, was passiert war. Aber was sollte sie ihm sagen? Nein, sie durfte es niemandem offenbaren und musste wohl oder übel weiterhin alles mit sich selbst ausmachen. Stattdessen stützte Anna die fast bewusstlose Kim bis hinauf in den ersten Stock ins blaue Zimmer. In einer dunklen Ecke des Korridors drückte sich ein knutschendes Pärchen herum, doch Anna bemerkte die beiden kaum. Sie konzentrierte sich einzig und allein darauf, Kim heil ins Zimmer zu bringen und anschließend in das breite Bett zu verfrachten.

»Danke, liebe ›Mama‹«, sagte Kim bereits im Halbschlaf.

Als es leise an der Tür klopfte, vermutete Anna, dass es Molly oder jemand anderes vom Personal wäre, doch es war Helena. Ihre Augen waren weit aufgerissen und rot gerändert, und es sah aus, als würde sie jeden Moment anfangen zu weinen.

»Darf ich reinkommen«, fragte sie leise.

»Ja natürlich. Es ist schließlich dein Hotel.«

»Ist Kim völlig hinüber?«, flüsterte Helena besorgt.

»Sie ist zwar nicht gerade in allerbester Verfassung, aber ich glaube, einigermaßen okay. Sie muss einfach nur ihren Rausch ausschlafen.« Anna betrachtete ihre zusammengekauert auf der Seite liegende, bereits tief schlafende Freundin. »Ist er jetzt weg? Ripholm?«

»Dieser verfluchte Mistkerl«, brummte Helena. »Ich weiß es nicht genau. Ich habe Tom einfach machen lassen. Verdammte Scheiße! Ich wollte, dass es das Fest unseres Lebens wird. Oder zumindest das beste des ganzen Sommers.«

»Das ist es doch auch«, versuchte Anna sie zu trösten.

Doch sie wusste nicht, ob es ihr gelungen war. Der Schock darüber, den Mann aus ihren Albträumen wiederzusehen, war ihr unter die Haut gegangen. Sie befürchtete, dass Helena fragen würde, warum sich Anna zusammen mit Ripholm im Rosengarten aufgehalten hatte, doch Helena schien dieses Detail zum Glück nicht zu interessieren.

»Wo ist eigentlich Nadja abgeblieben?«, fragte Helena.

»Sie stand unten und hat sich mit jemandem unterhalten, glaube ich«, antwortete Anna. »Sollen wir runtergehen und nachsehen? Es kann schließlich noch immer das beste Fest des Sommers werden.«

Sie bemühte sich, enthusiastisch zu klingen, glaubte aber selbst nicht an das, was sie sagte. Und es schien unklar, ob Helena ihre vermeintlich heitere Fassade durchschaute.

»Also gut. Starten wir einen Versuch. Die Leute tanzen noch immer wie wild, und es gibt jede Menge Leckereien«, sagte Helena und hakte sich bei Anna unter.

11

Die Nacht war nicht stockfinster, doch je weiter sich Nadja vom hell erleuchteten Hotel entfernte, desto deutlicher nahm sie die Dunkelheit hier draußen auf dem Land wahr. Der Fußweg hinauf zu den Silberfällen war holpriger als angenommen, und sie war froh, ihre Sneaker angezogen zu haben. Als die Wolken den Vollmond verdeckten, zückte sie ihre kleine Taschenlampe, denn sie wollte nicht riskieren, kurz vor ihrem heimlichen Stelldichein mit dem Fuß umzuknicken.

In ihrem Inneren kribbelte es erwartungsfroh, und sie war nicht im Geringsten ängstlich oder wachsam. Schließlich wusste niemand, dass sie hier war, außer ihm. Sie war noch nie einem Menschen begegnet, der ihr das Gefühl gab, so frei, verspielt und unerschrocken zu sein, wie Gustav. Eigentlich ein Widerspruch in sich, da ihr Verhältnis alles andere als risikofrei war.

Nadja blickte hinauf zu den Baumspitzen. Sie konnte die schwarze Silhouette der Felswand in der Dunkelheit ausmachen. Während ihres Spaziergangs hatte sie keinerlei Autos unten auf der Straße gehört, und sie nahm an, dass es noch ein paar Minuten dauern würde, bis Gustav angefahren käme.

In den Büschen um sie herum raschelte es, und im Mondschein erblickte sie einige umherflatternde Eulenfalter. Die Düfte der schwedischen Sommernacht waren himmlisch, und Nadja nahm ein paar tiefe Atemzüge. Das Fest in allen Ehren, aber das hier würde der Höhepunkt des Wochenendes werden, das spürte sie.

Als sie den kleinen Parkplatz im Wald erreichte, wurde die Vegetation spärlicher. Dahinter nahm der Bewuchs wieder zu, und als sie mit der Taschenlampe die Bäume anleuchtete, erblickte sie beidseits des schmalen Weges üppig wachsende Brennnesseln. Wäre es nicht womöglich bequemer, in Gustavs Auto zu bleiben? Nein, ein Tête-à-Tête unter freiem Himmel war etwas ganz Besonderes. Nadja liebte es, die Nachtluft auf ihrer bloßen Haut zu spüren. Es verursachte ihr ein besonderes Gefühl der Freiheit, was womöglich an ihrer strengen libanesischen Erziehung im Vorort Södra Ryd lag.

Auf einmal hörte sie ein einsames Heulen. Nadja war ziemlich sicher, dass es von einer Eule kam. Gustav hätte garantiert gewusst, um welche Art es sich handelte, denn seine Familie besaß einen großen Bauernhof in Sörmland, und eine Mitgliedschaft im Schwedischen Jagdverband schien für sie obligatorisch zu sein. Was Nadja durchaus gefiel. Wie auch ihre sonstigen jeweiligen Übereinstimmungen und Gegensätze. Ein junger blonder Doktorand und seine reifere kurvige Dozentin. Es war das absolute Klischee, doch es *hatte* auch etwas.

Jetzt näherte sich ein Auto. Nadja erkannte das Motorengeräusch wieder, und in ihrem Körper begann es zu prickeln. Gustav sprang aus dem Wagen und war in wenigen

Schritten bei ihr. Er war frisch geduscht, und seine Augen leuchteten in der Dunkelheit. Er sah eher aus wie eine Mischung aus einem muskulösen Personal Trainer und einem jungen Gutsbesitzer als der talentierte Wissenschaftler, der er war. In seiner Umarmung lag eine besondere Hingabe, und sie fuhr ihm mit den Händen durch den Schopf. Er bedeckte ihren Hals mit sanften Küssen. Es kitzelte, und sie kicherte wie ein verliebtes Schulmädchen.

»Wie sehr ich mich nach dir gesehnt habe«, sagte er leise und ergriff ihre Hand.

Die Aufrichtigkeit und Glückseligkeit in seiner Stimme verursachten ihr weiche Knie.

»Und was für eine nächtliche Klettertour hast du dir vorgestellt?«, fuhr er fort. »Ich hätte mich gern genauso schick gemacht wie du, doch das schien ja eher unnötig zu sein.«

Er rückte einen Riemen seines Sportrucksacks zurecht.

»Wir können ja fürs nächste Mal ein Date in Galakleidung ausmachen, wenn du willst«, schlug Nadja vor und schob ihre Hand unter sein Shirt. »Nur wir zwei. Dann kannst du dich gern für mich in Schale werfen und einen Smoking tragen. Aber nur, wenn ich ihn dir auch ausziehen darf.«

Gustav versuchte, sich ihr zu entziehen.

»Puh, bist du kalt!«, stöhnte er.

»Ich weiß, aber nur an den Händen. Kalte Hände, warmes Herz.«

»Dann komm«, sagte er und schob sein Shirt ein wenig hoch. »Komm und berühre mich.«

»Du willst nichts lieber als das, stimmt's?« Nadja lächelte schelmisch.

»Nein. Oder doch. Ich wünschte, wir bräuchten uns nicht fein rausgeputzt zu einem Dinner unter vier Augen zu treffen. Ich würde dich so gern einmal ausführen, dich meinen Leuten vorstellen. Und allen zeigen, dass wir zusammengehören.«

»Du weißt, dass das nicht möglich ist. Komm, lass uns jetzt zu den Silberfällen gehen.«

Gustav ließ es sich nicht zweimal sagen und folgte ihr den dunklen Pfad entlang. Natürlich war es schade, dass ihre Liaison geheim bleiben musste, da sie ein absolutes Tabu war. Aber wenn sie ganz ehrlich zu sich selbst war, machte vielleicht gerade das Verbotene einen Teil der Verlockung aus.

Sie schob die Gedanken beiseite und blieb stehen, um mit ihrer Taschenlampe den Weg auszuleuchten. Wenn sie es richtig in Erinnerung hatte, waren sie jetzt kurz vor der Treppe hinauf zum ersten Absatz, und als sie die Ohren spitzte, meinte sie, das plätschernde Wasser des Bachs zu hören, der parallel zum Pfad floss. Ein Zeichen dafür, dass sie sich näherten. Gustav überraschte sie mit einem Kuss in den Nacken. Dann löste er ihre Hochsteckfrisur und umfasste mit beiden Händen ihr Gesicht. Der Mond schien auf sie beide hinunter, und Nadja schloss die Augen und ließ Gustav behutsam ihre Schlüsselbeine und Brüste liebkosen.

»Komm, wir gehen weiter«, flüsterte sie.

»Warum flüstern wir eigentlich?«, fragte Gustav gedämpft.

»Vielleicht, weil es dann noch intimer ist«, murmelte Nadja.

Die Treppe mutete steiler an, als sie es in Erinnerung hatte, und eine Stufe war kaputt. Als sie den höchsten Absatz erreichten, war das Rauschen der Wasserfälle deutlich zu hören. Hier oben herrschte eine geheimnisvolle, zauberhafte Atmosphäre, doch Nadja hoffte, dass ihnen keinerlei Gefahr drohte, solange sie auf dem Pfad blieben.

Hier oben an der Bergflanke wehte es stärker, und Nadja begann zu frösteln.

»Du frierst ja«, stellte Gustav fest und setzte seinen Rucksack ab. »Leuchte mal da hinten hin, dort scheint es eine geschützte Lichtung zu geben.«

Er hatte recht. Nadja nahm dankbar eine der beiden Fleecedecken aus seinem Gepäck entgegen. Die andere breitete er im weichen Gras aus.

»Komm, wir kuscheln uns ein wenig aneinander«, sagte er, bevor er sich setzte und die Arme ausbreitete.

Es war himmlisch, sich unter freiem Himmel an Gustavs Körper zu schmiegen. Hoch über ihnen wölbte sich das unendliche schwarze Universum.

»Ach, warte«, sagte er und streckte sich nach dem Rucksack. »Ich habe noch etwas anderes dabei.«

Er zog eine Thermoskanne aus Edelstahl heraus.

»Ist das wahr?«, rief Nadja aus. »Also wirklich, du bist einfach zu süß.«

Gustav goss dampfend heißen, nach Minze duftenden Tee in zwei kleine Becher, woraufhin sie sich schweigend zuprosteten. Dieses gemeinsame abendliche Teetrinken war für sie zu einem Ritual geworden. Auch wenn sie sich oftmals nicht im selben Raum oder gar im selben Land aufhielten, versuchten sie jeden Abend, ihren Tee zu trinken und dabei aneinander zu denken. Manchmal telefonierten sie dabei oder sahen sich im Videocall, manchmal chatteten sie nur. Als Gustav über Mittsommer auf einer Hochzeit in Skåne eingeladen war und es vergessen hatte, oder vielleicht auch nicht die Möglichkeit dazu gehabt hatte, hatte sich Nadja einsam und im Stich gelassen gefühlt, auch wenn sie es vor sich selbst nicht zugeben wollte. Gustav war zu einem wichtigen Teil ihres Lebens geworden, weitaus wichtiger als anfangs beabsichtigt, als sie sich im Jahr zuvor während einer Konferenz in den USA auf eine Romanze mit ihm eingelassen hatte.

Die Erkenntnis, dass Gustav ihr viel bedeutete, war wunderbar, doch zugleich setzte sie ungeahnte Ängste in ihr frei. Denn Nadja hatte sich damals, als ihr Sohn noch klein war, geschworen, ihr Herz nie wieder vorbehaltlos an einen Mann zu verlieren. Damit würde sie sich zu verwundbar machen.

Nachdem sie in entspannter Stille ihren Tee getrunken und einfach nur eine Weile beieinandergesessen hatten, ließ Gustav sich fallen und legte sich der Länge nach auf die Decke.

»Das war eine wirklich gute Idee«, sagte er genüsslich. »Und wann musst du wieder zurück zum Fest?«

»Ich muss heute Nacht gar nichts.«

»Mein Gott, wie schön.«

»Mhm, und weißt du, was noch schön ist?«, fragte sie neckend.

»Nein, sag schon.«

Im Mondschein sah sie, dass seine Augen zu funkeln begannen.

»Dass ich keinen Slip trage«, antwortete Nadja und legte sich neben ihn.

»Bist du sicher? Soll ich mal nachsehen?«

»Das wäre wohl das Beste.«

Gustav stützte sich auf den Ellenbogen. Seine Hand glitt unter die Decke und berührte ihren Oberschenkel, von wo aus sie sich langsam und vorsichtig weiter hinauftastete, beständig Nadjas Reaktionen prüfend. Die Tatsache, dass er so behutsam vorging, sich Zeit nahm und ihre Bedürfnisse immer an erste Stelle setzte, war etwas, womit Nadja in ihren vorherigen Beziehungen nicht gerade verwöhnt worden war. Im Eheleben mit Sebbes Vater Marko war es eher hitzig und plump zugegangen, und ihre Wünsche hatten nur selten eine Rolle gespielt.

Das hier war etwas ganz anderes, Welten davon entfernt. Gustavs liebevolle Art beim Sex hatte sie Dinge erleben lassen, die sie nie für möglich gehalten hätte, wie reine Ekstase. Und mitunter ertappte sie sich selbst dabei, völlig verrückte sentimentale Gedanken zu hegen, wie zum Beispiel, dass sie ihn liebte.

Der wissenschaftliche und etwas zynische Teil von Nadja neigte dazu, das Ganze zu rationalisieren und ihre Empfindungen logischen Prozessen zuzuschreiben. Wie dem Östrogen in ihren vierzigjährigen Eierstöcken und der Produktion von Dopamin, dem sogenannten Glückshormon, das auch als Suchthormon bezeichnet wurde, und nur dadurch vermehrt ausgeschüttet wurde, weil sie nicht immer ungehindert zusammen sein konnten. Ganz zu schweigen von der erhöhten Produktion von Oxytocin dank ihres Körperkontakts und den euphorischen Orgasmen. Zuweilen verdammte sie ihr langweiliges Forscherhirn und dessen Neigung, alles zu analysieren. Manches durfte doch einfach nur angenehm sein, unerklärlich und etwas mystisch. Sie müsste besser darin werden, es so zu sehen.

Die kühle Nachtluft war weich wie Seide. Nadja sank zurück und gab sich ihren Sinneseindrücken sowie diesem phantastischen jungen Mann hin. Gustav. Sie flüsterte seinen Namen, ließ ihn sich auf der Zunge zergehen.

Sie tauschten die Plätze, und sie setzte sich rittlings auf ihn. Er führte seinen Zeigefinger in ihren Mund, und sie sog daran, ließ die Zunge seitlich darüberfahren und seine Daumenfalte kitzeln. Er wand sich unter ihr und stöhnte genussvoll. Als Nadja irgendwann entdeckt hatte, wie sehr er es liebte, wenn sie sich seinen langgliedrigen sensiblen Fingern widmete, war sie entzückt gewesen.

Seine Augen waren groß und weit aufgerissen, der Gesichtsausdruck ernst, fast feierlich. Sie half ihm, die Hose auszuziehen, jetzt war er hart und erregt. Sie zog ihr Kleid hoch und ließ sich langsam nach unten sinken, bis sie wieder rittlings auf ihm saß. Als sie miteinander verschmolzen, stieß sie ein Wimmern aus und warf den Kopf zurück, während sie ihn ritt. Es dauerte nicht lange, bis sie beide ihren Höhepunkt erreichten, und sie konnte nur hoffen, dass er dasselbe empfand wie sie. Denn das, was sie erlebte, war himmlisch.

Danach lagen sie sich für eine Weile schweigend in den Armen. Fast immer wurde Nadja unmittelbar im Anschluss von Wehmut erfasst, denn sie wusste, wie gern Gustav bei ihr würde bleiben wollen. Wie sehr er sich danach sehnte, die ganze Nacht mit ihr zusammen zu sein und morgens gemeinsam aufzuwachen, ganze Tage Seite an Seite zu verbringen und ein richtiges Paar zu sein.

Es war etwas beschwerlich, die steile Treppe an der Bergflanke im Dunkeln hinunterzusteigen, auch wenn ihr die potenzielle Gefahr nichts anhaben konnte. Doch ihr wurde schlagartig bewusst, dass dieses Unterfangen völlig verrückt war. Höchstwahrscheinlich ausgelöst durch ihre Angst und Sorge davor, dass Gustav und sie sich schon bald würden trennen müssen. Jetzt, da der Gedanke einmal Besitz von ihr ergriffen hatte, würde es schwer werden, ihn abzuschütteln. Ihre Situation war derart riskant, dass sie damit sowohl ihre als auch Gustavs Zukunft aufs Spiel setzten. Eine durch und durch unmoralische Verbindung. Es gab nichts, womit sich Nadjas Handeln hätte rechtfertigen lassen. Und das, obwohl sie eigentlich eine erwachsene, reife und hochqualifizierte Person war. Doch tief in ihrem Innerem gab es einen kleinen dunklen Fleck. Vielleicht war es eine alte seelische Verletzung, oder sie war schlicht und einfach so gestrickt, dass sie gelegentlich alle Aufgaben und Verpflichtungen abschütteln und sich absolut verantwortungslos benehmen musste, um Druck abzulassen.

Nadja lehnte sich gegen Gustavs Wagen, während sie sich umarmten und zum Abschied küssten. Einmal, zweimal, immer wieder. Einmal glaubte sie zu hören, dass irgendwo im Wald unweit des Parkplatzes ein Zweig zerbrach. Doch Gustav schien nichts bemerkt zu haben, und sie schob es darauf, dass sie hier draußen in der Stille jedes noch so kleine Geräusch überdeutlich wahrnahm. Kurz darauf meinte sie, im Gebüsch ein Tier auszumachen, im

Augenwinkel sah sie etwas vorbeihuschen, womöglich ein helles Fell, doch es ging zu rasch. Dann fuhr Gustav los, zurück zu seiner kleinen Mietwohnung in Skövde.

Nadja ließ während des kurzen Spaziergangs zurück nach Rosenlund ihre Taschenlampe durchgehend eingeschaltet, denn der Mond war hinter dichten Wolken verschwunden, und in der kompakten Dunkelheit konnte man nichts sehen. Sie tat ihr Bestes, um die Leere in ihrer Brust zu verdrängen.

12

»Ich kapiere einfach nicht, wie es so weit kommen konnte«, sagte Helena und schloss die Tür von Toms und ihrer Suite hinter sich.

Das Fest war vorüber, und über Rosenlund hatten sich Dunkelheit und Stille gelegt. Sie streifte die Cowboystiefel ab und kickte sie weg, so dass sie neben dem breiten Bett landeten. Sie war betrunken, doch der Rausch nahm allmählich ab. Irgendwer, vielleicht ihre älteste Tochter, hatte einen prächtigen Rosenstrauß auf den Couchtisch gestellt. Die Blüten waren Ton in Ton mit der pastellfarbenen Einrichtung, doch Helena bemerkte sie kaum. Die erste ungezügelte Welle der Wut hatte sich gelegt, und jetzt machte sich eine große Enttäuschung in ihr breit. So hätte der Tag eigentlich nicht enden sollen.

Tom saß vornübergebeugt auf einem Sessel und begrub das Gesicht in den Händen.

»Müssen wir denn unbedingt darüber reden? Ripholm ist doch anscheinend am Ende gefahren«, seufzte er kopfschüttelnd.

»Anscheinend? Du weißt es also nicht genau?«, fragte Helena in bissigem Ton.

Eigentlich hatte sie keine Kraft mehr, um noch weiter zu streiten, doch es fiel ihr schwer, die Enttäuschung auszublenden. Wie war es nur möglich, dass ihr Ehemann mehrere Jahre mit diesem Widerling Golf gespielt hatte, ohne dass sie es wusste und ohne dass Tom begriffen hatte, wer Ripholm war oder was er war? Ein inkompetentes Ekel ohne den geringsten Anstand. Ein Mann, der Menschen, die auf medizinische Hilfe angewiesen waren, systematisch in Lebensgefahr brachte. Vielleicht war es ungerecht, aber sie fühlte sich von Tom verraten.

Sie sah an seiner Körperhaltung, dass er nicht nur müde, sondern ebenfalls enttäuscht war. Insbesondere von ihr, wie sie befürchtete. Es war nicht das erste Mal, dass ihr hitziges Temperament und ihre mangelnde Impulskontrolle zu Konflikten zwischen ihnen geführt hatten, doch es war schon lange her, dass es so ernste Konsequenzen gehabt hatte. Tom hatte sie angeschrien, noch dazu vor ihren Freunden! Und sie wiederum ihn und zudem noch einen Gast. Auch wenn der Gast es verdient hatte, war es beschämend. Eigentlich wusste sie es besser. Verflucht auch. Und das ausgerechnet heute Abend!

Helenas Blick schweifte zu ihrer Handtasche auf dem Nachttisch. Darin lag ihr positiver Eisprungtest wie ein stillschweigendes Versprechen, eine Gelegenheit, die dem ganzen Tag einen Schimmer der Glückseligkeit verliehen hatte. Und jetzt das hier. Nein, Teufel auch, diese Nacht könnte noch immer schön werden. Helena holte tief Luft und schlug einen anderen, sanfteren Tonfall an.

»Tom?«, sagte sie gedämpft. »Danke, dass du versucht hast, die Situation zu retten.«

Er schaute sie an und begegnete ihrem Blick, zuckte dann jedoch resigniert die Achseln.

»Ich fand unseren Tanz vorhin übrigens wirklich toll«, sagte sie und näherte sich ihm barfuß. »Es gibt wirklich niemanden, mit dem ich noch immer so viel Spaß habe wie mit dir.«

Helena schlüpfte zwischen seine Beine und kniete sich vor ihm auf den Boden. Der Volant ihres langen Kleides legte sich in weichen Falten um sie herum. Sie versuchte, alle anderen Gedanken beiseitezuschieben, und ergriff mit beiden Händen seinen Nacken, streckte den Rücken und zog ihn zu sich heran.

Der Kuss war innig und weckte eine heftige Sehnsucht in ihr, die sich heiß bis ins Zwerchfell und ihren Unterleib ausbreitete. Tom und sie passen so gut zusammen, und Helena wusste genau, was sie tun müsste, um ihn auf andere Gedanken zu bringen. Sie zog den Ausschnitt ihres Kleides ein wenig herunter, so dass die Ansätze ihrer runden sommersprossigen Brüste unter dem grauen Spitzen-BH sichtbar wurden. Sie stützte ihre Hände auf seine kräftigen Oberschenkel und schaute ihn wollüstig an. Normalerweise törnte es ihn unglaublich an, wenn sie sich mit Händen und Mund seinem Hosenschlitz näherte, doch Tom blickte ausdruckslos drein und berührte sie nicht.

So leicht ließ sich Helena nicht unterkriegen. Sie stand

auf und hob, ohne den Augenkontakt mit ihrem Mann aufzugeben, langsam den Saum ihres Kleides an. Stellte einen Fuß auf die Armlehne und begann bedächtig, sich selbst zu streicheln. Ihr Atem ging schneller, und sie lächelte spielerisch, während sie ihre Haare ausschüttelte, wobei ihr einige zerzauste Locken ins Gesicht fielen. Sie nahm Toms Hand und führte sie an die weiche Haut ihres Oberschenkels.

»Spür mal«, flüsterte sie. »Spür, was du mit mir machst.«

Doch Toms Hand war unbeweglich und steif. Was war nur los mit ihm? Helena stellte mit Erschrecken fest, dass er gelangweilt wirkte, oder war er genervt? Enttäuscht darüber, dass das Fest nicht reibungslos abgelaufen war? Vielleicht hatte er ein anderes Verhalten von ihr erwartet.

»Was ist?«, fragte Helena.

»Ich weiß nicht«, antwortete Tom und schaute weg.

»Willst du nicht?«, fragte sie flehend und versuchte, sich auf seinen Schoß zu setzen und ihn zu umarmen.

Tom erwiderte die Umarmung, doch es wirkte erzwungen und unnatürlich. Als wären sie einander völlig fremd. Als würde er sie nicht im Geringsten attraktiv finden und sie sich ihm aufdrängen.

»Vielleicht solltest du dir trotz allem einen Drink holen, um zu entspannen«, sagte Helena dicht an seiner Wange.

Nachdem Helena auch nach mehreren Monaten nicht schwanger geworden war, hatte Tom diverse Versuche unternommen, gesünder zu leben, in der Hoffnung, dass es womöglich ihre Chancen verbessern würde. Er hatte mehrere Zeitungsartikel über den Zusammenhang zwischen Alter, Lebensgewohnheiten und einer verminderten

Spermienzahl gelesen, und in diesem Monat hatte er beschlossen, auf Alkohol zu verzichten. Helena unterstützte ihn, sie bewunderte sein aufopferungsvolles Verhalten, und vielleicht hätte sie es ihm gleichtun sollen, wenn auch nur aus Solidarität zu ihrem Mann. Doch im Nachhinein war man immer schlauer.

»Keinen Drink«, antwortete Tom kurz angebunden.

»Sollen wir uns einfach nur hinlegen und kuscheln?«, fragte Helena.

Während ihrer fast zwanzigjährigen Beziehung war es nur selten vorgekommen, dass Tom nicht hart geworden war. Doch Helena wusste, dass es passieren konnte, insbesondere, wenn er unter starkem Stress stand oder sich nicht gut fühlte. Außerdem war er schließlich schon über fünfundfünfzig, ihr wunderbarer Mann. Sie sollte vielleicht im Hinterkopf behalten, dass es mit den Jahren häufiger vorkommen könnte. Doch Helena konnte nicht umhin, es persönlich zu nehmen. Begehrte er sie nicht mehr?

Sie gab jeden Versuch auf, verführerisch zu sein, zog sich rasch nackt aus und glitt unter die Bettdecke.

»Kommst du?«, fragte sie mit brüchiger Stimme.

Tom streifte mechanisch seine Kleidung ab, fast, als hätte man ihn gezwungen. Trotz ihrer Enttäuschung und Frustration geschah etwas mit Helenas Körper, als sie seine breiten Schultern und die Haare auf seiner Brust erblickte, die sich zum Bauch hinunter zu einem schmalen Strang verjüngten. Wie so viele Male zuvor dachte sie, welch phantastischen und gut aussehenden Mann sie doch hatte. Er war kräftig und muskulös, seine Haut war jahrein jahraus goldbraun, und wenn er ihr mit seinem charmanten Funkeln in den Augen zuzwinkerte, bekam sie noch immer weiche Knie. Doch jetzt sah sie darin nur Gleichgültigkeit.

Dennoch kam er zu ihr unter die Decke. Helena legte sich auf die Seite, ergriff seine Hand, und streichelte sie. Sie wollte ihn dazu bringen, sie von hinten zu umarmen, normalerweise wurde er ganz wild, wenn er ihren Po an seinem nackten Unterleib spürte, doch sosehr sie auch ihre Verführungskünste bemühte, es tat sich nichts. Für gewöhnlich hätte er vor Erregung längst ihre Taille oder ihre Hüften gepackt und wäre steif geworden. Aber nein, sie konnte keinerlei Reaktion bei ihm hervorlocken, die zu mehr hätte führen können. Helena erschrak darüber, wie traurig es sie stimmte. Ihre Augen füllten sich mit Tränen, und sie schluchzte auf.

Tom musste bemerkt haben, dass ihr die Situation zusetzte, doch er lag einfach nur da, unwillig und angespannt. Normalerweise konnten sie immer miteinander reden. Was geschah nur gerade zwischen ihnen? Helena wurde von Panik ergriffen, und ihr Brustkorb begann zu schmerzen.

»Ich kann dich massieren«, bot sie an.

Tom antwortete nicht, doch stattdessen hörte sie seinen schweren Atem hinter sich. War er etwa kurz davor, einzuschlafen? Wie konnte es nur sein, dass man so nah und noch dazu nackt nebeneinanderlag, und sie dennoch das Gefühl hatte, als wären sie kilometerweit voneinander entfernt? Helena hielt es nicht länger aus.

»Du könntest mir wenigstens antworten«, sagte sie und drehte sich zu ihm um.

Im Hotelzimmer brannten mehrere kleine Leuchten und verbreiteten ein sanftes Licht. In der Regel genossen sie es, einander sehen zu können, wenn sie sich liebten. Doch im Augenblick hätte Helena gern darauf verzichtet, denn in Toms Gesicht zeigte sich nur Müdigkeit, Trübsinn und noch etwas anderes. Eine Art Widerwillen, der ganz sicher gegen sie gerichtet war.

Er wandte den Blick ab.

»Willst du mich denn nicht mal ansehen?«, fragte Helena.

Tom war noch nie zuvor so abweisend und verschlossen gewesen, nicht einmal nach ihren heftigsten Streitereien. Er räusperte sich.

»Hör auf«, sagte er mit monotoner Stimme. »Jetzt ist nicht der richtige Zeitpunkt, Helena. Ich kann nicht.«

»Was heißt das, du kannst nicht? Bist du nach dem Golf völlig am Ende, oder was?«

Diese Stichelei würde bei ihm sicher nicht gut ankommen, denn darunter verbarg sich die Andeutung, dass Helena härter arbeitete als Tom. Was jedoch nicht stimmte. Sie gönnte ihm all seine freien Stunden und Interessen, sie hatten einander immer viel Freiheit gelassen. Doch zu dieser späten Stunde, nachdem das Fest ganz und gar nicht so gelaufen war, wie sie es erhofft hatte, hätte ihr ein wenig Zweisamkeit gutgetan. Um Trost zu finden und seine Nähe zu spüren und nicht zuletzt das Gefühl zu bekommen, dass nichts von dem, was zuvor geschehen war, eine Rolle spielte. Dass sie beide gegen den Rest der Welt kämpften. Doch stattdessen lag sie jetzt hier und kam sich lästig und aufdringlich vor.

Je mehr sie darüber nachdachte, desto stärker wurde ihr Eindruck, dass Tom eiskalt agierte. Als wollte er sie dafür bestrafen, dass sie sich, völlig zu Recht, dem widerlichen Ripholm entgegengestellt hatte. Oder hatte sie eventuell überreagiert?

In Gedanken drehte und wendete sie das Geschehen. Nein, sie hatte richtig gehandelt. Es gab Situationen, in denen man beherrscht, diplomatisch und pädagogisch vorgehen musste, doch es gab auch solche, in denen man nicht lange fackeln durfte. Irgendetwas an diesem Doktor Ripholm war verdammt faul, und er hatte nichts auf ihrem Fest zu suchen gehabt.

»Nein«, antwortete Tom. »Ich bin nicht völlig am Ende nach dem Golf. Ich bin völlig am Ende nach deinem Ausraster.«

»Ist das so?«, fragte Helena spitz.

Der Vorwurf schmerzte. Eigentlich die ganze Situation, angefangen damit, dass er sich nicht getraut hatte, ihr erhobenen Hauptes zu sagen, was er dachte, sondern sich stattdessen wie eine Marionette zu ihrem Ehebett führen ließ, um dann eine Art Machtspielchen mit ihr zu treiben, indem er sich unnahbar und kühl gab, als wollte er sie maßregeln. Das war einfach zu hinterhältig. Sie sollte sich also hier im Bett liegend vor ihm erniedrigen und alles daransetzen, den Streit zu schlichten, um sich am Ende ein weiteres Mal anzuhören, wie schwierig sie war? Das musste sie sich nicht länger bieten lassen.

Helena setzte sich im Bett auf.

»Dann sind wir wohl fertig hier. Ich glaube, ich fahr jetzt nach Hause«, sagte sie mit erstickter Stimme.

Tom streckte den Arm aus und legte seine Hand auf ihren nackten Rücken. Sie wusste nicht, ob er beabsichtigte, sich mit ihr zu versöhnen, doch es war zu spät. Viel zu spät. Wütend schüttelte sie seine Berührung ab.

Tom sprang aus dem Bett und zog sich rasch an.

»Bleib du hier, bis du wieder nüchtern bist, Helena. Dann können wir überlegen, wie wir es in Zukunft halten wollen, du und ich. *Ich* fahre nach Hause.«

Und mit diesen Worten verließ Tom das Zimmer. Das Ganze ging so rasch, dass Helena kaum wusste, wie ihr geschah. Sie sprang auf und stolperte zum Fenster, um in die Dunkelheit hinauszuspähen. Wollte Tom jetzt allen Ernstes wegfahren? Sie hielt die Luft an, hoffte, dass er es sich anders überlegen und einsehen würde, wie dämlich das Ganze war, und wieder zurückkommen würde. Dann kam ihr ein weiterer Gedanke, ein geradezu entsetzlicher: Hatte Tom womöglich eine andere? Das würde seine ständige Müdigkeit und auch das Desinteresse an ihr erklären, das er heute Nacht gezeigt hatte. So drastisch hatte er sich ihr gegenüber noch nie benommen.

Helena lag mit ihrem Bauchgefühl nur selten falsch, irgendetwas stimmte ganz und gar nicht. Irgendwie war ihr Mann wie ausgewechselt. Wenn sie doch nur darüber reden könnten! Sie hoffte inständig darauf. Sie hoffte, dass er sich unten in der Küche ein Bier holen würde und auf andere Gedanken käme, um am Ende in ihr schönes Zimmer zurückzukehren. Doch nein, sie hörte das Motorengeräusch von Toms Auto und sah die Lichtkegel, als er auf die Straße einbog und verschwand. Sonst endeten ihre Auseinandersetzungen nicht so wie heute. In der Regel blieb er bei ihr, um die Dinge zu klären, und lief nicht einfach davon.

In ihrem Inneren machte sich Hoffnungslosigkeit breit,

und es verursachte ihr geradezu körperliche Schmerzen, auf diese Weise verlassen zu werden. Zurückgewiesen zu werden. Als wäre sie es nicht einmal mehr wert, sich mit ihr zu streiten. Sie spürte es im ganzen Körper und bis in die Seele hinein: Irgendetwas zwischen ihnen war kaputtgegangen.

13

Rosenlund lag dunkel und still in der Sommernacht. Nach dem Streit mit Tom konnte Helena nicht schlafen. Alles, was während des Abends passiert war, ging ihr wieder und wieder durch den Kopf, und sie fühlte sich unwohl und verschwitzt. Seine Worte hatten sich wie Stacheln in ihr Herz gebohrt: »Dann können wir überlegen, wie wir es in Zukunft halten wollen, du und ich.« Was bedeutete das? Wollte er sich etwa scheiden lassen? Nein, das konnte nicht sein. Hätte sie es nicht längst bemerkt, wenn Tom so empfunden hätte?

Nachdem er weggefahren war und sie mit ihren dunklen Gedanken allein gelassen hatte, versuchte sie über eine Stunde lang, einzuschlafen, jedoch ohne Erfolg. Sie stand auf und erwog, ihm eine Nachricht zu schicken, um zu sehen, ob er in ihrer Villa in Skövde angekommen war, doch der Stolz verbat es ihr. Stattdessen überprüfte sie mit Hilfe der Suchfunktion ihres Handys Mollys Standort. Ihre Tochter war zumindest zu Hause.

Helena schminkte sich ab, duschte und rieb die Haut sorgfältig mit Feuchtigkeitslotion ein. Dann zog sie ein graues Shirt und Pyjamashorts an. Heute Nacht würde sie nicht mehr viel Schlaf bekommen, das wusste sie. Ihr Gehirn lief noch immer auf Hochtouren, und sie nahm lustlos einen Krimi zur Hand, fand jedoch keine Ruhe zum Lesen.

Ihr Blick fiel auf Toms Seite des Ehebettes, wo der Abdruck seines Kopfes auf dem Kissen noch immer zu sehen war. Trotz der warmen Luft fröstelte sie und kuschelte sich stattdessen in den Sessel. Denselben, auf dem er gesessen hatte, als sie versucht hatte, ihn zu verführen. Oje. Ihr Verhalten war peinlich gewesen, oder nicht? Alles hier im Raum erinnerte sie an Tom und daran, wie fürchterlich schief alles gelaufen war.

Sie nahm ihren Laptop zur Hand, zuckte aber kurz zurück, als das kalte Licht des Bildschirms sie blendete. Nachdem sich ihre Augen daran gewöhnt hatten, klickte sie ihren geheimen Ordner an und öffnete wahllos ein paar Dokumente. Wie war es möglich, dass Tom diesen Ripholm kannte, ohne dass sie davon gewusst hatte? Helena hatte sämtliche Verstöße des Arztes seit besagter Fehldiagnose erfasst, die ihre Tante fast das Leben gekostet hätte. Im Zuge dessen war ihr aufgefallen, dass Ripholms Karriere gespickt war mit aufsehenerregenden Vorfällen. Schon früher hatten Patienten Komplikationen erlitten und versucht, ihn zu verklagen. Doch irgendwie war es ihm immer wieder gelungen, spürbare Konsequenzen abzuwenden, was Helena dazu provoziert hatte, etwas Hässliches zu tun, auf das sie alles andere als stolz war: Ihm anonyme Hassbriefe zu schicken. Sie wollte, dass er selbst einmal spürte, wie es sich anfühlte, verunsichert und betroffen zu sein. Schließlich hatte Ripholm so vielen Patienten genau dieses Gefühl vermittelt.

Ein Blütenblatt fiel von einer der langstieligen rosafarbenen Rosen aus dem Strauß auf die Tischplatte. Helena hob es auf und führte das seidenweiche Blütenblatt über ihre Lippen. Es duftete nur leicht, aber himmlisch. Nein, sie hielt es nicht länger in diesem Hotelzimmer aus.

Sie streifte einen dünnen knielangen Morgenmantel über und schlüpfte in ihre flachen Sandalen. Sie wollte hinuntergehen und sehen, wie es mit dem Aufräumen nach dem Fest geklappt hatte, vielleicht gab es noch irgendetwas für sie zu tun. Sie hatte es schon immer verabscheut, untätig zu sein. »Der rastloseste Mensch auf der Welt, sie kann sich einfach nicht entspannen«, zogen ihre Töchter Molly und Nelly sie immer auf. Das stimmte bei weitem nicht, und Helena fand es etwas ungerecht von ihnen. Doch einmal, als sie in Österlen im Süden von Skåne Urlaub gemacht hatten, hatte sich Helena spontan einen Praktikumsplatz auf einer ökologischen Apfelplantage besorgt. Und während einer Reise nach Gotland war ihr in dem gemütlichen Hotel, in dem sie gewohnt hatten, sogar eine Teilhaberschaft angeboten worden, weil die Besitzerin dermaßen beeindruckt davon gewesen war, als sie zur Frühstückszeit ohne zu zögern eingesprungen war, als im Speisesaal Personalmangel geherrscht hatte. Möglicherweise war so etwas nicht gerade normal, aber wer wollte schon normal sein? Und was war überhaupt normal?

»Die Hotelbesitzerin weiß schließlich nicht, wie hyperaktiv Mama ist, sonst hätte sie ihr nie einen Job angeboten«, hatte Nelly gekichert, sich danach jedoch sofort entschuldigt, als sie sah, dass es Helena traurig stimmte. Diese vermeintliche Hyperaktivität, der hohe Energielevel und die mangelnde Impulskontrolle hatten sie bereits während ihrer gesamten Schulzeit begleitet, doch als Erwachsene hatte sie in diesen Eigenschaften zunehmend einen Vorteil gesehen.

Helena schlich durch den dunklen Korridor. Aus den anderen Hotelzimmern war kein Laut zu hören. Hoffentlich schliefen ihre Freundinnen gut. Unten schien der Mond in den Festsaal. Dort war einwandfrei geputzt und aufgeräumt worden. Das zusätzlich engagierte Personal hatte phantastische Arbeit geleistet, und Helena rief sich in Erinnerung, allen am nächsten Tag zu danken und ihnen eine Belohnung zukommen zu lassen. Sie steckte den Kopf in die blitzsaubere Restaurantküche. Dort drinnen war kein Mensch zu sehen, und das gesamte Geschirr schien am richtigen Platz zu stehen. Helena öffnete den großen Kühlschrank aus Edelstahl und erblickte darin eine Flasche Mineralwasser mit Zitronengeschmack. Sie hielt die kalte Glasflasche kurz an ihre Wange. Hier gab es nichts mehr für sie zu tun, alles war bereits erledigt.

So leise wie möglich öffnete sie die Doppeltüren zur Terrasse und trat hinaus in den dunklen Garten. Letzte Spuren der Trunkenheit verliehen ihren Bewegungen eine gewisse Unsicherheit, doch die Nacht war angenehm kühl. All diese Düfte und Geräusche, die sie umgaben. Eine schwache Brise ließ das Laub in den Baumkronen rascheln, und die kleinen weißen Blüten des Jasmins, der am Spalier hinaufrankte, leuchteten in der Dunkelheit. Der Tau glitzerte auf dem Gras, und Helenas Herzschlag beruhigte sich umgehend. Das hier war besser. Die Natur tat ihr immer wieder gut. Draußen zu sein, gab ihr inneren Halt und erdete sie.

Die Terrasse war aufgeräumt, die Gartenmöbel waren fein säuberlich in Gruppen arrangiert, und niemand hätte ahnen können, dass sich hier nur wenige Stunden zuvor nahezu sechzig Menschen in Feierlaune nach Herzenslust amüsiert hatten. Helena verspürte eigentlich keine Lust, in den Rosengarten zurückzukehren, wo alles Übel seinen Anfang genommen hatte, doch irgendetwas in ihrem Inneren sorgte dafür, dass sich ihre Füße genau in diese Richtung bewegten. Vielleicht musste sie ihr bezauberndes Eigentum wieder neu erobern. Oder sichergehen, dass Ripholms unangenehme Gegenwart dort keine Spuren hinterlassen hatte. Etwas in der Art. Sie wusste es selbst nicht genau, aber auf einmal stand sie davor und öffnete das Tor.

Die Außenbeleuchtung war nachts ausgeschaltet, doch Helena fand den Weg zum Rosenversteck auch im Dunkeln. Sie wollte für eine Weile auf der steinernen Bank im Verborgenen sitzen und tief durchatmen, nur von blühenden Pflanzen umgeben. Der Kies unter ihren Riemchensandalen knirschte leise, und ihr Morgenmantel flatterte auf. Als sie die Laube umrundete, zeigte sich der Vollmond. Sein Licht schien geradewegs auf die reizende Kletterrose mit ihren vielen kleinen cremefarbenen Blüten, die betörend nach Honig dufteten. Helena blieb stehen und sog den wunderbaren Geruch ein, während sie die dunkelgrün glänzenden Blätter bewunderte. Glücklicherweise hatten die Rosen ihren Gärtnermeister gefunden. Adam war wirklich ein Geschenk des Himmels, ein so tüchtiger und pflichtbewusster Mensch.

»Hej«, hörte sie eine gedämpfte Stimme aus dem Schatten her grüßen. Aus der dunklen Ecke des Rosenverstecks stieg ein dünner Rauchfaden auf.

Helena stieß vor Schreck einen spitzen Schrei aus und stolperte geradewegs in einen Dornenbusch hinein. Sie hörte, wie der Stoff ihres Morgenmantels einriss, und verspürte zugleich ein Brennen im Unterarm.

»Entschuldigung, alles in Ordnung? Ich wollte dich nicht erschrecken!«

Es war Adam. Der hochgewachsene Mann beugte sich zu Helena herunter. Er ergriff ihre Hände und half ihr wieder auf die Beine.

»Ich konnte nicht schlafen«, sagte sie hilflos und versuchte, ihre Wunde in Augenschein zu nehmen.

»Ich auch nicht«, sagte Adam. »Bibbi war irgendwie unruhig und kläffte im Schlaf, da bin ich lieber mal rausgegangen und habe nach dem Rechten geschaut. Und dann habe ich die Gelegenheit genutzt, um mir eine Zigarette anzuzünden ... Aber Helena, du blutest ja! Komm kurz mit zu mir rein.«

Sie warf einen Blick auf den Anbau, ein kleines Häuschen, in dem Adam als Angestellter wohnte.

»Ich habe dich auf dem Fest gar nicht gesehen«, sagte sie, verzog jedoch vor Schmerzen das Gesicht, als die Schramme auf ihrem Arm brannte. »Aua, verflucht. Sorry, aber es tut etwas weh. Ich hoffe, ich habe die Pflanze nicht kaputt gemacht.«

»Ich mache mir mehr Sorgen um dich«, entgegnete Adam. »Kleine Wunden und gute Freunde sollte man nicht vernachlässigen, wie es heißt. Ich würde mir die Verletzung gerne näher anschauen, wenn das in Ordnung ist. Ich habe ein spezielles Gel im Haus, bei Rosendornen muss man nämlich aufpassen, das weiß ich aus eigener Erfahrung.«

»Ich komme mir richtig albern vor«, sagte Helena. Doch sie konnte nicht leugnen, dass die Wunde höllisch brannte.

»Das ist keineswegs albern. Wenn man nicht vorsichtig ist, kann man sich einen Wundstarrkrampf oder Nierenschäden oder alles Mögliche einfangen. Als ich einmal versäumt habe, eine Wunde zu desinfizieren, musste ich wochenlang Penizillin schlucken.«

Adam hielt ihr die Tür zu seinem Häuschen auf, das schräg hinter dem Hauptgebäude von Rosenlund stand.

Seine Hündin Bibbi streckte den Kopf aus ihrem Korb und betrachtete Helena schlaftrunken, doch als das Tier merkte, dass sein Herrchen zurückgekommen war, legte es sich rasch wieder hin und schlief weiter.

Helena konnte sich nicht daran erinnern, wann sie zuletzt im Anbau gewesen war, aber damals war es längst nicht so wohnlich und gemütlich gewesen. Das kleine Häuschen hatte niedrige Zimmerdecken, und Adam musste sich unter den Balken fast ducken, was ihn jedoch nicht zu stören schien. Die Gardinen mit kleinem Karomuster und die grob gearbeiteten schlichten Holzmöbel vermittelten ihr den Eindruck, geradewegs in einem Märchenbuch gelandet zu sein. In der Schlafnische erahnte sie Adams Bett, versehen mit einem gehäkelten Überwurf, eine filigrane Handarbeit, die sie an die Häkelleidenschaft ihrer Großmutter erinnerte. Es gab einen Kamin, in dem zurzeit allerdings kein Feuer brannte, und an der Gardinenstange hingen Büschel getrockneten Lavendels und Rainfarns. Helena fühlte sich sofort wohl. Das Häuschen hatte etwas Nostalgisches, ähnlich wie ihr Elternhaus, bevor ihre beiden halbwilden Brüder es übernommen und in einen Schrottplatz verwandelt hatten.

»Wie schön es hier ist«, sagte Helena und deutete auf die Gardinenstange. »Meine Mutter hat auch immer Pflanzen getrocknet ...«

»Jetzt schauen wir uns das mal an«, sagte Adam und riss ein Stück Haushaltspapier von der Rolle. »Setz dich, dann kann ich dich verarzten.«

Er deutete auf das verschlissene Ledersofa.

»Den Morgenmantel kann ich leider nicht reparieren...«

Den Rest hörte Helena nicht mehr. Es war himmlisch, einfach aufs Sofa sinken zu können und umsorgt zu werden. Adam redete weiter, während er ihr eine Schmerztablette und ein Glas Wasser brachte, bevor er einen metallenen Erste-Hilfe-Koffer hervorholte. Beim Abtupfen der Wunde brannte es, doch der Schmerz klang rasch wieder ab, nachdem Adam sie verbunden hatte. Anschließend sank er auf den freien Platz neben ihr.

Und dann passierte es. Im Nachhinein sollte Helena die Situation ein ums andere Mal analysieren. Sich kritisch hinterfragen, Selbstvorwürfe machen und nicht zuletzt versuchen, sich in Erinnerung zu rufen, woran sie kurz zuvor gedacht hatte, falls sie überhaupt etwas gedacht hatte. Doch je angestrengter sie versuchte, das Geschehen zu rekonstruieren, desto mehr gelangte sie zu der Einsicht, dass sie gar nicht viel gedacht hatte. Eigentlich überhaupt nichts. Sie hatte diesen entsetzlichen Fehler wie in einem Fieber begangen, innerhalb weniger Sekunden, in denen sie offenbar völlig von Sinnen gewesen war. Es gab keine Entschuldigung, es gab keine mildernden Umstände. Es war einfach passiert.

Die Erinnerungen blitzten in kurzen Bildsequenzen auf.

Da war ihre Angst bereits abgrundtief und die Scham so überwältigend, dass sie am liebsten im Erdboden versunken wäre. Doch in besagtem Augenblick hatte keinerlei Moral existiert, keine Logik. In diesem Augenblick, so erinnerte sich Helena, hatte sie dort in dem kleinen Häuschen auf dem Sofa ihren Kopf an Adams breite Schulter gelehnt. Er hatte ein verwaschenes, völlig durchlöchertes T-Shirt getragen, das bereits tausendmal gewaschen und fast genauso weich gewesen war wie seine Haut. Ihr war leicht schwindlig gewesen, sie hatte sich wie benommen gefühlt, traurig und todmüde. Doch zugleich hatte sie ein Kribbeln in ihrem Inneren gespürt, ein dumpfes Pochen tief im Unterleib. Adam war erschrocken zusammengezuckt, als sie ihren Kopf an ihn lehnte, doch dann hatte er den Arm angehoben und um ihre Schultern gelegt, und sie hatte die Hand auf seinen Oberschenkel gelegt, und dann irgendwie … Ab hier ging alles ganz schnell, und die Bilder waren völlig verschwommen, ein einziger Wirrwarr, wie in einem Rausch.

Sie erinnerte sich an ihren verbundenen Arm, und wie sie sich aus dem Morgenmantel mit dem blutdurchtränkten Riss im Ärmel geschält hatte. Seine hellbraunen, etwas zu langen Haare waren ihm in die Stirn gefallen. Sein großer weicher Mund hatte etwas Verletzliches gehabt. Seine Atmung, die rascher und heftiger wurde, und dann diese pochende, pulsierende, lustvolle, steinharte, federleichte, selbstverständliche, schonungslose, brutale Begierde. Ihre eigenen Geräusche, halberstickt, gierig. Sein kantiger unbekannter Körper, seine Hände um ihren Hintern. Es ging so schnell, sie zogen sich nicht einmal richtig aus, sie schob nur ihre Pyjamashorts zur Seite und half ihm, in sie einzudringen, und sie tat es aus völlig freien Stücken, es herrschte keinerlei Zwang. Sie benahm sich wie ein Tier.

Kurz darauf wankte sie davon, hinaus in die Nachtluft, die jetzt noch etwas kühler war, während sie sich klebrig, heiß, schwindlig und gleichsam wie betäubt fühlte. Es war, als würde sie das Ganze von außen betrachten, als wäre es einer anderen passiert. Adam lag noch immer halb ausgestreckt auf dem Sofa und schien im selben Moment eingeschlafen zu sein, als sie fertig waren. Schon bald würde sich ein hellerer Streifen am Osthimmel erahnen lassen, und in zwei Stunden würde die Sonne aufgehen und ein neuer Tag beginnen.

Zurück in ihrem Hotelzimmer wollte sich Helena erst gar nicht im Spiegel betrachten, doch sie zwang sich dazu. Ihr ungeschminktes Gesicht war bleich, und die Haut wirkte durchsichtig und transparent unter einer Schweißschicht. Ihr kupferrotes Haar war ein einziges Gewirr aus Locken.

Ich sehe aus, als hätte ich einen Unfall gehabt, dachte sie. Ich sehe aus, als wäre ich verrückt geworden.

Vielleicht war sie das ja auch. Denn wie sonst sollte sie sich das erklären, was gerade geschehen war? Sie hatte schließlich noch nie ein derartiges Interesse an Adam gezeigt. Hatte nicht einmal im Entferntesten daran gedacht! Sie liebte Tom. Aufrichtig, innig, von ganzem Herzen. Und nur Tom. Und trotzdem war es passiert. Aber wie? Konnte es sein, dass sie so unfassbar schwach und widerwärtig war? Offenbar ja. Die Scham ließ sie am ganzen Körper zittern.

Es war ein Anflug von Wahnsinn, dem sie so weit wie möglich beikommen musste, und zwar bereits an diesem Morgen, um danach nie wieder daran zurückzudenken.

14

Helena parkte den Wagen nahe der Domkirche in Skara und ging das kurze Stück am Gemüsehändler vorbei zur Apotheke. Die Angst lag wie eine schwere Decke auf ihr, und sie kam sich so unsäglich schmutzig vor.

Es war kurz vor neun Uhr an einem schönen Samstagmorgen, und der Ort war nahezu menschenleer. Die Apotheke öffnete nach dreiminütigem Warten.

»Hej, einmal die Pille danach, bitte«, sagte Helena und versuchte, ganz natürlich zu klingen, als sie dem Blick der Verkäuferin begegnete.

Was ist denn schon dabei, redete sie sich ein, doch es funktionierte nicht. Die gesamte Situation war völlig absurd, abwegig und beschämend. Es mutete etwas albern an, extra in einen anderen Ort zu fahren, um den nötigen Einkauf zu tätigen, aber sie wollte nicht riskieren, in ihrer Stammapotheke in Skövde einem Bekannten zu begegnen. Nicht jetzt, es ging einfach nicht.

»Gern«, sagte die Verkäuferin, oder war sie ausgebildete Pharmazeutin? Sie sah jedenfalls kaum älter aus als zweiundzwanzig. »Ist die für Sie selbst?«

Helena nickte und widerstand dem Impuls, mit den Fingernägeln auf den Tresen zu trommeln. Sie war so nervös, dass ihr fast schlecht wurde.

»Sind bereits mehr als drei Tage seit dem Geschlechtsverkehr vergangen? In dem Fall benötigen Sie nämlich eine spezielle Sorte.«

Warum musste das Mädel nur so unglaublich laut reden? Helena schüttelte den Kopf. Die automatischen Türen öffneten sich, und der zweite Kunde des Tages kam auf einen Rollator gestützt herein. Der ältere Mann riss mit großer Mühe einen Nummernzettel ab.

»Am besten funktioniert es, wenn sie sie innerhalb von zwölf Stunden einnehmen«, erklärte die junge Frau und öffnete einen Schrank hinter der Kasse. »Hier habe ich ein Informationsblatt für Sie. Es ist wichtig, zu wissen, dass die Pille danach nicht gegen sexuell übertragbare Krankheiten schützt, wenn Sie also ungeschützten Sex mit jemandem hatten, der ... «

»Danke, danke, ich weiß«, unterbrach Helena sie.

Sie räusperte sich und errötete bis hinauf zum Haaransatz. Die automatischen Türen öffneten sich erneut, doch diesmal drehte sich Helena nicht um. Wie lange würde das hier denn noch dauern?

»Sie haben keine Probleme mit der Leber oder der Niere?«, fuhr die Apothekenangestellte fort.

Nein, aber vor lauter Stress krieg ich gleich einen Herzkasper, wenn du dich nicht ein bisschen beeilst, dachte Helena und befingerte den Riemen ihrer Schultertasche. Sie murmelte ein Nein.

»Hej, Schwesterherz! Lange nicht gesehen.«

Helena fuhr herum und schaute direkt in ein ihr wohlbekanntes Augenpaar. Es war so grün wie ihre eigenen Augen, aber von etwas mehr Lachfalten umgeben. Es gehörte unbestreitbar Robban, wie gewöhnlich in Jeansjacke mit abgeschnittenen Ärmeln und einem USA-Cap auf dem Kopf.

»Kriegt man vielleicht 'ne Umarmung?«, rief er und zog sie an sich, ohne eine Antwort abzuwarten.

Helena dachte noch, dass seine ölverschmierten Schlabberhosen gerade ihren Rock berührten. Aber, was soll's, es war schließlich ihr großer Bruder.

»Und wo hast du Ricky gelassen?«, fragte Helena und ergriff die Oberarme des rotgesichtigen Mannes. »Ich wollte euch schon den ganzen Sommer mal zum Kaffee einladen, aber es ist immer so viel ...«

»Ach, mach dich nicht lächerlich«, grinste Robban. »Dein Bruder und ich wissen doch, dass du uns Bauerntölpel nicht in Rosenlund haben willst. Ich muss übrigens gerade ein Rezept für ihn einlösen, er hat einen ziemlich üblen Fußpilz, aber Scheiß drauf. Du kannst uns ja mal besuchen kommen, so weit ist es ja nicht. Und bring deine Mädels mit, wäre schön, die beiden mal wieder zu sehen. Ronja hat übrigens im Juni Welpen bekommen, und wir haben auch Katzenbabys. Das wär doch was, oder?«

»Unbedingt«, sagte Helena und meinte es auch so. »Ist es diesmal diese Wolfshundmischung geworden?«

»Um Gottes willen, nein«, lachte Robban. »Dieses Projekt haben wir aufgegeben. Es ist schließlich saugefährlich, einen Grauwolf mit einem Hund zu kreuzen, und noch dazu gesetzwidrig und weiß Gott, was noch alles. Außerdem heißt es, dass die Welpen dann völlig gaga werden. Mit denen würde es uns sowieso nie gelingen, einen Wolf zu fangen. Nee, das war eher 'n verrückter Jugendtraum.«

»Was du nicht sagst!«, lachte Helena.

Ihr wurde bewusst, wie sehr sie das hier vermisst hatte. Ihre liebenswürdigen exzentrischen Brüder, die ihr eigenes Ding machten und völlig darauf pfiffen, was andere Leute dachten, und die einen Großteil dazu beigetragen hatten, ihre eigene Kindheit in dem tristen Elternhaus in der Nähe von Öglunda aufzuheitern. Sie verspürte oft Sehnsucht nach ihren Brüdern, doch mittlerweile hatten sie nicht mehr viel gemeinsam. Sowohl Robban als auch Ricky arbeiteten Teilzeit im großen Schlachthof in den Außenbezirken von Skara, und seitdem ihre Eltern nicht mehr lebten, verbrachten die Brüder ihre Freizeit am liebsten in dem geerbten Haus, wo sie alte Actionfilme schauten und im Garten große Mengen Fleisch grillten, das sie zum Sonderpreis erhielten. Hin und wieder machten sie mit dem fahrtüchtigsten ihrer drei alten Straßenkreuzer einen Abstecher in den Ort.

»Aber vielleicht habt ihr ja Interesse an einem von Ronjas Welpen?«, fragte Robban. »Wir hätten da noch einen kleinen Rüden, den keiner haben will.«

»Klingt verlockend, aber das wäre uns im Augenblick etwas zu viel.«

»Verstehe, dann behalten wir ihn vielleicht selbst. Ricky hat ihn Rambo getauft. Aber, du bist ja verletzt!«

Robban deutete auf Helenas Arm.

»Äh nein, nur 'ne Schramme. Aber ich musste antiseptische Wundcreme und noch ein paar andere Dinge kaufen.«

Helena wandte sich der geduldig wartenden Apothekenangestellten zu, die die Pillenpackung bereits in eine Tüte gelegt hatte.

Nach einer weiteren Umarmung ihres Bruders eilte sie zurück zu ihrem an der Domkirche geparkten Wagen. Sie ließ sich auf den Fahrersitz fallen und starrte eine Weile vor sich hin. Ihr brach der kalte Schweiß aus, und ihre Beine zitterten. Die Straße und die Gebäude vor der Windschutzscheibe flimmerten verschwommen im Morgenlicht. Neben ihr auf dem Beifahrersitz lag die Tüte aus der Apotheke. Gerade kam ein Mann mit einem goldigen Kleinkind in einem Buggy vorbei. Genau in dem Moment summte ihr Handy. Eine Nachricht von Tom.

09:28
Wie geht es dir? Tut mir leid, dass es gestern so dämlich gelaufen ist, meine Schuld. Wann kommst du nach Hause? Die Mädchen sind bei Freunden. Vermisse dich. Küsschen.

Helena wurde auf einmal schwarz vor Augen. Dann griff sie nach der Apothekentüte und zerknüllte sie samt Inhalt. Sie stieg rasch aus dem Auto, bevor sie es sich noch anders überlegte, und warf sie in den nächsten Papierkorb.

Sie fuhr etwas zu schnell zurück nach Skövde, wobei sie während der ganzen Strecke die Tränen zurückhalten musste.

Was mache ich hier eigentlich? Was zum Teufel mache ich nur?

Sie parkte vor der Garage ihrer Villa und legte das kurze Stück bis zur taubenblauen Haustür im Laufschritt zurück. Tom wartete bereits im Flur, ließ sie herein und schloss sie sanft und liebevoll in die Arme.

»Es tut mir leid«, sagte er mit den Lippen an ihrem Haar. »Bitte, geliebte Helena, verzeih mir.«

»Sind wir allein im Haus?«, fragte sie mit schwacher Stimme. Das waren die einzigen Worte, die sie herausbrachte.

»Ja, sind wir«, antwortete Tom und hielt sie fest umschlossen. »Wir müssen reden, ich will es dir erklären, ich hatte keine Ahnung, was er ...«

»Still.«

Helena drückte ihn fest an sich. Ihren lieben, starken, armen Mann. Wie konnte sie alles zwischen ihnen wieder geraderücken? Es rauschte in ihren Ohren. Jetzt tun wir es endlich, dachte sie. Und dann werde ich nie, nie mehr an diesen Ausrutscher von gestern Nacht zurückdenken.

»Ich war ein Idiot«, sagte Tom. »Ich kapiere selbst nicht, warum ich mich so benommen habe, ich habe es nicht so gemeint. Du bist so wundervoll, du bist die Einzige, die ich haben will.«

Dann erblickte er ihre Verletzung am Arm und schaute sie fragend an.

»Ach, das ist nichts, nur ein Rosenbusch«, flüsterte Helena.

Sie strich ihm über den Rücken und ergriff seinen Nacken, um ihn ungestüm und fast verzweifelt zu küssen. Tom reagierte umgehend auf ihre Erregung, und als sie seine Hände ergriff und auf ihre Brüste legte, stöhnte er auf.

»Willst du ...?«, fragte er, und in seinem Tonfall lag eine gewisse Bewunderung, eine Sehnsucht, die Helenas Lust noch beförderte.

Eng umschlungen gingen sie hinauf in ihr Schlafzimmer, wo das Sommerlicht durch die großen Fenster hereinfiel. Ohne den intensiven Augenkontakt aufzugeben, zog Tom sein Oberhemd aus. Er packte mit beiden Händen ihre Hüften und drückte sie aufs Fußende des Bettes. Helena lehnte sich zurück und ließ ihn ihren Slip abstreifen. Er liebkoste sie und kitzelte sie mit der Zunge, bis sie sich lustvoll wand.

»Komm«, stöhnte sie. »Komm zu mir.«

Tom landete über ihr, er war bereit. Und als er sich in ihren warmen feuchten Schoß schob, wimmerte Helena.

»Alles gut?«, keuchte Tom und hielt inne.

»Du bist so riesig«, flüsterte sie und schaute geradewegs in sein offenes Gesicht, das in der Hitze des Liebesspiels rein und schön war. »Du bist so groß, und das ist das Wunderbarste überhaupt.«

Tom fuhr fort, sich in ihr zu bewegen, und sein Atem ging schneller. Helena spürte, wie nah dran sie war, und er offenbar auch. Ihr ganzer Körper pulsierte, und sie konnte nicht umhin, bei jedem seiner Stöße ein leises Wimmern von sich zu geben.

Tom stöhnte auf, als sie den Po anhob und seine Bewegungen erwiderte. Er packte ihre Oberschenkel und hielt sie fest, bevor er so tief wie nur möglich in sie eindrang, während Helena spürte, wie sich die Umgebung um sie herum aufzulösen begann. In diesem Augenblick gab es nur sie beide und dieses uralte rhythmische Ritual.

Als sie gerade glaubte, ihren Höhepunkt zu erreichen, wurde er langsamer, genauso, wie sie es liebte, um noch genussvoller zu kommen. Er hatte die absolute Kontrolle, und er kannte sie nach all den gemeinsamen Jahren nur allzu gut. Kein anderer wusste so genau, wie sie tickte, und Helena sah die Zärtlichkeit in seinem Blick, als er sich die Zeit nahm, um ihre Brüste und ihren Bauch zu betrachten. Einige Schweißtropfen fielen von seiner Stirn auf ihr Gesicht. Sie hob den Oberkörper an und begegnete ihm mit einem flüchtigen Kuss, der in ein lustvolles Knabbern überging.

»Ich komme gleich«, keuchte sie geradewegs in seinen Mund. »Bist du dabei?«

Tom antwortete mit einem dumpfen Stöhnen und bewegte sich rascher. Sie liebte es, wenn er beim Sex Geräusche von sich gab, doch sie hatten nur selten die Möglichkeit, es voll auszuleben. Tom stöhnte erneut, und Helenas Genuss steigerte sich zu einer Ekstase, die sich nicht mehr zurückhalten ließ. Schließlich entlud sich die Spannung in ihrem Inneren und ließ sie am ganzen Körper unkontrolliert zittern.

Er kam unmittelbar nach ihr mit einem erstickten Schrei. Sein ganzer Körper bebte, und hinterher lagen sie ganz still Seite an Seite, während das Zittern abklang. Helena rann eine Träne aus dem Augenwinkel.

Was hatte sie nur getan? Was zum Teufel hatte sie getan?

15

Anna erwachte zu Hause in ihrem Schlafzimmer unmittelbar vor Einsatz der Morgendämmerung und war erstaunt, dass sie überhaupt hatte schlafen können. Dann übermannte sie die Panik. Gnadenlose Angst nahm von ihr Besitz, die Gewissheit, dass etwas Schreckliches passiert war.

In der ersten Nacht nach ihrer Begegnung mit Fredrik Ripholm auf dem Fest draußen in Rosenlund hatte Anna kein Auge zugemacht, sondern sich in dem breiten Hotelbett hin und her gewälzt. Kim hatte neben ihr ihren Rausch ausgeschlafen und so still dagelegen, dass sich Anna irgendwann bemüßigt fühlte, zu prüfen, ob ihre Freundin noch atmete. Sie hatte entfernte Stimmen aus anderen Zimmern gehört, jedoch nichts verstehen können. Die Wände in Rosenlund waren dick. Ein paarmal waren Türen geöffnet und geschlossen worden, doch sie hatte nicht auf die Uhrzeiten geachtet. Stattdessen war sie vollauf damit beschäftigt gewesen, nicht zu zittern, nicht zu weinen, nicht geradewegs aufzuschreien. Nur die Nacht irgendwie durchzustehen. Im Morgenlicht würde sie vielleicht alles klarer sehen.

In der zweiten Nacht zu Hause in Rönnbacken hatte sie etwas mehr zur Ruhe gefunden. Es lag höchstwahrscheinlich an Astrids wohltuender Nähe. Anna widerstand dem Impuls, ihrer schlafenden Tochter übers Haar zu streichen, da es noch so früh war, und sie nicht riskieren wollte, das Mädchen zu wecken. Astrid musste irgendwann im Lauf der Nacht zu ihr ins Bett gekrochen sein, und jetzt lag sie zusammengekuschelt neben ihr, tief und friedlich atmend. Im schwachen Morgenlicht, das durch den schmalen Spalt neben der Jalousie hereindrang, sah sie ihrem Vater sehr ähnlich. Das Grübchen in der einen Wange und sein entschlossenes Kinn spiegelten sich in Astrids feinen Zügen wider. Jacobs kleine Kopie, im Miniaturformat.

Im Schlaf huschte ein flüchtiges Lächeln über das Gesicht des Mädchens, das Anna so stark an Jacob erinnerte, dass ihr vor Liebe fast das Herz überging. Vor Liebe zu diesem Kind und zu seinem Vater, der nicht bei ihnen hatte bleiben können. Sie musste sich schon allein Astrid zuliebe am Riemen reißen, müsste sich zusammennehmen und weitermachen, als wäre an diesem schrecklichen Abend rein gar nichts passiert. Die Konfrontation mit dem Mann, der ihr in den vergangenen acht Jahren das Leben zur Hölle gemacht hatte, hatte sie zu der unangemessenen Reaktion provoziert, und sie hatte ihn auf dem Fest geschlagen. Es war, als wäre sie an einen nachtschwarzen Ort zurückgeschleudert worden, und sie musste kämpfen, um diesem zu entfliehen. Astrid zuliebe, sich selbst zuliebe. Wenn sie jetzt aufgrund der Begegnung zusammenbräche, wäre es, als würde sie Jacob verraten – ein weiteres Mal.

Einige zaghafte Sonnenstrahlen drangen herein, und es war angenehm warm im Schlafzimmer, doch Anna zitterte trotzdem. Sie fror bis auf die Knochen. Vorsichtig schälte sie sich aus den verhedderten Laken und stand leise auf. Im Haus war es still, und selbst das kleinste Geräusch klang unnatürlich laut. Als das Handy in ihrer Hand auf einmal zu summen begann, war es, als würde die Vibration ein Dröhnen in der Stille erzeugen.

Es war eine Nachricht von Daniel. Eigentlich hätte sie sich freuen müssen, drei Tage zuvor wäre sie noch überglücklich gewesen. Doch im Augenblick schaffte sie es nicht, die Nachricht zu lesen oder irgendwelche Informationen aufzunehmen. Der Puls dicht unter ihrer Haut hämmerte rasch, und das Gefühl, verfolgt zu werden, ließ sie schnell und oberflächlich atmen.

Im Wohnzimmer sank Anna aufs Sofa. Neben ihr lag eine graue Wolldecke, die sie sich überwarf. Leeren Blickes starrte sie hinaus in ihren kleinen Garten, wo noch der Morgennebel über dem Steingarten und dem etwas zu hohen Gras lag. Ein kleiner Vogel flatterte direkt neben der Fensterscheibe von der Terrasse auf, und Anna zuckte am ganzen Körper zusammen. Das Adrenalin sandte eine Welle der Eiseskälte durch ihre Adern und kurz darauf eine weitere. Ihr Herz galoppierte in einem Wahnsinnsrhythmus.

Anna legte sich auf die Polster und versuchte sich darauf zu konzentrieren, in den Bauch zu atmen. Lange tiefe Atemzüge, die vier, fünf Sekunden dauerten, danach zwei Sekunden die Luft anhalten und anschließend wieder vier, fünf Sekunden lang ausatmen. Diese Technik hatte sie nach Jacobs Tod bei der Trauertherapie gelernt, als ihre Ängste übermächtig geworden waren. Mitunter reichten schon ein paar Atemübungen aus, um eine akute Panik zu mindern und die Gedanken etwas zu beruhigen. Doch an diesem frühen Morgen ging es ihr erst nach über zwanzig konzentrierten Ein- und Ausatmungen annähernd besser.

Vorsichtig setzte sie sich auf und wartete darauf, dass der Schwindel abklang. Anna wusste, dass sie etwas essen musste, vielleicht ein Stück Obst aus der Schale auf dem Wohnzimmertisch vor ihr. Doch nichts darin sah verlockend aus, allein beim Gedanken an etwas Essbares verzog sie das Gesicht.

Jacob hatte sich immer darüber amüsiert, dass sie kein Obst mochte, nicht einmal Erdbeeren. Er selbst hingegen hätte jeden Tag eine ganze Tüte Äpfel essen können.

Anna rieb die Hände aneinander, ihre Finger waren eiskalt. Ihr war bewusst, dass sie unter Schock stand und sich Hilfe suchen oder mit jemandem reden müsste. Doch wer sollte das sein, und was sollte sie sagen? Nein, was passiert war, musste sie mit sich selbst ausmachen. Sie musste alles für sich behalten. Ansonsten drohte das absolut Schlimmste: Sie würde riskieren, ihre Tochter zu verlieren.

Sie unternahm einen Versuch, aufzustehen, und geriet ins Schwanken, zwang sich jedoch, einen Fuß vor den anderen zu setzen. Ihre heimelige kleine Küche kam ihr merkwürdig fremd vor, als wäre sie gerade erst eingezogen und wüsste noch nicht genau, wo sich was befand. Anna zog wahllos eine Schublade heraus und versuchte, den Blick auf die Küchengeräte darin zu heften und zu deuten, was sie sah.

Pfannenwender, Schöpfkellen, eine Knoblauchpresse, die Jacob mitgebracht hatte, als sie zusammengezogen waren ...

Sie musste es versuchen. Iss und trink etwas, forderte eine freundliche, aber bestimmte innere Stimme sie auf. Kaffee und ein Käsebrot, das könnte sie sich vorstellen. So würde sie es machen. Ihre Hände zitterten so stark, dass sie einen Löffel Kaffeepulver auf der Arbeitsplatte verschüttete. Als es unvermittelt leise an der Haustür klopfte, fuhr Anna zusammen. Mit heftigem Herzklopfen und weit aufgerissenen Augen spähte sie im Schutz der Wohnzimmergardine hinaus. Daniels Auto parkte auf der Straße.

Die Nachricht. Sie hatte sie nicht gelesen. Was, wenn etwas passiert wäre? Was, wenn er ... wüsste?

Nein, Blödsinn, beruhige dich, sagte die innere Stimme. Lass ihn rein. Atme tief durch. Es ist nur Daniel, er ist nicht gefährlich, er will dir nichts Böses.

Sie schleppte sich mit einer großen Kraftanstrengung zur Tür und öffnete sie.

»Oh, tut mir leid, hast du noch geschlafen? Verdammt, sorry, ich bin ziemlich früh dran«, sagte Daniel leise. Er wirkte müde. Hatte er wieder Nachtschicht gehabt?

Anna brachte keine Antwort heraus und schüttelte nur den Kopf.

Daniel hielt ihr eine Tüte mit frisch gebackenen Brötchen hin. Er sprach rasch und gedämpft.

»Ich habe dir eine Nachricht geschickt, aber keine Antwort erhalten, da bin ich einfach hergefahren. Ich weiß, es klingt völlig dämlich und aufdringlich, aber ich habe diese wahnsinnig leckeren Frühstücksbrötchen bekommen, von denen du, glaube ich, sagtest, dass du sie so magst, und ich wollte sie einfach auf die Treppe legen, da ich annehme, dass Astrid zu Hause ist.«

Anna nickte stumm.

»Verzeih mir, das war übereilt«, fuhr Daniel flüsternd fort. »Ich meinte nur, dich drinnen im Haus gesehen zu haben, dass du also schon auf warst … Aber ich werde wieder fahren, nimm diese hier. Ich wollte nur … ach, ich weiß auch nicht. Aber es war schön, dich zu sehen.«

Anna bemerkte, dass er den Kopf hängen ließ. Seine Augen waren rot gerändert, und sein sonst so klarer Blick wirkte deprimiert.

»Ist irgendetwas passiert?«, fragte Anna fast lautlos. Sie horchte die ganze Zeit nach einem Zeichen dafür, dass Astrid aufgewacht wäre, doch es schien nicht der Fall zu sein.

»Nur eine anstrengende Schicht, nichts, womit ich dich belasten will«, seufzte Daniel. »Ein unangenehmer Vorfall mit einem Jugendlichen, das nimmt einen manchmal mit. Nein, ich werde jetzt nach Hause fahren und duschen und mich dann hinlegen. Noch einmal sorry.«

»Das tut mir sehr leid«, flüsterte Anna sanft. »Danke fürs Frühstück. Ich lass von mir hören, okay? Hoffentlich kannst du schlafen.«

Sie schaute Daniel hinterher, als er losfuhr. Dann ging sie

zurück in die Küche, und als sie den Duft der frisch gebackenen Brötchen einsog, merkte sie, dass sie mehrere Minuten lang nicht mehr an das Schreckliche gedacht hatte.

16

Auf dem Couchtisch vor Kim stand ein Becher mit dampfendem Kaffee. Lustlos starrte sie darauf, ohne etwas zu sehen. Sie war auf dem braunen Retrosofa vor irgendeiner Serie eingeschlafen, von der sie jedoch keinen Deut mehr in Erinnerung hatte. Sie war schlaftrunken, ihre Augen waren verklebt, und sie hatte nicht die geringste Lust auf heißen Kaffee. Doch sie wusste, dass sie versuchen musste, irgendwie wach zu werden. Mit dem neuen Computerspiel wartete jede Menge Arbeit auf sie, und morgen würde sie Rex zurückbekommen. Dieser Gedanke munterte sie entschieden auf und linderte ihren abscheulichen Kater ein wenig.

Kim nahm einen Schluck Kaffee und verzog wegen des herben Geschmacks das Gesicht. Sie kam auf die Füße und schlurfte in die Küche. Die Jalousien waren wegen des grellen Tageslichts heruntergelassen, und draußen zwitscherten die Vögel wie verrückt. Sie durchwühlte die Vorratskammer, konnte aber keinen Zucker finden, lediglich Puderzucker. Der würde es auch tun. Sie gab zwei Teelöffel in den Kaffee und rührte ihn um. Der Zucker verklumpte, dennoch schmeckte es etwas besser. Sie blieb mit dem Blick an einer krakeligen Kinderzeichnung am Kühlschrank hängen, die ihr so gut gefiel, dass sie eine Zeitlang erwogen hatte, sich das Motiv eintätowieren zu lassen. Zwei große fröhliche Kopffüßler und dazwischen ein kleinerer. Rex' Familie, gemalt von ihm selbst als Dreijähriger. Emilia, er selbst und Kim. Was begriff er eigentlich von alldem hier? Dass seine Eltern nicht länger in einem Haus wohnten und er nicht ausnahmslos mit beiden zusammen sein konnte. Sehnte er sich nach Kim, wenn er bei Emilia wohnte? Ihr kamen die Tränen. Rex vermisste Emilia oft, wenn er bei Kim war. In den letzten Monaten hatte er das zwar immer seltener gesagt, aber sie merkte es trotzdem. Es war, als wollte er sie nicht traurig stimmen, indem er es aussprach.

Kim wischte sich rasch eine Träne von der Wange. Um sich herum erblickte sie jede Menge Spuren des gestrigen Abends. Leere Bierflaschen auf dem Fußboden verteilt, offen stehende Schranktüren, ein halbgegessenes Mikrowellengericht mit geronnener Soße auf der Arbeitsplatte, und, vollkommen unerklärlich, mehrere Kekse mitten auf dem Fußboden. Kim konnte sich nicht daran erinnern, wie sie dort hingekommen waren. Trotz ihres Katers vom Vortag hatte sie sich offenbar wieder einmal einen Rausch angetrunken, bevor die nüchterne Woche mit ihrem Sohn anfing.

Voller Abscheu über ihr eigenes Verhalten kehrte sie ins Wohnzimmer zurück. Und, na klar, neben dem Sofa auf dem Fußboden stand eine fast leere Flasche Fireball. Aber kein Glas, sie hatte offenbar aus der Flasche getrunken. Klebrige Ringe auf dem Parkett. Chipskrümel und Bonbonpapier auf dem Sofa sowie ein großer eingetrockneter Fleck auf dem Kissen, wo sie gelegen und geschlafen hatte. Speichel, Schweiß, Rotz, Tränen? Verdammt. Zumindest kein

Erbrochenes. Sie konnte es zwar nicht riechen, weil ihre Nasenlöcher verstopft und zugeschwollen waren, doch sie hätte schwören können, dass es hier in ihrem sonst so gemütlichen Wohnzimmer mit einer angenehmen Mischung aus Vintagemöbeln und Erbstücken regelrecht stank. In Rex' und ihrem schönen Zuhause. Jetzt war es, als hätte sich eine schmuddelige Schicht über alles gelegt, und das ekelte sie an. Es war erbärmlich, ein Elend.

Sie musste sich zusammenreißen, Ordnung machen, alle Spuren dieses ekelhaften Menschen tilgen, der das Haus in Besitz genommen hatte, sobald Rex verschwunden war. Sie wusste, dass alle guten Vorsätze im Handumdrehen vom Tisch gefegt wurden, sobald Rex nicht mehr bei ihr war, und die Abende unerträglich lang und einsam wurden. Würde sie jemals damit aufhören können?

Kim öffnete die Terrassentür weit und wurde für einige Sekunden geblendet. Doch das tat ihr gut. Sie bekam große Lust, zu lüften, zu putzen und alles schön zu machen, bevor der Junge nach Hause kam. Sie würde losfahren und alles einkaufen, was er gern aß, lustige Unternehmungen planen und die Bettwäsche wechseln.

Doch zuerst setzte sich Kim und öffnete ihren Laptop. Zwei neue Mails von Mitarbeitern bei Dog House, ihrem Computerspielstudio. Danne und Mia hatten das ganze Wochenende lang daran gearbeitet, eine Sequenz des Wikingerspiels, das sie gerade entwickelten, umzuprogrammieren. Kim bekam ein schlechtes Gewissen, weil sie die beiden gestern Abend nicht unterstützt und die Codierung vorgenommen hatte, sondern stattdessen in Selbstmitleid verfallen war und angefangen hatte zu trinken. Wenn das

Spiel nicht fertig wurde und dem Zeitplan entsprechend lanciert werden konnte, würde das nicht nur unangenehme Konsequenzen für sie selbst, sondern auch für ihre fünf Angestellten haben.

Sie seufzte vor Erleichterung, als sie sah, dass sie den beiden zumindest nicht im betrunkenen Zustand geantwortet hatte. Offenbar besaß sie zumindest noch ein Fünkchen Würde. Doch der arbeitsbedingte Stress machte sich schleichend bemerkbar und ließ ihren Puls steigen. Würde sie es schaffen, sowohl das Haus zu putzen als auch ihr Arbeitspensum zu erledigen? Ja, beschloss sie, und wenn es die ganze Nacht dauern würde. Außerdem wäre sie dann so beschäftigt, dass sie keinen Gedanken mehr an Alkohol und andere Dinge verschwenden würde. Ein alkoholfreier Abend war genau das, was sie benötigte, bevor Rex käme.

Sie warf einen Blick in den Chat der Queens of Rönnbacken, um zu sehen, ob sie irgendwelche Ereignisse im Freundeskreis verpasst hatte, doch nach dem Fest schien Flaute zu herrschen. Nicht einmal eine kurze Erinnerung an das Treffen heute Abend. Ungewöhnlich, dass es so still war. Dann schoss ihr ein eisiger Gedanke durch den Kopf: Vielleicht mieden die anderen sie ja. Hatte sie sich auf Helenas Fest völlig blamiert? Wollten sie womöglich nichts mehr mit ihr zu tun haben? Nein, jetzt malte sie aber den Teufel an die Wand. Katerängste. Zugleich: Wenn sie wüssten, wie sie wirklich lebte – würden sie dann auf sie herabschauen? Sich vor ihr ekeln? Abstand nehmen? Heute Abend würde sie sich zusammenreißen, das stand fest. Maximal ein Glas, nicht mehr.

Kim stand vom Sofa auf und zog das Bündchen ihrer ausgebeulten Jogginghose hoch. Sie öffnete den Putzschrank und nahm diverse Lappen und Sprays zur Hand. Ihr Blick fiel auf den Fensterreiniger, doch sie entschied sich dagegen. Dort verlief nun wirklich die Grenze. Als sie sich hinunterbeugte, um den Staubsauger herauszuholen, krampfte sich ihr Magen zusammen, und ihr wurde so übel, dass sie zur Toilette rennen musste.

Großer Gott. So konnte es nicht mehr weitergehen.

17

Als Nadja am Sonntagnachmittag die Imbissbude betrat, schlugen ihr himmlische Düfte entgegen. Es war wie Nachhausekommen und roch nach Geborgenheit.

»*Bonjourkon!* Hej, mein Mädchen, wie geht es dir?«

Nadjas Vater George kam mit federnden Schritten aus der Küche, obwohl er schon fast siebzig war. Er lächelte breit und herzlich, umarmte Nadja und küsste sie auf französische Weise auf beide Wangen. George hielt an dem Bild fest, dass seine alte Heimatstadt Beirut das Paris des Mittleren Ostens war, wo sich Ost und West begegneten. Er sprach sowohl Arabisch als auch Schwedisch und Französisch, und sein Lebenswerk Georges Grill in Skövde ließ an eine einfache französische Eckkneipe denken, auch wenn auf der Speisekarte eher Falafel und Meze neben schwedischen Streetfood-Klassikern standen als Muscheln und Tatar. Die appetitlichste Imbissbude der Stadt lag nur einen Katzensprung entfernt vom Wohngebiet Rönnbacken, und

Nadja gefiel es sehr, sowohl ihren Vater als auch ihren Bruder in der Nähe zu wissen.

»Mir geht es gut, Papa. Und dir und Mama?«

»Uns geht's ausgezeichnet. Du hast doch wohl kurz Zeit für einen Kaffee? Dein Essen ist gerade fertig geworden und muss später nur noch aufgewärmt werden, wenn du möchtest.«

Nadja setzte sich an einen der Tische, während George wie ein Wirbelwind hinter dem Tresen herumsauste. Ausnahmsweise war sie die einzige Kundin im Laden, es war diese kurze Phase nach der Mittagszeit und vor dem Eintreffen der Abendgäste, in der manchmal Flaute herrschte. Nadja lächelte, als sie sah, wie aufgekratzt ihr Vater angesichts ihres Besuchs war, und legte ihr Handy zur Seite, um sich ausschließlich ihm zu widmen. Dabei hatte sie darin gerade etwas gelesen, das ihr keine Ruhe ließ.

Aus den Lautsprechern im Raum drangen Stimmen des lokalen Radiosenders, doch George wechselte zu libanesischer Musik, bewegte dann rhythmisch die Schultern und zwinkerte ihr zu, nachdem er den starken Kaffee in zwei kleine Tassen gegossen hatte.

»Du scheinst gut drauf zu sein, Papa«, sagte Nadja und nahm ihren dampfenden Kaffee entgegen.

»Und ob ich das bin«, entgegnete George und schlürfte zufrieden. »Dein Bruder kommt gleich und löst mich ab, Mama und ich wollen ins Kino gehen. Den neuen *Top Gun*! Stell dir nur vor, du und Josef wart gerade mal vier Jahre alt, als der erste Film rauskam! Es war übrigens auch das erste Mal, dass wir einen Babysitter für euch engagiert hatten. Damals waren wir noch nicht so lange in Schweden. Ach, ist das lange her, aber ich weiß es noch, als wär's gestern gewesen.«

Sein Blick wurde nachdenklich. Nadja kannte viele Einzelheiten über die Flucht ihrer Eltern aus dem Libanon und deren erste Zeit in einem schwedischen Flüchtlingslager. Schließlich waren sie in Skövde gelandet, wo der Ingenieur George eine Arbeit am Montageband bei Volvo bekam, und seine junge Frau Samira die Zwillinge Nadja und Josef in Sicherheit zur Welt bringen konnte, weit entfernt von den Schrecken des Bürgerkriegs. Später hatte Samira eine Ausbildung zur Kindergärtnerin absolviert und George eine Kochlehre, um sich selbständig zu machen. Inzwischen war sein Sohn Teilhaber.

»Wie cool«, sagte Nadja. »Dann kannst du dir die Düsenjets anschauen, und Mama kann Tom Cruise bewundern.«

»Genau!«, lachte George und drehte sich zur Tür um, die gerade geöffnet wurde.

Es war Nadjas Zwillingsbruder Josef, der die Abendschicht übernehmen würde. Bei Nadjas Anblick hellte sich seine Miene auf, und Nadja wurde wieder einmal bewusst, wie ähnlich ihr Sohn Sebbe seinem Onkel war. Josef war groß und schlaksig und hatte dunkle Locken, und er hatte nahezu von Anfang an in vieler Hinsicht die Rolle der Vaterfigur in Sebbes Leben übernommen.

»*Ça va*, Nadde! Papa hat schon angekündigt, dass du vorbeikommen würdest. Und wo hast du meinen Neffen gelassen?«

»*Ça va*, Josef. Was glaubst du denn? Sebbe ist natürlich in der Restaurantküche draußen in Rosenlund.«

»Er lässt uns also im Stich, ihn zieht's wohl raus in die vornehme Welt, genau wie seine Mutter.« Josef runzelte die Stirn und schüttelte den Kopf.

George klatschte seinem Sohn mit dem Küchenhandtuch auf den Arm, um ihn zu ermahnen, keinen Blödsinn zu reden, doch Nadja wusste, dass es nicht ernst gemeint war. Tief in seinem Inneren war er genauso stolz auf Sebbes Talente in der Küche wie sie selbst. Die Begabung und Faszination des Jungen fürs Kochen waren einzigartig, doch wenn er nicht bereits in der Oberstufe zusammen mit seinen Verwandten im Imbiss gejobbt hätte, hätte er wohl nie die Chance bekommen, in dem preisgekrönten Hotel auf der anderen Seite des Berges zu glänzen. Denn Sebbe hatte nicht nur Josefs dunkle Locken und seine schlaksige Gestalt geerbt, sondern kämpfte auch mit einer mindestens ebenso starken Dyslexie wie sein Onkel und hatte genauso wie er kein Abitur gemacht.

George kam mit ihrem Essen aus der kleinen Restaurantküche. Nadja stiegen die wundervollen Düfte von Falafeln, frittiertem Brot, sauer eingelegtem Gemüse, Minze und Tahini-Soße in die Nase.

»Hoffentlich habt ihr einen lustigen Abend. Schön, dass du dir hin und wieder Zeit für deine Freundinnen nimmst, mein Mädchen«, sagte der Vater und schaute ihr tief in die Augen.

Der warmherzige Blick eines fürsorglichen Vaters. Nadja dachte wie schon so viele Male zuvor, wie glücklich sie sich schätzen konnte, ihre liebevolle Familie um sich zu haben. Sie waren so stolz auf sie, und das Letzte, was sie wollte, war, sie zu enttäuschen.

Josef half ihr, die Papiertüten hinaus zum Auto zu bringen. Er wirkte etwas deprimiert und abwesend.

»Danke«, sagte Nadja und umarmte ihn.

In den Sträuchern am Wegesrand zirpten die Grillen, und auf der Straße neben dem Imbiss radelten ein paar Teenager vorbei. Josef räusperte sich und beugte sich hinunter, um ein Eispapier vom Boden aufzuheben. Als er sich wieder aufrichtete, merkte sie, wie sein Blick flackerte.

»Ist irgendwas?«, fragte Nadja.

»Nein, eigentlich nicht«, antwortete Josef leise. »Ich musste nur gerade daran zurückdenken, als wir im Winter unseren vierzigsten Geburtstag gefeiert haben, du und ich.«

»Aha, und?«

»Ach, es ist albern.«

»Was denn?«

»Na ja … auf der Party. Alle hatten jemanden bei sich. Die Verwandten, unsere Freunde und auch Mama und Papa, die sind nach all den Jahren noch immer superglücklich zusammen. Aber du und ich, wir arbeiten ununterbrochen. Wir hatten niemanden … niemanden an unserer Seite, und seitdem ist auch nicht gerade viel passiert.«

»Würdest du denn gern jemanden treffen?«, fragte Nadja vorsichtig.

»Na klar! Alle meine alten Freunde sind verheiratet oder liiert, und die meisten haben längst Kinder.«

Ihr Zwillingsbruder schüttelte den Kopf.

»Ach, vergiss es, ich rede Unsinn«, fuhr er fort. »Nach all dem, was du mit Marko durchgemacht hast, ist mir ja klar, dass du nicht … «

Nadja hob abwehrend die Hand.

»Erinnere mich bloß nicht daran, nicht jetzt. Aber wir sollten uns mal wieder treffen. Einen Kaffee trinken und reden, wie früher.«

»Ja, das wäre schön«, stimmte ihr Bruder zu. »Ich vermisse dich.«

»Ich dich auch.«

*

Nadja entriegelte die drei Schlösser an ihrer Haustür und deaktivierte den Alarm. Sebbe hatte Spätschicht im Restaurant Rosenlund. Nadja stellte die libanesischen Leckereien auf die Arbeitsplatte und schloss die Terrassentüren auf. Draußen im eingezäunten Garten ihrer Villa tauchte die mit Solarzellen betriebene Beleuchtung am Steingarten die schattigeren Bereiche in ein stimmungsvolles Licht. Das Nachmittagslicht ließ die kleinen Blüten auf der Wildblumenwiese hinunter zum Hang wie von selbst leuchten, und Nadja zückte ihr Handy, ging in die Hocke und knipste mehrere Fotos. Vielleicht würde sich eines davon für ihren Instagram-Account eignen. Sie hatte die Wildblumenwiese in ihrem Garten ursprünglich nicht aus Umweltgründen angelegt oder weil diese gut für Bienen und Hummeln war, jedenfalls nicht in erster Linie. Ihr gefiel einfach der Kontrast zwischen den ungezügelten wildwachsenden Wiesenblumen und dem modern gestalteten Haus. Insbesondere, wenn der Wind durchs hohe Gras fuhr. Die umwelttechnischen Aspekte waren sekundär. Doch aus einer klimabewussten Perspektive machte es natürlich auch keinen schlechten Eindruck. Ohne näher darüber nachzudenken, schickte sie das schönste Bild aus ihrem Garten an Gustav.

17:06
Wünschte, du wärest hier.

In dem Moment klingelte es an ihrer Haustür. Nadja lief rasch durchs Haus und ließ Anna und Kim herein, die auf der Vortreppe standen.

»*Mein Gott,* wie ist das schön, sich mal zu treffen, ohne über irgendein Buch sprechen zu müssen«, sagte Kim und überreichte der Gastgeberin eine Magnumflasche Champagner.

»Danke, aber das wäre doch nicht nötig gewesen«, sagte Nadja und ging unter dem Gewicht der riesigen Flasche leicht in die Knie.

»Nein, aber ich wollte es. Ich habe sie bei der Arbeit bekommen. *Crazy Puppies* ist in den USA für einen Preis nominiert worden, und die PR-Agentur hat diese Monsterflasche gestern per Boten geschickt.«

Sie gingen in die luftige Küche.

»Öffne ihn schnell, ich habe wirklich ein Glas nötig. Aber nur eins, morgen werde ich mit Rex irgendwohin zum Baden fahren, gleich nach dem Abholen. Und bei diesem kleinen Wildfang darf man einfach keine Müdigkeit vortäuschen. Er wacht verflucht nochmal jeden Morgen um fünf Uhr auf, auch am Wochenende. Sagt mir, dass das vorbeigeht.«

»Das geht vorbei«, sagte Anna mit müder Stimme. »In drei Jahren oder so.«

Nadja fand, dass Anna blass und irgendwie ausgelaugt aussah.

»Kommt Helena auch gleich?«, fragte sie, anstatt sich nach Annas Befinden zu erkundigen.

»Sie kommt auch jeden Moment, öffne jetzt die Flasche«, bat Kim. »Aber Nadja, was war eigentlich mit dir auf dem Fest in Rosenlund los? Mir kommt es so vor, als hätte ich dich den ganzen Abend nicht gesehen.«

»Das liegt vielleicht daran, dass du schon um neun so gut wie bewusstlos warst«, warf Anna ein.

»War es wirklich so schlimm?«, fragte Kim und betrachtete die Champagnerflasche. »Ehrlich gesagt habe ich gewisse Erinnerungslücken.«

Nadja konnte nicht entscheiden, ob es ein sehnsuchtsvoller Blick oder eher ein zögernder war oder ob vielleicht sogar eine gewisse Panik darin lag. Kim wirkte erschöpft, ihre Augen waren blutunterlaufen und mit dunklen Ringen versehen. Anna schaute hinaus in den Garten, ihre hochgezogenen Schultern, ja ihre gesamte Körpersprache hatte etwas Ausweichendes. Über Kims Trinkgewohnheiten hatten die Freundinnen noch nie gesprochen, jedenfalls nicht ernsthaft, aber vielleicht wäre es an der Zeit. Konnten sie für die junge Mutter mit dem gebrochenen Herzen vielleicht noch mehr tun? Und wäre Kim überhaupt empfänglich dafür? Möglicherweise machte sie nur gerade eine schwere Zeit durch, dachte Nadja und schob das sensible Thema beiseite.

»Sorry, ich habe auf dem Fest eher die Langweilerin gegeben«, sagte sie rasch. »Aber ich war völlig am Ende, hatte vorher so viel gearbeitet, und das hat mich einfach eingeholt. Deshalb bin ich früh schlafen gegangen.«

Sie fühlte sich mies dabei, ihre Freundinnen anzulügen und zu verschweigen, wo sie eigentlich gewesen war, während die anderen in Rosenlund gefeiert hatten. Diese ganze Geheimniskrämerei um Gustav und ihre Beziehung hinterließ ein schales Gefühl, aber sie hatte keine andere Wahl. Nadja schraubte den Stahldraht über dem Korken der Champagnerflasche ab und öffnete sie gewandt. Die Bläschen perlten in den Gläsern, doch es wollte keine rechte Partystimmung aufkommen.

»Anna, wärest du so nett und suchst ein paar passende Teller heraus, auf denen wir das Essen aus den Papiertüten dort anrichten können?«, fragte sie und deutete nickend auf die Arbeitsplatte.

Nadjas Küche war großzügig geschnitten und bis auf einige wenige dekorative Elemente auf eine elegante und kühle Weise funktionell. Die Wand hinter der Arbeitsplatte war mit ausgesuchten handgefertigten libanesischen Mosaikfliesen in den Farbtönen beige, schwarz und weiß versehen, die ein geometrisches Muster bildeten.

»Klar«, antwortete Anna tonlos.

Wie ging es ihr eigentlich? Sie wirkte völlig abwesend und bewegte sich steif wie ein Roboter durch die Küche. Nadja griff ein, als sie einen Teller mit Falafel und Meze auf die Kücheninsel stellte.

»Liebes, komm und setz dich«, sagte sie und schob Anna behutsam zum Esstisch.

»Und da haben wir Helena«, sagte Kim, als es an der Tür klingelte.

Wie immer warf Nadja einen Blick auf den kleinen, an eine Überwachungskamera über der Haustür gekoppelten Videobildschirm an der Wand. Ganz richtig, draußen auf der Vortreppe stand Helena in einer langen Strickjacke. Sie hatte etwas Gehetztes an sich und wirkte fast schuldbewusst.

Nein, ich projiziere es nur auf sie, dachte Nadja. Meine eigenen Gefühle gehen gerade mit mir durch. Sie fröstelte trotz des warmen Sommerabends.

»Hej, ihr Lieben«, sagte Helena und umarmte alle.

Sie wirkte irgendwie traurig, ihr Blick flackerte wild, und ihre Haare wirkten leicht zerzaust. Nadja konnte sich nicht erinnern, ihre Freundin und Nachbarin je so angeschlagen gesehen zu haben.

Nadja zog Helena im Flur zur Seite.

»Danke für das Fest, aber wie geht's dir eigentlich?«, fragte sie leise.

»Danke auch. Ich hoffe, du hattest einen schönen Abend. Ich selbst fand es, na ja … so lala.«

»Was meinst du damit?«

Nadja hatte zwar gewusst, dass es auf dem Sommerfest in Rosenlund Streit gegeben hatte, trotzdem hatte sie die Feier verlassen, um Gustav bei den Silberfällen zu treffen, bevor sie in Erfahrung bringen konnte, was eigentlich genau passiert war.

»Ach, lass uns ein anderes Mal drüber reden«, antwortete Helena und schaute Nadja flehend an. »Tom und ich sind ein wenig aneinandergeraten, aber … Nein, ich will lieber nicht daran denken. Vergiss es. Sind das die Falafeln deines Vaters, die so gut riechen?«

In ihrer Stimme lag kein echter Enthusiasmus. Nadja versuchte, Annas Blick zu erhaschen, doch die starrte nur vor sich hin, während sich Kim plappernd über die Vor-

und Nachteile verschiedener Badestellen in der Umgebung ausließ.

Nadja nippte an ihrem Glas und nahm sich etwas zu essen, konnte sich jedoch nicht wirklich darüber freuen, dass ihre Freundinnen da waren. Was war nur mit den anderen los?

Sie linste auf die Wanduhr und beschloss, es anzusprechen.

»Willkommen«, sagte sie und erhob ihr Glas. »Sorry, dass ich das sage, aber mir scheint, dass die Stimmung nicht gerade ... ausgelassen ist. Was ja auch völlig in Ordnung ist, ich bin selbst ziemlich müde. Aber ist irgendetwas passiert? Kann ich irgendwie helfen, können wir darüber reden?«

Helenas Blick flackerte erneut, und Anna befingerte ihre Serviette. Keine der Anwesenden sagte etwas, doch dann räusperte sich Anna und schaute von ihrem Teller auf. Nadja sah, dass ihre Augen feucht waren.

»Sorry«, sagte Anna so leise, dass es kaum zu hören war. »Ich hätte nicht herkommen dürfen. Ich ... mir schwirren so viele Gedanken durch den Kopf. Ich schlafe schlecht, habe Panikattacken und ... na ja.«

Sie wedelte abwehrend mit der Hand, und Nadja strich ihr sanft über den Arm.

»Liegt es vielleicht daran, dass du einen Neuen getroffen hast?«, fragte Kim und schob ihren Stuhl näher an Annas heran.

»Zum Teil bestimmt«, antwortete Anna leise. »Meine Stimmung schwankt immer ein wenig, wie ihr wisst, schon seit Jacobs Tod. Manche Tage sind schlechter als andere.

Und die Sache mit Daniel wühlt viele Gefühle und Gedanken wieder auf. Ich bin diese Nähe nicht gewohnt, oder besser gesagt jemanden, der sich kümmert und regelmäßig von sich hören lässt. Jedenfalls keinen Mann. Aber ich habe ja immer noch euch.«

»Das verstehen wir«, sagte Helena.

Sie klang heiser und war ausnahmsweise gänzlich ungeschminkt, was sie jung und verletzlich aussehen ließ.

»Wer leidet nicht ab und an unter Stimmungsschwankungen?«, fuhr Helena fort und nahm sich noch etwas zu essen. »Ich bin auch gerade ziemlich aus der Balance, muss ich zugeben, aber keine Ahnung, warum … Es muss irgendwie mit der Jahreszeit zusammenhängen. Bald fängt die Schule wieder an, und die Abende werden dunkler, und … «

Sie verlor den Faden und versank in Gedanken.

»Unsere eigens berufene Naturhexe Helena spürt den Wechsel der Jahreszeiten und hört den Gesang der Frösche«, sagte Kim ironisch, allerdings mit einer gewissen Wärme in der Stimme. »Und Tom, alles okay mit ihm?«

Als sie den Namen ihres Mannes hörte, fuhr Helena zusammen, als hätte jemand sie mit einer Nadel gestochen.

»Ja, doch, er ist … wir sind … auch gerade etwas aus der Balance, kann man sagen.«

Sie legte ihr Besteck ab und verschränkte die Arme vor der Brust. Ein deutliches Signal dafür, dass sie das Thema nicht weiter ausführen wollte.

Die Stille am Esstisch währte einige Sekunden zu lange. Nadja schaute erneut diskret auf die Uhr. Großer Gott, das hier war alles andere als gemütlich und entspannt.

»Vielleicht können wir … überlegen, was wir als Nächstes in unserem Literaturkreis lesen wollen«, sagte sie und stand auf, um die große Champagnerflasche zu holen und sich selbst nachzuschenken.

Die anderen hatten ihre Gläser kaum angerührt, nicht einmal Kim, die anfänglich so scharf darauf gewesen war.

»Gute Idee«, meinte Anna. »Ich google mal, welche neuen Bücher jetzt im Sommer erschienen sind und interessant sein könnten.«

Nadja merkte, dass Anna versuchte, einen gewissen Enthusiasmus aufzubringen, der sich jedoch kaum in ihrem verlorenen Blick widerspiegelte.

»Welches Buch auch immer, Hauptsache, es geht nicht um Liebesglück. Das halte ich nicht aus«, warf Kim ein. »Kann man eigentlich von einem gebrochenen Herzen krank werden? Es tut so weh, im Ernst, hier drinnen. Ich werde nie wieder einer Frau wie Emilia begegnen. Und Rex erinnert mich so sehr an sie, und … nein, sorry. Verdammt nochmal!«

Kim verlor die Fassung, und Anna stand auf, um Haushaltspapier zu holen.

»Aber Süße«, sagte Nadja sanft. »Wenn du Schmerzen in der Brust hast, musst du das untersuchen lassen, unbedingt!«

»Das denke ich auch. Panikattacken können zum Beispiel Herzschmerzen verursachen, und das ist etwas, das ich nicht einmal meinem ärgsten Feind wünschen würde«, sagte Anna und legte ihre Hand auf Kims.

Helena schwieg eine Weile, doch ihre Augen hatten zu leuchten begonnen. Sie linste hinüber zu Nadjas Barschrank am anderen Ende des stilsicher eingerichteten Raumes.

»Dieser Stefan, Emilias Neuer, der ist doch ein Idiot, oder?«, vergewisserte sich Helena.

Sie legte den Kopf schräg und studierte Kims Reaktion eingehend.

»Er ist krank im Kopf«, antwortete die jüngere Frau mit Nachdruck. »Ich würde am liebsten eine Voodoo-Puppe von ihm machen und sie mit Nadeln durchbohren. Aber leider glaube ich nicht an so was. Vielleicht kannst du mir ja helfen, Helena?«

»Nein, damit kenne ich mich auch nicht aus. Aber deine Ex liebt ihn noch? Oder hat sie inzwischen auch kapiert, dass er ein Scheißkerl ist?«

Kim zuckte die Achseln und wischte sich erbost und verletzt die Tränen weg.

»Was willst du damit sagen, Helena?«, fragte Nadja.

»Äh, ich weiß nicht … vielleicht, dass … solange es Leben gibt, gibt es Hoffnung, oder? Kim könnte ja eventuell versuchen, Emilia zurückzuerobern.«

»Aber würdest du das denn überhaupt wollen?«, fragte Anna und wirkte beunruhigt.

Kim schwieg kurz.

»Ich würde nichts lieber wollen«, sagte sie dann leise und starrte hinunter auf den Tisch. »Aber das wird niemals passieren, das weiß ich. Sie schaut mich ja kaum noch an und will plötzlich nicht mehr im selben Raum mit mir sein … «

Helena stand abrupt auf und ging zu Nadjas Hausbar.

»Hast du diese kleine rosafarbene noch?«, fragte sie und kniff die Augen zusammen, während sie die verschiedenen Flaschen sichtete.

»Äh, machst du Witze?«, seufzte Nadja. »Den Liebestrank?«

»Mhm, genau«, sagte Helena konzentriert. »Ha! Hier ist er ja!«

»Was ist das denn?«, fragte Anna und reckte sich, um die herzförmige Flasche in Helenas Hand besser sehen zu können.

Kim schaute auf.

»Ah, jetzt kapiere ich. Helena will mich verhexen«, sagte sie angesäuert. Doch ihre Tränen waren versiegt.

»Ich weiß, es ist völlig albern. Molly und ich haben sie als witziges Mitbringsel für Nadja gekauft, als wir letztens in London waren«, erklärt Helena und stellte die Flasche auf den Tisch. Dann holte sie vier Schnapsgläser.

»Ist das etwa Rattengift?«, fragte Anna, zog den Korken heraus und roch daran. »Oder Teenieparfüm? Brr, riecht das künstlich. Likör oder so was.«

Sie las die geschnörkelte Aufschrift auf dem Etikett.

»*Amore Amore. Love potion. 100 % raspberry liqueur and magic.* Aha.«

»Ich wollte heute zwar nicht viel trinken, aber okay. Ich teste es mal«, sagte Kim. »Reichen ein paar Tropfen, oder wie funktioniert dieser Zaubertrank?«

»Fragt unsere Hohepriesterin Helena«, meinte Nadja und lachte. »Okay, ich nehme auch einen kleinen Schluck.«

Anna seufzte und schüttelte den Kopf.

»Also gut«, sagte sie und schob ihr Schnapsglas vor.

»Als die Naturhexe, die ich manchmal vorgebe zu sein, weiß ich, dass das mit Liebestränken und Beschwörungen absoluter Quatsch ist.«

Helena schenkte jeder einen Schluck von der knallrosa Flüssigkeit ein.

»Wenn man sich Wicca und andere, wie soll ich sagen, heidnische Naturreligionen anschaut«, fuhr sie fort, »also das, womit ihr mich verspottet, was mich aber trotzdem immer wieder neugierig macht, vertreten deren Anhänger die Auffassung, dass Talismane, Zaubertränke und dergleichen nur Werkzeuge der menschlichen Energie sind. Wir selbst sind es letztlich, die das steuern … Aber egal, wir fanden die Flasche einfach süß, es war eine wahnsinnscoole Bar, sie hatten Harry-Potter-inspirierte Cocktails und … so was in der Art. Also skål!«

Nadja lächelte amüsiert und nippte an dem sogenannten Liebestrank. Er schmeckte stark nach Alkohol und überwältigend süß, aber nicht im Geringsten nach Zauberei. Die anderen kosteten ebenfalls.

»Puh«, rief Kim aus und erschauderte. »Pfui Teufel. Einer reicht mir definitiv.«

*

Die Freundinnen brachen früher auf als gewöhnlich und gingen nach Hause. Die gedrückte Stimmung hatte sich trotz des Liebestranks nicht nennenswert verbessert. Wenig später hatte Nadja alles aufgeräumt und döste nun vor dem Fernseher, während sie darauf wartete, dass Sebbes Arbeitsschicht im Hotel zu Ende ging. Vor ihr stand ein leerer Becher Tee. Sie hatte mit Gustav gechattet, aber rechtzeitig aufgehört, als sie wusste, dass Sebbe auf dem Heimweg war. Sie hörte seinen Wagen schon von weitem, erkannte das

Motorengeräusch, und hörte schließlich seine Schritte draußen vor der Tür. Sein Schlüssel rasselte im Haustürschloss.

»Hej, Mama. Merkwürdiger Abend«, begrüßte Sebbe sie müde und sank neben ihr aufs Sofa.

»Merkwürdiger Abend? Hier auch, muss ich sagen.« Nadja legte den Arm um ihren neunzehnjährigen Sohn. »Ich glaube, dass heute keine meiner Freundinnen für ein Treffen aufgelegt war. Wie war es draußen in Rosenlund?«

»Die Arbeit war gut, aber ... ich wurde etwas gefragt, auf das ich keine rechte Antwort habe.«

»Oha«, sagte Nadja und betrachtete die empfindsamen Gesichtszüge ihres Sohnes eingehender. »Möchtest du darüber sprechen?«

Sebbe seufzte tief.

»Tom hat mich gefragt, ob ich als stellvertretender Küchenchef einspringen will. Filip, der eigentliche Chef, lässt sich am Ellbogen operieren und wird für einige Wochen ausfallen. Und Tom glaubt, dass ich es hinkriegen würde.«

»Aber das ist doch phantastisch. Welch große Chance, zu zeigen, was du wirklich draufhast! Aber warum klingst du so deprimiert? Hast du ihm schon Bescheid gegeben?«

»Nein, ich habe um etwas Zeit gebeten.«

Sebbe zwirbelte eine dunkle Locke an seinem Ohr durch die Finger. Genauso, wie er es als kleiner Junge immer getan hatte, wenn ihn irgendetwas bedrückte. Nadja legte ihm zärtlich eine Hand auf die Schulter.

»Vielleicht hat Tom mich ja nur gefragt, weil ich mit seiner Tochter zusammen bin«, meinte Sebbe. »Außerdem bringt es wahnsinnig viel Verantwortung mit sich, Mama. Bestellungen und Personalpläne, massenweise Zeug zu lesen und zu schreiben, noch zusätzlich zum normalen Stress in der Küche. Ich liebe es, zu kochen, das ist das Beste, was es gibt. Aber all das andere eher nicht ... Was, wenn ich alles versaue?«

»Komm her, mein Kleiner«, sagte Nadja und umarmte ihn. »Tom hätte dich nie gefragt, wenn er dich nicht als geeignete Vertretung für den Küchenchef ansehen würde. Das hat nichts damit zu tun, dass Molly und du zusammen seid. Außerdem weiß Tom, dass du Dyslexie hast, und das ist offenbar kein Problem für ihn. Aber *falls* es wirklich schieflaufen sollte, lösen wir das gemeinsam, das weißt du doch.«

Nadja stand auf.

»Aber jetzt gehen wir schlafen, ich bin todmüde. Wir reden morgen beim Frühstück weiter. Okay?«

»In Ordnung. Danke, Mama. Hab dich lieb.«

»Ich dich auch, am allermeisten«, entgegnete Nadja und fuhr ihm mit der Hand durchs Haar. »Opa und Josef lassen übrigens grüßen, im Kühlschrank stehen Falafel und Beilagen. Vielleicht können wir ja morgen Abend zusammen die Reste essen, du und ich, und uns dabei einen Film anschauen?«

»Klingt gemütlich, aber mal sehen. Vielleicht unternehme ich was mit Molly.«

Sie gingen die elegante Treppe aus Stahl und Glas hinauf und umarmten sich ein weiteres Mal, bevor sie im Obergeschoss in ihre Schlafzimmer abbogen.

Mitten in der Bewegung hielt Nadja inne.

»Warte, Sebbe«, sagte sie angespannt.

Er schaute seine Mutter an und begriff sofort, was sie meinte.

»Ja, ich habe ordentlich abgeschlossen und den Alarm aktiviert«, erklärte er und gähnte ausgiebig.

»Die Terrassentüren auch?«

»Ja. Ganz sicher.«

»Danke, mein Liebling, gute Nacht.«

Nadja atmete auf. Zumindest für den Augenblick.

18

Kim stieg die Treppen hinauf zu ihrem Büro, das mitten im Stadtzentrum von Skövde lag. Das alte Ziegelhaus besaß einen stattlichen Eingang und eine Aussicht sowohl über den Hertig-Johans-Torg als auch auf die Kirche. Donnerstags war Kim fast immer im Büro, und zum Glück hatte Rex' Kindergarten nach der Sommerpause wieder geöffnet.

Beim Anblick des eleganten Messingschildes mit der Aufschrift *Dog House* empfand sie ein wenig Stolz. Ihr eigenes Studio. Wenn sie das gewusst hätte, als sie vor zwölf Jahren an der Hochschule angefangen hatte, Computerspieldesign zu studieren.

Doch unter ihren Stolz mischte sich Wehmut, denn so hätte es eigentlich nicht enden sollen. Dog House war nicht nur ihre Vision gewesen, sondern auch Emilias. Kim ging an dem Regal mit all den Preisen und Auszeichnungen vorbei. Sie hob die Hand, um den jungen Mann am Empfang zu begrüßen. Er saß mit einem Headset auf dem Kopf da und signalisierte ihr lächelnd, dass er gerade telefonierte. Kim warf einen Blick in den abgedunkelten Raum der Lichtdesigner mit den sieben großen Monitoren. Eine junge Frau mit einem Cap auf dem Kopf und konzentrierter Miene justierte gerade einen spektakulären Sonnenuntergang erst mehr ins Rosafarbene und dann mehr ins Goldgelbe.

»Das sieht unglaublich schön aus«, sagte Kim.

Die Lichtdesignerin Mia murmelte, dass sie das ganze Wochenende daran gesessen hatte, doch Kim sah ihr die Zufriedenheit an. Sie würden das Spiel bis zum Release kurz vor Weihnachten fertig bekommen, auch wenn der Druck beim Erreichen der ersten Teilbausteine fast unmenschlich gewesen war. Doch die Branche war hart, und tief in ihrem Inneren liebte Kim ihren Job und die Zusammenarbeit mit Leuten, die ebenso hohe Ansprüche an sich selbst stellten wie sie. Genauso schrieb man Computerspielgeschichte.

Das Wikingerspiel *Daughters of Sol* war der aktuelle große Coup des Studios, eine weitere Idee, die Emilia und Kim vor ein paar Jahren ausgetüftelt hatten. Ihre Vision war gewesen, ein episches schwedisches Fantasyspiel zu kreieren, das von den Göttinnen des nordischen Asenglaubens handelte. In der Ecke hingen Plakate und Roll-ups von der Pressekonferenz, und Kim bewunderte diese noch immer mit demselben Enthusiasmus wie beim ersten Anblick. Die Bilder der verschiedenen Szenen zeigten digital erstellte Charaktere mit muskulösen Körpern, sorgfältig gezeichneten Gesichtszügen und wallenden Haarmähnen. Dazu sturmgepeitschte Bäume, riesige Schwerter und eine Wölfin mit aufgerissenem Maul. Dieses Spiel würde ein Kunstwerk werden, und es war so verflucht schön, dass Kim eine Gänsehaut bekam.

Sie schaute noch zu einigen weiteren Angestellten herein, die jedoch gerade ins Programmieren vertieft waren. So hart, wie sie arbeiteten, sollte sie ihr Team ein wenig verwöhnen und ihren Mitarbeitern etwas Gutes tun. Noch dazu saßen sie ziemlich dicht nebeneinander, was keineswegs ideal war. Sie schaute sich um. Schon bald würden die sieben Büroräume aus allen Nähten platzen. Das Unternehmen befand sich in einer expansiven Phase, und Kim musste bis zum Jahresende noch mindestens fünf weitere Leute einstellen.

Der Gedanke hätte sie eigentlich beflügeln müssen, doch als sie an ihrem Schreibtisch mit den vier Monitoren auf den Bürostuhl sank, fühlte sie sich innerlich absolut leer. Als Emilia sie verlassen hatte, war ihr die ursprüngliche Begeisterung für ihre Arbeit völlig abhandengekommen.

Kim ließ den Blick auf den Glasfaserskulpturen des Welpen Rex und der anderen Charaktere ihres allerersten Erfolgs, dem Spiel *Crazy Puppies*, ruhen. Ein ziemlich simples Konzept, das auf Kims Examensarbeit vom Studium an der Hochschule beruhte, jedoch völlig unerwartet ein globaler Monsterhit geworden war und dafür gesorgt hatte, dass sie das Studio gründen konnte. Der süßeste Welpe war sogar namensgebend gewesen für Emilias und Kims geliebten Sohn, so viel hatte ihnen *Crazy Puppies* bedeutet. Inzwischen war das alles lange her, dennoch kam es ihr vor wie gestern. Vier, fünf Jahre, die einfach so verstrichen waren, vorbeigerauscht in einem Wirbelwind aus Zukunftsträumen, den Herausforderungen der Zeit mit einem Kleinkind und vielen langen Abenden mit harter Arbeit. Als sie die gerahmten Fotos von Emilia und sich selbst mit ihrem neugeborenen kleinen Sohn auf der Entbindungsstation betrachtete, kamen ihr die Tränen. Der größte Traum von allen war geplatzt. Der Familientraum.

Sie hatte immer geglaubt, dass Emilia und sie gestärkt aus dieser ersten Zeit hervorgehen würden, doch die kraftraubenden Jahre hatten alles zwischen ihnen kaputtgemacht. Sie strich sich über den Unterarm und hielt auf Höhe des Dog-House-Logos inne, das sie sich noch in derselben Woche hatte stechen lassen, als sie das Computerspielstudio einweihten. Sie zwang sich, das Foto erneut zu betrachten. Augen, die vor lauter Erstaunen und Erleichterung strahlten. Sie waren so glücklich gewesen.

Um auf andere Gedanken zu kommen, stand sie auf und verließ das Büro. Wenn sie schon vorhatte, ihren Angestellten etwas Leckeres zu gönnen, könnte sie es auch gleich tun.

Draußen war es bewölkt, und Regen lag in der Luft. Kim durchquerte den Park an der Kirche, lief durch die Unterführung Pentaporten und bog schließlich in den Kavelbrovág ein. Als im Bahnhof gerade der Zug aus Göteborg einfuhr, fielen die ersten Tropfen. Ihr Handy klingelte, doch als Kim sah, dass es ihre Mutter war, wischte sie den Anruf weg. Sie hatte jetzt keinen Nerv, mit ihr zu sprechen, wie schon so viele Male zuvor. Normalerweise machte ihre Mutter ihr sowieso nur Vorwürfe, weil sie nicht häufig genug von sich hören ließ.

Sie eilte zum Balthazar Science Centre und umrundete eine Kindergruppe, die gerade das Gebäude verlassen hatte und mit ihrem Betreuer vor der Ziegelfassade stand. Drinnen steuerte sie direkt das Café Kretsloppet an. An einem grauen Tag in den Sommerferien wie diesem waren die Tische vollbesetzt mit Familien. Kim stellte sich in die Schlange und warf einen Blick auf die Tageskarte, um zu sehen, was es gab. Manchmal servierten sie Bubble Waffeln, ihres und Rex' Lieblingsgebäck, aber auch das vegane und glutenfreie Sortiment sah erlesen aus.

Auf einmal schien es, als veränderte sich die Atmosphäre im Raum. Kim drehte sich gerade noch rechtzeitig um, um zu sehen, dass Emilia aus einem der Vorlesungssäle gekommen war. Sie trug eine elegante graue Hose und einen kornblumenblauen Jumper, und Kim wurde bei ihrem Anblick fast schwindlig.

Verdammt, verdammt! Emilia nahm offenbar gerade an einer Konferenz mit der Bank oder so etwas teil. Kim hätte nie ihren Fuß in das Café gesetzt, wenn sie geahnt hätte, dass ihre Exfrau ebenfalls dort sein würde. Das Ende ihrer Beziehung schmerzte auch so schon genug, ohne dass sie ihr im Alltag begegnen musste.

Kim fuhr sich ungewohnt selbstbewusst mit der Hand durchs Haar, auch wenn ihre kurze Frisur fettig war, und sie wünschte, einen weniger sackartigen Pulli angezogen zu haben. Roch sie nicht auch nach Schweiß? Außerdem hatte sie mehrere Pickel am Kinn.

»Hej, Kim, was darf's denn sein?«

Petter, der Inhaber, lächelte sie an. Im Balthazar Science Centre hatte man den Computerspielboom in Skövde voll im Blick und kannte Kim als eine der Urheberinnen gut.

»Ich könnte ehrlich gesagt den ganzen Laden leer kaufen«, sagte Kim und betrachtete sehnsüchtig den leckeren Silviakuchen und all die verschiedenen Muffins. »Aber ich hätte gerne ein paar Leckereien für meine Leute im Büro.

kannst du eine Schachtel mit herzhaften Teilchen fertig machen, so zehn, zwölf verschiedene, und eine mit süßen? Die glutenfreien bitte in eine eigene Schachtel. Such du einfach etwas aus.«

»Wird gemacht«, sagte Petter und begann, zwei große Pappschachteln zu falten. »Soll es auch Kaffee dazu sein?«

Kim konnte nicht erklären, warum sie tat, was sie als Nächstes tat. Es geschah einfach, als hätte eine fremde Kraft von ihr Besitz ergriffen. Sie warf rasch einen Blick nach links. Sieben oder acht Kunden standen zwischen ihr und Emilia, die auf ihr Handy starrte und gestresst wirkte. Hatte ihre Ex sie gesehen? Kim glaubte es nicht.

»Ja, ich hätte gerne einen Kaffee mit Hafermilch zum Mitnehmen und einen von diesen Riegeln, den in der rosa Verpackung«, sagte sie rasch, bevor sie es sich noch anders überlegte.

»*Fibr*, Schokoliebe?«, fragte Petter.

»Ja, genau den«, antwortete Kim. Ihr Herz pochte heftig.

Kims Bestellung wurde in eine große Papiertüte befördert, und sie bat um ein gesondertes Behältnis für den Kaffee und den kleinen Snack. Während sie an den anderen Kunden in der Schlange vorbeiging, holte sie tief Luft.

»Hej, Emilia«, sagte sie mit einer Stimme, die, wie sie hoffte, angemessen cool klang.

Emilia schaute verwundert von ihrem Handydisplay auf, als Kim ihr die kleine Tüte überreichte.

»Für dich«, sagte sie. »Und ich wünsch dir ein schönes Wochenende.«

»Oh wow, danke!«

Zu Kims enormer Zufriedenheit errötete Emilia leicht.

»Habt ihr zwei eine schöne Woche?«, fragte sie dann. »Wie war denn übrigens das Sommerfest in Rosenlund?«

»Das Fest war wunderbar«, antwortete Kim rasch. »Und die Woche mit Rex ist superschön. So, jetzt muss ich aber wieder an die Arbeit, und heute Abend machen der Kleine und ich es uns gemütlich. Wir hören voneinander, ja?«

Kim musste ihre gesamte Willenskraft aufbieten, um sich hinterher nicht umzudrehen und einen letzten Blick auf Emilia zu werfen.

19

Reiß dich jetzt zusammen, dachte Anna, während sie einen Blick in den Spiegel warf. Reiß dich zusammen, das ist das Einzige, was du tun kannst.

Diese Worte waren in den letzten Tagen regelrecht zu einem Mantra geworden. Die vergangene Woche war entsetzlich gewesen. Eigentlich hätte sie an einigen Tagen zum Arbeiten nach Rosenlund fahren müssen, doch unter dem Vorwand, Astrid diese Woche nicht in den Hort schicken zu wollen, weil die Sommerferien bald zu Ende waren, hatte sie beschlossen, stattdessen im Homeoffice zu arbeiten. In Wahrheit hatte sie es einfach nicht geschafft, an diesen Ort zurückzukehren, noch nicht. Allerdings hatte sie es auch kaum geschafft, Astrid ein paar schöne Ferientage zu bereiten. Wie hätte sie auch nur ahnen können, dass ihr die Begegnung mit Fredrik Ripholm so furchtbar zusetzen würde. Was geschah nur gerade mit ihr?

Das Gesicht, das ihr aus dem Spiegel entgegenblickte, war blass und verkniffen, gezeichnet von schlechtem Schlaf. Doch in ihren Augen lag auch ein gewisser Glanz, eine Sehnsucht. Anna schob die Haare hinter die Ohren und betrachtete sich kritisch. Wenn Daniel gleich zum Abendessen erschien, würde er sofort sehen, wie schlecht es ihr ging. Oder würde sie es schaffen, in die Rolle der gewöhnlichen Anna zu schlüpfen, der Frau, die er zu mögen schien, und mit der er zusammen sein wollte? Die keine dunklen Geheimnisse hegte? Großer Gott, sie hoffte es.

Von draußen drang das schwache Brummen eines Rasenmähers herein. Das Schlafzimmerfenster war gekippt, und Anna hatte das breite Bett frisch mit der schönsten Wäsche bezogen, die sie besaß. Astrid würde bei ihren Großeltern in Varnhem übernachten, dem hübschen kleinen Ort zwischen Skövde und Skara, in dem sie aufgewachsen war. Daniel und sie würden das Haus ganz für sich allein haben. Eigentlich war alles vorbereitet, mit einem besonderen, aber unausgesprochenen Hintergedanken.

Würde es heute Nacht dazu kommen? Anna glättete die Bettdecke. Tausend widerstreitende Gefühle fuhren mit ihr Karussell. Sie trat erneut vor den Spiegel, runzelte die Stirn und wühlte mit den Händen durch ihre dünnen glatten Haare, wobei sie vergeblich versuchte, ihrer nicht vorhandenen Frisur Volumen zu geben. Sie schminkte sich dezent und merkte, dass ihre Hände zitterten. Würde sie annehmbar aussehen? Ja, so müsste es gehen.

Alles war so widersprüchlich. Der Gedanke, nach all den Jahren der Zurückgezogenheit und ohne jegliche intime Berührung womöglich mit Daniel den nächsten Schritt zu gehen, machte sie nervös und stresste sie. Was, wenn sie alles vergessen hatte, wenn es ein absoluter Krampf würde, und es ihm überhaupt nicht gefiel? Doch das irreale Gefühl und die unterschwellige Angst legten sich, sobald sie an ihn dachte. Sie sehnte sich nach ihm! Es war wichtig, dass sie ein wenig Zeit zu zweit verbrachten, und sie wünschte, sie könnte sich ihm gegenüber öffnen und ihm alles erzählen. Aber es war zu kompliziert, und ihre Schuldgefühle waren zu stark. Anna hatte in ihrer Trauer und Verzweiflung alles andere als vorbildlich agiert, und sie befürchtete, dass Daniel Hals über Kopf fliehen würde, wenn sie sich ihm öffnete und die ganze Wahrheit über das erzählte, was seit Jacobs Krankheit und Tod passiert war. Ein Vabanquespiel.

Anna ging hinunter in die Küche und schaute zum Ofen. Sie würde den Lachs erst zubereiten, wenn Daniel da war, es würde nicht lange dauern. Sie hatte eine kalte Soße mit Kräutern und einen Sommersalat mit frischen Kartoffeln und Radieschen vorbereitet. War das festlich genug? Daniel hatte doch gesagt, dass er Fisch mochte. Ja, dessen war sie sich fast sicher. Oder doch nicht? Die Unsicherheit machte sie zittrig. Überhaupt hatte sie gerade das Gefühl, sich auf äußerst dünnem Eis zu bewegen.

Früher hatte Anna gerne gekocht, und dieses Interesse hatte Jacob mit ihr geteilt. Doch Astrid war ein wählerisches Kind, und Anna hatte oft nicht die Energie, etwas vorzubereiten, das eventuell verschmäht werden würde. Das Leben als Alleinerziehende war häufig schon anstrengend genug, und sie zog es vor, einfache Mahlzeiten zuzubereiten. Ihr war es wichtiger, Zeit mit Astrid zu verbringen und es sich mit ihr gemütlich zu machen. Deswegen hielt sie auf dem Weg nach Rönnbacken so oft bei Georges Grill an. Dort war sie ihm auch begegnet. Dem Mann, der in Kürze hier sitzen und essen würde, was sie gekocht hatte, und dann vielleicht ihre Hand ergreifen und ...

Nein, hör auf jetzt, Anna, ermahnte sie sich. Du machst es nur kompliziert, du denkst zu viel. Zwei Erwachsene, die sich mögen, essen zusammen zu Abend und unterhalten sich vielleicht ein wenig. Entspann dich, verflucht! Und reiß dich zusammen.

Auf der Straße fuhr ein Auto vorbei. Anna spähte hinaus, doch es war nicht Daniel. Sie richtete die Servietten und Gläser neu aus und schob die Pfeffermühle drei Zentimeter nach links, um sie unmittelbar darauf wieder zurückzuschieben.

In dem Augenblick rief ihre Mutter an.

»Hej, Liebes, ich wollte nur hören, wie der Lachs geworden ist.«

Die Lüge ihrer Mutter Pia war offensichtlich. Ihre Neugier war nicht böse gemeint, sie kannte ihre Tochter und ahnte bestimmt, dass Anna einen außergewöhnlichen Mann treffen würde. Dabei hatte Anna ihren Eltern so wenig wie möglich und ihrer Tochter noch weniger erzählt. Sie wollte nicht, dass irgendwer von ihnen zu hohe Erwartungen hegte, falls aus der gerade erst aufkeimenden Liaison nichts wurde.

»Ich habe ihn noch gar nicht in den Ofen geschoben«, antwortete Anna und kaute am Nagel ihres kleinen Fingers. »Alles in Ordnung mit Astrid?«

»Oh ja, wir haben es so schön miteinander. Du klingst ein wenig gestresst.«

»Mama, ich glaube, dass er … dass mein Gast jeden Moment eintrifft«, sagte Anna rasch. »Wir können ja morgen telefonieren, okay?«

»Na klar, nur keine Eile, ich kann die Kleine irgendwann nach dem Mittagessen zurückbringen«, erklärte Pia. »Hab einen schönen Abend.«

»Ich hole sie aber gern ab. Gib ihr nachher einen Gutenachtkuss von mir«, bat Anna und beendete das Gespräch.

Es klingelte an der Tür. Dort stand er im sanften Licht des Sommerabends, und Anna fühlte sich schwach und stark zugleich, als sie sein schüchternes Lächeln sah.

Sie war unsicher, ob sie ihn bereits draußen auf der Treppe umarmen oder eher warten sollte, bis sie im Haus waren, doch Daniel kam ihr zuvor und drückte ihr einen Kuss auf die Wange.

»Hier«, sagte er und hielt ihr eine Geschenktüte voller Schokolade und anderer Süßigkeiten hin. »Ich dachte, vielleicht als Nachtisch? Oder gib sie deiner Tochter, oder was immer du willst natürlich.«

Er ist nervös, dachte Anna, und diese Einsicht entspannte sie merkwürdigerweise. Er war frisch geduscht und trug ein sauberes Oberhemd zu Jeans. Als die Haustür geschlossen war, traute sie sich, ihn auf den Mund zu küssen, ein Küsschen, das in einen sanften Kuss überging.

»Magst du Lachs? Und Salat?«, fragte Anna und ergriff auf dem Weg zur Küche seine Hand.

»Nein, leider nicht. Ich hasse Lachs und Salat.«

»Wage es nicht, du Schuft!«

Er zog sie erneut zu sich heran, und ihre Unruhe legte sich noch ein wenig mehr.

»Wir haben ja immer noch die Imbissbude, falls sich dein Essen als ungenießbar erweisen sollte«, erklärte Daniel mit einem frechen Grinsen.

»Du isst deinen Teller leer und lobst dann sowohl das Essen als auch mich über den grünen Klee!«

Anna legte ihre Arme um seinen Hals. Sie war selbst erstaunt, wie natürlich und selbstverständlich es sich anfühlte, ihn bei sich in ihrem kleinen Haus in Rönnbacken zu haben.

Das Essen war in Ordnung, mehr als in Ordnung, doch was sich ihr ins Gedächtnis brannte, war seine absolute Präsenz. Die liebevollen Neckereien, seine zärtlichen Blicke, wie er, ohne zu fragen, den Tisch abräumte und das Geschirr in die Spülmaschine stellte. Er trank alkoholfreies Bier und Anna Weißwein, und als sie aufs Sofa umzogen, nahm er einen kleinen Schluck aus ihrem Glas.

»Tja, jetzt werde ich dich wohl nicht mehr los«, sagte Anna zärtlich und lehnte sich bei ihm an, nachdem sie für die passende Musikuntermalung gesorgt hatte.

»Doch, ich kann immer noch ein Taxi nehmen«, murmelte Daniel liebevoll in ihre Haare. »Ich will mich ja nicht aufdrängen, aber ist es okay, wenn ich mir auch ein Glas einschenke?«

Doch so weit kam er nicht. Als er einen Versuch unternahm, aufzustehen, zog Anna ihn wieder hinunter aufs Sofa. Es hing irgendwie mit seiner Ausstrahlung zusammen, diese unwiderstehliche Mischung aus Charme und zuvorkommender Höflichkeit. Er ließ Anna alles Schwere vergessen, auch ihre Hemmungen. Es war lange her, dass sie sich so geborgen gefühlt hatte.

Ihre Sehnsucht schlug mit unerwarteter Stärke zu.

»Komm«, flüsterte Anna.

Im Schlafzimmer wurde sie auf einmal scheu. Sie fühlte sich völlig überwältigt. Sie legten sich vollständig angezogen aufs Bett, und Daniel schloss sie von hinten in die Arme und strich ihr sanft über die Schulter. Es war beruhigend, doch zugleich hämmerte ihr Herz in einem Wahnsinnstakt. Kurzzeitig nahm sie an, dass er eingeschlafen wäre. Doch dann räusperte er sich.

»Ist das dein Ehemann, dort auf den Fotos?«

Gerahmte Bilder von Jacob auf ihrem Nachttisch, im Bücherregal und auf der Kommode. Großer Gott. Hätte sie sie wegräumen sollen? Der Gedanke war ihr gar nicht gekommen, aber jetzt, da sie darüber nachdachte, kam es ihr schon merkwürdig vor. Sie versuchte, sich in Daniels Lage zu versetzen. Was würde sie empfinden, wenn sie in seinem Schlafzimmer wären, umgeben von lauter Fotos seiner Ex?

Sie hätte vermutlich die Lust verloren. Und es hätte sie verwirrt. Anna holte tief Luft. Sie hatte ihm nie ausführlich von Jacobs letzter Zeit berichtet. In groben Zügen wusste er, wie sie Witwe geworden war, aber eigentlich nichts Genaueres. Nichts darüber, wie es tatsächlich gewesen war. Sie würde es ihm so gerne erklären, traute sich aber nicht. Nicht jetzt. Aber irgendetwas wollte sie ihm auf jeden Fall sagen, das erschien ihr im Augenblick angemessen.

»Schaffst du es, zuzuhören, wenn ich dir eine Sache erzähle?«, fragte sie leise.

Um sie herum war es nun fast vollständig dunkel. Daniel hielt sie noch etwas fester.

»Wenn du es schaffst, es zu erzählen, schaffe ich es, dir zuzuhören«, antwortete er gedämpft.

Anna räusperte sich, unsicher, ob ihre Stimme tragen würde.

»Ich habe eine Woche lang in derselben Bettwäsche geschlafen, in der Jacob gelegen hatte. Nachdem er gestorben war. Sie war noch ziemlich sauber und so, und sie roch nach ihm. Ich wollte ihm irgendwie nahe bleiben. Das klingt vielleicht ziemlich absurd und makaber ... «

»Nein.« Daniels Stimme war voller Rührung. »Das klingt schön. Das klingt nach Liebe.«

Sie konnte ihm nicht ins Gesicht schauen. Schaffte es nicht, sich ihm so schutzlos zu zeigen, konnte nicht mehr preisgeben. Aber ihn dicht neben sich zu wissen, war ein großer Trost. Seine Nähe vermittelte ihr Geborgenheit, sie fühlte sich von seinem Körper umschlossen. Nach einer Weile fiel sie in denselben Rhythmus wie Daniel und machte ruhige und entspannte Atemzüge.

Irgendwann in der Nacht musste Anna unter der Bettdecke gelandet sein, denn dort wachte sie am nächsten Morgen noch immer voll bekleidet auf. Von Daniel keine Spur, außer einem Zettel auf dem Nachttisch.

Es ist 7 Uhr. Danke für einen in vieler Hinsicht schönen Abend. Muss wegen dringender Ermittlungen los. Hoffe, du hast gut geschlafen. Melde mich, sobald ich kann. D

Dringende Ermittlungen? Prompt wurde sie unruhig. Ein Unbehagen, das unter die Haut kroch und sich auch nicht legte, als sie duschte und frühstückte. Aus irgendeinem

Grund hatte Anna den Eindruck, dass diese dringenden Ermittlungen, wegen denen Daniel hatte losfahren müssen, etwas mit ihr zu tun hatten. Allerdings konnte sie nicht genauer sagen, was, vielleicht war sie auch nur paranoid. Aber das Unbehagen blieb, als sie ins Auto stieg und in Richtung Varnhem fuhr, um ihre Tochter abzuholen. Es war ein bewölkter Tag, und Regen lag in der Luft. An der Kreuzung nach Rosenlund stand ein Polizeiwagen. Anna erschrak. Es handelte sich doch hoffentlich nur um eine Geschwindigkeitskontrolle, oder? Im Ort bog sie in die Nebenstraßen ein, bis sie das von Bäumen umsäumte Wohnviertel ihrer Kindheit erreichte und vor ihrem Elternhaus parkte. Dort blieb sie mit dem Handy in der Hand sitzen. War Helena heute eigentlich im Hotel oder zu Hause? Sie hatte das Bedürfnis, ihre Freundin anzurufen, wusste aber selbst nicht so genau, warum. Im selben Moment kam eine Nachricht von Daniel.

10:17
Kannst du kurz reden?

Anna antwortete sofort mit ja, und ihr Herz pochte heftig. Als er sie anrief, war er leicht außer Atem, und im Hintergrund war das Rauschen des Windes zu hören. Vielleicht war es auch ein Bach in der Nähe.

»Hej, Anna, tut mir leid, dass ich schon so früh gefahren bin.«

»Ist etwas passiert?«, fragte sie mit einer Stimme, die nicht nach ihrer eigenen klang, sondern steif und unnatürlich.

Ihr Mund war völlig ausgetrocknet, und sie schaute sich

nach etwas zu trinken, einer Halspastille oder irgendetwas anderem zum Lutschen um.

»Bist du allein?«

»Ja, ich sitze im Auto vor dem Haus meiner Eltern in Varnhem. Ich wollte gerade Astrid abholen. Aber jetzt mache ich mir Sorgen.«

»Oh, entschuldige bitte! Also, eigentlich müsste ich ganz offiziell mit dir darüber sprechen, und nicht am Telefon ...«

Daniel klang zögerlich, als wüsste er nicht recht, wie er sich ausdrücken sollte. Anna konnte zwar nicht gerade behaupten, dass sie ihn gut kannte, aber sie wusste immerhin, dass es sonst ganz und gar nicht seine Art war. Ihre Atmung ging jetzt rascher und oberflächlicher.

»Ich weiß nicht recht, aber da du früher schon mal eine traumatische Situation durchlebt hast, wollte ich dich hauptsächlich vorwarnen«, fuhr er mit ernster Stimme fort. »Hast du auf dem Weg raus nach Varnhem vielleicht einen Polizeiwagen gesehen?«

»Ja, eine Streife am Abzweig nach Rosenlund und zu den Silberfällen«, antwortete Anna. »Was ist denn passiert?«

»Wir sind damit noch nicht an die Öffentlichkeit gegangen, werden das aber in Kürze tun.« Daniel räusperte sich. »Du erinnerst dich bestimmt an das Fest letzte Woche draußen in Rosenlund?«

»Ja, natürlich«, antwortete sie.

»Dort auf dem Fest war ein Gast, ich weiß nicht, ob du ihn kennst. Fredrik Ripholm, ein Arzt aus Göteborg.«

Es war, als würde ein Stromstoß sie durchbohren. Allein die Erwähnung seines Namens erhöhte ihren Stresspegel so stark, dass ihr Puls flatterte und ihr Körper in den Fluchtmodus schaltete. In der Leitung knackte es, und Daniel sagte noch etwas, doch die Störung verschluckte seine Worte.

»Sorry, aber ich höre dich schlecht. Sag das noch mal«, bat Anna mit unnatürlich schriller Stimme. Es klang nicht nach ihr selbst.

»Ich habe gesagt, dass einer der Gäste, die auf Helenas und Toms Fest waren, als vermisst gemeldet wurde.«

Anna begriff anfänglich nicht, was sie hörte. Das Auto um sie herum schien zu schrumpfen, und die ihr wohlbekannte Straße, auf der sie parkte, verschwamm an den Rändern ihres Gesichtsfeldes.

»Er ist seit einer Woche nicht mehr gesehen worden, und seine Sekretärin hat heute eine Vermisstenmeldung aufgegeben. Rosenlund war der letzte Ort, an dem er gesehen wurde. Und für diese Gegend, also für diese Region bin ich zuständig, deshalb ...«

Ripholm, als vermisst gemeldet. Anna schloss die Augen und versuchte, ruhig zu atmen, um den Puls, der in ihren Ohren hämmerte, zu senken.

Dann wurde das Gespräch komplett unterbrochen, doch nur wenige Sekunden später rief Daniel erneut an. Jetzt war der Empfang besser, und sie hörte jedes Wort glasklar.

»Sorry, wir sind hier draußen und ... eigentlich wollte ich dich nur vorwarnen, dass es ein wenig Aufregung geben könnte. Ich möchte auf keinen Fall, dass du dich unbehaglich fühlst. Allerdings müssen wir mit allen Leuten reden, die auf dem Fest waren, und das ist natürlich in einem so kleinen Ort wie diesem etwas speziell, insbesondere, da ich selbst kurz anwesend war, aber ... Ich hoffe, das ist für dich in Ordnung?«

Anna sagte nichts. Ihr fehlten die Worte.

»War ich schon wieder weg?«, fragte Daniel.

»Äh, ich ... höre dich«, antwortete Anna tonlos.

»Wie war das, hast du diesen Ripholm auf dem Fest gesehen? Kennst du ihn?«

Anna biss sich fest auf die Lippe. Es war, als wäre sie mitten in einen tosenden Sturm geraten. Doch sie musste irgendetwas sagen, musste ihm antworten.

»Ja, aber ich glaube ... Oh, Daniel, da kommt meine Tochter. Danke, dass du angerufen hast, wir reden später!«

Anna klickte das Telefonat mit zitternden Fingern weg. Ihre Stirn war schweißnass, und ihre Kleidung klebte am Rücken, dabei fror sie gleichzeitig so stark, dass sie zitterte. Erinnerungen aus einem anderen Leben drangen in ihr Bewusstsein. Aus der Zeit nach Jacobs Diagnose, als Hoffnung und Optimismus von einer schrecklichen und endgültigen Prognose abgelöst worden waren. Wie sie an dem Tag zusammengebrochen war und hemmungslos geweint hatte, so dass Jacob sie trösten und festhalten musste, obwohl es eigentlich eher andersherum hätte sein müssen. Wie sie seinen Körper einfach nicht hatte loslassen, sondern ihn ganz dicht bei sich hatte spüren wollen. Das unerträgliche Schweigen der Ärzte im Raum, nachdem sie die unfassbaren Worte ausgesprochen hatten, sowie die ungeheuerliche Machtlosigkeit, die sie selbst verspürt hatte. Nirgends hatte es Hilfe gegeben.

Anna blieb noch eine ganze Weile im Auto sitzen, bis es ihr endlich gelang, sich zu sammeln und zu ihrem Elternhaus zu gehen.

20

Helena rückte ihre Bluse zurecht und vergewisserte sich, dass ihr Namensschild gerade ausgerichtet auf dem Aufschlag ihres Blazers saß. Im Augenblick herrschte am Empfang in Rosenlund kein Publikumsverkehr, und sie kontrollierte im Computer routinemäßig die wöchentlichen Zimmerbuchungen. Das Hotel war gut belegt, und auch das Restaurant war fast jeden Abend gut besucht. Was sie eigentlich freuen müsste, doch Helena war mit den Gedanken woanders.

Am Morgen hatte sie Adam im Garten hantieren sehen, allerdings nur flüchtig, und dabei auch nur einen Blick auf seinen Rücken und den Wuschelkopf erhascht, doch das hatte ausgereicht, um erneut Wellen der Scham und des Selbstekels durch ihren Körper zu schicken. Die Erinnerungen an ihr nächtliches Stelldichein in seinem Häuschen waren zwar vage und verschwommen, aber Helena wusste noch sehr genau, was letztlich geschehen war.

»Hej, Schatz«, sagte Tom und wedelte mit einem Bogen Papier in seiner Hand.

Mit einem verschmitzten Lächeln auf den Lippen kam er gerade aus dem Speisesaal.

»Sebbes Entwurf für die Speisekarte«, fuhr er fort und legte den Bogen auf den Tresen zwischen ihnen. »Der Küchenchef und ich haben schon einen Blick drauf geworfen, aber ich sage dir nicht, wie wir ihn finden, bevor du nicht deine Meinung geäußert hast.«

»Ich habe schon ein wenig über seine Gerichte gehört«, entgegnete Helena und versuchte, ähnlich begeistert zu klingen wie ihr Mann.

Tom war allem Anschein nach zufrieden mit der Karte, so gut kannte sie ihn schließlich.

»Aha, du hast also Insiderinfos?«

»Na ja, Molly hat Sebbe beim Verfassen des Textes geholfen.«

Helena überflog die Speisekarte.

»Ach ja, seine Dyslexie«, sagte Tom.

Er trat hinter den Tresen und beugte sich näher zu ihr, damit sie gemeinsam lesen konnten. Der Duft seines Parfüms war angenehm, ebenso das Rascheln seines frisch gebügelten Oberhemds.

»Ja, wirklich nett von Molly, dass sie ihm hilft.«

Helena fuhr mit dem Zeigefinger über die Liste der Mittagsgerichte, die Sebbe vorgeschlagen hatte.

»Seine Dyslexie bereitet mir keinerlei Sorgen, solange er die Rezepte und Anweisungen vernünftig lesen kann«, erklärte Tom. »Wir müssen nur dafür sorgen, dass er bestmögliche Unterstützung erhält. Und, was denkst du? Ich wette, du hast dir schon eine Meinung gebildet.«

»Und ich wette, du kennst sie schon«, entgegnete Helena. »Seine Idee, Wildschwein zu verarbeiten, gefällt mir, außerdem hat er diverse vegane Gerichte dabei. Es wirkt ansprechend, und die Formulierungen sind verlockend, ohne affektiert zu klingen. Er möchte der Karte wirklich seinen eigenen Stempel aufdrücken. Ich finde, Sebbe hat, zumindest auf dem Papier, hervorragende Menüs zusammengestellt.«

»Ich stimme dir in allem zu«, sagte Tom und legte seine Hand auf Helenas Rücken.

Sie zuckte bei der Berührung leicht zusammen, fand sie

aber zugleich angenehm. Diese natürliche Intimität zwischen ihnen war ihr sehr wichtig.

»Wunderbar«, befand sie und wandte sich ihrem Mann zu. »Willst du es Sebbe sagen und versuchen, gleich einen passenden Nachmittag zu reservieren? Wenn meine Freundinnen Zeit haben, würde ich sie gern zum Probeessen einladen. Kim kennt sich mit veganen Gerichten aus, und Nadja möchte bestimmt ihren Sohn glänzen sehen.«

Vielleicht würde es auch die Stimmung in der Gruppe ein wenig aufheitern, wenn sie alle einlud, dachte Helena.

»Perfekt«, murmelte Tom und küsste sie leicht auf die Schläfe. »Ich glaube, gleich treffen neue Gäste ein, möchtest du einen Kaffee?«

»Nein danke, ich bin nicht so scharf drauf«, antwortete Helena.

Auf dem Weg zur Restaurantküche hielt Tom inne.

»Was hast du gesagt? Nicht so scharf auf Kaffee? Entschuldigung, aber wer sind Sie, und was haben Sie mit meiner Frau gemacht?«

Sie zuckte die Achseln, und Tom schüttelte misstrauisch den Kopf. Dann legte er ihn leicht schräg und musterte sie eindringlich.

»Helena?«, fragte er. Seine Augen leuchteten auf einmal. »Du trinkst doch eigentlich nur keinen Kaffee, wenn du …«

Er beendete den Satz nicht, sondern warf rasch einen Blick hinunter auf ihren Bauch.

»Schau mal, wie viele Autos da angefahren kommen«, rief Helena und reckte den Hals, um einen Blick auf den Parkplatz zu werfen. »Auch Polizeiwagen.«

»Was zur Hölle ... Das ist doch Daniel«, sagte Tom und hastete in Richtung Eingangsbereich. Draußen wurden mehrere Autotüren zugeschlagen.

Tom öffnete die Eingangstür weit.

»Hej, Daniel, was ist denn los?«

Helena hielt sich krampfhaft an der Kante des Empfangstresens fest. Ihre Atmung ging rasch und oberflächlich, und ein Gefühl von Panik stieg in ihr auf, was sie völlig lähmte. *Hoffentlich ist den Mädchen nichts zugestoßen!*

Sie schluckte heftig und versuchte, die Fassung zu wahren, um wenigstens den Knopf betätigen zu können, mit dem sie weiteres Personal an den Empfang rufen konnte. Helena drückte einmal, zweimal, dreimal, nur für den Fall. Die Empfangsdame Frida hatte heute ihren letzten Arbeitstag und kam unverzüglich aus der Kaffeeküche herbeigeeilt.

»Sei bitte so nett und übernimm hier, ich weiß gerade nicht, was los ist«, bat Helena sie mit erstickter Stimme, während sie selbst zu Tom aufschloss, um die Polizisten zu begrüßen.

»Hej, es tut mir sehr leid, dass wir hier so bei euch einfallen«, sagte Daniel und ging auf sie zu.

Er war in Zivil und trug ein hellblaues Oberhemd mit einem Jackett darüber. Zwei jüngere Polizisten begleiteten ihn, ein dunkelhaariger Mann und eine Frau mit rötlichen Haaren und einer Computertasche in der Hand. Beide trugen Polohemden mit dem Logo der Polizei.

»Ist irgendetwas mit den Kindern passiert?«, unterbrach ihn Helena. Ihre Worte kamen gehetzt und abgehackt.

Tom ergriff ihre Hand. Sie befürchtete, jeden Moment umzukippen.

»Nichts mit den Kindern, nein, nein«, antwortete Daniel beruhigend. »Können wir irgendwo ungestört reden?«

»Natürlich, wir gehen rauf in unser Büro«, schlug Tom vor und wies ihnen mit der ganzen Hand den Weg.

Als Helena zusammen mit Tom und den Polizisten am Empfang vorbeilief, sah sie, wie Frida ihr Handy hochhielt, um ihr etwas zu zeigen. Helena konnte auf dem Display nur die Worte *Missing People* erkennen.

Sie nahmen in der kleinen Sitzgruppe in Helenas und Toms gemeinsamem Büro Platz, und der dunkelhaarige Polizist zog zwei Schreibtischstühle für seine Kollegin und sich selbst hinzu. Die beiden stellten sich als Stanislaw und Tove vor, doch Helena bekam ihre jeweiligen Dienstgrade nicht mit. In ihrem Kopf rauschte es, und Tom drückte ihre Hand fester. Sie versuchte, sich auf Daniels Gesicht zu konzentrieren, er saß schräg vor ihr auf einem Sessel.

»Wir haben einige Fragen zu eurem Sommerfest letztes Wochenende.«

Daniel wartete kurz, bis Tove ihre Ausrüstung ausgepackt hatte; einen Laptop und etwas, das aussah wie ein Funkgerät.

»Ich war ja selbst kurz dabei, aber jetzt ist eine etwas spezielle Situation entstanden«, fuhr er fort.

Helena war noch immer durcheinander, doch durch Daniels besonnene Art entspannte sie sich ein wenig. Den Mädchen war nichts zugestoßen. An diesen Gedanken klammerte sie sich. Ihre Kinder waren wohlauf.

»Nehmt ihr unsere Aussagen auf?«, fragte Tom.

»Nein, das hier ist keine Vernehmung«, erklärte Stanislaw und warf einen Blick über die Schulter auf den Computerbildschirm seiner Kollegin.

Tove tippte auf ihrer Tastatur.

»Ignorieren Sie mich einfach«, sagte sie, ohne aufzuschauen. »Ich muss nur gerade sehen, wie wir die Suchaktion hier koordinieren, und mich mit den Kollegen abstimmen.«

»Die Suchaktion?«, fragte Helena.

»Ja. Eine Person, die zuletzt auf eurem Fest am Wochenende gesehen worden ist, wurde als vermisst gemeldet. Fredrik Ripholm heißt er. Ein Arzt, der in Göteborg gemeldet ist.«

Im Büro herrschte für einige Sekunden absolute Stille. Dann ertönte wieder das leise Klicken der Tastatur, als Tove etwas in ihren Computer eingab. Helena saß kerzengerade und stocksteif auf dem Sofa. Ihr Mund war wie ausgetrocknet.

Tom beugte sich vor.

»Großer Gott, ist Fredrik verschwunden?«

»Ja, das scheint leider der Fall zu sein, und wir nehmen das sehr ernst«, erklärte Daniel. »Es gibt gewisse Hinweise darauf, dass sein Leben oder zumindest seine Gesundheit in Gefahr sein könnten.«

Helena hörte weitere Motorengeräusche von draußen. Sie konnte beim besten Willen nicht mehr sitzen bleiben, sondern stand auf und ging zum Fenster.

»Draußen stehen Autos von Missing People«, sagte sie mit einer Stimme, die gänzlich tonlos klang.

Sie zwang sich, ruhig ein- und auszuatmen und nicht zu hyperventilieren. Ohne es selbst steuern zu können, wanderte ihr Blick immer wieder zu ihrem eigenen Schreibtisch und dem Computer darauf. All die Informationen, die sich darin befanden, Dinge, von denen sie nicht wollte, dass irgendwer sie sah.

»Das stimmt, Fredrik Ripholms Angehörige haben die Organisation Missing People kontaktiert, um in der Gegend einen Sucheinsatz durchzuführen, da er hier zuletzt gesehen wurde«, erklärte Stanislaw. »Eigentlich sollte ich runtergehen und mit ihnen reden. Ist das in Ordnung, Daniel?«

»Natürlich. Ich komme in ungefähr fünf Minuten nach. Tove, könntest du deinen Kollegen begleiten?«

Die jüngeren Polizisten standen auf, während sich Daniel an Tom und Helena wandte. Helena hatte sich neben das Sofa gestellt, auf dem ihr Mann saß, und verschränkte die Hände fest ineinander, um nicht vor lauter Nervosität an ihrer Kleidung zu zupfen.

»Ich würde euch beide gerne um einen großen Gefallen bitten«, erklärte Daniel. »Wir bräuchten einen Versammlungsort. Natürlich könnten wir Wohnwagen hierherbringen, aber ... «

»Überhaupt kein Problem«, sagte Tom. »Dafür sorgen wir gerne. Ich verstehe, dass ihr eine Einsatzzentrale benötigt, oder wie sich das nennt. Und wenn es darum geht, Menschenketten zu bilden, brauchen wir einen Sammelpunkt, richtig?«

»Das stimmt«, bestätigte Daniel. »Danke, ihr helft uns und allen Beteiligten damit wirklich sehr.«

»Der Ostflügel ist nicht voll belegt«, erklärte Helena und räusperte sich »Dort seid ihr mehr unter euch. Der

Speisesaal ist ziemlich geräumig, und es gibt ein stabiles WLAN. Ich kann dir den Raum gleich zeigen. Müssen wir nicht auch unsere Hotelgäste informieren?«

»Ja, natürlich, und das Personal auch«, meinte Tom. »Ich sorge dafür, dass belegte Brote sowie Kaffee und Wasser im Ostflügel bereitstehen. Ich werde auch Adam Bescheid sagen, wir sollten Wegweiser aufstellen, damit die Freiwilligen wissen, wohin sie müssen. Wäre das in Ordnung?«

»Phantastisch«, sagte Daniel. »Das ist wahnsinnig nett von euch. Ich müsste dann allerdings auch noch mit euch über den Vermissten sprechen und darüber, wie das Fest verlaufen ist ...«

In dem Augenblick klingelte Daniels Handy.

»Sorry, da muss ich rangehen«, sagte er und holte tief Luft.

Zum ersten Mal nahm Helena einen Anflug von Unsicherheit in seinem sonst so sicheren Auftreten wahr. Eine leicht besorgte Miene, eine Falte zwischen den Augenbrauen. Daniel stand ebenfalls unter Druck.

»Großer Gott«, rief Tom aus und drehte sich zu Helena um. »Wie kann es sein, dass Fredrik Ripholm verschwunden ist?«

Jetzt ertönte über Rosenlund das knatternde Motorengeräusch eines Hubschraubers. Helenas Puls stieg erneut, und sie legte ihrem Mann eine Hand auf die Schulter, doch sie war nicht ganz bei der Sache. In ihrem Inneren machte sich ein unheilvolles Gefühl breit, das ihr das Blut in den Adern gefrieren ließ.

Daniel beendete sein kurzes Telefonat.

»Wir müssen mit allen sprechen, die auf dem Fest waren,

sowohl mit den Gästen als auch mit dem Personal. Wenn ihr uns eine Liste erstellen könntet, wäre das wunderbar«, sagte er. »Und dann haben wir die mühsame und zeitraubende Aufgabe, die Handys aller Befragten zu überprüfen. Das ist leider notwendig, denn wir haben Grund zu der Annahme, dass hinter Fredrik Ripholms Verschwinden möglicherweise ein Verbrechen steht.«

21

»Du siehst aus, als würdest du krank werden«, sagte Annas Mutter Pia und runzelte die Stirn.

Sie stand an der Rückseite des kleinen Hauses in Varnhem und war gerade dabei, Unkraut zu jäten. Wie üblich trug sie eine Schürze über einer langen Strickjacke und ihren Leggings, und Anna fand, dass sie bedeutend frischer und rosiger aussah als vor ihrer Pensionierung. Pia kochte gerne Saft oder Marmelade ein und puzzelte in ihrem eigenen Tempo im Garten herum. Seit sie nicht mehr in der Schulkantine arbeitete, konnte sie dies nach Herzenslust tun. Schlimmer erging es Annas Vater Janne. Er schien sich noch nicht in seinem Dasein als Rentner zurechtgefunden zu haben, obwohl er schon vor ein paar Jahren als Hausmeister in derselben Schule aufgehört hatte.

»Nein, mir fehlt nichts«, entgegnete Anna und fuhr sich mit dem Zeigefinger unter den Augen entlang, weil sie fast sicher war, dass ihr Mascara Spuren hinterlassen hatte.

»Schau mal, Opa und ich haben Himbeeren gepflückt«,

rief Astrid und hüpfte zwischen der Schaukel und Annas altem Spielhäuschen hervor.

Janne winkte von den Beerenbüschen her, erhob sich dann und warf einen stolzen Blick auf einen der üppig tragenden Apfelbäume, die unmittelbar daneben wuchsen. *Ingrid Marie*, Jannes Lieblingssorte. Anna bemühte sich um ein Lächeln, doch es kam ihr steif wie eine Grimasse vor.

Ihr Elternhaus lag im grüneren Teil des Ortes mit gepflegten kleinen Häusern aus den 1960er Jahren, eingewachsenen Gärten und im Prinzip verkehrsfreien kleinen Straßen. Hier hatte sowohl sie selbst als auch Astrid das Fahrradfahren gelernt, mit Jannes festem Griff am Gepäckträger und seinen ermutigenden Zurufen.

»Geh doch rein und leg dich für eine Weile hin«, schlug Pia in einem etwas leiseren Tonfall vor, der allerdings keine Widerrede zuließ. »Möchtest du eine Cola? Oder eine Schmerztablette? Hast du deine Tage?«

»Nee, aber danke«, sagte Anna schwach. »Hinlegen wäre wirklich angenehm, nur ganz kurz. Ich habe so schlecht geschlafen.«

»Aber, Mama, ich will jetzt heim! Ich will mit Nelly spielen«, protestierte Astrid und zog einen Schmollmund.

»Liebes, lass Mama jetzt mal in Ruhe«, sagte Pia mit ziemlich strenger Stimme und ein wenig strikter, als Anna es selbst getan hätte. Doch sie schaffte es nicht, ihr zu widersprechen. Sie schaffte eigentlich gar nichts, außer in ihr altes Jugendzimmer mit der gesprenkelten Tapete zu gehen und die Tür hinter sich zu schließen, sich aufs Bett zu legen und einfach nur die Augen zu schließen.

Ihre Hände kribbelten, und ihr Körper wurde umgehend

schwer. Doch als sie gerade kurz vorm Eindösen war, hörte sie unmittelbar an ihrem Ohr eine Stimme flüstern:

»Mit Ihnen würde ich gern ein Wörtchen reden.«

Anna zuckte zusammen. Ihr Körper war schwer wie Blei, und sie konnte sich nicht bewegen. Die Nachmittagssonne schien durch die Jalousie herein, und in ihren Strahlen tanzten Staubkörner. Sie war wach, daran herrschte kein Zweifel.

Ein Kratzen, es klang, als käme es vom Fußboden. Lag da etwa jemand unter ihrem Bett? Wollte Astrid ihr einen Streich spielen? Anna öffnete den Mund und holte Luft, um etwas zu sagen, doch aus ihrer Kehle kam kein Laut. Jetzt kratzte es erneut, wie mit Fingernägeln an der Unterseite ihres Bettes. Ihr Puls raste, und sie hörte ihr eigenes Blut in den Ohren pochen.

»Erkennen Sie mich wieder?«

Dieselbe flüsternde Stimme, doch jetzt zischte sie eher. Und dann ein Schlurfen, als bewegte sich jemand mit großer Mühe auf dem Boden vorwärts. Sie versuchte, den Kopf ein wenig vom Kissen anzuheben und über die Bettkante zu spähen, was ihr mit großer Mühe gelang. In dem Augenblick sah sie es. Den oberen Teil eines Kopfes, den Kopf eines Mannes, der sich langsam von unten heraufschob und sich immer weiter ihrem Gesicht näherte. Als hätte sich jemand unter dem Bett versteckt und käme nun langsam hervorgekrochen. Jemand mit gelblich blonden Haaren und einer sonnengebräunten Stirn mit merkwürdig grauem Hautton darunter. Er lachte heiser und röchelte.

Anna schrie laut auf.

»Großer Gott, hast du mich erschreckt! Wach auf!«

Annas Mutter Pia rüttelte an ihrem Arm, sie stand über das Jugendbett gebeugt. Im Türrahmen erschien auch Astrids verängstigtes kleines Gesicht, und hinter ihr stand Janne mit einer Hand auf der Schulter des Mädchens.

Anna fuhr hoch und schaute sich benommen um. Sie hatte im Schlaf gesabbert und wischte sich den Mund trocken. Die Erinnerung an ihren Albtraum grub sich wie Dornen in ihr Bewusstsein. Sie wurde hin und wieder von Albträumen heimgesucht, doch es war schon mehrere Jahre her, dass sie einen so unfassbar real anmutenden gehabt hatte.

»Du brauchst jetzt bestimmt ein Glas Saft«, entschied Pia. »Könnt ihr beiden euch darum kümmern, Janne und Astrid?«

Sie sank auf die Bettkante, und mit einem Mal kam sich Anna wieder vor wie ein sehr kleines Mädchen.

»Gibt es noch etwas anderes? Etwas, worüber du reden möchtest?«, fragte Pia.

Wie sehr Anna wünschte, sie könnte ihrer Mutter alles, wirklich alles erzählen.

Als sie in die Küche kam, saßen Astrid und Janne am Tisch und spielten Schiffe versenken. Wie es schien, schlug das Mädchen seinen Großvater um Längen. Anna konnte nicht ausmachen, ob ihr Vater womöglich den Zerstreuten spielte, um sein Enkelkind gewinnen zu lassen, oder ob er tatsächlich etwas abwesend war. Sie bekam ein hohes Glas mit hausgemachtem Saft und klirrenden Eiswürfeln darin und trank durstig. Als Pia anbot, für sie alle zum Abendessen Falukorv im Ofen zuzubereiten, lehnte sie nicht ab, und auch Astrid hatte nichts dagegen, noch länger bei ihren Großeltern zu bleiben.

Anna griff nach ihrem Handy und stellte fest, dass sie mehrere Nachrichten von Helena bekommen hatte. Im selben Augenblick schaltete Pia das Radio ein. In den Lokalnachrichten wurde von einem Sucheinsatz wegen einer vermissten Person draußen bei den Silberfällen in Rosenlund berichtet. Anna wappnete sich innerlich. Jetzt ging es also los.

Draußen nieselte es, und Anna suchte Schutz unter dem überstehenden Dach auf der Terrasse. Hier hatten Pia und sie früher manchmal gestanden und heimlich geraucht, als sie beide noch Raucherinnen gewesen waren, was Janne verabscheut hatte. Anna wünschte, sie hätte jetzt eine Zigarette, während sie Helena anrief.

»Hast du es schon gehört?« Helena klang unter der beherrschten Fassade ängstlich und wartete Annas Antwort gar nicht erst ab. »Du, ich bräuchte dich hier wirklich ganz dringend.«

Helena entschuldigte sich kurz und erklärte jemandem, wo die Thermoskannen mit Kaffee und die belegten Brote hingestellt werden sollten. Um sie herum herrschte reges Treiben, und Anna hörte das Geräusch von Helenas klappernden Absätzen, als sie eilig über einen harten Fußboden ging.

»Natürlich komme ich«, sagte Anna. »Wir sind noch in Varnhem, aber Mama und Papa können Astrid bestimmt noch bis heute Abend bei sich behalten.«

»Danke, Anna! Wir haben hier alle Hände voll zu tun, und viele Gäste sind beunruhigt. Du bist doch immer so ausgeglichen und robust und kannst mit Journalisten umgehen und so. Der Suchtrupp macht sich jeden Moment auf den Weg, sie sind wahnsinnig gut organisiert ... Daniel ist auch hier, zusammen mit mehreren anderen Polizisten ... «

Ausgeglichen und robust. Anna würde am liebsten laut losschreien, denn im Augenblick war sie die am wenigsten ausgeglichene und robuste Person auf der Welt. Doch das ging nicht. Sie musste sich zusammenreißen, durfte nicht zusammenbrechen.

»Atme erst mal tief durch, Helena. Ich bin schon unterwegs, vorher muss ich nur noch meine Mutter informieren. Aber wir sehen uns in höchstens zwanzig Minuten.«

Helena schluchzte am anderen Ende der Leitung auf.

»Nein, jetzt nicht weinen«, sagte Anna in einem Ton, der sie an Pias mitunter strengen Tonfall erinnerte. »Wir kriegen das hin.«

»Ich hoffe, du hast recht«, entgegnete Helena mit piepsiger Stimme.

22

Vor dem Hotel in Rosenlund standen so viele Autos, dass Anna nirgends einen Parkplatz fand. Es wimmelte von Menschen, viele davon in den neonfarbenen Warnwesten der Organisation Missing People. Als sie den Gärtner Adam erblickte, reagierte sie erleichtert.

»Du kannst den Wagen schräg hinter dem Anbau abstellen«, erklärte er und dirigierte sie um eine Ansammlung von Polizeiwagen herum.

Es hatte aufgehört zu regnen, und der Nachmittag ging

allmählich in den Abend über. Anna stieg aus dem Auto und tätschelte Bibbi den Kopf, die sich auf Adams Arm geflüchtet hatte.

»Sie hat eine Höllenangst vor Hubschraubern«, erklärte Adam. »Großer Gott, was für ein Lärm.«

Er blickte in einen wolkenverhangenen Himmel.

»Ich schätze mal, der Einsatz wird mindestens bis Sonnenuntergang dauern, oder?«, fragte Anna.

»Das nehme ich auch an«, antwortete Adam. »Die Leiter der Suchtrupps sind zusammen mit den Polizisten im Ostflügel. Ein paar Gäste haben bereits ausgecheckt, aber nicht alle. Aha, und da kommt ein Fernsehteam, wie ich sehe. Könntest du vielleicht kurz den Hund nehmen, dann schau ich, ob hinten bei den Wirtschaftsgebäuden noch Parkplätze frei sind.«

Anna nickte und bekam einen zitternden kleinen struppigen Vierbeiner in die Arme gedrückt. Adam lief los, um den Besuchern den Weg zu weisen.

»Sag den Fernsehleuten, dass ich gleich komme. Sie können so lange in der Lobby warten, okay?«, rief sie Adam hinterher, der zur Antwort nickte und den Daumen hochreckte. »Ist ja gut, hab keine Angst«, murmelte sie und bohrte ihre Nase in Bibbis wolliges Fell.

Der Hund schien sich zu beruhigen, als der Hubschrauber zur Westseite des Billingen weiterflog.

Anna schluckte. Ihr Mund war völlig ausgetrocknet, und sie musste dringend etwas trinken, bevor sie vor die Medien trat.

»Hej! Du bist hier?«, grüßte sie eine ihr wohlbekannte Stimme.

Es war Daniel. Er kam raschen Schrittes vom Ostflügel her und blieb neben ihr stehen.

»Aber Anna, du siehst ja zu Tode erschrocken aus. Ist es wirklich eine gute Idee, hier zu sein?«

»Hej. Ist schon in Ordnung, Helena braucht mich hier. Und wie läuft's bei euch?«

Anna bemühte sich um eine feste Stimme, und es funktionierte besser, als sie zu hoffen gewagt hätte.

»Geht so. Hast du Zeit, um kurz zu reden?«, fragte er.

Daniel wirkte bekümmert, doch von seiner muskulösen Gestalt ging auch etwas Energisches aus. Anna konnte sehen, dass er ganz in seiner Führungsrolle aufging.

»Ja klar, aber wie steht es mit dir? Ich müsste nur gleich mit dem Fernsehteam sprechen, das gerade eingetroffen ist«, erklärte Anna und schob den Hund auf ihrem Arm ein wenig höher.

Bibbi legte den Kopf auf ihrer Schulter ab und seufzte kaum merklich.

»Vermutlich willst du sie ebenfalls informieren, stimmt's?«, fuhr sie fort. »Ich könnte die Journalisten aufhalten und sie bitten, zuerst jemanden aus dem Suchtrupp zu befragen. Sag einfach, was für dich am besten ist.«

»Ja, das wäre hilfreich.«

Daniel warf ihr einen dankbaren Blick zu. Er schaute sich rasch um, bevor er einen Schritt näher trat. Jetzt wurde der ihr vertraute zivile Daniel sichtbar und sein Gesicht nahm sanftere Züge an.

»Ich müsste unbedingt mit ihnen reden«, fuhr er fort. »Aber die Sache ist die, dass ich nicht viel zu sagen habe. Oder sagen *kann*. Jedenfalls noch nicht.«

»Okay«, meinte Anna gedämpft. »Und wie kann ich dir helfen?«

Daniel lächelte flüchtig und warf erneut einen Blick über die Schulter.

»Allein schon die Tatsache, dass du hier bist, fühlt sich gut an«, sagte er. »Es ist schön, ein nettes Gesicht zu sehen.«

Anna schlug die Augen nieder. Seine Worte taten ihr gut, insbesondere mitten in diesem Gefühlschaos.

»Unter uns gesagt, hat der Vermisste seit Samstagnachmittag weder seine EC-Karte noch seine Kreditkarte benutzt, und sein Pass liegt zu Hause in Göteborg«, erklärte Daniel. »Seine Sekretärin hat Alarm geschlagen, als er nicht zur Arbeit erschienen ist, aber die Kolleginnen nahmen an, dass er vielleicht spontan Urlaub genommen hat ... Wie auch immer, offenbar ein Kommunikationsproblem. Die letzte Auszahlung fand jedenfalls an einer Tankstelle in der Nähe des Golfplatzes in Bjertorp statt. Mineralwasser und Halspastillen.«

Es war, als würde Daniel kurz gedanklich abdriften.

»Ach ja«, sagte er dann und schaute ihr direkt in die Augen. »Wir haben erfahren, dass es auf dem Fest zu einer Art Meinungsverschiedenheit zwischen dem Vermissten und anderen Gästen gekommen ist, nachdem ich schon weg war. Ich würde dich gerne fragen, ob du vielleicht irgendetwas gesehen hast.«

Anna zwang sich, Daniels Blick standzuhalten, ohne zu blinzeln. Auf einmal gab sein Handy einen Piepton von sich, oder vielleicht war es auch ein Walkie-Talkie, und in einem Gerät an seinem Gürtel rauschte es.

»Klar«, antwortete Anna rasch. »Aber wann ... Könnt ihr sein Handy denn nicht orten?«

»Es hat keine Eile, wir können später über das Fest reden.« Daniel wirkte etwas abgelenkt. »Jetzt geht es erst einmal darum, ihn lebend zu finden. Und ja, wir haben versucht, sein Handy zu orten, aber gut möglich, dass es defekt ist ... Entschuldige mich, Anna, aber ich muss weiter. Könntest du den Medienleuten vielleicht ausrichten, dass ich in fünfzehn bis zwanzig Minuten mit ihnen sprechen kann, drinnen im Hauptgebäude?«

Mit diesen Worten verschwand Daniel zu seinen Kollegen.

Bibbi wand sich in Annas Armen, und nachdem sie sich vergewissert hatte, dass die Leine sicher am Halsband befestigt war, setzte sie den kleinen Hund wieder auf den Boden.

»Entschuldigung, arbeiten Sie hier?«

Eine ältere Dame in einer geblümten Tunika kam auf sie zu.

»Ja, das tue ich. Wie kann ich Ihnen helfen?«

»Mein Mann und ich wohnen in Zimmer 19, und wir finden das alles höchst unerfreulich. Was ist denn passiert? Ist etwa jemand ermordet worden?«

Die Dame rang die Hände, und ihr Kopf zitterte leicht.

»Offenbar hat es einen Vermissten gegeben, aber bereits vor einigen Tagen«, erklärte Anna und bemühte sich, vertrauenswürdig und freundlich zu klingen. »In der Umgebung des Hotels wird gleich eine Suchaktion gestartet, und das ist bedauerlicherweise mit einigen Umständen verbunden. Auch die Kleine hier ist völlig verängstigt.«

Anna schaute hinunter auf Bibbi.

»Ach nein, die Ärmste«, sagte die Dame. »Ja, dieser

grausige Lärm ist wirklich nicht lustig. Was für eine Rasse ist das denn? Björn und ich, also das ist mein Mann, wir hatten all die Jahre einen Königspudel, aber dann ist uns das zu viel geworden ... «

Sie beugte sich hinunter und tätschelte den Hund, dem all die Aufmerksamkeit sichtlich zu gefallen schien.

»Ich glaube, sie hat auch ein wenig Pudel in sich«, antwortete Anna. »Wenn Ihr Mann und Sie möchten, könnte ich Ihnen dabei behilflich sein, eine alternative Unterkunft zu finden. Ich weiß nicht genau, ob das Restaurant heute Abend wie gewöhnlich geöffnet hat, aber wenn Sie sich entscheiden, hierzubleiben, kann ich dafür sorgen, dass Ihnen das Essen aufs Zimmer gebracht wird.«

»Danke«, sagte die Dame und atmete erleichtert auf. »Ich werde das mit Björn besprechen und ihn fragen, was er denkt. Im Augenblick sitzt er im Zimmer und guckt Sport. Aber er hat Probleme mit dem Herzen und darf sich auf keinen Fall aufregen.«

»Das tut mir sehr leid«, sagte Anna. »Hier ist meine Karte. Rufen Sie mich einfach direkt an, wenn ich Ihnen irgendwie behilflich sein kann.«

»Danke, meine Liebe«, sagte die Dame. »Das Ganze ist ja nicht Ihre Schuld.«

Sie ging auf ihren Gehstock gestützt davon und wirkte weitaus beruhigter als zuvor.

Als Anna das Fernsehteam in der Lobby erblickte, stand Helena schon mit einem Repräsentanten der Suchtrupps sowie mehreren Journalistinnen vom Radio und diversen Zeitungen zusammen.

Anna räusperte sich und trat auf die Besucher zu. Sie

reichte Helena Bibbis Leine und setzte, wie sie hoffte, eine beherrschte und ernste Miene auf.

»Hej, mein Name ist Anna Sager, und ich bin hier in Rosenlund für die Kommunikation zuständig.« Sie gab allen die Hand. »Wir vom Hotel sind äußerst beunruhigt, und unsere Gedanken sind bei dem Vermissten und seinen Angehörigen. Wir würden es sehr schätzen, wenn Sie Rücksicht auf die Gäste nehmen könnten, die sich noch im Hotel befinden ... «

Anna warf Helena einen flüchtigen Blick zu, die daraufhin kaum merklich nickte. Sie war leichenblass.

»Eine Reihe von Gästen befindet sich noch im Haus, aber wir versuchen, alternative Unterkünfte für alle zu finden, die das möchten. Bis dahin wären wir dankbar, wenn Sie diese respektieren und sich niemandem nähern würden, der nicht befragt werden möchte. Sie können jetzt zum Speisesaal gehen, dort stehen Kaffee und belegte Brote bereit. Ich habe gerade mit Polizeiinspektor Daniel Ahlgren gesprochen, der ... das Ganze organisiert. Er wird in ungefähr einer Viertelstunde vorbeikommen und Sie über den aktuellen Stand informieren.«

Molly und Frida führten die Presseleute in den Speisesaal, wo das Fernsehteam umgehend begann, die Ton- und Bildqualität zu testen.

»Danke, meine Liebe, dass du hier bist«, flüsterte Helena ihr zu. Sie hielt krampfhaft Bibbis Leine fest und sah aus, als würde sie jeden Moment zusammenbrechen. »Sag mir, dass das nicht wahr ist.«

»Warte, Kim ruft gerade an«, sagte Anna und hielt abwehrend eine Hand hoch, während sie sich meldete. »Helena, Kim ist gerade im Hort, um Rex abzuholen, und sie sagt, dass Nelly als Einzige aus ihrer Gruppe noch dort ist. Soll sie sie mit zu sich nach Hause nehmen?«

»Verflucht auch.« Helena presste die Kieferknochen aufeinander. »Ich habe mein Kind vergessen! Sag der lieben Kim bitte, ja, das wäre sehr nett. Und frag sie, ob Nelly vielleicht bei ihr bleiben könnte, bis jemand von uns hier wegkann ...«

»Kim meint, dass es klargeht«, übermittelte Anna mit dem Handy am Ohr. »Sie hat schon gehört, was passiert ist. Die drei werden bei Georges einen Burger essen, und Nelly kann auch gerne bei ihnen übernachten.«

Helena seufzte.

»Was zum Teufel sollte ich nur ohne euch tun?«

Anna legte auf.

»Helena, schau mich an«, sagte sie. »Tief durchatmen. Wir wissen nichts, wir müssen einfach ... alles nehmen, wie es kommt, okay? Kann sein, dass es ein langer Abend wird, aber wir müssen das hier irgendwie durchstehen. Kümmere du dich um die Gäste und die ganzen Freiwilligen ...«

»Okay«, wiederholte Helena. »Okay, okay.«

Ihre Augen waren weit aufgerissen und dunkel.

Bibbi zog leicht an ihrer Leine.

»Und jetzt eins nach dem anderen«, sagte Anna. »Der Hund. Er sollte besser nicht hier drinnen im Hotel sein. Kannst du Bibbi vielleicht zu Adam rausbringen?«

Helena schluckte heftig und wirkte zutiefst erschrocken.

»Nee, nee, nee«, stotterte sie. »Das musst du machen.«

»Klar.«

Anna runzelte die Stirn. Warum benahm sich Helena so

merkwürdig? Vielleicht setzte ihr dieser ganze Wirbel einfach nur extrem zu.

»Ich beeile mich. Gleich findet die Pressekonferenz statt, und danach können wir reden«, fuhr sie fort.

»Entschuldigung, treffen sich hier die Leute von Missing People?«, rief ein älterer Mann mit Stirnlampe von der Eingangstür aus.

»Nein, der Treffpunkt ist hinterm Hotel, kommen Sie, ich gehe mit und zeige Ihnen den Weg«, sagte Anna und nahm den Hund mit.

An den Glastüren hatte jemand Plakate mit einem Foto von Fredrik Ripholm angebracht. Anna zuckte zusammen, als sie sein lächelndes Gesicht sah. Es war ein ziemlich aktuelles Bild, und seine blondierten Haare waren akkurat frisiert. Er trug einen blendendweißen Arztkittel, unter dem ein hellblaues Oberhemd hervorlugte. Seine stechenden Augen wurden von Lachfältchen umrahmt, und die intensive Sonnenbräune ließ seine Haut lederartig aussehen. Die Zähne kamen ihr unnatürlich lang vor, fast wie Reißzähne.

Anna schüttelte unbehaglich den Kopf, doch in ihrer Rolle als Kommunikationschefin fiel es ihr leichter, die Angst in Schach zu halten. Draußen war es inzwischen bedeutend kühler geworden, und sie fröstelte, als sie mit Bibbi losging. Eine weitere Gruppe Freiwilliger war eingetroffen, sie standen vor dem Eingang des Hotels und vertraten sich die Beine. Alle waren mit Regenjacken, Rucksäcken und Wanderschuhen ausgerüstet. Unglaublich, wie rasch diese Menschen mobilisiert worden waren.

»Folgen Sie mir, dann zeige ich Ihnen, wo die anderen

sind«, sagte Anna mit einer Stimme, die weitaus energischer klang, als sie sich fühlte.

Im Festsaal im Ostflügel traf sie Adam.

»Da bist du ja. Ich muss dir Bibbi zurückgeben«, sagte Anna und reichte ihm die Leine.

Der Hund hüpfte vor Freude über das Wiedersehen mit seinem Herrchen und ließ sich nicht von den fieberhaften Aktivitäten im Saal stören. Entlang einer Wand waren mehrere Klapptische aufgestellt, vor denen sich Vertreter von Missing People um einen Polizisten gruppiert hatten. Auf den Tischen standen Wasserflaschen sowie Teller mit in Zellophan gehüllten belegten Broten und Zimtschnecken, und es lagen Taschenlampen bereit. An den Wänden hingen große Landkarten, auf denen die verschiedenen zu durchkämmenden Gebiete farblich voneinander abgesetzt waren, sowie weitere Fotos von Ripholm. Das grinsende Gesicht mit den stechenden Augen schien Anna regelrecht zu verfolgen. Sie erschauderte.

»Die Pressekonferenz beginnt jeden Moment. Hast du vor, an der Suche teilzunehmen?«, fuhr sie fort.

»Ich weiß nicht, ob ich hier vor Ort nicht vielleicht mehr ausrichten kann«, antwortete Adam. »Irgendwer hat gesagt, dass sie den Parkplatz oben bei den Silberfällen abgesperrt haben, und die Polizei mit diversen kleinen Beweistütchen wieder heruntergekommen ist. Aber vielleicht sind das auch nur Gerüchte. Tom und ein paar Leute vom Küchenpersonal wollen sich an der Suche beteiligen. Er kannte den Vermissten offenbar.«

»Ich glaube auch. Puh, wie unheimlich das Ganze ist«, meinte Anna.

Daniel kam auf sie zu.

»Sehe ich okay aus?«, fragte er, während er sich mit der Hand übers Kinn fuhr und seine Uniform richtete. Er wirkte konzentriert und ernst.

»Absolut. Nein, warte«, sagte Anna und strich einen Fussel von seiner Schulter. »Aber jetzt. Die Presse hat sich im Speisesaal im Hauptgebäude versammelt.«

Sie drückte Daniels Schultern leicht und versuchte, eine gewisse innere Ruhe zu erlangen. Doch das Einzige, was sie vor sich sah, war das grinsende Gesicht, das unter dem Jugendbett bei ihren Eltern ganz nah an ihr eigenes herangekommen war.

23

Kim schaltete die Nachrichtensendung auf ihrem Laptop ein und setzte sich an den Küchentisch. Die Pressekonferenz sollte jeden Moment beginnen. Sie warf einen kurzen Blick ins Wohnzimmer, wo Rex und Nelly mit Popcorn und Eis auf dem braunen plüschigen Retrosofa vor dem Fernseher geparkt waren. Auf dem Fußboden lag ein gelbgrüner flauschiger Teppich, von der Decke leuchtete eine Lampe vom Flohmarkt aus den 1950er Jahren, und an der Wand hinter den Kindern hingen gerahmte Drucke mit feministischen Parolen sowie ein Vintageplakat aus China, auf dem eine rotwangige junge Frau Werbung für eine Zigarettenmarke machte.

Das meiste hatte Emilia angeschafft, und es erinnerte sie

an ihre Ex, insbesondere wenn sie das Licht einschaltete. Doch die Einrichtung war gemütlich, und sie käme nie auf die Idee, ihr Haus umzugestalten. Das wäre, als würde sie Emilia aus ihrem Leben tilgen, was Kim nie und nimmer vorhatte.

Sie war kurz davor, sich ein kaltes Bier zu holen, denn sie fand, dass sie es sich verdient hatte. Aber sie hatte sich gelobt, keinen Alkohol zu trinken, wenn Rex bei ihr war, was bisher auch leidlich funktionierte. Und jetzt war sie auch noch für ein zweites Kind verantwortlich. Sie musste nüchtern bleiben und notfalls Auto fahren können. Also begnügte sie sich stattdessen mit einem Eis am Stiel. Kim löste das Papier ab und nahm einen großen Bissen. Ein eisiger Schmerz fuhr durch ihre Zähne, was ihr in gewisser Weise gefiel.

Auf dem Bildschirm erschien jetzt der Speisesaal in Rosenlund. Sie hatte den Ton eingeschaltet, und es herrschte eine gedämpfte Geräuschkulisse. Die Filmkamera schwenkte zur Seite und fing kurz ihre Freundinnen Helena und Anna ein, die blass aber beherrscht in einer Ecke zusammenstanden.

Kims Handy summte, und als sie sah, wer ihr geschrieben hatte, machte ihr Herz einen Sprung.

Emilia.

18:03
Schaue gerade die Nachrichten, so gruselig. Sehe deine Freundinnen. Du OK?

Kim schloss die Augen und versuchte zu begreifen, was gerade geschehen war. Normalerweise schickte Emilia ihr keine persönlichen Nachrichten mehr, nie. Nur, wenn es ihren Sohn betraf, sonst fand zwischen ihnen keinerlei Kommunikation statt. Es schmerzte sie ungemein, Emilia nicht nur als Liebespartnerin verloren zu haben, sondern auch als beste Freundin.

Doch jetzt ließ sie auf einmal von sich hören und fragte, ob Kim okay war! Sie wollte keineswegs zu viel in diese wenigen Worte hineininterpretieren, aber das war doch mal ein Schritt in eine positive Richtung, oder?

Kim widerstand dem Impuls, Emilia sofort zu antworten, und konzentrierte sich auf Daniels Gesicht auf dem Bildschirm vor sich. Im Saal wurde es still, und die Kamera nahm ihn in den Blick.

»Hej, mein Name ist Daniel Ahlgren. Ich bin Kriminalinspektor in Skövde und leite die Ermittlungen in diesem Vermisstenfall. Wir suchen einen Mann namens Fredrik Ripholm. Er ist achtundfünfzig Jahre alt und wohnt in Kungsbacka bei Göteborg. Er wird seit ungefähr einer Woche vermisst.«

Daniel sprach frei, ohne auf irgendwelche Notizen zu schauen, was Vertrauen schaffte.

»Zuletzt wurde er hier draußen bei den Silberfällen und dem Hotel Rosenlund in Lerdala außerhalb von Skövde gesehen. Wir werden heute mit Hilfe von Missing People eine Suchaktion einleiten. Seine Angehörigen machen sich große Sorgen, und wir ...«

Kim scrollte sich durch verschiedene Internetseiten, während sie der Nachrichtensendung lauschte. Es war merkwürdig, den Mann, mit dem sie auf dem Fest aneinandergeraten war, in allen Nachrichtenportalen zu sehen. Er war also nach dem Fest verschwunden. Sie versuchte, sich in Erinnerung zu rufen, worum es bei ihrem Streit genau gegangen war, doch ihre Erinnerungen waren völlig diffus. Sie musste wirklich sternhagelvoll gewesen sein.

Ihr Handy summte erneut.

18:16
Bist du OK? Du warst doch auf diesem Fest, von dem sie sprechen?

Erneut Emilia, es war ihr offenbar wirklich wichtig. Was hatte das zu bedeuten? Kim setzte zu einer Antwort an.

»Mama, können wir noch mehr Popcorn kriegen?«

Rex stand mit Nelly an seiner Seite im Türrahmen. Das Mädchen hielt die leere Schale in der Hand.

»Na klar, nehmt euch einfach. Dort gibt es Nachschub«, antwortete Kim und deutete auf die Arbeitsplatte. »Aber zuerst machen wir ein schönes Foto von euch und schicken es an Mama Emilia und auch an deine Mama, Nelly. Sie wollen ja schließlich sehen, dass es euch gut geht.«

Nelly legte den Arm um ihren kleinen Freund, und die Kinder lächelten süß in die Kamera. Nachdem die beiden wieder ins Wohnzimmer verschwunden waren, schickte Kim das Bild an Helena und Emilia. An Helena schrieb sie:

18:21
Alles gut hier. Wie läuft's bei euch? Habe euch im TV gesehen. So unheimlich. Nelly kann gern hier übernachten.

Kim schickte die Nachricht ab und schrieb dann an Emilia.

18:23

Alles gut hier, Popcornabend mit Helenas Tochter, bis ihre Mutter zurückkommt. Ja, hab ihn auf dem Fest gesehen. Echt unheimlich. Du OK?

Sie schickte die Nachricht rasch weg, bevor sie es sich anders überlegen konnte oder zu viel darüber nachdachte. Fast umgehend ploppten drei kleine Punkte auf. Emilia schrieb postwendend eine Antwort, und Kims Puls raste. Emilia war seit der Trennung ziemlich kühl zu ihr gewesen, und nachdem sie mit Stefan zusammengezogen war, geradezu eiskalt.

18:24

Vermisse meinen kleinen Jungen, sonst alles gut. Nett, dich gestern gesehen zu haben, danke für den leckeren Kaffee.

Kim glaubte, sie würde vom Stuhl fallen. »Nett, dich gestern gesehen zu haben«, was bedeutete das? Ihr Herz pochte heftig, und sie zitterte am ganzen Körper, als hätte sie mehrere Tassen Espresso auf ex getrunken. Aber irgendwie war es ein wunderbares Gefühl. Was sollte sie nur antworten?

Kim kam auf die Füße und öffnete den Kühlschrank. Sie warf einen Blick hinein. Dort standen vier kalte Biere und eine angebrochene Flasche Weißwein. Nein. Nein! Stattdessen öffnete sie den Gefrierschrank und nahm wahllos ein weiteres Eis am Stiel heraus. Es war knallrosa und hatte einen merkwürdigen Tuttifruttigeschmack, der sie an Helenas sogenannten Liebestrank erinnerte.

»Verflucht auch«, murmelte Kim im Stillen und lachte auf. »Was, wenn es tatsächlich funktioniert?«

24

Die letzte Woche der Sommerferien, dachte Anna, während sie Cornflakes für Astrid in ein Schälchen gab und einen Löffel holte. Und der Montag meiner letzten Urlaubswoche. Helena und sie hatten vage verabredet, zusammen mit den Mädchen nach Göteborg in den Vergnügungspark Liseberg zu fahren, bevor die Schule wieder anfing, doch das war vor dem Verschwinden und dem Sucheinsatz gewesen. Jetzt hatte Anna nicht mehr die geringste Lust oder Energie und hoffte, dass ihre Tochter das Ganze längst vergessen hätte.

Der Himmel über den Hängen des Billingen hing voller dunkler Regenwolken. Auch am Wochenende hatte es hin und wieder geregnet, was die Arbeit der Suchtrupps erschwerte, wie Anna gehört hatte. Sie selbst hatte Astrid am späten Freitagabend bei ihrer noch hellwachen Mutter und ihrem bereits hundemüden Vater mit dem Auto abgeholt und ihre halb schlafende Tochter ins Haus getragen.

Jetzt hatte eine neue Woche begonnen, und Astrid saß frisch und munter im Nachthemd am Küchentisch und schaute auf ihrem Tablet eine Kindersendung.

Anna stellte die Schale auf den Tisch, doch sie war unkonzentriert und platzierte das Gefäß zu nahe an der Kante, so dass es zu Boden fiel. Sie sah es wie in Zeitlupe passieren. Die Milch spritzte an ihren Beinen herauf und bis hinaus in den Flur. Scharfkantige Scherben. Blaue Ränder auf weißem Porzellan.

»Verdammt!«

Astrid zuckte zusammen und starrte ihre Mutter mit erschrocken aufgerissenen Augen an, die sich rasch mit Tränen füllten.

»War das meine Schuld? Entschuldige, Mama, entschuldige!«

»Nein, das war meine eigene Schuld, tut mir leid, Liebes. Kein Problem, nicht weinen!«

Anna umarmte das Mädchen fest und wiegte es hin und her.

Ich muss mich zusammenreißen, dachte sie. Ich bin nicht so, wie es Jacobs Geschwister damals nach der Beerdigung behauptet haben. Ich bin kein seelisches Wrack.

»Nimm deine Füße hoch, dann mache ich es weg«, sagte sie, und Astrid tat, worum sie gebeten wurde. »Hast du auch was abbekommen?«

»Nee, aber gibt es noch mehr Cornflakes?«

»Natürlich, aber lass mich das erst aufwischen.«

Anna musste daran denken, wie Jacobs eingebildete Schwester Ylva unangemeldet zu Besuch gekommen war, um sie und ihre Tochter gewissermaßen in Augenschein zu nehmen. So hatte sie es zumindest empfunden. Damals, nachdem Jacob gerade gestorben war und Anna Zeit für sich brauchte, um in Ruhe zu trauern, schien Ylva samt Familie zu glauben, dass Anna nicht alleine mit Astrid zurechtkam. Sie hatte angedeutet, dass es vielleicht besser wäre, wenn sie sich eine Weile um Astrid kümmerte, damit

sich Anna »ausruhen könne«. Ähnlich wie in einer Pflege-
familie, jetzt, da es ihr so schlecht ging. Wäre das nicht für
alle Beteiligten eine gute Lösung? Astrid liebte doch ihre
Cousinen, und es war bestimmt nicht immer lustig, Ein-
zelkind zu sein. Nur sie zwei. Kurz darauf hatte sie dann
hinter ihrem Rücken Annas Mutter angerufen, um sich mit
ihr zu verbünden, woraufhin Pia sie zum Teufel geschickt
hatte.

Allein schon beim Gedanken daran zitterte Anna vor
Wut. Sie verabscheute die Andeutungen von Jacobs Verwandten, dass sie nicht in der Lage sei, sich um Astrid zu
kümmern. Was wussten die denn schon über Jacobs letzte
Zeit, über seinen Todeskampf, und was das mit ihr gemacht
hatte? Rein gar nichts. Sie waren schließlich nicht dabei gewesen. Aber sie würde es ihnen auch niemals erzählen.

Die Situation hatte sich entschieden verbessert, als Anna
Göteborg verlassen und in ihren Heimatort Skaraborg zurückgezogen war. Dennoch verabscheute sie nach wie vor
die Blicke ihrer Schwägerin auf Kindergeburtstagen und
Weihnachtsfesten, dieses unerträgliche gekünstelte Wohl-
wollen. Nach Annas erstem Depressionsschub hatten Jacobs Verwandte sie nur mitleidig und irgendwie abschätzig
gemustert. Sie behandelt, als stünde sie völlig neben sich
und wäre unzuverlässig. Als würde sie als Mutter nicht
taugen. Sie hatten scheinbar wohlmeinende Fragen gestellt,
ob Annas Eltern wirklich noch fit genug seien, um sie bei
der Betreuung des Mädchens zu unterstützen. Ob sie selbst
doch hoffentlich nicht zu viel arbeitete. Das Gefühl, ständig wachsam beäugt und als labil eingeschätzt zu werden,
nahm ihr die Luft zum Atmen.

Ihr Blick wanderte zum Eckschrank aus Kiefernholz. Er hatte eine verschließbare Klappe, die sie niemals öffnete. Darin lag ein Ordner, an den zu denken Anna möglichst vermied, und den sie nie auch nur anrührte. Ihr Herz pochte heftiger, doch sie musste es ignorieren und stattdessen die Scherben einsammeln. Astrids Blick war zum Glück aufs Tablet gerichtet. Der Ordner enthielt vier besorgniserregende anonyme Anzeigen, die im Lauf der Jahre gegen sie erstattet worden waren. Berichte, die mit widerlichen Begriffen gespickt waren. Vernachlässigung des Sorgerechts und psychische Verwahrlosung. Mangelnde Sensibilität gegenüber ihrem Kind. Unfähigkeit, das soziale und emotionale Wohlbefinden des Kindes sicherzustellen. Wutausbrüche.

Angesichts dieser absurden Unterstellungen, sie sei eine schlechte Mutter, verschlug es ihr die Sprache. Ihr Gehirn konnte den Schock, den ihr das versetzt hatte, noch immer nicht recht verarbeiten. Trotzdem hatte sie die Anschuldigungen nicht von sich gewiesen, sondern ernst genommen. Hatte sich entgegenkommend verhalten und in den Gesprächen mit dem Jugendamt Einsicht gezeigt sowie auch akzeptiert, dass sie Unterstützung und Hilfe benötigte. Dass sie willig war, an sich selbst zu arbeiten, um allzeit die kompetente Mutter zu sein, die Astrid benötigte. Das hatte funktioniert. Die für sie zuständige Sozialarbeiterin hatte ihr sogar anvertraut, dass aus Sicht der Behörden nie ein Risiko bestanden hätte, irgendwelche drastischen Maßnahmen zu ergreifen.

Doch was, wenn alles andere jetzt herauskommen würde, ihre Verbindung zu Fredrik Ripholm? Anna sammelte die letzten Scherben vom Boden auf, während sich in ihrem Inneren Panik breitmachte. Sie zwang sich, den Gedanken zu Ende zu denken: Wenn diese Sache ans Licht kommt, könnte ich meine Tochter verlieren.

Sie stand mit zittrigen Beinen auf, warf die kaputte Schale in den Müll und streckte sich nach der Rolle Haushaltspapier, sorgfältig darauf bedacht, nicht in die verschüttete Milch zu treten. Doch sie hatte eine winzige messerscharfe Scherbe übersehen und verzog vor Schmerzen das Gesicht, als diese ihr in die Fußsohle schnitt. Astrid war noch immer in ihr Tablet versunken. Gut so.

Ihr Kind zu verlieren, war das absolut Schlimmste, was passieren konnte. Es durfte einfach nicht geschehen. Sie müsste sich zusammenreißen und nicht länger darüber nachdenken, sonst wäre sie nicht mehr in der Lage, für Astrid da zu sein. Anna verpflasterte diskret ihren Fuß. Das Mädchen schien nichts mitbekommen zu haben.

»Schätzchen, sollen wir mal fragen, ob Nelly und ihre Mutter heute Nachmittag vielleicht zum Kaffee kommen wollen? Wir können ja vorher etwas zusammen backen«, schlug sie vor. »Vielleicht Schokokuchen?«

»Oh ja!« Astrids Augen leuchteten auf. »Mit Eis!«

Eigentlich hatte Anna nicht im Geringsten Lust, zu backen. Das Ganze war nur ein Vorwand, um Helena zu treffen. Ihre Freundin hatte sich seit dem Fest so merkwürdig verhalten, und Anna wollte wissen, warum. Irgendetwas sagte ihr, dass sie so viel wie möglich in Erfahrung bringen musste, um ihre Tochter und sich selbst vor dem aufziehenden Sturm zu schützen.

Astrid saß in ihrem Sitzsack im Wohnzimmer und las gerade in Annas altem abgegriffenem Exemplar *Der König von Narnia* von C. S. Lewis, als Daniel anrief. Seine Stimme war monoton und klang, als befände er sich draußen. Im Hintergrund konnte sie noch andere Stimmen hören. Anna schnürte es die Kehle zu. Es war, als hätte sie bereits gewusst, was er sagen würde, sobald sie das Klingeln gehört hatte.

»Behalt das bitte noch eine Weile für dich, aber wir haben eine Leiche gefunden«, erklärte Daniel leise.

Im selben Augenblick öffnete sich der Himmel draußen vor dem Küchenfenster, während sie drinnen an die Wand gelehnt stand.

»Hörst du mich?«, fragte Daniel. Dann fluchte er. »Verdammt, was für ein Schauer. Los, das Zelt aufbauen, beeilt euch!«

Anna konnte sich vorstellen, wie er dort draußen in der Landschaft stand, umgeben von seinen Kollegen und den Leuten vom Rettungsdienst.

»Anna, kannst du mich hören?«

Es gelang ihr, ein Ja hervorzubringen.

»Die Umstände sind so, dass … Es werden Ermittlungen eingeleitet«, fuhr Daniel fort, und sie hörte, wie er jedes Wort sorgfältig abwog.

»Ist er schon identifiziert?«

»Ja, und die Angehörigen sind auch unterrichtet worden. Es sind zwar eigentlich nur eine ältere Tante und seine Kolleginnen, aber … «

»Wirst du die Ermittlungen leiten?«, fragte sie.

»Wie es scheint, ja, und es wird ziemlich arbeitsintensiv werden«, erklärte Daniel. »Nur, dass du schon mal Bescheid weißt.«

»Schon klar. Sag einfach, wenn ich irgendetwas für dich tun kann.«

»Danke, das ist nett von dir. Aber ich muss jetzt weitermachen. Pass auf dich auf. Ich lass wieder von mir hören, sobald ich kann.«

Es war, als würde die ganze Welt ins Wanken geraten, und Anna hielt sich am Küchentisch fest.

»Mama? Mama, können wir nicht zusammen lesen? Das mit den versteinerten Figuren ist so gruselig ...«

Astrid berührte sie am Rücken, nicht fest, aber deutlich genug, um Anna erstarren zu lassen.

»Mama, hörst du?«

»Ja klar. Ich muss nur kurz zur Toilette. Aber wolltest du nicht eigentlich backen?«

»Ja!«, rief Astrid aus. »Schokoladenkuchen mit Eis. Haben wir auch Streusel? Ich frage Nelly, ob sie kommen kann. Ich glaube, sie ist heute nicht im Hort. Wir können alles ganz festlich herrichten, wie in einem Café, das können wir doch, oder? Mit Keksen und schönen Teetassen und ...«

Anna hörte ihre letzten Worte nicht mehr, ihre Ohren waren wie zugeklappt. Sie schloss sich in der Toilette ein und sank auf den WC-Sitz, wobei sie das Radio auf dem Bord oberhalb der Handtuchhaken einschaltete.

Ihr Handy summte einmal, zweimal, doch Anna konzentrierte sich voll und ganz aufs Radioprogramm. Und dann kam es.

Wir unterbrechen für eine Sondermeldung. Die Polizei

hat bei einem Sucheinsatz in einem Waldstück zwischen Billingen und Valle, in der Nähe von Rosenlund und den Silberfällen, eine Leiche gefunden. Wir können bestätigen, dass es sich um den Mann handelt, der seit über einer Woche vermisst wurde. Die Angehörigen des Toten sind bereits informiert worden. Daniel Ahlgren, der für den Polizeibezirk zuständige Kriminalinspektor, sagt dazu:

Anna hielt die Luft an. Und dann hörte sie seine Stimme. Etwas heiser und müde, aber klar und gefasst.

»Der Mann wurde nach einer ausgedehnten Suchaktion gefunden. Die Polizei, der Rettungsdienst und nicht zuletzt die Organisation Missing People haben in den letzten Tagen bedeutende Arbeit geleistet. Nach dem Auffinden der Leiche konzentrieren wir uns im Rahmen unserer Ermittlungen auf die Klärung der Todesumstände. Die Polizei geht davon aus, dass der Mann einem Verbrechen zum Opfer gefallen und womöglich entführt worden sein könnte. Wir werden weiterhin intensiv ermitteln und in diesem Zusammenhang alle notwendigen Maßnahmen ergreifen. Um die genaue Todesursache des Mannes festzustellen, wird eine rechtsmedizinische Untersuchung durchgeführt.«

Daniels Worte hallten in ihrem Kopf wider. Sie hatten eine Leiche gefunden. Diese war bereits identifiziert. Es würden polizeiliche Ermittlungen eingeleitet. Anna riss ein Stück Toilettenpapier ab und begann, es in schmale Streifen zu zupfen. Es passierte ganz automatisch, und sie war sich dessen kaum bewusst. Erinnerungen an ihre erste Begegnung mit Fredrik Ripholm drängten in ihr Bewusstsein. Ihr Bauchgefühl bei ihrem allerersten Treffen war von Unbehagen und Misstrauen geprägt gewesen, doch er war so respekteinflößend und sie absolut machtlos. Wenn sie damals doch nur auf ihren Instinkt gehört hätte ...

»Mama? Nelly will zum Kaffeetrinken kommen. Sie ist gerade mit ihrer großen Schwester unterwegs, aber um vier Uhr kann sie mit ihrer Mutter hier sein. Mama?!«

Kleine Fäuste hämmerten gegen die Toilettentür. Nein! Sie musste aufhören, an diesen Mann zu denken. Unbedingt!

Anna schaltete das Radio aus und versuchte, eine einigermaßen gefasste Miene aufzusetzen, als sie wieder zu ihrer Tochter hinausging.

»Ach wie schön. Dann schauen wir mal, Kakao und Butter ... «

»Können wir Streusel auf den Kuchen streuen, Mama? Können wir das?«

»Ja, wir können es ausprobieren«, antwortete Anna.

»Darf ich auch mein Glitzerkleid anziehen? Und soll ich eine Kuchenkarte entwerfen? Können wir Oma und Opa auch einladen?«

Anna klapperte mit Rührschüsseln und Schalen und suchte in der Speisekammer nach Mehl.

»Mama, du hörst mir gar nicht zu! Können wir das?«

»Was?«, fragte Anna und schaute ihre Tochter wie benommen an. »Nein, ich glaube nicht, dass Oma und Opa heute herkommen können.«

»Warum denn nicht? Das wäre so gemütlich. Nie kommen sie zu uns, immer muss ich nach Varnhem fahren!«

Astrids Stirn hatte sich gerötet, und ihre Augen wurden feucht.

Sie spürt, dass etwas anders ist, dachte Anna. Sie weiß, dass irgendetwas nicht stimmt.

»Komm, Liebes«, sagte Anna und streckte die Arme aus.
»Wir können sie ja fragen, aber ich glaube, dass sie heute einen Termin in Skara haben. Opa muss wegen einer Untersuchung zum Arzt.«

Doch Astrid wollte sich nicht umarmen lassen. Sie stapfte mit einem Schmollmund die Treppe hinauf in ihr Zimmer. Oben knallte die Tür zu, und Anna hörte, wie das hübsche Namensschild ihrer Tochter zu Boden ging.

Ihr wurde schwindlig, und sie hockte sich auf den Küchenfußboden. Sie musste unbedingt versuchen, sich normal zu verhalten. Musste sich zusammenreißen.

25

Nadja war allein zu Hause, als sie in den Nachrichten hörte, dass der vermisste Mann tot aufgefunden worden war. Großer Gott. Eine unheilvolle Beklommenheit erfasste sie und ließ sich nicht abschütteln.

Sie saß zusammengekauert auf ihrem Sofa mit dem beigefarbenen Leinenbezug und hatte drei Forschungsberichte zu lesen. Alle drei behandelten interessante Themen, doch momentan konnte sie nicht den geringsten Enthusiasmus für ihre Arbeit aufbringen. Draußen regnete es von einem bewölkten grauen Himmel, der genau ihre Stimmung widerspiegelte. Sie klappte ihren Laptop zu und schickte eine Nachricht an Sebbe, erhielt jedoch keine Antwort. Anrufen wollte sie ihn lieber nicht, falls er gerade im Auto unterwegs oder anderweitig beschäftigt war. Nadja verspürte das starke Bedürfnis, Gustav zu kontaktieren, doch irgendetwas hielt sie davon ab. Ein nagendes, unbehagliches Gefühl. Das hier war nicht gut für sie beide. Ganz und gar nicht.

Sie warf einen Blick in den Chatverlauf der Queens of Rönnbacken, doch dort gab es nichts Neues. Eigentlich wäre es an ihr, ihren Freundinnen zu schreiben, aber ihr fiel nichts Gescheites ein. Anstatt jemanden anzurufen, wanderte sie eine Weile rastlos durchs Erdgeschoss, bevor sie beschloss, sich einen Nachmittagssnack zuzubereiten. Nadja setzte Kaffee auf und schnitt zwei Scheiben vom Roggensauerteigbrot ab, die sie in den Toaster steckte. Das Unbehagen machte es ihr schwer, sich zu konzentrieren, selbst auf so etwas Simples, wie Brotscheiben zu belegen. Sie runzelte die Stirn und tippte auf ihrem Handy herum, beschloss dann jedoch, es für eine Weile in Ruhe zu lassen. Sie durfte sich nicht ablenken, sondern musste stattdessen versuchen, sich zu erinnern.

Was hatte sie in der besagten Nacht oben bei den Silberfällen genau gesehen? In der Dunkelheit hätte sie schwören können, die Silhouette eines Tieres ausgemacht zu haben, doch jetzt war sie sich keineswegs mehr sicher. Könnte es nicht sogar sein, dass sie eine der Letzten gewesen war, die den Toten gesehen hatte? Hätte sie etwas tun müssen, hätte sie überhaupt etwas tun können?

Nadja erschauderte und bestrich das Brot, das ihr Sohn gebacken hatte, mit Butter. Sie öffnete den Kühlschrank und warf einen Blick hinein. Dort lagen ein Stück Käse aus Falbygdens Osteria sowie verschiedene Gläser mit Marmelade und Konfitüre. Sie hobelte mehrere Scheiben des

kräftigen nussigen Hartkäses ab und bestrich ihre belegten Brote mit einer dünnen Schicht Kirschmarmelade. Der
Kaffee war fertig, und der Duft breitete sich in ihrer großen Küche aus. Weiß pigmentierte Fronten aus Eiche von
Vedum betonten Nadjas eleganten dezenten Einrichtungs-
stil. Das Unternehmen hatte die Küche sogar für seinen Ka-
talog fotografieren wollen, was sie jedoch entschieden ab-
gelehnt hatte. Ihr Privatleben war ihr heilig, und sie wollte
diesbezüglich keinesfalls irgendein Risiko eingehen.

Nadja biss in das erste Käsebrot, noch bevor sie sich an
den Tisch gesetzt hatte. Es war eine leckere Geschmacks-
kombination, was sie ein wenig aufmunterte. Sie müsste
Sebbe unbedingt erzählen, wie gut sein Brot mit genau diesem Käse und dieser Marmelade schmeckte. Sie sank auf
den Stuhl und schloss ihre Hände um den großen grauen
Steingutbecher aus Ellinors Keramikstudio in Tidaholm.
Dann nahm sie einen Schluck und versuchte, Ordnung in
ihrem Kopf zu schaffen. Weg mit den Gedanken an Dinge,
die sie sowieso nicht kontrollieren konnte! Stattdessen konzentrierte sie sich auf das Relief in der ansprechend glasier-
ten Oberfläche ihres Bechers und auf den angenehm duftenden Kaffee darin.

Einige der ersten Anschaffungen, die Nadja sich geleistet
hatte, als sie irgendwann etwas besser verdiente, waren hübsche Gebrauchsgegenstände. Gerne in der Region hergestell-
tes, qualitativ hochwertiges Geschirr, das ein ganzes Leben
lang hielt. Ihr ging es um Nachhaltigkeit, aber sie sehnte
sich auch nach der Schönheit solider Handwerkskunst.

Sie sollte wirklich bald mal wieder Ellinors Atelier aufsuchen, oder zumindest nachschauen, ob sie eine Ausstel-

lung plante. Eine Teekanne aus Keramik wäre vielleicht ein schönes Geschenk für Gustav, wenn er im November sechsundzwanzig Jahre alt wurde. Großer Gott, wie jung das klang. Nadja schüttelte den Kopf. Eigentlich durfte sie nicht an eine Intensivierung ihrer Beziehung denken, obwohl sie es so sehr wollte.

Das Unbehagen war zurück. Nadja warf erneut einen Blick auf ihren Laptop. Sie vermisste Gustav, doch es wäre wohl am besten, die digitale Kommunikation mit ihm für eine Weile einzustellen. Ja, so würde sie es machen. Zur Sicherheit.

Nadja stand auf und blieb eine Weile mit hängenden Armen stehen. Um sie herum war es so still, zu still. Sie könnte das Radio oder irgendeine Musik einschalten, verspürte jedoch keine Lust darauf. Und wo blieb überhaupt ihr Sohn? Ganz in der Nähe von Sebbes Arbeitsplatz war ein Toter gefunden worden, das war wirklich gruselig.

Als sie sich nicht mehr zurückhalten konnte und ihn gerade anrufen wollte, hörte sie, wie die Haustür geöffnet wurde. Nadja ging ihm im Flur entgegen. Sie hatte noch nicht einmal sein Auto gehört, so heftig war der Regen aufs Dach und gegen die großflächigen Fenster geprasselt. Sebbe war völlig durchnässt und hohläugig, von seinen dunklen Haaren tropfte es herunter auf seinen Jackenkragen, und sie merkte sofort, dass irgendetwas anders war als sonst.

»Komm rein und trockne dich ab, damit du dich nicht erkältest«, forderte Nadja ihn auf und holte rasch ein Frotteehandtuch aus der kleinen Toilette im Flur. »Wo bist du denn gewesen? Hast du Überstunden gemacht, oder warst du mit Molly unterwegs?«

Sie reichte ihrem Sohn das Handtuch. Er trocknete sich halbherzig den Schopf und starrte hinunter auf seine nassen Schuhe.

»Ist irgendetwas passiert?«, fragte Nadja.

Sebbe seufzte tief und warf ihr einen genervten Blick zu.

»Brauchst du irgendetwas? Geht es dir nicht gut? Warum sagst du denn nichts?«, flehte sie.

»Mensch, Mama, was soll das werden? Etwa ein Polizeiverhör, oder was?«

In Sebbes Stimme lag eine ungewohnte Kälte. Es tat Nadja in der Seele weh. Und es jagte ihr Angst ein.

Bevor sie begriffen hatte, wie ihr geschah, hatte er seine Schuhe abgestreift und war die Treppe hinauf in sein Zimmer verschwunden, dessen Tür er geräuschvoll schloss. Kurz darauf drang wummernde Rockmusik aus dem Obergeschoss. Sie klang hart und aggressiv. Halt dich fern, lass mich in Ruhe, signalisierte sie.

Nadja erschauderte. Jetzt hätte sie wirklich am liebsten Gustav angerufen, doch das war das Letzte, was sie tun würde. Es wäre unvernünftig gewesen. Doch sie musste ihre gesamte Willenskraft aufbieten, um es bleiben zu lassen.

26

Helena schaute hinauf zu den dunklen Gewitterwolken am gigantischen Himmel, der sich über Rönnbacken wölbte. Sie stand zusammen mit Anna auf deren Terrasse unter dem Dach, und um sie herum prasselten die Regentropfen mit voller Kraft herunter. Sie kam sich so klein und wahnsinnig machtlos vor. Es war, als hätte sich alles gegen sie verschworen.

»Er ist tot. Großer Gott«, sagte Helena und erschauderte. Allein schon die Worte auszusprechen, widerstrebte ihr, sie verursachten ihr geradezu einen Würgereiz.

»Ja. Er ist tot«, pflichtete Anna bei und schüttelte den Kopf. »Sind uns im Hotel viele Buchungen weggebrochen?«

Helena zuckte zusammen. Eigentlich hatte sie erwartet, dass Anna ihr Entsetzen und Unbehagen teilen würde, doch ihre Freundin wirkte vollkommen ruhig, während sie ihren Kaffee trank, geradezu unberührt. Oder war sie selbst einfach zu überspannt? Drinnen im Haus waren die Mädchen eifrig damit beschäftigt, aus kleinen Pappschnipseln ein eigenes Brettspiel zu gestalten. Sie selbst hatte das Gefühl, jeden Moment zusammenzubrechen.

Nein, so konnte es nicht weitergehen. Sie musste versuchen, sich zusammenzureißen. Wenn sie sich anmerken lassen würde, wie aufgewühlt sie war, könnte das verdächtig wirken. Sobald sie auch nur an Ripholm dachte, fielen ihr die geheimen Dokumente wieder ein, die sie, falls jemand davon erfuhr, zu einer Verdächtigen machen könnten. Prompt tauchten auch die Bilder wieder auf, was sie an diesem Abend mit Adam getrieben hatte, und die Schuldgefühle machten sie noch nervöser.

»Ach, nicht der Rede wert«, antwortete sie und schloss die Hände um ihren unangerührten Kaffeebecher. Sie versuchte, ruhig zu klingen. »Es ist ja letztlich nur Geld. Aber der Ort, an dem sie ihn gefunden haben, ist noch immer abgesperrt. Manche Gäste nimmt das natürlich ziemlich mit. Einige haben auch storniert, weil sie die Wanderwege oben bei den Silberfällen nicht nutzen können.«

Sie versuchte, an ihrem Kaffee zu nippen, rümpfte jedoch unfreiwillig die Nase.

»Nicht gut?«, fragte Anna. »Wenn er zu schwach ist, kann ich neuen kochen.«

»Nein, es liegt nicht an deinem Kaffee«, entgegnete Helena. »Ich glaube, ich kriege einen Schnupfen. Irgendwie schmeckt mir zurzeit gar nichts so richtig.«

»Hej!«, ertönte eine Stimme aus dem Nachbargarten.

Es war Lars-Inger, oder besser gesagt nur Inger, die weibliche Hälfte des Nachbarehepaars, die in einem robusten Regenmantel und mit einem Südwester auf dem Kopf vor ihren prächtig blühenden Beeten stand, vermutlich um eventuelle Verwüstungen durch den Regen zu inspizieren.

»Hej«, grüßte Anna zurück.

Helena winkte halbherzig.

»Tja, jetzt siehst du, was ich meine, Anna«, sagte die ältere Nachbarsfrau mit enttäuschter Stimme. »Deine schönen Dahlien und die armen Cosmeen, schau nur, wie sie im Regen die Köpfe hängen lassen. Hättest du sie bloß hochgebunden, wie ich es dir gesagt habe, es gibt ja schließlich speziellen Draht und alles ...«

»Ja, du hast recht, Inger«, pflichtete Anna ihr bei. »Das hätte ich tun sollen, aber ich habe es nicht geschafft, und jetzt ist es halt, wie es ist. Willst du ... möchtest du vielleicht einen Kaffee?«

Helena zuckte zusammen und schaute Anna an, als wäre

sie völlig von Sinnen. Die Nachbarsfrau auf der anderen Seite der Hecke wirkte anfänglich hellauf begeistert von dem Angebot, doch dann runzelte sie die Stirn.

»Ist das Maschinenkaffee?«

»Äh, nein, Filterkaffee«, antwortete Anna.

»Nein, das geht nicht«, sagte die Nachbarin und verzog den Mund. »Lars und ich trinken nur Kaffee aus dem Perkolator.«

»Ach, das ist aber schade«, sagte Helena in einem Tonfall, der vor Ironie nur so troff.

Die Nachbarin schüttelte den Kopf, sichtlich bestürzt darüber, dass ihr jemand so etwas Absurdes wie Filterkaffee anbieten wollte, und ging zurück zu ihrem Haus.

»Sie hat mich zumindest nicht zum ›Mordfall‹ draußen beim Hotel ausgefragt wie alle anderen sensationsgierigen Leute in den letzten achtundvierzig Stunden«, brummelte Helena.

»Puh, wie grausam das klingt, wenn du das sagst«, wandte Anna ein und warf einen Blick über die Schulter ins Wohnzimmer, wo Nelly und Astrid saßen und bastelten. »Ich habe irgendwie noch gar nicht richtig kapiert, was da passiert ist.«

»Zum Glück hören sie uns nicht«, sagte Helena. »Es ist wirklich ziemlich grausam.«

Sie bekam eine Gänsehaut und begegnete Annas Blick.

»In der Tat«, sagte Anna. »Aber wir sollten lieber das Thema wechseln, sonst kriege ich noch Albträume.«

»Ja, okay, natürlich. Sag mal ... für dich war es doch damals kein Problem, schwanger zu werden, richtig?«, fragte Helena und streckte sich.

»Na ja, einige Versuche haben wir schon gebraucht. Es war frustrierend, Jacob und ich hatten uns entschieden, und ich ging irgendwie davon aus, dass es sofort klappen würde.«

»Tom brauchte mich nur anzuschauen, als ich mit den Mädchen schwanger wurde«, erklärte Helena. »Peng, bumm und fertig. Aber jetzt versuchen wir es schon seit einer Weile.«

Anna nickte und zuckte die Achseln.

»Ich habe so etwas geahnt, wollte mich aber nicht einmischen ...«

»Das ehrt dich. Aber bis jetzt ist noch nichts passiert, soweit ich weiß«, sagte Helena und war selbst überrascht, als sie spürte, wie die Tränen hinter ihren Augenlidern brannten. »Weißt du, das macht einen irgendwie völlig gaga.«

»Kann ich mir denken, aber ich drücke euch ganz fest die Daumen.« Anna ergriff ihre Hand. »Und dann auch noch dieser Todesfall, wirklich schrecklich. Ich hoffe, sie klären die Sache bald auf. Du kannst nun wirklich nicht noch mehr Stress gebrauchen. Und natürlich denkt man ja auch an den armen Mann.«

»Armen Mann!«, fauchte Helena.

Wie konnte Anna das nur sagen? Und wirkte der unschuldige Blick ihrer Freundin nicht irgendwie aufgesetzt?

»So kann man es natürlich auch sehen, aber du weißt nicht, was ich über Fredrik Ripholm weiß«, fuhr sie fort.

»Ach ja?«

Anna wirkte plötzlich scheu und verletzlich, und Helena schämte sich für ihren Verdacht, dass sie sich verstellen würde. Sie ermahnte sich, behutsam vorzugehen. Anna war schon genügend Schreckliches im Leben widerfahren. War es falsch, es ihr zu erzählen? Doch zugleich wusste Helena, dass sie in Anna eine Freundin hatte. Außerdem fühlte sie sich in diesem ganzen Chaos so einsam, als könnten alle Geheimnisse, die sich in ihrem Inneren angehäuft hatten, jeden Moment explodieren und würden dringend ein Ventil benötigen.

»Wir wissen ja noch nicht, wie er gestorben ist, aber ich vermute mal, dass sie seine Todesumstände für verdächtig halten. Vielleicht war es ja tatsächlich ... Mord«, sagte Helena vorsichtig.

Anna wurde aschfahl im Gesicht.

»Das ist ja abscheulich«, rief sie und warf erneut einen Blick ins Haus.

»Dein Daniel leitet ja die Ermittlungen. Habt ihr denn überhaupt schon darüber sprechen können? Obwohl ich natürlich verstehe, wenn er nichts sagen darf.«

»›Mein‹ Daniel, sagst du.«

Anna lächelte müde.

»Ja, wir haben heute Vormittag kurz gesprochen, aber ich wollte ihn nicht stören, weil er jetzt natürlich jede Menge zu tun hat. Aber ich glaube, dass Daniel viel zu professionell ist, um mit mir über die Ermittlungen zu sprechen. Wahrscheinlich weißt du mehr als ich. Du warst schließlich die ganze Zeit in Rosenlund.«

»Ja, ich habe nebenbei einiges aufgeschnappt«, sagte Helena. »Seine Leiche war wohl ziemlich ... übel zugerichtet.«

»Oh, wie gruselig!«, rief Anna aus. »Stell dir vor, wenn, *wenn* es nun wirklich ... Mord war.«

Helena betrachtete ihre Freundin prüfend. Wie stark war

sie wirklich angesichts dieser Ereignisse? Oder war ihre Beherrschtheit nur Fassade? Und was, wenn in der Gegend tatsächlich ein Mörder frei herumlief?

»Anna«, sagte Helena ernst. Sie konnte es nicht länger für sich behalten, sonst würde sie platzen. »Die Sache ist die, dass ich ... etwas Dummes getan habe. Etwas unsäglich Dummes. Und ich weiß nicht, was ich jetzt machen soll.«

»Was denn?«

Anna beugte sich zu ihr vor, doch Helena zögerte. Wie viel konnte sie preisgeben? Ihr grauste davor, dass Anna sie womöglich mit anderen Augen betrachten würde, wenn sie alles erfuhr.

»Du musst wissen, dass ich alles andere als stolz darauf bin ... Ich schäme mich so dafür.«

Ihre Stimme brach, und sie schluchzte auf.

»Aber was ist es denn?«, fragte Anna besorgt. »Jetzt jagst du mir echt Angst ein.«

Helena schniefte und räusperte sich.

»Ich habe Fredrik Ripholm gehasst«, sagte sie mit so fester Stimme wie möglich. »So ist es. Ich habe eine Zeitlang Nachforschungen über ihn angestellt, ich und einige andere Mitglieder dieser geschlossenen Facebook-Gruppe, in der ich bin. Er hat bei meiner Lieblingstante eine Fehldiagnose gestellt, so dass sie beinahe gestorben wäre. Und bei vielen anderen auch, darunter sogar Kindern!«

»Ja, du hast es auf dem Fest erwähnt.«

Helena schloss für ein paar Sekunden die Augen.

»Aber da ist noch mehr. Falls es zu Mordermittlungen kommen sollte und die Polizisten in meinen Laptop schauen, werden sie dort anonyme Briefe und Mails finden, die ich an Ripholm geschickt habe. Und das sind keine … freundlichen Briefe.«

Anna schnappte nach Luft.

»Das musst du unbedingt Daniel mitteilen«, sagte sie und ergriff Helenas Arm. »Es macht einen besseren Eindruck, es sofort zuzugeben, oder wie sagt man? Es freiwillig zu gestehen?«

»Ich weiß auch nicht, warum ich ihm das geschrieben habe«, sagte Helena unglücklich. »Das war wahnsinnig dämlich. Aber wir hatten damals so große Angst, als meine Tante schwerkrank war, sie und ihre Kinder und auch die Enkelkinder litten Höllenqualen … Und ich kann ja ziemlich impulsiv sein. Ich wollte irgendwie, dass es ihm auch schlecht geht.«

»Helena, hast du irgendetwas mit seinem Tod zu tun?«, fragte Anna leise.

»Nein, natürlich nicht! Was denkst du eigentlich von mir? Aber es sind wirklich grässliche Briefe, geradezu abscheulich. Wenn man sie liest, könnte man glauben, dass ich ein Motiv hätte, oder wie das heißt. Aber bitte behalt das für dich.«

»Aber … du warst doch die ganze Zeit mit Tom zusammen, stimmt's? Die ganze Nacht, oder?«, fragte Anna.

Helena lehnte sich gegen die Hauswand. Es fühlte sich an, als würden ihre Beine jeden Moment nachgeben.

»Nein, war ich nicht«, antwortete sie.

»Du warst allein?«

»Ja.« Helena schluckte heftig. »Tom ist in dieser Nacht nach Hause gefahren, hierher nach Rönnbacken. Und ich habe allein in unserem Zimmer draußen im Hotel übernachtet.«

»Rede mit Daniel«, wiederholte Anna. »Das ist der einzige Rat, den ich dir geben kann. Mensch, das wird sich schon irgendwie einrenken!«

Anna klang seltsam altklug, was Helena irritierte.

»Okay, mach ich, mach ich! Und du sagst Nadja und Kim nichts davon, abgemacht? Ich schaffe es einfach nicht, es noch mehr Leuten zu erzählen. Ich schäme mich so.«

»Natürlich behalte ich es für mich, wenn du das möchtest«, sagte Anna und umarmte sie.

Helena erwiderte die Umarmung ihrer Freundin, doch es kam ihr irgendwie unnatürlich vor. Konnte sie wirklich darauf vertrauen, dass Anna ihrem Lieblingspolizisten nichts weitererzählen würde, oder irgendwem anders? Sie kam sich paranoid vor und hatte einen Kloß im Hals.

»Sorry, Anna, aber über eines komme ich nicht ganz hinweg. Hast du tatsächlich gedacht, ich hätte irgendwas mit dem Todesfall zu tun? Meintest du das wirklich ernst? Kennen wir uns nicht eigentlich besser?«

Anna starrte auf den Boden und antwortete nicht. Großer Gott, was geschah hier gerade?

»Nein, offenbar nicht«, fuhr Helena resigniert fort und ging zurück ins Wohnzimmer. »Komm, Nelly, wir gehen nach Hause.«

Die Mädchen protestierten, aber Helena blieb hart. In dieser angespannten Atmosphäre hielt sie es keinen Moment länger aus.

27

Kim erklomm zusammen mit Rex die Treppen des Miets-
hauses, in dem Emilia inzwischen wohnte. Der Junge sagte
nicht viel, doch sein ganzer Körper signalisierte Widerstand. Sie sah, dass er mit sich kämpfte, um tapfer zu sein,
ein herzzerreißender Anblick.

Es war ein ganz normales Treppenhaus in einem recht
ansprechenden Wohnviertel, trotzdem fühlte sich Kim jedes Mal, wenn sie ihren Sohn abgeben musste, als wäre sie
unterwegs zu ihrer eigenen Hinrichtung. Zugegeben, das
klang dramatisch, doch der Abschied und die nachfolgende
Leere schmerzten sie immer wieder aufs Neue. Als würde
ihr das Herz aus dem Körper gerissen. Als würde sie zerbrechen. Doch damit konnte sie leben oder besser gesagt,
sie musste es, ihm zuliebe. Dem kleinen wehrlosen Kind zuliebe, dessen Hand sich in ihrer eigenen so winzig anfühlte,
und die ihre trotzdem so fest hielt.

Stefan öffnete die Tür unmittelbar, nachdem Kim geklin-
gelt hatte. Hatte er etwa drinnen gestanden und gewartet
und womöglich noch die Zeit gestoppt? Es schien fast so.
Er war ein großgewachsener schlanker Mann mit einem
dünnen Pferdeschwanz im Nacken und durchdringendem
Blick, und aus irgendeinem Grund trug er ständig Funktionskleidung. Heute ein enganliegendes Oberteil mit äußerlich sichtbaren Nähten, das an ein Surfshirt erinnerte,
und eine Wanderhose mit verstärkter Kniepartie und massenweise kleinen Taschen, die ihm mehrere Nummern zu
groß war. Und das, obwohl er in der IT-Abteilung im Ge-
meindeamt arbeitete. Was Emilia an diesem Mann fand,

würde Kim nie begreifen, und es war auch müßig, darüber zu spekulieren.

»Das wurde aber auch Zeit«, sagte Stefan und tippte mit dem Nagel seines Zeigefingers auf seine klobige Taucheruhr.

Keine Begrüßung, kein Lächeln, nichts. Ohne Kim anzuschauen, streckte er die Hand aus, um Rex' Rucksack in Empfang zu nehmen. Etwas weiter hinten im Flur erblickte sie Emilia, die jedoch genauso wenig Anstalten machte, zu grüßen, weder ihren Sohn noch Kim.

Rex wand sich und versteifte sich am ganzen Körper. Er packte Kims Hand mit beiden Händen und starrte hinunter auf den gebohnerten Steinboden im Treppenhaus. Er schniefte leicht, und Kim hatte den Eindruck, dass es von den Wänden widerhallte.

»Tschüs, mein Kleiner, jetzt hüpfst du rein zu Mama Emilia«, sagte sie und ging in die Hocke.

»Und zu Stefan«, korrigierte Stefan sie mit strenger Stimme. »Komm schon, Junge, wir wollen hier nicht ewig auf der Schwelle stehen bleiben.«

Rex schlang die Arme um Kims Hals und bohrte sein Gesicht in ihren Pulli. Sie begann zu schwitzen. Jetzt waren schlurfende Schritte im Flur zu hören, und Emilia kam näher. Sie trug kurze Shorts und seltsam anmutende Plüschpantoffeln, die Kim noch nie zuvor an ihr gesehen hatte. Ihre Miene war ausdruckslos. Vielleicht versuchte sie auch nur, neutral zu bleiben.

»Ich will nicht«, flüsterte Rex.

Stefan holte tief Luft, ziemlich theatralisch, wie Kim fand. Demonstrativ. Sie versuchte, Blickkontakt mit Emilia aufzunehmen, lächelte traurig und zog fragend die Augenbrauen hoch. Doch es kam keine Reaktion.

»Tja, Kim, die Zeit läuft, und der Kleine ist noch immer nicht in seiner Wohnung«, sagte Stefan.

»Halt den Mund«, zischte Kim. »Siehst du nicht, dass Rex traurig ist?«

»Junge, du wirst noch viel trauriger sein, wenn ich dein Eis und dein Popcorn in den Müll werfen muss, das wir extra für dich gekauft haben«, sagte Stefan und verschränkte die Arme vor der Brust.

Er lehnte sich gegen den Türrahmen, so unentspannt, wie Kim es nur selten an jemandem gesehen hatte.

»Bitte, Stefan, lass das, Drohungen bewirken gar nichts«, sagte Kim.

»Drohungen?«

Stefan lachte kurz und freudlos auf, es klang wie ein Kläffen.

»Nein, Kim, du hast mir gar nichts zu sagen«, fuhr er fort. »Sieh zu, dass er in die Gänge kommt, und blas dem Jungen zur Abwechslung mal den Marsch, das wäre mein Vorschlag.«

Rex begann zu schluchzen, und kurz darauf bebte sein gesamter kleiner Körper in einem Weinkrampf. Hilflos versuchte Kim, aufzustehen, doch er hing noch immer an ihrem Hals.

»Emilia, hilf mir«, flehte Kim. Sie war selbst kurz davor, in Tränen auszubrechen, und meinte, es auch in Emilias Augen feucht aufblitzen zu sehen.

»Komm, Kleiner, wir gehen jetzt rein und spielen mit Lego. Wir haben auch Schokoladeneis«, sagte Emilia.

Es klang lahm und halbherzig, doch es war besser als nichts.

»Nein, keine Bestechungen, haben wir gesagt!«, rief Stefan und stampfte mit dem Fuß auf den Boden.

Rex schrie jetzt gellend mit offenem Mund, sein Gesicht war völlig verkniffen und feucht von Tränen, während er versuchte, sich an Kims Körper zu klammern.

»Stefan, sei still«, sagte Emilia mit äußerst matter Stimme.

Sie ging zurück in die Küche, und Kim schätzte, dass sie irgendetwas Leckeres für den Jungen holen wollte. Eine Ablenkung von seiner Trauer und Trennungsangst.

In diesem Moment machte Stefan einen Ausfallschritt auf Kim und Rex zu und versuchte, dessen kleine Hände aufzubiegen, um das Kind von ihr loszureißen. Rex schrie panisch und schlotterte am ganzen Körper.

»Großer Gott, was machst du denn da? Hör auf!«, rief Kim.

In einem anderen Stockwerk wurde eine Wohnungstür geöffnet, und jemand bat um Ruhe.

»Jetzt reicht es aber mit den Krokodilstränen und Hätscheleien«, schimpfte Stefan verbissen.

Er bekam den zappelnden Jungen zu fassen, trug ihn in die Wohnung und knallte Kim die Tür vor der Nase zu.

Als Kim das verzweifelte Weinen ihres Sohnes hinter der Tür hörte, zitterte sie am ganzen Körper. Und als sie sich beeilte, die Treppen wieder herunterzukommen, konnte sie vor lauter Tränen kaum etwas sehen. Eigentlich war es ein No-Go, doch das Einzige, woran sie denken konnte, waren die vielen Regale mit Flaschen im Spirituosengeschäft.

28

Nadja spazierte die Joggingstrecke durch den Wald hinter dem Wohngebiet entlang. Sie ging zügig und versuchte, sich auf den frischen Duft der Tannennadeln zu konzentrieren, der nach dem Regen noch intensiver war. Eine leichte Brise fuhr durch die Baumwipfel. Sie hatte gehofft, dass ihr der Spaziergang helfen würde, Ordnung in all das zu bringen, was ihr Kopfzerbrechen bereitete.

Außer ihr waren nur wenig andere Leute unterwegs, doch als sie den kleinen See halb umrundet hatte, begegnete sie Lars-Inger. Das ältere Nachbarehepaar war wieder einmal im Partnerlook mit seinen Walkingstöcken draußen, und sie grüßten einander schweigend und reserviert. Doch dann blieb das Paar stehen.

»Ach übrigens, weißt du, dass vor deinem Haus ein Polizeiwagen steht?«, fragte Lars.

»Nein, das wusste ich nicht. Danke!«

Nadja machte sich im Laufschritt auf den Rückweg durch den Wald. Ihr Puls stieg, und alle möglichen Gedanken wirbelten durch ihren Kopf. Beim Laufen zückte sie ihr Handy und sah auf dem Display einen verpassten Anruf von einer unbekannten Nummer. Warum hatte sie ihn nicht gehört? Ach genau, sie hatte ihr Handy ja auf lautlos gestellt, als sie vorhin versucht hatte, zu meditieren. Was jedoch absolute Zeitverschwendung gewesen war.

Mit zittrigen Fingern entsperrte sie das Handy und rief zurück, knickte jedoch mit dem Fuß um und erlangte erst in dem Moment wieder das Gleichgewicht, als sich eine Männerstimme meldete.

»Hej, hier Daniel Ahlgren.«

Die Polizei. Nadja verspürte einen Blutgeschmack im Mund, und ihr Herz pochte heftig. Sebbe war nach ihrer merkwürdigen Begegnung am Nachmittag erneut mit dem Auto weggefahren, ohne ihr zu sagen, wohin. Hoffentlich war ihm nichts passiert!

»Nadja Khory«, meldete sie sich atemlos. »Sie hatten … du hattest mich angerufen … Geht es um meinen Sohn?«

»Nein, nicht um deinen Sohn. Es ist nichts passiert, es handelt sich nur um eine Formalität«, antwortete Daniel.

Nadja war so erleichtert, dass ihr kurz schwarz vor Augen wurde. Sie blieb stehen und beugte sich vornüber, während sie tief und stockend ausatmete.

»Sorry, aber ich hatte solche Angst bekommen. Ich bin gerade draußen auf der Joggingstrecke aber in fünf Minuten wieder zu Hause.«

»Perfekt, dann warten wir«, sagte Daniel.

Vor ihrem Haus parkte tatsächlich ein Polizeiwagen, und darin saßen Daniel und eine Kollegin, die sich als Klara Magnusdotter vorstellte. Nadja bat die beiden herein und schaltete den Alarm aus. Als sie gerade die Tür schließen wollte, sah sie Lars-Inger vorbeikommen, allerdings nicht wie gewohnt sportlichen Schrittes, sondern langsam und zögerlich. Sie starrten auf den Streifenwagen und auf sie im Türrahmen. Als Nadja daraufhin überdeutlich winkte, wandten sie ihre Köpfe rasch ab und taten so, als hätten sie sie nicht gesehen.

»Sensationsgeile Schleimer«, brummelte sie leise, während sie die Polizisten in ihre luftige Küche führte.

»Sorry, was hast du gesagt?«, fragte Daniel.

»Ach nichts, ich habe mich nur über meine herumschnüffelnden Nachbarn geärgert«, antwortete Nadja. »Kann ich euch etwas anbieten? Tee, Kaffee, Saft …?«

»Nein danke, alles gut«, sagte Klara. »Meinten Sie die beiden Herrschaften im Partnerlook mit den Walkingstöcken? Die sind bereits zweimal um unseren Wagen herumgeschlichen.«

»Ich habe schon überlegt, ihnen jeweils einen von den Luftballons anzubieten, die wir für die Kinder im Auto liegen haben«, sagte Daniel und grinste.

Die entwaffnende Stimmung ließ Nadja ein wenig entspannen.

»Sie haben aber eine aufwendige Alarmanlage und ziemlich viele Sicherheitsschlösser«, stellte Klara fest.

»Ja genau, ich bin leider diversen Bedrohungen ausgesetzt, wegen meines Exmannes und weil ich mich beruflich mit Umweltfragen befasse. Wie Sie wissen, gibt es gewisse rechtsextreme Gruppierungen, die vor nichts zurückschrecken«, erklärte Nadja und füllte sich ein Glas mit Wasser aus dem Hahn.

Sie verzichtete darauf, den Einbruch vom letzten Jahr zu erwähnen. Wollte ihn lieber verdrängen.

»Ich wusste über deine Situation Bescheid, aber ich hätte Klara informieren müssen, bevor wir herkamen«, sagte Daniel entschuldigend. »Sie hat gerade erst bei uns angefangen.«

Nadja machte eine abwinkende Handbewegung.

»Sollen wir uns setzen? Es wird auch nicht lange dauern«, schlug Daniel vor.

Sie setzten sich an den großen Esstisch.

»Wie Sie bestimmt wissen, haben wir eine Person tot aufgefunden. Wir konnten den Mann als den als vermisst gemeldeten Doktor Fredrik Ripholm aus Göteborg identifizieren«, begann Klara und zog einen Laptop aus ihrer Schultertasche.

Nadja nickte und begegnete Daniels Blick. Er wirkte entspannt, aber ernst.

»Fredrik Ripholm wurde zuletzt vor gut einer Woche auf einem Fest im Hotel Rosenlund lebend angetroffen, zu dem du ebenfalls eingeladen warst«, erklärte Daniel. »Wir ermitteln gerade seine Todesumstände. Im Augenblick sind wir dabei, sämtliche Gäste des Festes zu befragen.«

»Ich verstehe. Entschuldigt mich kurz.«

Nadja stand auf, um mehr Wasser zu holen. Ihr Mund war nach dem Spurt zurück zum Haus wie ausgetrocknet, und in ihrem Hals brannte es. Außerdem wollte sie ein wenig Zeit gewinnen, um nachzudenken.

»Ihr scheint ja einen recht großen Freundeskreis zu haben. Bist du Ripholm früher schon einmal begegnet? Vielleicht auf einem anderen Fest?«

»Nein«, antwortete Nadja mit fester Stimme und setzte sich wieder an den Tisch. »Ich habe zwar alle möglichen Fotos von ihm gesehen, die seitdem kursieren, aber ich kann mich nicht daran erinnern, ihm je begegnet zu sein. Auf dem Sommerfest übrigens auch nicht. Aber es stimmt, wir sind, genau wie du sagst, ein recht großer Freundeskreis, und ich schätze mal, dass ich bestimmt neunzig Prozent der anderen Gäste schon einmal gesehen habe. Auch wenn ich nicht gerade behaupten kann, alle gut zu kennen.«

»Mehrere Gäste haben ausgesagt, dass er auf dem Fest in einen Streit verwickelt gewesen war. Haben Sie davon etwas mitbekommen?«, fragte Klara, während sie etwas in ihre Tastatur tippte.

»Nein, gar nichts«, antwortete Nadja. »Ich wünschte, ich könnte euch weiterhelfen, aber dazu kann ich leider gar nichts beitragen.«

»Mit wem hattest du während des Abends Kontakt?«, fragte Daniel.

»Oh, mit allen möglichen Leuten. Ich könnte euch eine Liste mit den Namen erstellen.«

Nadja räusperte sich. Ihre Stirn juckte vom eingetrockneten Schweiß.

»Nein, das ist im Augenblick nicht nötig«, sagte Daniel und verschränkte die Hände auf dem Tisch. »Aber um eines würden wir dich gerne bitten, und es tut mir leid, wenn wir dir damit Unannehmlichkeiten bereiten. Hattest du dein Handy auf dem Fest dabei?«

Nadja verschluckte sich und hustete heftig. Ihre Augen begannen zu tränen. Verflucht auch! Jetzt kam genau das, was sie befürchtet hatte.

Mehr Wasser. Sie schluckte etliche Male.

»Ja, dieses hier«, antwortete sie, zog das Handy aus der Tasche ihres Hoodies und legte es vor sich auf den Tisch.

»Kein Tablet, keinen Laptop? Du hast doch im Hotel übernachtet, nicht wahr?«

»Ich hatte keine anderen elektronischen Geräte bei mir. Ja, ich habe dort übernachtet und wie ein Stein geschlafen«, erklärte sie und verfluchte sich selbst wegen des nervösen Flatterns in ihrer Stimme.

Dass sie mit Gustav zusammen oben bei den Silberfällen gewesen war, ließ sie geflissentlich aus.

»Leider müssen wir dein Handy für eine gewisse Zeit beschlagnahmen und alle Informationen darauf herunterladen«, sagte Daniel. »Nimm das bitte nicht persönlich, das müssen wir mit allen machen. Das Ganze wird leider etwas dauern, ungefähr zwei Wochen, und im Anschluss benötigen wir dann noch etwas Zeit, um alle Informationen durchzugehen, falls wir eine Veranlassung dafür sehen, dass diese für unsere Ermittlungen relevant sein könnten. Bist du damit einverstanden, dass wir dein Handy an uns nehmen und alle Informationen darauf kopieren?«

»Ja natürlich«, antwortete Nadja rasch.

Wenn sie so täte, als hätte sie etwas zu verbergen, würde sie nur die Aufmerksamkeit der Polizei auf sich lenken, und dann würden die Beamten all ihre Nachrichten vom besagten Abend genau lesen. Daraufhin würden sie Fragen stellen, und Nadja würde gezwungen sein, ihnen von Gustav zu erzählen, und dann würde dies in das Ermittlungsprotokoll einfließen, welches irgendwann womöglich veröffentlicht wurde. Was alles andere als gut wäre.

Daniel und Klara bedankten sich und verließen ihr Haus. Nachdem Nadja hinter ihnen abgeschlossen hatte, blieb sie noch eine ganze Weile im Flur stehen. Ihr Herz raste erneut, und auf ihrer Stirn bildeten sich weitere Schweißperlen. Hoffentlich war ihnen ihr Verhalten nicht suspekt vorgekommen. Und hoffentlich fanden sie keinen Anlass, um die intime Kommunikation zwischen Gustav und ihr auf ihrem Handy genauer unter die Lupe zu nehmen.

29

»Verflucht auch, wie soll ich bloß ohne mein Handy klarkommen?«

Molly stellte eine leere Coladose auf die Kücheninsel und inspizierte misstrauisch die Obstschale. Helena griff umgehend nach der Dose und beförderte sie in die Papiertüte in ihrer Hand. Der Besuch der beiden Polizisten etwas früher am Morgen hatte ihr ohnehin schon labiles Gleichgewicht endgültig ins Wanken gebracht. Blinzelnd schaute sie aus dem Fenster, ohne wirklich etwas zu sehen. Am liebsten hätte sie Daniel gefragt, ob sie schon irgendwelche Fortschritte in den Ermittlungen erzielt hatten, doch sie hatte beschlossen, sich zurückzuhalten.

»Eine oder zwei Wochen hältst du das doch aus, oder?«, fragte sie. »Und wenn alle Stricke reißen, besorgen wir dir ein Ersatzhandy, ein einfacheres.«

»Ich will aber kein einfacheres. Igitt, wir haben ja Fruchtfliegen«, rief Molly aus und rümpfte die Nase. »Was gibt es eigentlich zum Mittagessen? Können wir Sushi kaufen?«

»Ich frag mal Papa, wenn er von seiner Laufrunde zurückkommt.«

»Ich will Sushi!«, rief Nelly vom Wohnzimmer aus. »Mit Lachs!«

»Warum seid ihr zwei eigentlich überhaupt zu Hause?«, fragte Molly. »Und nicht bei der Arbeit?«

»Ist doch schön, mal ein wenig Familienzeit zu haben, findest du nicht? Wenn man bedenkt, was alles passiert ist. Außerdem hat Nelly ja noch ein paar Tage Sommerferien.«

Molly zuckte die Achseln, und Helena verdrehte die Augen. Sie hatte die Hände voller Tüten mit leeren Gläsern und Dosen.

»Kannst du mir bitte die Tür öffnen?«, bat sie ihre älteste Tochter. »Die Polizisten haben gesagt, dass wir unsere Handys schon in wenigen Tagen zurückbekommen. Das wirst du überstehen, da bin ich mir ganz sicher. Du hast ja noch dein Tablet, und Sebbe wohnt keine fünfzig Meter entfernt.«

Molly brummte etwas Unverständliches, begleitete Helena jedoch mit dem Abfall hinaus in die Garage.

Als sie vor den Mülltonnen standen und alles sortierten, hörte sie Molly schniefen.

»Aber, Liebes, was hast du denn?«

Helena stellte die Tüte mit Dosen ab und legte ihrer Tochter eine Hand auf die Schulter.

»Ich … ich habe Angst«, antwortete Molly leise und schluchzte auf. »Das ist alles so gruselig. Ich muss die ganze Zeit daran denken, besonders, wenn ich draußen bei der Arbeit bin.«

Helena zog ihr großes kleines Mädchen an sich und umarmte es.

»Verstehe«, sagte sie und strich Molly übers Haar. »Wir richten es so ein, dass du eine Woche zu Hause bleiben kannst, wäre das gut? Wir können ja versuchen, irgendetwas Schönes zu unternehmen, vielleicht ins Spa fahren, nur du und ich.«

Molly nickte und umarmte ihre Mutter fest. Helena merkte, dass ihre Tochter noch etwas anderes auf dem Herzen hatte, wollte sie aber nicht unter Druck setzen.

Als Molly wieder zurück ins Haus gegangen war, blieb

Helena noch eine Weile in der Garage stehen. Sie befingerte ihr Armband, dessen Verschluss sich etwas gelockert hatte. Die Suchaktion und der Todesfall hatten ihrer sensiblen Teenagertochter offenbar mehr zugesetzt, als sie angenommen hatte. Sie musste versuchen, mehr auf Mollys Gefühle und Bedürfnisse zu achten.

Auf einmal erregte ein Gegenstand ihre Aufmerksamkeit. Es war Nellys ehemaliger Kinderwagen, der zwischen Schlitten und Reisetaschen hervorlugte. Die Garage war nur spärlich beleuchtet, eine Glühbirne müsste ausgewechselt werden, doch der Kinderwagen wirkte frisch abgestaubt. War das etwa Toms Werk? Helena legte ihre Hände auf den Griff. Es fühlte sich so vertraut an, als wäre Nelly gerade noch ein Baby gewesen, und sie wären mit ihr darin spazieren gegangen. Molly hingegen hatte sich in dem Wagen nie wohlgefühlt, sie wollte immer getragen werden und rund um die Uhr Körpernähe spüren. Helena musste angesichts der Erinnerungen lächeln.

Sie beugte sich vor, um zu schauen, ob der Kinderschlafsack noch drin lag. Ja, da war er, waldgrün, genau wie der Wagen. Sie hatten eine Sonderanfertigung bestellt, doch die war es wert gewesen. Helena strich über das weiche Futter. Darin hatten ihre Babys so behaglich gelegen wie in einem sicheren Kokon. In ihrem Inneren kribbelte es vor Sehnsucht, ein leichtes erwartungsvolles Vibrieren. Was, wenn sie dieses wunderbare Gefühl noch einmal erleben dürfte?

Als sie sich umwandte, um ins Haus zurückzukehren, gab ihr Armband endgültig nach und glitt zu Boden. Helena bückte sich neben Toms Auto. Das Armband lag unmittelbar unter dem linken Kotflügel. In dem Moment sah sie es.

Ein Lackschaden, und nicht nur das. Sie suchte zwischen den Werkzeugen auf der Arbeitsplatte nach einer Taschenlampe und ließ sich dann auf dem Betonboden auf alle viere hinunter, um den Schaden anzuleuchten. Die Stoßstange hatte einige Schrammen sowie zwei kleinere Dellen. Und zwar so weit unten, dass Tom den Schaden höchstwahrscheinlich nicht bemerkt hatte. War es beim Einparken passiert? Nein, das glaubte Helena nicht. Sie kroch noch etwas dichter und besah sich das Ganze von unten. Großer Gott.

Unregelmäßige dunkelbraune Flecken. Und Haare. Helle Haarsträhnen, dünn und ziemlich lang.

Ihre Hände zitterten, als sie die Taschenlampe etwas näher heranhielt. Was hatte das zu bedeuten? Hatte Tom etwa jemanden angefahren? Und hatte er es bemerkt oder nicht? Oder hatte vielleicht jemand anderes seinen Wagen ausgeliehen? Nein, soweit sie wusste, nicht.

Was sie dann tat, war völlig irrational. Noch während sie agierte, wurde es ihr selbst klar. Aber sie machte trotzdem weiter, ohne innezuhalten und mit einer Effektivität, die ihr fast selbst Angst einflößte.

Sie wischte die Flecken weg und entfernte die Haarsträhnen. Das alles würde nur unnötige Fragen aufwerfen. Anschließend rief sie bei der Werkstatt an. Sie hatte Glück und bekam umgehend einen Termin.

Als Tom von der Joggingrunde zurückkam, stand sie auf der Auffahrt und erwartete ihn schon.

»Du, ich habe da was an deinem Auto gesehen«, sagte Helena so unbekümmert, wie sie nur konnte. Es funktionierte allerdings nicht, und sie hörte selbst, wie bemüht es klang.

»Was denn?« Tom runzelte die Stirn.

»Komm, wir reden in der Garage.«

Helena winkte Lars-Inger zu, die gerade vorbeispazierten. Reckten sie nicht ein wenig die Hälse und starrten Tom und sie an? Verfluchte Schnüffelnasen.

»Ach du meine Güte, das habe ich ja noch gar nicht gesehen«, rief Tom aus und strich sich nachdenklich übers Kinn, als Helena ihm den Schaden zeigte.

»Wann hast du das Auto denn zuletzt gewaschen?«

»Oha, das war ... «

Sein Blick flackerte. Oder bildete sie es sich nur ein?

»Vor dem Fest?«, fragte Helena. »Oder danach?«

»Davor, aber ich kann noch mal nachgucken.«

Tom ging in die Hocke, um den Schaden näher zu inspizieren. Er leuchtete mit der Taschenlampe, und Helena deutete auf die entsprechende Stelle.

»Das sieht ja wirklich nicht gut aus, jetzt, da ich es näher betrachte«, sagte er. »Ich muss wohl irgendein Tier erwischt haben, aber ich kann mich nicht erinnern.«

»Hat irgendwer anderes den Wagen gefahren? Sebbe oder jemand in Rosenlund?«

Helena kaute an ihrem Daumennagel, während Tom nachdachte.

»Nein«, sagte er entschieden. »Hast du es vielleicht benutzt?«

»Nein, habe ich *nicht*. Und mein Erinnerungsvermögen funktioniert einwandfrei. Aber, Tom, wir melden das nicht der Polizei, das zieht nur ein unnötiges Hin und Her nach sich«, sagte Helena rasch. »Ich habe schon bei der Werkstatt angerufen, sie haben gerade eine Lücke und können gleich anfangen.«

»Jetzt?«, rief Tom verdutzt. »Mann, was bist du heute tatkräftig.«

»Mhm.«

Helena gefiel der ironische Unterton in seiner Stimme nicht. Ihr schwirrte der Kopf. Was hatte Tom eigentlich genau getan, als er während des Festes mit Ripholm allein gewesen war?

»Okay, dann fahr gleich los«, sagte sie und breitete die Hände aus.

»Darf ich vielleicht vorher noch duschen?«, fragte Tom und ging kopfschüttelnd ins Haus.

Helena hockte sich neben das Auto und begutachtete den Schaden erneut. Tom hatte doch wohl nicht irgendetwas Dummes gemacht? Aber irgendeine Art von Unglück musste passiert sein. Was auch immer Ripholms Tod verursacht hatte, der Mann hatte es schließlich verdient zu sterben, redete sie sich ein. Dennoch war ihr entsetzlich unwohl bei dem Gedanken, und sie erschauderte, als sie Tom folgte. Er musste so schnell wie möglich in die Autowerkstatt.

30

Kim ließ die Jalousie hoch und verzog angesichts des grellen Tageslichts das Gesicht. In ihrem Kopf hämmerte es, und ihre Augen brannten. Zwei verpasste Anrufe von ihrer

Mutter, aber keine Sprachnachricht. Dann war es bestimmt nichts Wichtiges. Kim hatte absolut keine Lust, sie zurückzurufen. Sie stolperte über zwei leere Bierflaschen auf dem Fußboden, wovon eine unter das Bett rollte. Es war ihr egal.

Ihr Morgenmantel roch säuerlich und hatte auf dem Ärmel einen eingetrockneten Fleck. Kebabsoße oder Dipp? Sie wusste es nicht mehr. Kim band den Gürtel zu und ging an der geschlossenen Tür zu Rex' Zimmer vorbei. Wie immer, wenn er nicht bei ihr war, beschlich sie ein unheimliches Gefühl, als würde sich noch ein Teil von ihm dort drinnen befinden. Sie vermied es, hineinzuschauen. Es schmerzte zu sehr, all seine Kuscheltiere und das kleine rote Bett zu sehen.

In der Küche fanden sich jede Menge Spuren vom Vortag. Sie hatte schon früh angefangen zu trinken und erst spät damit aufgehört, was am ersten Tag ohne ihren Sohn im Haus häufig der Fall war. Da jedoch der gestrige Abend besonders schlimm gewesen war, sah es in der Küche chaotischer aus denn je. Benutzte Gläser und Teller waren über den ganzen Tisch verteilt. Und unter ihren Fußsohlen knirschten Chipskrümel. Sie füllte ein Glas mit Wasser aus dem Hahn und trank rasch.

Nach und nach kehrten die Erinnerungen zurück, und sie wünschte, dem wäre nicht so. Am liebsten hätte sie gar nicht mehr an diese widerwärtige Übergabe gedacht. Kim hatte gewisse Erinnerungslücken, was den Vorabend betraf, doch sie wusste noch genau, dass sie eine lange E-Mail bekommen hatte, die sowohl von Stefan als auch von Emilia unterschrieben war. Kim erkannte allerdings Stefans gehässige Formulierungen und begriff sofort, wer den Text verfasst hatte.

Er war gespickt mit Vorwürfen. Zum Beispiel, dass Kim Rex' Erziehung vernachlässigte, indem sie seinen Launen nachgab. Dass sie ihn verhätschelte. Dass sie ihn viel öfter ermahnen müsste, wenn er sich weigerte, andere Schuhe anzuziehen als Sandalen, und die Regeln im Kindergarten nicht einhielt. Dass Rex trotzig war und nur testete, wie weit er bei ihr gehen konnte, und womöglich sogar unter einer Störung litt. Ganz unten stand schließlich, dass sie es beide für besser hielten, wenn Rex seltener bei Kim sein würde. Dass ihn der zweiwöchige Rhythmus innerlich zerriss, und Stefan und Emilia mehr Zeit mit ihm verbringen wollten.

Kim hatte ihre gesamte Willenskraft aufbieten müssen, um nicht irgendeinen Gegenstand auf dem Fußboden zu zertrümmern. Stattdessen hatte sie ein weiteres Bier geöffnet und auf ex geleert. Sie musste für eine Weile vor sich selbst fliehen. Hielt diesen Albtraum, der zu ihrer neuen Realität geworden war, einfach nicht mehr aus.

Kim gab Erdbeerjoghurt in ein Schälchen. Sie hatte zwar keinen Hunger, wusste aber, dass sie versuchen musste, etwas zu essen. Ihre Hände zitterten so stark, dass es ihr fast unmöglich war, und sie etwas daneben schüttete. Beim Anblick der rosafarbenen klebrigen Masse drehte sich ihr der Magen um, und sie stürzte zur Toilette, um sich zu übergeben.

Hinterher lag sie unter einer Wolldecke auf dem Sofa und starrte an die Bilderwand. Sie hing voll mit Rex' gesammelten gerahmten Werken, Fotos von einer gemeinsamen Urlaubsreise nach Dänemark und einigen kleinen surrealistischen Ölgemälden von ihrer Großmutter, die kein anderer in der Verwandtschaft haben wollte, als sie starb.

Der Gedanke daran, dass Rex mehr als die Hälfte der Zeit bei Stefan und Emilia verbringen sollte, jagte ihr Angst ein. Das konnten die beiden doch nicht tun, oder? Vielleicht sollte sie Kontakt zu ihrer älteren Schwester aufnehmen, die als Rechtsanwältin in Stockholm arbeitete, doch sie hatten sich nie nahegestanden. Mittlerweile schrieben sie sich nicht einmal mehr anstandshalber E-Mails an Weihnachten.

Kim zitterte am ganzen Körper, es fühlte sich an wie Schüttelfrost, und sie meinte, geradezu reinen Alkohol auszuschwitzen. Ihr Schädel drohte jeden Moment zu platzen. Sie hievte sich zum Sitzen hoch, müsste dringend duschen, doch um das zu bewältigen, müsste sie vorher noch etwas anderes tun.

Es gelang ihr, vom Sofa hochzukommen und in die Küche zu stolpern, wo sie einen Becher aus dem Hängeschrank nahm. Sie riss die Tür des Gefrierschranks auf und zog die Wodkaflasche heraus. Als sie versuchte, den Becher zu füllen, spritzte der Alkohol in alle Richtungen, woraufhin sie einen Schluck direkt aus der Flasche nahm. Es brannte im Hals und im Magen. Sie schüttelte sich und musste husten. Doch das Zittern hörte umgehend auf, und auch die Kopfschmerzen ließen innerhalb weniger Minuten nach.

Ein halber Becher voll Wodka und ein Spritzer Orangensaft. Das funktionierte. Es ging ihr sofort besser, doch sie zwang sich, langsam und in kleinen Schlucken zu trinken.

Draußen vor dem Haus hielt ein Polizeiwagen. Kims erster Impuls war, sich zu ducken, zu verstecken und so zu tun, als wäre sie nicht zu Hause. Doch Daniel hatte sie bereits gesehen. Im Schlepptau hatte er einen weiteren Polizisten, einen dunkelhäutigen Mann um die dreißig.

Erst in dem Augenblick bekam sie Angst. Eine schleichende Panik ergriff Besitz von ihr. War Rex womöglich etwas zugestoßen? Oder Emilia oder vielleicht sogar ihren Eltern? Die Angst fühlte sich an wie Nadelstiche, die unter die Haut gingen. Das durfte nicht sein!

Sie lief hinaus in den Flur und öffnete die Tür weit.

»Hej«, begrüßte Daniel sie und zog leicht die Augenbrauen hoch, als er ihren fleckigen Morgenmantel und ihre erschöpfte Miene sah. »Sorry, dass wir stören. Aber können wir kurz reinkommen?«

»Ja klar«, antwortete Kim etwas außer Atem. Sie schaute abwechselnd Daniel und seinen Kollegen an. »Ist irgendetwas passiert? Ihr jagt mir höllische Angst ein.«

»Nein, nichts Ernstes, keine Angst. Wir würden nur gerne mit dir reden«, sagte Daniel.

»Okay, danke. Kommt rein, wir können uns ... ins Wohnzimmer setzen, ist das in Ordnung?«, schlug Kim vor und atmete erleichtert aus.

Mit einem Fuß schob sie die Küchentür zu. Dass bei ihr Unordnung herrschte, ging die Polizisten nichts an, sie hatte schließlich keinen Besuch erwartet. Dennoch wollte sie nicht, dass die beiden all die leeren Gläser und Flaschen sehen würden.

»Schön, dass wir uns kurz unterhalten können.«

Daniel schob die knallgelbe Decke zur Seite, bevor er

sich aufs Sofa setzte, auf dem sie gerade gelegen hatte. Die Chipskrümel schien er nicht zu bemerken, oder er war so höflich, es sich nicht anmerken zu lassen.

»Das ist mein Kollege Stanislaw«, fuhr er fort. »Er filmt unser Gespräch mit seiner Bodycam, wäre das in Ordnung? Ansonsten kann er auch auf dem Computer mitschreiben, wenn du möchtest, aber wir haben recht viel zu tun, und so geht es schneller.«

»Kein Problem«, sagte Kim. »Ist das hier ein Verhör?«

»Nein, nur ein Gespräch, ein einleitendes Gespräch«, erklärte Daniel ruhig.

»Okay. Dann ist es in Ordnung für mich.«

Der jüngere Polizist setzte sich in den Sessel. Kim blieb mit ihrem Becher in der Hand stehen, unentschlossen, wo sie sich hinsetzen sollte. Sie wollte den Männern nicht zu nahe kommen, wollte nicht, dass sie ihre Ausdünstungen rochen.

»Ich hole einen Küchenstuhl«, sagte sie. »Sorry, aber ich hatte gestern eine Party hier und habe deshalb nicht viel anzubieten. Aber möchtet ihr vielleicht eine Cola? Oder Saft?«

»Nein danke, das passt schon«, wiegelte Daniel ab und wartete darauf, dass sie mit dem Stuhl zurückkam. »Wie gesagt, es tut mir leid, dass wir unangemeldet kommen. Und vielen Dank, dass du uns empfängst.«

Es kam ihr eigentümlich vor, im Morgenmantel auf einem Küchenstuhl zu sitzen und ausgefragt zu werden. Doch sie tat gut daran, die Situation einfach zu akzeptieren. Kim hatte das Anliegen der Beamten bereits erraten. Es ging ganz bestimmt um den Toten.

»Ich wünschte, wir hätten uns unter angenehmeren Umständen wiedergesehen«, sagte er und beugte sich auf dem Sofa vor. »Wie du vielleicht weißt, ermitteln wir in einem Todesfall. Es geht um einen Mann, der vor elf Tagen auf demselben Fest war wie du und danach verschwunden ist.«

Kim nickte und räusperte sich. Sie wünschte, sie hätte ein Kaugummi oder zumindest einen Lutschbonbon gehabt. Es kam ihr ziemlich dreist vor, hier vor den Polizisten zu sitzen und Alkohol zu trinken, deshalb streckte sie sich zur Seite und stellte den Becher ins Bücherregal.

»Hatten Sie auf dem Fest ein Handy dabei?«, fragte Stanislaw.

Kim nickte erneut.

»Und sonst keine andere Elektronik, zum Beispiel ein Tablet?«

»Nein.«

»Okay. Dann würden wir gern dein Handy an uns nehmen und den Inhalt auf dem Revier kopieren«, sagte Daniel. »Das ist reine Routine, Stanislaw ist unser technischer Experte, und du bekommst es in einer oder zwei Wochen wieder zurück.«

»Das ist in Ordnung. Aber geht das wirklich so schnell?«, fragte Kim. »Ich habe nämlich gerade einen Artikel darüber gelesen, dass sie beim staatlichen kriminaltechnischen Dienst, oder wie auch immer das heißt, kaum damit hinterherkommen, die Handys von allen Verdächtigen zu analysieren.«

»Das stimmt in vielen Fällen«, bestätigte Stanislaw. »Aber Sie werden ja nicht verdächtigt. Außerdem habe ich gerade eine Zusatzausbildung zum IT-Forensiker abgeschlossen und kann deshalb zusammen mit ein paar Kollegen hier in Skövde eine erste Überprüfung vornehmen.«

»Aha, verstehe«, sagte Kim. »Und natürlich wollt ihr testen, wie die Leute reagieren, wenn ihr ihnen die Handys wegnehmt, stimmt's?«

Mensch, jetzt reiß dich zusammen, ermahnte sie sich. Der Alkohol stärkte ihr Selbstvertrauen. Sie sollte wieder runterkommen.

Doch in Daniels Miene nahm sie den Anflug eines Lächelns wahr.

»Du bist clever«, sagte er amüsiert.

Unmittelbar darauf schien ihm der Ernst seines Anliegens wieder bewusst zu werden.

»Dann würden wir uns dein Handy für eine Weile ausleihen. Ich nehme mal an, dass du noch andere Kommunikationsmittel hast?«

Kim nickte und deutete auf ihren Laptop auf dem Couchtisch zwischen ihnen.

»Und da wäre noch etwas«, sagte Daniel.

Kim richtete sich auf ihrem Stuhl auf, und ihr Magen krampfte sich zusammen.

»Zeugen haben ausgesagt, dass du auf dem Fest in Rosenlund mit dem inzwischen verstorbenen Fredrik Ripholm aneinandergeraten bist«, fuhr er ernst fort.

»Ja, aneinandergeraten, genau«, bestätigte Kim. »Ich war ziemlich betrunken, deshalb sind meine Erinnerungen recht vage, aber es kam zum, tja, nicht gerade Streit, aber zumindest zu einem Wortgefecht.«

»Und worum ging es dabei? Kannst du dich daran erinnern?«, fragte Daniel.

»Dass er sich wie ein Arschloch verhalten hat.«

Stanislaw zog die Augenbrauen hoch.

»Ein *Arschloch*. Kannst du das etwas präzisieren?«, fragte Daniel.

»Wenn ich mich recht erinnere, hat er ziemlich sexistische und homophobe Bemerkungen gemacht. Und ich … habe mich eben verteidigt. Ich glaube allerdings nicht, dass das gut angekommen ist. Tut mir leid, wenn ich nichts Genaueres sagen kann, und es tut mir auch leid, dass ein Mensch gestorben ist, aber damit habe ich nichts zu tun.«

»Aber zugleich kannst du dich nicht mehr erinnern?« Daniel schaute ihr geradewegs in die Augen.

»Nein, nicht mehr an alles.« Kim erwiderte seinen Blick.

»Bist du ihm vorher schon einmal begegnet?«

»Nein.«

Kim streckte den Arm aus, und ehe sie es selbst richtig begriff, hatte sie bereits einen großen Schluck Wodka mit Orangensaft getrunken. Daniel betrachtete den Becher.

»Was hast du nach diesem … ›Wortgefecht‹ gemacht?«

»Gesoffen. Und dann hat mir meine Freundin Anna Sager geholfen, ins Bett zu kommen. Ich habe bei ihr im Hotelzimmer in Rosenlund übernachtet.«

»Okay, gut«, sagte Daniel und warf einen diskreten Blick auf seine Armbanduhr. »Dann sind wir jetzt fertig. Hab vielen Dank für deine Zeit, Kim.«

Stanislaw stand auf.

»Sorry, aber ich muss Ihnen unbedingt sagen, dass ich dieses Spiel *Crazy Puppies* wirklich liebe«, sagte er und wirkte etwas schüchtern. »Und meine Kinder auch. Wir hoffen inständig auf eine Fortsetzung.«

»Mensch, wie cool. Das freut mich sehr.«

Kim gelang es, ein Lächeln auf ihre Lippen zu zaubern, obwohl sie am liebsten den Inhalt ihres Bechers hinuntergekippt, Pizza bestellt und sich mit einem Kasten Bier und einem Tütchen Gras in einen dunklen Raum verzogen hätte.

»Sorry, dass ich das sage, aber ein Scheißkerl wie er weniger auf der Welt ist wirklich kein Grund zu trauern«, sagte sie genau in dem Moment, als die Polizisten gehen wollten.

Als es ausgesprochen war, hätte sie sich am liebsten die Zunge abgebissen. So absolut unnötig und dämlich. Daniel riss die Augen auf, und Stanislaw schüttelte nur den Kopf.

Nachdem die Polizisten wieder gefahren waren, hätte Kim am liebsten ihren Kopf in die Wand gerammt. Was sie jedoch unterließ. Stattdessen holte sie eine Plastiktüte und vergewisserte sich, dass sie keine Löcher hatte. Sie ging in ihr Büro, in dem sie heute eigentlich hätte arbeiten müssen, was jedoch völlig ausgeschlossen war, das hätte sie nie und nimmer geschafft. Sie musste wie schon so viele Male zuvor in diesem Jahr versuchen, ihr Pensum zu einem anderen Zeitpunkt nachzuholen.

Kim schloss ihren Metallschrank auf. Unter Regalen mit diversen Verträgen und anderen Dokumenten stand auf dem Schrankboden eine Holzkiste mit Scharnieren. Sie klappte den Deckel ein wenig auf. Lieber rasch handeln, bevor sie es sich noch anders überlegte. Darin lagen ihr Ersatzhandy, das sie nur für geheime Zwecke benutzte, sowie mehrere kleine Döschen. Manche beinhalteten nur eine Pille, andere mehrere. Einige Tütchen mit Gras, ein halbes

Dutzend Lachgaskartuschen und schließlich das kleine Glasfläschchen mit Ecstasy. Kim leerte den Inhalt der Kiste in die Plastiktüte und verschloss diese sorgfältig. Ihr Herz pochte laut, und sie schwitzte heftig. Sie musste an das Sommerfest zurückdenken und an ihren Impuls, Ripholms Drink mit Drogen anzureichern. Verflucht auch! Sie musste sich dieses Zeugs auf sichere Weise entledigen, so rasch wie möglich. Es war reine Idiotie, dass sie es nicht schon längst getan hatte. Sie war wirklich eine Vollidiotin.

Anschließend duschte sie lange und heiß und zog einen frisch gewaschenen Pyjama an. Vorsichtig öffnete sie die Tür zu Rex' Zimmer einen Spaltbreit. Ohne ihn war es so verdammt leer im Haus. Genauso leer wie in ihrem Inneren. Und dort in seinem kleinen roten Bett schlief sie schließlich zusammengekauert ein.

31

Nadja schaute auf die Uhr, stand vom Schreibtisch in ihrem Büro in der Hochschule auf und ging rastlos zum Fenster. Hier an der Uni zu sein, fühlte sich etwas besser an, als zu Hause zu bleiben. Als Sebbe nach Hause gekommen war, nachdem er erneut irgendwo unterwegs gewesen war, hatte er sich ihr gegenüber noch immer kühl und ausweichend verhalten, und Nadja litt darunter, den Grund dafür nicht zu kennen.

An diesem Vormittag war es noch leer auf dem Campus, doch schon bald würden die Studenten zurückkehren und mit ihnen eine Atmosphäre des Neuanfangs, der Begeisterung und des Engagements. Lediglich mehrere Doktoranden waren während der Sommerpause vor Ort geblieben, und als Nadja auf die gepflegten Fußwege, den Glockenturm und die belaubten Baumkronen hinunterschaute, erblickte sie eine ihr wohlbekannte Rückenansicht. Gustav. Er trug Sportkleidung und einen Rucksack über der Schulter, vermutlich kam er gerade aus dem Fitnessstudio in der Innenstadt. Ihr Herz begann zu rasen, und sie wurde ganz zittrig. Was jedoch in erster Linie auf Besorgnis und Stress beruhte, auch wenn sie nicht leugnen konnte, dass sie sich freute, ihn zu sehen.

Er hatte ihr am Vorabend mehrere Nachrichten geschickt und auch gemailt, doch sie hatte es nicht über sich gebracht, die Nachrichten auf dem Tablet zu lesen, geschweige denn, ihm zu antworten. Aber sie mussten reden, sie musste ihm den Ernst der Lage erklären, bevor das Ganze noch eskalierte.

Rasch griff sie nach ihrer Zugangskarte und lief die Treppen aus Stahl und Beton hinunter. Der Hausmeister am Empfang hob grüßend die Hand, doch Nadja war bereits draußen und hatte Gustav auf seinem Nachhauseweg fast eingeholt.

»Hej«, rief sie völlig außer Atem. »Hast du kurz Zeit für mich?«

Er blieb stehen und schaute sich wie immer diskret um, um sicherzugehen, dass kein Passant in der Nähe war, bevor er ihr ein warmes Lächeln schenkte. Mit dieser besonderen Intimität im Blick, die er zurückhielt, wenn sie nicht allein waren.

»Klar, welch Überraschung. Du hast gestern gar nicht auf meine Nachrichten geantwortet. Ist irgendetwas passiert?«

Seine Gesichtszüge spiegelten leichte Besorgnis wider, und das mittelblonde Haar fiel ihm in die Stirn.

»Komm, wir suchen uns drinnen einen ruhigeren Ort«, sagte Nadja.

»Ich müsste eigentlich erst duschen ... «

»Tut mir leid, aber es ist wichtig«, entgegnete Nadja und senkte die Stimme. »Wir müssen uns ab jetzt unbedingt hundertprozentig korrekt verhalten. Das bedeutet, keine Nachrichten und auch keinen persönlichen Kontakt mehr.«

Sie bemühte sich um eine feste Stimme. Was jedoch misslang, sie klang schneidend und zugleich zittrig. Gustav zog die Augenbrauen hoch.

»Hast du schon gehört, dass der vermisste Mann tot ist?«, fuhr sie fort und ging rasch zurück zu Haus G, in dem das Institut für Biowissenschaften lag.

»Ja, gestern«, antwortete Gustav, und ein Schatten fiel über sein Gesicht. »Deswegen wollte ich ja mit dir sprechen, es war schließlich genau dort, wo wir ... also das Fest, auf dem du eingeladen warst, richtig? Letztes Wochenende bei den Silberfällen?«

»Sei still!«, sagte Nadja und verfluchte sich im selben Moment für ihre strenge Stimme.

Sie hielten ihre Zugangskarten unter den Scanner und grüßten den Hausmeister.

»Wir nehmen am besten das kleine Labor«, sagte Nadja. »Wir müssen die Resultate deiner letzten Zellkulturen noch einmal durchgehen ... «

Doch sie verstummte, sobald sie außer Hörweite waren. Sie hatte sich für das kleinere Labor im Untergeschoss entschieden, weil es nur selten benutzt wurde. Gustav und sie hatten sich dort hin und wieder zum heimlichen Stelldichein getroffen, wenn die Sehnsucht nach einander so stark geworden war, dass sie nicht widerstehen konnten. Doch ihr war bewusst, dass ein solch unprofessionelles und nachlässiges Verhalten nicht wieder vorkommen durfte.

Nachdem sie die Tür zum Labor hinter sich geschlossen und verriegelt hatte, ließ sich Nadja auf den erstbesten Stuhl fallen und verbarg das Gesicht in den Händen. Es war, als wäre jegliche Luft aus ihren Lungen entwichen.

»Sieh mich an. Erzähl.«

Gustavs ruhige Stimme. Er war vor ihr in die Hocke gegangen und hatte die Hände auf ihre Knie gelegt.

Sie wollte ihn anschauen, aber es tat so wahnsinnig weh. Tausend Gedanken wirbelten in ihrem Kopf herum, einer panischer als der andere.

»Bitte, Nadja, nun sag schon. Ich mache mir Sorgen. Sag, was passiert ist.«

In seiner Stimme lag jetzt ein Flehen und auch Angst. Vor ihr, wie ihr unversehens bewusst wurde. Nadja begegnete seinem Blick und zwang sich, tief in den Bauch zu atmen.

»Wie gesagt: Ein Mann ist tot«, begann sie und ergriff Gustavs Hände. Hielt sie fest. »Die Polizei hält den Todesfall für verdächtig. Vielleicht war es Mord. Weißt du, was das bedeutet?«

Gustav seufzte und senkte den Kopf.

»Mordermittlungen«, sagte er leise.

»Genau«, pflichtete Nadja bei. »Ermittlungen wegen

eines verdächtigen Todesfalls in der Nähe eines Ortes, an dem wir uns ungefähr zur selben Zeit aufgehalten haben.«

Gustav schüttelte den Kopf, als hätte er zwar verstanden, wollte aber die Tragweite des Ganzen nicht wahrhaben. Er schniefte.

Nadja blinzelte die Tränen weg. Sie musste jetzt stark sein, musste versuchen, klar zu denken und nicht den Teufel an die Wand zu malen. Sich normal zu verhalten. Zu retten, was noch zu retten war.

»Ich glaube, ich verstehe«, sagte Gustav mit kaum hörbarer Stimme. »Wenn polizeiliche Ermittlungen eingeleitet werden, kommen alle Geheimnisse ans Licht.«

»Genau«, sagte Nadja. »Die Geheimnisse von allen. Unabhängig davon, ob sie etwas mit einem mutmaßlichen Verbrechen zu tun haben oder nicht. Wir müssen die Sache mit uns beiden, das, was zwischen uns läuft, da raushalten.«

Sie schwiegen eine Weile und dachten nach. Der Prozess war unaufhaltsam, umfasste viel mehr als nur sie beide und ließ sich nicht stoppen. So sollte es natürlich auch sein. Schließlich war ein Mensch gestorben. Selbstverständlich mussten Ermittlungen durchgeführt werden.

»Du ... als wir in der Nacht dort waren«, begann Gustav.

»Ja?«

»Hast du ihn gesehen? Hast du ... irgendwas gesehen?«

Nadja zögerte ein paar Sekunden. Was hatte sie dort nach ihrem Tête-à-Tête draußen im Freien eigentlich gesehen? Nichts, beschloss sie. Gar nichts.

»Nein«, antwortete sie. »Und du?«

Gustav schüttelte den Kopf.

»Wir müssen davon ausgehen, dass die Polizei jeden Stein umdrehen wird«, fuhr Nadja fort.

»Du meinst also … dich vernehmen wird, dein Handy einkassieren wird …«

»Gustav, das ist bereits passiert«, seufzte sie. »Sie haben mir gestern das Handy abgenommen. Alles hängt wohl davon ab, wie genau sie die Informationen darin prüfen, und ob sie tatsächlich einen Mord vermuten. Aber soweit ich es verstanden habe, gehen sie von Mord aus. Außerdem war ich auf demselben Fest, auch wenn ich keinen Kontakt zu diesem Mann hatte.«

Nadja schob sich eine verirrte Haarsträhne hinters Ohr und überlegte.

»Aber wenn wir uns jetzt folgendes Szenario vorstellen«, fuhr sie fort. »Die Ermittler checken die Nachrichten aller Gäste, also auch meine Nachrichten, und stellen Fragen. Dann muss ich ihnen sagen, an wen ich diese intimen Nachrichten geschickt habe und mit wem ich in der Nacht zusammen war … Ermittlungsmaterial wird in der Regel früher oder später veröffentlicht … Verstehst du, was ich meine, Gustav? Gut möglich, dass es alle erfahren.«

»Ja, gut möglich«, pflichtete er ihr bei und stand abrupt auf.

Seine Augen waren rot gerändert, und er wirkte niedergeschlagen.

»Aber wäre das denn so schlimm? Wir haben dieses Gedankenexperiment noch nie gewagt. Wir haben es nie bis zum Ende durchgespielt. Was würde eigentlich passieren, wenn alle erführen, dass wir … wenn sie von uns erführen?«

Gustav ging zum Waschbecken, während sie schweigend sitzen blieb. Er klapperte eine Weile mit Gläsern und Bechern, kam jedoch mit leeren Händen wieder zurück. Nadja rieb sich die Augen. Vor einer solchen Situation hatte sie sich immer gefürchtet.

Mit hängenden Armen stand er vor ihr und wartete auf ihre Antwort.

»Was passieren würde?«, entgegnete sie schwach. »Das kannst du dir doch wohl ausrechnen, oder? Man würde mir Befangenheit vorwerfen und deine vielversprechenden Forschungsergebnisse in Frage stellen. All die wichtige Arbeit, die du geleistet hast und noch leisten wirst, wäre womöglich umsonst gewesen. Es würde heißen, dass ich dich vorgezogen und von mir abhängig gemacht habe. Und ich selbst würde wie ein Flittchen dastehen. Vor allem aber setzen wir deine Fähigkeiten aufs Spiel, deine Zukunft, deine beruflichen Möglichkeiten … «

»Aber darauf scheiße ich!«, brüllte Gustav. Sie sah, wie verzweifelt er war. »Dann machen wir es eben jetzt öffentlich und kommen den Ermittlungen zuvor! Ich liebe dich, Nadja, und dazu stehe ich auch. Ich hasse diese Geheimniskrämerei.«

Sie wusste nicht, was sie sagen sollte, und begegnete vorsichtig seinem Blick. Gustav schaute sie so traurig an, dass es ihr einen Stich ins Herz versetzte.

»Du willst es nicht? Du schämst dich für mich?«, fragte er.

Sie schüttelte den Kopf.

»Nein? Dann geht es also um dich, um die ach so erfolgreiche Karriere der Frau Dozentin? Du willst keinen Skandal riskieren, ist das so?«

Seine Stimme hatte jetzt etwas Schroffes. Nadja wusste, dass er verletzt war, doch dieses harte Aufblitzen in seinen sonst so liebevollen Augen zu sehen, machte sie völlig fertig. Zugleich dachte sie, so etwas sagt nur ein privilegierter Mensch, der immer alles bekommen hat. Was jedoch ungerecht war, Gustav hatte auf seine Weise kämpfen müssen, aber in diesem Augenblick konnte sie weder objektiv sein noch logisch denken.

»Nein«, antwortete sie und versuchte, seine Hand zu ergreifen, doch er entzog sie ihr. »Es ist nicht so, wie du glaubst. Es geht eher um mich, Gustav. Und um dich und meine Familie und ... «

»Deine Familie würde mich niemals akzeptieren? Ist es das, was du zu sagen versuchst?«

»So ist es nicht«, antwortete sie matt. »Aber mein Sohn, und ... «

Eine Träne kullerte über ihre Wange hinunter.

»Nein, natürlich nicht«, unterbrach Gustav sie. Dann schwieg er eine Weile, und als er erneut zu reden anfing, war seine Stimme sanfter. »Okay, ich muss lernen, es zu verstehen und deine Situation zu akzeptieren. Komm. Ich möchte deine Nähe spüren.«

Er klang so erschöpft. Nadja stand auf und sank in Gustavs liebevolle Umarmung. Dort fühlte sie sich weitaus mehr zu Hause als irgendwo sonst. Wie konnte etwas, das sich so richtig anfühlte, nur so vollkommen aussichtslos sein?

»Vielleicht kommt es ja auch nicht raus«, flüsterte sie mit der Wange an seiner. »Aber wir sollten den Ball vorerst flach halten, okay? Wenn wir jetzt weiterhin Kontakt haben, fällt es den Polizisten auf, und sie nehmen uns womöglich genauer unter die Lupe. Und das bin ich nicht bereit, zu riskieren. Wir müssen eine Pause einlegen.«

Sie hörte selbst, wie es klang, und Gustav hörte es ebenfalls. Als würde sie ihm sagen, dass sie ihn nicht liebte. Dabei entsprach nichts weniger der Wahrheit als das.

Jetzt ist dieses schöne Märchen zu Ende, dachte Nadja und schloss die Augen. Es war, als befände sie sich im freien Fall hinunter in einen tiefschwarzen Abgrund.

32

»Mama, können wir Bilder gucken, wenn wir wieder zu Hause sind?«

Astrid ließ die Beine vom Badesteg baumeln und plätscherte mit den Füßen im klaren Wasser des Vristulven. Nach dem Regenwetter vom Vortag und dem abrupten Ende des gemeinsamen Spiels mit Nelly hatte Anna ihre Tochter zu einem ihrer meistgeliebten Ausflüge mitgenommen: zur Ferienhaussiedlung, in der Annas Großeltern ein kleines Häuschen besessen hatten, als sie noch ein Kind gewesen war. Astrid hatte ihre Urgroßeltern zwar nie kennengelernt, aber hier oben am ruhigen Waldsee fühlte es sich an, als würden sie einander näherkommen. Außerdem brauchten sie dringend einmal Abstand von Rönnbacken.

Helenas verärgerte Reaktion gestern hatte Anna ziemlich vor den Kopf gestoßen, woraufhin sie sich mehrfach kritisch hinterfragt hatte und das Gespräch immer wieder im Geiste durchgegangen war, ohne daraus schlau zu werden. Es setzte ihr ungemein zu, denn Helena und sie standen sich so nahe, dass Anna jegliche Missstimmung zwischen ihnen vermeiden wollte. Sie musste noch einmal versuchen, mit Helena zu reden, aber warum hatte sie die Mädchen nicht zu Ende spielen lassen, als sie gerade so viel Spaß hatten? Astrid war traurig darüber gewesen, dass Nelly so überstürzt wieder nach Hause musste, und hatte es nicht verstanden. Anna wünschte, sie hätte eine gute Erklärung dafür.

»Klar können wir nachher Bilder gucken«, antwortete sie und strich ihrer Tochter über das weißblonde Haar. »Möchtest du irgendwelche besonderen sehen?«

Sie schleckten jede ein Eis, das sie sich in dem kleinen Kiosk gekauft hatten. Vereinzelte Sonnenstrahlen ließen das Wasser glitzern, doch die Badestelle war nahezu menschenleer. Es war überwiegend bewölkt und windig, und sie trugen Pullis und Jacken. Heute würden sie nicht baden gehen.

»Bilder von dir, als du klein warst, und von mir als Baby. Und welche von dir und Papa. Erzähl mir noch mal davon, als ich geboren wurde!«

Anna fröstelte, was nicht nur an der Windbö lag, die gerade über den See zog und die Wasseroberfläche kräuselte. Astrids Geburt hätte trotz der ernsten Situation eigentlich ein durch und durch freudiges Ereignis werden sollen. Doch das Wissen um Jacobs schwere Krankheit hatte die Freude getrübt, und all das Schreckliche, was seitdem passiert war, bewirkte, dass es Anna allein schon bei dem Gedanken daran die Kehle zuschnürte. Es war eine Wunde, die niemals verheilen würde, ein Trauma, das immer wieder neu aufgerissen wurde.

Ein Mann in einem gestreiften Bademantel mit hochgezogener Kapuze näherte sich am Ufer. Anna sah ihn aus dem Augenwinkel und meinte, ihn vage zu kennen. Vielleicht war es ein Ferienhausbesitzer oder jemand, der im Kiosk arbeitete.

Die einsame Figur betrat den Steg und kam auf sie zu. Er setzte sich ein Stück entfernt von Anna und Astrid an die Kante.

Anna hob grüßend die Hand, woraufhin der Mann den Kopf drehte und sie beide anschaute. Er war es.

Die tiefliegenden Augen, die lederartige Haut, das freudlose unheimliche Grinsen. Die Kapuze bedeckte große Teile seines Gesichts, und die Schatten unter seinen Wangenknochen wurden zu dunklen Aushöhlungen. Es war eine Leiche, die sie anstarrte.

Anna schaute rasch weg. Das konnte doch wohl nicht sein, oder? Ihr Körper versteifte sich, und es war, als würde ihr Herz aussetzen. Auf rationaler Ebene begriff sie, dass sie verwirrt war und Dinge sah, die gar nicht existierten, doch es kam ihr so real vor, dass ihr Körper mit reiner Panik reagierte.

»Was ist denn, Mama?«

Sie konnte nicht antworten, brachte kein Wort heraus.

»Hej hej!«, rief der Mann fröhlich. »Etwas kühl heute.«

»Hej«, antwortete Astrid fidel. »Ja, ich finde es zu kalt zum Baden.«

Seine Stimme, sie passte nicht. Anna drehte langsam den Kopf und zwang sich, den Mann erneut anzuschauen. Die Erleichterung ließ jegliche Luft aus ihren Lungen entweichen. Es war nicht Fredrik Ripholm, sondern ein freundlicher älterer Herr mit grauem Haar. Sie hatte schlicht und einfach Gespenster gesehen. Doch das alte Trauma, das tief in ihrem Inneren geschlummert hatte, war beim Anblick des Mannes wieder erwacht und an die Oberfläche gedrungen, und jetzt spürte sie die Angst aus der Vergangenheit stärker denn je. Anna atmete mehrfach tief durch, um ihren Puls zu beruhigen.

Nach einer Weile entfernte sich der Mann im Bademantel wieder.

»Du siehst so traurig aus, denkst du an Papa? Es tut mir leid, das wollte ich nicht«, sagte Astrid. Ihre kindliche Stimme wirkte besorgt.

Anna zwang sich zu einem Lächeln und einem fröhlichen Gesichtsausdruck. Sie hasste es, wenn sich Astrid für ihre Stimmungen verantwortlich fühlte und sich bei gewissen Themen zurücknehmen und wie auf Zehenspitzen umherschleichen musste.

Wenn sie ihrer Tochter doch nur alles erzählen könnte. Ein Teil von ihr würde Astrid so gern erklären, wie sich die Dinge tatsächlich verhielten.

»Du brauchst dich wirklich nicht zu entschuldigen«, sagte Anna und strich ihr über den Rücken. »Wo waren wir noch gleich? Ja, der Tag, an dem du geboren wurdest, war der glücklichste in Papas und meinem Leben.«

So fing sie immer an. Es war Astrids Lieblingserzählung. Was tat es schon zur Sache, wenn es nicht die wahre Version war? Astrid hatte schon so viel verpasst, wie zum Beispiel das Aufwachsen mit einem liebevollen und zugewandten Vater, der Jacob nach Annas Einschätzung ganz sicher gewesen wäre, wenn er die Möglichkeit dazu bekommen hätte. Es war also nur gerecht, Astrid eine alternative Version davon zu erzählen, wie sie das Licht der Welt erblickt hatte, die besagte, dass alles wunderschön gewesen war. So, wie es hätte sein sollen.

Auf dem Rückweg zum Auto suchten sie am Wegesrand im Wald nach wilden Erdbeeren, konnten jedoch zu Astrids Enttäuschung keine finden.

»Ich will aber Erdbeeren auf einen Strohhalm fädeln, wie du es getan hast, als du klein warst, Mama«, sagte das Mädchen und schob die Unterlippe vor.

Dabei war sie ihrem Vater so herzzerreißend ähnlich. Er hatte auch immer die Unterlippe auf diese Weise vorgeschoben, wenn ihn irgendetwas Alltägliches geärgert hatte.

»Wir versuchen es im nächsten Sommer wieder«, tröstete Anna und spähte zu einer Lichtung hinüber. »Aber schau mal dort hinten, ich glaube, da sehe ich Blaubeeren! Die sind doch eigentlich genauso gut.«

»Ja, aber man kann sie nicht auf einen Strohhalm fädeln. Und außerdem färbt sich dann das Kacka blau.«

»Tut es *nicht*«, entgegnete Anna und lachte.

»Doch, schon. Und daran ist man letztlich selber schuld«, sagte Astrid ernst.

Sie hatte eine entzückende altkluge Miene aufgesetzt, die Anna so sehr an Jacob erinnerte, dass es ihr einen Stich ins Herz versetzte. Doch sie wappnete sich gegen ihre Trauer und das allgegenwärtige Gefühl des Verlustes und hob ihre Tochter in die Luft.

»Nein, mein Schatz, das Kacka wird nicht blau, sondern schwarz!«

»Und woher weißt du das, Mama?«

»Das willst du ganz bestimmt nicht wissen.«

»Doch!«

»Okay. Als du ungefähr drei Jahre alt warst, hast du irgendwann mal fürchterliche Bauchschmerzen gehabt und ganz schwarzes Kacka. Ich habe mir größte Sorgen gemacht und wollte schon mit dir ins Krankenhaus fahren. Aber dann hat Opa mit reumütiger Stimme gemeint: ›Nee, das ist nichts Schlimmes, die Kleine hat heute schließlich einen halben Blaubeerkuchen verdrückt. Ich habe die andere Hälfte gegessen, deshalb weiß ich es, ich habe nämlich dieselben Probleme. Aber sag es bloß nicht Oma!‹«

Astrid kreischte vor Lachen.

»Hat Opa *auch* schwarzes Kacka gehabt?«

»Ja, offenbar. Du kannst ihn ja fragen, wenn wir ihn das nächste Mal sehen.«

»Das werde ich«, sagte Astrid andächtig. »Aber Oma werde ich nichts erzählen. Ist sie denn nicht böse geworden, als der ganze Kuchen weg war?«

»Liebes, ich weiß gar nicht, ob Oma den Kuchen gebacken hat. Vielleicht hast du ihn auch irgendwo anders mit Opa gegessen.«

Während der Autofahrt zurück nach Skövde informierte Astrid ihrer Mutter darüber, was sie für das neue Schuljahr noch benötigte, und Anna dachte mehrere Minuten lang nicht mehr an die schrecklichen Ereignisse. Daniel schickte eine Nachricht, doch Anna las die Nachricht erst, als sie wieder zu Hause in Rönnbacken waren.

11:30
Können wir uns vielleicht gegen 15.30 kurz auf einen Kaffee treffen? OK, wenn du aufs Revier kommst? Furchtbar viel zu tun. Küsschen.

Anna schaute aus dem Küchenfenster. Was wollte er von ihr? War es dienstlich oder privat?

Sie überlegte eine Weile, bevor sie antwortete, und kam zu dem Schluss, dass es privat sein musste, denn Daniels Wortwahl war eher persönlich. Großer Gott, sie kam sich wirklich paranoid vor.

12:27
Klar, hoffentlich alles OK? Küsschen.

Sie hoffte, dass ihr Ton einigermaßen entspannt klang. Sie wollte sich darüber freuen, dass er von sich hören ließ, und tief in ihrem Inneren tat sie es auch, doch die Freude wurde von ihren Beklemmungen und der Panik angesichts der Geschehnisse getrübt. Seit dem Sommerfest wandelte sie wie durch einen Nebel aus Angst, und unter der Oberfläche kämpften mehrere widerstreitende Gefühle in ihr.

Es ist fast so, als wäre ich ein anderer Mensch, dachte sie. Ein unangenehmer und zutiefst erschreckender Gedanke. Hinzu kamen noch diese Wahnvorstellungen, oder wie man sie nennen sollte. Darüber müsste sie eigentlich mit ihrer Therapeutin sprechen, was jedoch unmöglich war. Ausgeschlossen. In diesen Winkel ihrer Persönlichkeit durfte niemand Einblick nehmen. Denn das würde absolut nichts Gutes verheißen, im Gegenteil, es würde zum Allerschlimmsten führen: Man würde ihr Astrid wegnehmen.

33

Helena war im Vorgarten ihres Hauses damit beschäftigt, die Pflanzen in den Töpfen und Beeten zu gießen. Die himmelblaue Hortensie stand in voller Blüte. Zwei junge Frauen radelten vorbei, es waren ehemalige Klassenkameradinnen von Molly, und Helena winkte ihnen.

Eigentlich war die Gartenarbeit nur ein Vorwand, um nach Tom Ausschau zu halten, wenn er aus der Autowerkstatt zurückkommen würde. Die Mädchen hatten fürs Mittagessen Sushi bestellt, und Tom hatte versprochen, das Essen auf dem Rückweg mitzubringen. Eigentlich müsste er jeden Moment nach Hause kommen, dachte sie, während sie nervös an einer lilarosafarbenen Bornholmmargerite herumzupfte und die welken Blüten abknipste.

Ein Auto bog in die Straße ein und fuhr auf Helenas Haus zu. Ein Streifenwagen. Sie richtete sich auf und strich sich ein paar Haarsträhnen aus der Stirn.

»Hej noch einmal, Helena«, begrüßte Daniel sie und stieg aus dem Wagen. Er hatte einen männlichen Kollegen bei sich, der jedoch im Auto sitzen blieb und sich gerade mit einer Serviette den Mund abwischte.

»Hej, Daniel, wie läuft's bei euch?«, fragte Helena und versuchte, entspannt zu klingen.

»Gute Frage, aber im Augenblick kann ich leider noch nichts sagen«, antwortete Daniel. »Allerdings ist mir gerade eben etwas eingefallen, als Stanislaw und ich unten beim Grill einen schnellen Mittagssnack gegessen haben. Und ich dachte, wen könnte ich das fragen, wenn nicht dich. Es geht um euer Sommerfest. Hast du zufällig einen

Überblick, wer von den Gästen mit dem eigenen Auto angereist ist, und wer ein Taxi genommen hat?«

Helena erstarrte. Warum fragte er ausgerechnet nach Autos? In diesem Moment?

»Oha, das ist eine komplizierte Frage, wenn man alle Gäste inklusive des Personals und dergleichen einrechnet. Aber so ungefähr müsste ich es wissen, auch wenn ich es nicht hundertprozentig genau sagen kann.«

Helena befingerte die Knöpfe an ihrer Bluse.

»Ich verstehe, und es tut mir leid, dich damit zu behelligen«, sagte Daniel und hob entschuldigend die Hände. »Vielleicht könnt du und Tom euch ja kurz zusammensetzen und anhand eurer Erinnerungen eine provisorische Liste erstellen? Diese Informationen wären als Ausgangspunkt für uns unglaublich wertvoll. Ist Tom übrigens auch zu Hause?«

Helena zwang sich, die Knöpfe ihrer Bluse in Ruhe zu lassen.

»Tom ist gerade unterwegs und besorgt für uns alle etwas zum Mittagessen. Aber wir können natürlich eine Liste mit allen Personen erstellen, die mit dem Auto zum Fest gekommen sind, wenn auch nur eine vorläufige.«

»Das wäre super. Und ihr beide habt im Hotel übernachtet, richtig?«, fragte Daniel.

Helena holte tief Luft. Geh es clever an, sei schlau! Und halte dich an die Wahrheit, ermahnte sie sich.

»Nein ... da muss ein Missverständnis vorliegen«, antwortete sie und presste ein Lächeln hervor. »Ich dachte, das hätten wir schon in unserem ersten Gespräch erwähnt. Ich habe in Rosenlund übernachtet, aber Tom ist heimgefahren. Oder hat Tom etwas anderes gesagt?«

Daniel antwortete nicht auf ihre Frage.

»Und warum ist er heimgefahren?«, fragte er stattdessen.

»Wir hatten eine kleine Auseinandersetzung«, sagte Helena kurz angebunden und stemmte die Hände in die Seiten.

Daniels Gesichtszüge wurden sanfter.

»Entschuldige, Helena, und danke, dass du so ehrlich bist«, sagte er. »Und er ist in seinem eigenen Wagen nach Hause gefahren?«

»Ja«, antwortete Helena und lächelte erneut.

Diesmal kam es ihr etwas natürlicher vor, auch wenn ihr Herz heftig pochte.

»Danke, dann will ich auch nicht weiter stören.«

Molly stocherte in ihrem Sushi herum, und Helena betrachtete ihre Tochter prüfend. Es war zu windig, um draußen auf der Terrasse zu sitzen, deshalb hatten sie drinnen auf der Kücheninsel gedeckt.

»Möchtest du noch, Sebbe? Sonst stelle ich die hier in den Kühlschrank«, sagte Helena und hielt ihm die große Packung hin.

Mollys Freund hatte frei und war auf Einladung von Tom und Helena zum Mittagessen gekommen. Doch die jungen Leute schienen sich nicht besonders über das Wiedersehen zu freuen. Molly hatte sich auf einen Hocker gekauert, einen Teller auf dem Schoß balancierend, so weit entfernt von den anderen in der Küche, wie es nur ging.

Was war bloß mit den beiden los? Hatten sie gerade eine Beziehungskrise? Helena hätte Molly gerne danach gefragt, wusste aber, dass dies das Letzte gewesen wäre, was sie selbst in ihrem Alter gewollt hätte.

»Nein danke, ich bin satt«, antwortete Sebbe zurückhaltend und senkte den Blick. »Vielen Dank.«

»Wir sind übrigens unglaublich froh darüber, dass du den Job als Küchenchef übernehmen wirst«, sagte Helena. Sie nahm Blickkontakt zu ihrem Mann auf. »Oder, Tom?«

»Ja, das wird super werden«, sagte Tom in herzlichem Ton. »Wie siehst du es selbst, Sebbe? So viel wird sich für dich ja gar nicht ändern. Schließlich hast du bei uns schon die ganze Zeit phantastische Arbeit geleistet, und dann, als es darum ging, so einige Herausforderungen zu meistern, wirklich noch mal einen draufgesetzt … «

Molly fing an, eintönig vor sich hin zu summen, und Tom runzelte die Stirn. Helena schüttelte fast unmerklich den Kopf. Musste Molly die Situation unbedingt torpedieren? Vielleicht hatte ihr Verhalten irgendwelche tiefer liegenden Gründe. Sie musste versuchen, demnächst unter vier Augen mit ihr zu reden.

»Ich bin euch sehr dankbar, dass ihr mir diese Chance gebt«, sagte Sebbe leise.

Er stand auf und begann, das Geschirr abzuräumen. Molly reichte ihm ihren Teller, ohne ihn anzuschauen.

»Danke, aber ich kann das übernehmen«, sagte Tom und räumte die Spülmaschine ein.

»Gibt es noch mehr mit Lachs?«, fragte Nelly. Sie drehte sich auf ihrem hohen Barhocker hin und her.

»Du hast also noch Hunger, Liebes? Das glaube ich gerne«, sagte Helena. »Geh und schau im Kühlschrank nach.«

»He, sie isst ja nur den Lachs und lässt den Reis einfach liegen!«

Molly sprang auf und stampfte fast mit dem Fuß auf. Nelly zuckte zusammen, und Tom warf seiner älteren Tochter einen strengen Blick zu. Molly erwiderte den Blick ihres Vaters, während Sebbe eher aussah, als würde er am liebsten im Boden versinken.

»Ja und?«, protestierte Nelly. »Ich bin eben nicht scharf auf Reis.«

»Großer Gott, was bist du bloß für 'ne verwöhnte Göre«, zischte Molly. »Wann geht eigentlich die Schule wieder los? Dann ist das endlich vorbei, und ... «

»Das war ja wohl absolut unnötig«, unterbrach Helena sie.

Nellys Kindergesicht verzog sich zu einer Grimasse, ihr Kinn begann zu zittern, und kurz darauf kullerten die Tränen. Tom versuchte, seine jüngste Tochter zu trösten, während Helena in Richtung Obergeschoss deutete.

»Time-out!«, sagte sie so beherrscht, wie sie konnte. »Jetzt legen wir eine Pause ein. Sebbe, ich kann gut verstehen, wenn du lieber nicht mehr hierbleiben ... «

»Doch, das will er«, widersprach Molly schnippisch und zog ihren Freund mit sich hinauf in ihr Zimmer.

Sie knallte zwar nicht gerade die Tür zu, schloss sie jedoch etwas zu geräuschvoll.

»Molly und ich wollten aber nachher doch ... Wa-af-feln ... backen«, schluchzte Nelly, und ihr kleiner Körper zitterte.

»Vielleicht hat sie ja später wieder Lust dazu«, beruhigte Tom sie. »Und wenn nicht, dann machen wir zwei das. Okay? Du und ich, Nelly.«

»Du und ich, Papa«, sagte das Mädchen und schniefte.

Helena bekam auf einmal heftige Kopfschmerzen. Sie entschuldigte sich und verließ die Küche. Sie brauchte Luft zum Atmen und musste für eine Weile von der Familie weg, um ungestört nachdenken zu können. Sie schnappte sich Nellys Handy und ging ins Bad, um ihre Brüder anzurufen.

34

Anna und Astrid bereiteten gemeinsam ein spätes Mittagessen zu, sie belegten Brotscheiben mit hartgekochten Eiern und Kaviarcreme. Jacobs Lieblingsessen, das auch Anna in ihrer ersten gemeinsamen Zeit lieben gelernt hatte. Während die Eier kochten, checkte Anna ihr Handy und sah, dass sie mehrere ähnlich lautende Nachrichten und E-Mails erhalten hatte. Sowohl von ihren Freundinnen in der Chatgruppe als auch den Kolleginnen in Rosenlund.

Die Polizei hat für ein paar Tage mein Handy beschlagnahmt, kontaktiert mich stattdessen bitte per Mail. So ließ sich der Inhalt sämtlicher Mitteilungen ungefähr zusammenfassen.

Aha, dachte Anna. Dann ist es nur noch eine Frage der Zeit, bis sie auch meines untersuchen wollen. Sie hatte schon vermutet, dass es für die Ermittlungen notwendig werden könnte. Aber bedeutete das auch, dass die Polizei bereits die Todesursache kannte?

Als die belegten Brote aufgegessen waren, schlenderte Anna mit Astrid an der Hand quer über die Straße in ihrem Wohngebiet.

»Wohin fährst du, Mama? Und wann kommst du und holst mich wieder ab? Wir wollten doch Bilder gucken.«

»Tut mir leid, Schatz, ich muss wegen der Arbeit runter in die Stadt«, erklärte Anna. »Aber du hast doch immer so viel Spaß mit Nelly.«

Die Notlüge missfiel ihr sehr, aber sie war rein gar nichts gegen ihre Sorge darüber, zum Polizeirevier fahren zu müssen. Stand Daniel wirklich nur der Sinn nach einem unschuldigen Kaffeeplausch, oder hatte er irgendetwas herausgefunden und wollte sie damit konfrontieren?

Anna hatte eine Nachricht in die Chatgruppe eingestellt und gefragt, ob eine ihrer Freundinnen Astrid eventuell für eine oder zwei Stunden zu sich nehmen könnte. Daraufhin hatte sie als Erstes eine kurze ablehnende Antwort von Kim erhalten und tippte darauf, dass diese vollauf mit ihrem Computerspielstudio oder dem Familienleben zu tun hatte, oder auch, wie so oft in ihrem Fall, mit beidem.

Nadja hatte nicht geantwortet, aber Helena schrieb, dass sie leider schon eine Verabredung hätte. Allerdings seien Tom, Molly und Nelly zu Hause, und Astrid war herzlich willkommen. Anna wertete es wie einen Versuch, ihre vorherigen Differenzen auszuräumen, wofür sie dankbar war. Helenas Auto stand wie erwartet nicht auf der breiten Garagenauffahrt schräg gegenüber von Annas Haus. Stattdessen parkte dort ein großer dunkler SUV, den Anna noch nie zuvor gesehen hatte.

Tom öffnete die Tür, und der unverkennbare Duft von frisch gebackenen Waffeln strömte ihr entgegen. Astrid vergaß augenblicklich, dass sie eigentlich Fotos anschauen wollten, und hüpfte zu ihrer Freundin hinein.

»Hej då, Mama«, rief sie fröhlich, ohne sich umzuschauen.

»Hej, Anna. Darf es vielleicht eine Waffel sein? Nelly hat darauf bestanden, zu backen, und was tut man nicht alles in der letzten Ferienwoche«, sagte Tom und deutete einladend mit den Armen in Richtung Flur. »Wir haben auch noch etwas Sushi vom Mittagessen übrig.«

»Danke, aber ich muss runter in die Stadt und ... also genauer gesagt, aufs Polizeirevier«, erklärte Anna und senkte die Stimme. »Und danke, dass ihr Astrid nehmen könnt. Ich hoffe, es dauert nicht allzu lange, aber ich kann es nicht genau abschätzen.«

»Darf man fragen, ob es privat ist, oder mit diesem ... tragischen Vorfall zu tun hat?«, fragte Tom, und im selben Augenblick schlug Anna die Hand vor den Mund.

»Oh entschuldige bitte, ihr wart ja Freunde, du und er ... Es tut mir sehr leid, mein herzliches Beileid.«

»Eher Bekannte. Aber danke«, sagte Tom und betrachtete nachdenklich den glänzenden dunklen SUV.

»Bist du sehr traurig?«, fragte Anna leise.

Tom antwortete erst nicht.

»Na ja, nein, wir standen uns ehrlich gesagt nicht besonders nahe. Aber das Ganze ist trotzdem tragisch und äußerst unangenehm. Helena hat es ziemlich erschüttert und Molly auch. Ich glaube, es tut dem Mädchen fürs Erste gut, etwas mehr Zeit zu Hause zu verbringen, mit ihrer Schwester zusammen Waffeln zu backen oder einfach nur ein Spiel zu spielen. Ganz normale Sachen halt.«

»Das verstehe ich. Arme Molly, sie ist so tüchtig, da vergisst man manchmal, dass sie erst achtzehn ist.«

»Ja, das stimmt. Die letzte Woche war wirklich … ziemlich tough. Ich vermute, dass sie alle Leute vernehmen werden, die auf dem Fest waren. Deshalb auch meine Frage, ob du aus privaten Gründen runter aufs Revier fährst. Was zugegebenermaßen etwas plump von mir war, eigentlich geht es mich ja überhaupt nichts an.«

»Ich weiß es ehrlich gesagt nicht«, entgegnete Anna. »Vielleicht trinken wir nur rasch einen Kaffee zusammen. Daniel und ich … also, ich mag ihn. Sehr. Aber dass er die Ermittlungen leitet, ist natürlich etwas speziell.«

Sie spürte, wie sie errötete, und als Tom es sah, lächelte er warmherzig.

»Tja, mit mir und einigen anderen Bekannten vom Golf hat die Polizei schon gesprochen, und mit Molly und Helena auch«, erklärte er und blickte wieder ernst drein. »Das war eigentlich keine große Sache, Daniel ist äußerst kompetent und scheint die Ermittlungen hervorragend im Griff zu haben. Mein Handy haben sie übrigens auch einkassiert, nur eine Formalität, wie sie meinten.«

»Helena ist aber nicht zu Hause, richtig?«

»Nein, sie ist gerade weggefahren, um ihre Brüder zu besuchen«, antwortete Tom und knipste ein paar welke Blätter von einem Busch neben der Haustür ab. »Möchtest du nicht vielleicht doch kurz reinkommen, anstatt dass wir hier draußen rumstehen?«

»Nein, ich muss jetzt wirklich los. Vielen Dank für alles, Tom. Ich schicke eine Nachricht, sobald ich weiß, wie lange es dauert.«

Anna wandte sich zum Gehen.

»Vorausgesetzt, ich kann mein Handy behalten. Aber das

sehen wir dann. Ich schätze mal, sie werden es auch einkassieren. Ach übrigens, hast du ein neues Auto? Schick.«

»Leihwagen«, antwortete Tom und zuckte die Achseln. »Mein Volvo hat am Kotflügel eine kleine Macke abbekommen, ich hab's nicht mal gemerkt. Helena hat es gesehen.«

»Was du nicht sagst.«

»Und mach dir keinen Stress«, sagte Tom und fuhr sich mit der Hand durch das halblange graumelierte Haar. »Wir kümmern uns um Astrid, du hörst ja, wie sie da drinnen lachen und johlen. Vielleicht solltest du Daniel einfach … zum Essen ausführen. Ein wenig Aufmunterung kann er bestimmt gut gebrauchen, und dann sieht er mal was anderes als immer nur das Polizeirevier von innen.«

»Gar keine schlechte Idee, aber ich will nicht zu spät zurück sein. Wie gesagt, ich lass von mir hören«, sagte Anna und winkte Tom zum Abschied.

35

Helena fuhr beim Verlassen von Rönnbacken an Georges Grill vorbei und winkte Nadjas Vater und Bruder zu, die gerade dabei waren, Kisten mit Gemüse hineinzutragen.

Als sie die Landstraße erreichte, die an den Hängen des Billingen entlangführte, schaltete sie Musik ein. Country hatte sie schon immer auf andere Gedanken gebracht. Eine Stilrichtung, die sie als Jugendliche auf ihrer ersten Reise nach Australien für sich entdeckt hatte, nachdem sie beschlossen hatte, die Schule abzubrechen und sich stattdessen mit Gelegenheitsjobs durchzuschlagen. Ihre erste Anstellung erhielt sie in einer vom Wilden Westen inspirierten Bar in Sydney, und dort hatte sie sich unsterblich verliebt, zuerst in die Countrymusik und nach nur wenigen Monaten in Tom, der gerade auf Weltreise gewesen war.

Der Gedanke daran, wie jung sie damals gewesen war, nur wenig älter als Molly jetzt, kam ihr abenteuerlich vor. Doch Helenas Eltern waren klug genug gewesen, sie nicht zurückzuhalten, wenn sie etwas wirklich wollte. Bei Molly verhielt es sich anders, sie war nachdenklicher und zögerlicher.

Mein armes liebes Mädchen, dachte Helena. Der Todesfall nach dem Fest hatte der Achtzehnjährigen ziemlich zugesetzt, und Helena kam sich egoistisch vor, weil sie so sehr mit ihrem eigenen inneren Chaos beschäftigt war.

Sie kannte sich auf den kleinen gewundenen Straßen, die sich zu ihrem Elternhaus schlängelten, bestens aus, und schon bald erreichte sie den von hohen Kiefern umsäumten Hof ihrer Brüder am Berghang.

»Fein, dich zu sehen, Schwesterherz!«

Robban stand breitbeinig in Schlabberhose und einem Fleecepulli voller undefinierbarer Flecken auf dem Vorplatz. Er war der größere und etwas selbstsicherere Bruder mit rötlichen Haaren, die am Oberkopf lichter wurden und dafür im Nacken länger wuchsen. Er umarmte Helena fest und herzlich, und hob sie mit seinen muskulösen Armen ein wenig vom Boden ab. Auch die Mischlingshündin Ronja kam auf sie zu und begrüßte sie fröhlich. All ihre Welpen hatten mittlerweile ein neues Zuhause, was der Hündin jedoch nicht das Geringste auszumachen schien.

Auf dem Grundstück um das leicht verwahrloste Holzhaus herum sah es wie immer aus wie auf einem kleineren Autofriedhof, doch das kümmerte Helena nicht. So war es schon während ihrer gesamten Kindheit gewesen, auch wenn das Durcheinander in den letzten Jahren, seit die Brüder den Hof übernommen hatten, noch unübersichtlicher geworden war. Im Haus hatten die Eltern mehr auf Ordnung geachtet, vor allem ihre Mutter Mona, besonders in der braun gebeizten ein wenig windschiefen Küche, die Vater Olle seiner geliebten Frau zum vierzigsten Geburtstag eigenhändig gezimmert hatte.

Mona war das Herz der Familie gewesen, und die Küche ihre Domäne. Hier waren unzählige Früchte entsaftet, Napfkuchen gebacken und Schinken gegrillt worden, und als sich Helena auf ihren Stammplatz am Küchentisch setzte, konnte sie noch immer ihre Mutter vor sich sehen, oftmals beim Kochen vor dem Herd stehend. Mona war schon weit über vierzig gewesen, als Helena auf die Welt kam, und Helena trauerte darum, dass sie nicht mehr Zeit mit ihrer Mutter hatte verbringen können. Ihr zweites Enkelkind Nelly hatte sie kaum kennengelernt, bevor sie an einer Hirnblutung starb.

An den Wänden hingen noch immer hübsche alte Kupferkessel und ein geerbter bestickter Wandbehang. Hinzugekommen waren mehrere kleinere Jagdtrophäen, auf hölzerne Wappenschilde montierte Hirschgeweihe. Sie waren eigentlich das Einzige, was sich verändert hatte. Die Geweihe hatten ihre Brüder aufgehängt, was ihrer Mutter äußerst missfallen hätte, zumindest in der Küche. Der Duft von Monas himmlischen Wildeintöpfen und frisch gebackenem Brot hing noch immer in den Möbeln und Stoffen, und es roch nach zu Hause.

»Und, ist deine Wunde gut verheilt?«, fragte Robban, während er Kaffeepulver in den Filter gab.

»Ach, das war eigentlich nur ein Kratzer«, wiegelte Helena ab und legte instinktiv eine Hand über das Pflaster auf dem Unterarm.

Sie wollte auf keinen Fall mehr an die nächtlichen Ereignisse im Rosenversteck erinnert werden, einschließlich der leidigen Wunde.

Ricky kam in Holzclogs zum Hintereingang herein. Ihr etwas kleinerer und häuslicherer Bruder hatte eine Glatze und lächelte scheu, als würde er sich für seine schiefen Zähne schämen. Er hielt eine Tüte mit tiefgefrorenen Zimtschnecken in der Hand, nahm drei davon heraus und legte sie auf einen Teller, den er in die Mikrowelle stellte. Dann öffnete er die Vorratskammer und griff nach einer viereckigen Plastikdose mit Keksen aus der nahegelegenen Fabrik. *Omas Doppelkekse mit Schokolade* stand auf dem Deckel.

»Hanssons Kinder verkaufen sie, zur Finanzierung ihrer Klassenreise. Das sollte man fördern«, erklärte er und schob sich einen ganzen Doppelkeks in den Mund. »Und außerdem schmecken sie saulecker. Eigentlich sollten wir noch mehr davon kaufen, was meinst du, Robban?«

»Hanssons?«, fragte Helena und nahm sich ebenfalls einen Keks.

Sie schmeckten wirklich gut, mürbe und zart zugleich, und die Schokolade zerging auf der Zunge.

»Ja, unten vom gelben Hof«, erklärte Robban. »Nette

Leute, Hundeliebhaber. Sie haben den Hof ungefähr vor …
fünfzehn Jahren übernommen? Die Frau erzählte neulich
übrigens, dass sie im Frühling bei euch in Rosenlund zu
einem Hochzeitsessen eingeladen waren. Und es hat ihnen
super gefallen.«

Helena murmelte leise etwas und aß noch einen Keks.

»Es ist mindestens fünfzehn Jahre her, dass Hanssons
den Hof übernommen haben. Da haben Mutter und Vater
noch gelebt, das weiß ich genau«, erklärte Ricky, während
er das sonntägliche Kaffeeservice mit Maiglöckchen und
Goldrand hervorholte.

Die Mikrowelle piepte, die Zimtschnecken waren aufge-
taut. Helena fuhr mit dem Zeigefinger über das Muster auf
dem Wachstuch und ließ sich von der wohlvertrauten Umgebung und dem sorglosen Geplauder ihrer Brüder, dem
sie nur mit halbem Ohr lauschte, einlullen. Hier sein zu
können, wo sie ihre tiefsten Wurzeln, ihren Ursprung hatte,
war irgendwie heilsam. Sie sollte ihre Brüder wirklich häufiger besuchen.

»Leckere Zimtschnecken, wer hat die denn gebacken?«,
fragte sie und faltete das Papierförmchen zu einem Dreieck
zusammen.

»Eine Frau bei uns im Schlachthof, sie arbeitet oben im
Büro«, antwortete Robban lachend. »Liselott. Sie flirtet
mit Ricky, wie du siehst. Zu Weihnachten hat er Lussekat-
ter geschenkt bekommen. Drei Tüten voll, oh oh oh.«

Helena beobachtete amüsiert, wie sich Rickys Wangen
rot färbten.

»Hör auf, Liselott ist ein feines Mädchen!«

Er leerte seine Kaffeetasse in einem Zug und klopfte sich

dann mit seinen riesigen Pranken leicht auf die Brust, genau dieselbe Geste, die sie von ihrem Vater Olle her kannte.

»Danke für den Kaffee, Robban! Was meint ihr, sollen wir draußen kurz 'ne Runde drehen? Ich muss mir nur noch Strümpfe anziehen, dieses Jahr gibt's nämlich verdammt viele Zecken. Brauchst du Gummistiefel, Helena?«

Sie nickte und schob die Krümel in ihrer Hand zusammen. Hier in ihrem Elternhaus war sie etwas ordentlicher. Fast so, als würde Monas freundlicher Blick noch immer über sie wachen.

»Ja, das wäre wohl das Beste. Nimm einfach die von Mutter«, sagte Robban mit der Zärtlichkeit eines älteren Bruders in der Stimme, die Helenas Augen feucht werden ließ.

Sie drehten eine Runde durch den Garten. Ein planloser, aber obligatorischer Kontrollgang. Vielleicht gab es ja irgendetwas, das Helena haben wollte, wie zum Beispiel ihr altes Dreirad oder einen Kinderherd aus einem der Schuppen. Oder vielleicht auch eine Pflanze, die sie ausgraben und zu Hause bei sich einpflanzen wollte. Hier und da mussten sie auch eine bevorstehende Reparatur am Elternhaus besprechen.

Das Gras war an manchen Stellen fast kniehoch, außer auf dem Grillplatz. Sie stupsten prüfend die morschen Gartenmöbel an und betrachteten zwei noch junge, aber dichte Tannen, die nahe am Waldrand standen und sich möglicherweise als Weihnachtsbaum eignen würden. In den hohen Kiefern jenseits der Grundstücksgrenze rauschte es, und hoch oben am Himmel glitt ein größerer Raubvogel über dem Bergkamm durch die Luft.

»Seht mal«, sagte Helena und deutete nach oben.

»Ein Sperberweibchen«, erklärte Ricky. »Schöner Vogel. Ich glaube übrigens, dass der ganze Wirbel mit den Suchtrupps die Vögel ziemlich aufgeschreckt hat. Ach übrigens, ich muss dich was fragen. Dieser Mann, der gestorben ist, der Arzt. Kanntest du ihn?«

»Nur oberflächlich«, antwortete Helena. »Tom hat hin und wieder mit ihm Golf gespielt, was ich allerdings nicht wusste. Aber ich hatte schon von ihm gehört, er praktizierte wohl überwiegend in Göteborg.«

»Oh verdammt. Dann war er also der Arzt von Tante Karin? Dieser Mistkerl!«, meinte Robban.

Helena nickte.

»Genau. Sein Name kam uns nämlich irgendwie bekannt vor. Wir hatten eigentlich vor, uns an der Suche zu beteiligen, aber dann fanden sie ihn ja ziemlich schnell. Verflucht auch«, sagte Ricky mit Nachdruck.

Sie schwiegen eine Weile, und nur das Rauschen des Windes in den Baumkronen war zu hören. Ricky schob sich ein Stück Kautabak unter die Lippe und hielt dann Helena die Dose hin, die jedoch den Kopf schüttelte.

»Aber was sollten wir uns eigentlich angucken? Du hattest doch am Telefon irgendwas erwähnt. Etwas an deinem Auto?«, fragte Robban.

Er warf einen hoffnungsvollen Blick auf ihren glänzenden Mercedes, an dem er am liebsten herumgebastelt hätte, den er aber nie auch nur hatte anrühren dürfen. Vater Olle hätte es wunderbar gefunden, dass Helena jetzt einen Mercedes fuhr, denn das war schon immer sein Traum gewesen.

So einer würde mich wirklich reizen, wie er zu sagen pflegte.

»Es betrifft nicht *mein* Auto. Ich habe da etwas gefunden, das mich einfach nicht loslässt und das ich euch gerne zeigen würde«, antwortete Helena mit zusammengebissenen Zähnen.

Sie öffnete den Kofferraum und nahm vorsichtig und mit spitzen Fingern eine Plastiktüte heraus. Robban wirkte enttäuscht, aber Ricky reckte interessiert den Hals.

»Es ist übrigens besser, wenn ich es euch drinnen zeige, hier weht es zu stark«, sagte sie und ging vor ihnen die Vortreppe hoch und ins Haus hinein.

Helena hielt die Tüte über das Wachstuch des Küchentisches und zog mehrere Lagen zusammengerolltes Haushaltspapier heraus. Sie fühlte sich beklommen und hatte böse Vorahnungen, und ihr wurde kurz schwarz vor Augen.

»Was glaubt ihr, ist das hier?«, fragte sie und schluckte ein ums andere Mal.

»Warte«, sagte Robban in strengem Ton. »Ich muss erst meine Lesebrille holen. Ricky, zieh die Jalousien hoch und knipse alle Lampen an, damit ich vernünftig sehen kann. Und hol Vaters Lupe.«

»Was zum Teufel ist das denn?«, fragte Ricky. »Haare und ... Blut? Von wessen Auto stammt das, sagtest du?«

»Von Toms«, antwortete Helena und ließ sich schwer auf ihren Stuhl fallen. Sie biss sich auf die Lippe. »Er muss irgendetwas angefahren haben, hier in der Gegend, nehmen wir an. Aber er meinte, er hätte nichts bemerkt.«

Sie saß wartend da und versuchte, nicht vor sich auf den

Tisch zu blicken, auf dem der unheimliche Fund lag, den sie von Toms Auto gekratzt hatte. Währenddessen waren ihre Brüder damit beschäftigt, mehr Licht zu machen, ihre Lesebrillen zu suchen und die große Lupe von der Anrichte im Wohnzimmer zu holen. Ein schweres schwarzes Lesegerät, mit dem ihr Vater sie gnädigerweise hin und wieder hatte spielen lassen. Helena fühlte sich ungewohnt schwach, als wäre auf einmal sämtliche Kraft aus ihren Muskeln entwichen.

»Tom hat also irgendetwas gestreift. Das kommt leider vor, hier draußen auf den Straßen ist schließlich jede Menge Wild unterwegs«, murmelte Robban mit konzentrierter Miene.

Er setzte seine Lesebrille auf, bevor er das dunkle eingetrocknete Blut und die daran klebenden hellen Haarsträhnen näher in Augenschein nahm. Ziemlich lange, leicht wellige Haare.

»Hier hast du die Lupe«, sagte Ricky. »War es ein großer Schaden, und wo genau befand er sich?«

»Nein, eher klein«, antwortete Helena. »Das hier war alles, was ich ablösen konnte. Linker vorderer Kotflügel, direkt unterhalb der Stoßstange, nicht obendrauf. Unmittelbar über dem Reifen. Ich habe zufällig genau im richtigen Winkel gestanden, sonst hätte ich es gar nicht gesehen. Aber wir haben keine Ahnung, wie der Schaden zustande kam.«

»Man würde natürlich gerne auch einen Blick auf den Wagen werfen«, sagte Ricky nachdenklich.

»Das geht nicht, der ist bereits in der Werkstatt«, erklärte Helena.

Ihr wurde plötzlich schwindlig, und sie trank einen Schluck Kaffee aus ihrer Tasse, obwohl er kalt war und widerlich schmeckte.

»Das ist jedenfalls kein Dachs, nie im Leben«, brummelte Robban und kratzte sich die rötlichen Bartstoppeln, während er die Lupe zur Hand nahm und sich das Ganze näher betrachtete. »Und ganz eindeutig kein Reh. Das ist etwas völlig anderes. Das hier sind ja dünne Haare, weich … Und einige sind eher gelblich oder blond. Manche gehen sogar eher leicht ins Gräuliche, sieh mal.«

»Aber was glaubt ihr, was es ist?«, fragte sie mit bebender Stimme.

Die Brüder wechselten vielsagende Blicke und nickten einvernehmlich und finster. Die kleine Küche geriet vor Helenas Augen ins Wanken, und dann verschwand sie gänzlich.

36

Nadja saß in ihrem Arbeitszimmer an der Uni und starrte noch lange vor sich hin, nachdem Gustav und sie auseinandergegangen waren. Sie hatte ihren Tränen eine Weile freien Lauf gelassen, irgendwann jedoch versucht, sich zusammenzureißen. Hatte sich die Nase geputzt, etwas Make-up aufgetragen und sich schließlich sogar in den Pausenraum gewagt. Wo sie zu ihrer Erleichterung allerdings niemandem begegnet war.

Als der Hausmeister von der Rezeption aus anrief und ihr mitteilte, dass sie Besuch hatte, setzte sie sich abrupt auf.

Daniel Ahlgren von der Polizei.

Mit weichen Knien stand Nadja auf und strich ihren Rock glatt, bevor sie die Tür zu ihrem Büro öffnete. Ein weiterer unangekündigter Besuch – worum es diesmal wohl ging? Sie musste sich zusammenreißen und ruhig bleiben. Doch sie verspürte einen Blutgeschmack im Mund, und hinter ihren Schläfen pochte es.

»Hej, sorry, dass ich störe. Aber hast du vielleicht ein paar Minuten für mich?«, fragte er.

Daniel schien die Situation zwar unangenehm, aber das Anliegen dennoch wichtig zu sein. Sie merkte, dass sein Blick etwas zu lange an ihren geröteten Augen hängen blieb.

»Ja klar. Komm rein. Worum geht es denn?«, fragte sie und deutete mit der Hand in ihr Büro.

Er trat ein und schaute sich um. Sie schloss die Tür hinter ihnen und vergaß völlig, ihm irgendetwas anzubieten. Das Pochen hinter ihren Schläfen wurde heftiger. Daniel setzte sich auf einen der Besucherstühle und sie an ihren Schreibtisch. Ihre Knie zitterten, und sie war dankbar dafür, dass er es nicht sehen konnte.

»Also, es ist etwas sehr Persönliches ... Ich wollte das nur mit dir abklären. Aber jetzt denke ich, dass es vielleicht besser gewesen wäre, meine Kollegin zu bitten, dieses Gespräch zu führen.«

Nadja presste ihre ausgetrockneten Lippen aufeinander und holte durch die Nase tief Luft. Was würde jetzt bloß kommen?

»Nun gut, die Sache ist so, Nadja. Wir haben einen ersten Blick in dein Handy geworfen, genauer gesagt, auf deinen Chatverlauf am Abend des Festes.«

Sie nickte nur.

»Im Zuge dessen haben wir eine sehr private Konversation gefunden, die darauf hindeutet, dass du nicht den ganzen Abend auf dem Fest warst, wie zuvor von dir angegeben, sondern offenbar vorhattest, dich oben bei den Silberfällen mit jemandem zu treffen.«

Ihr Blickfeld verschwamm, und sie war dankbar, dass sie saß. Vor ihrem inneren Auge sah sie wie in Leuchtschrift jene Worte, die sie Gustav an diesem Abend geschrieben hatte. Ihre Wangen wurden blutrot. Verflucht, verflucht, verflucht!

»Muss ich dir auf die Sprünge helfen, um welche Nachrichten es sich handelt?«

»Nein«, antwortete Nadja leise.

»Ich schätze mal, dass der Empfängername frei erfunden ist, Gunilla Irgendwas.«

Nadja nickte. Daniel wand sich, kratzte sich an seinem Dreitagebart und wirkte unangenehm berührt.

»Habt ihr euch tatsächlich wie geplant an dem kleinen Parkplatz bei den Silberfällen getroffen?«, fragte er. »In dem Fall hätten wir es mit einer weiteren Person zu tun, die sich zu besagter Zeit in dieser Gegend aufgehalten ...«

»Er ist verheiratet«, brachte Nadja rasch hervor.

Daniel räusperte sich.

»Okay, ich verstehe. Aber habt ihr euch getroffen?«

Nadja schwirrte der Kopf. Wenn sie jetzt log und behauptete, dass sie sich nicht getroffen hätten, würde Daniel fragen, warum es in ihrem Handy keine weiteren Nachrichten über eine Planänderung gab.

»Wir haben uns nur auf die Schnelle gesehen, ich habe

das Fest kurz verlassen. Ein … One-Night-Stand. In seinem Auto. Er ist nicht mit ins Hotel gekommen«, schob sie hinterher.

Daniel wirkte peinlich berührt.

»Okay, danke für deine Ehrlichkeit. Ich verstehe, dass die Sache heikel ist«, sagte er und seufzte. »Momentan sehen wir keinen Grund, uns die Sache näher anzuschauen oder die betreffende Person zu befragen. Falls das der Fall sein sollte, verspreche ich dir, diskret vorzugehen. Und du hast dort bei den Silberfällen nichts Außergewöhnliches wahrgenommen?«

»Nein.« Nadja hörte selbst, wie hohl es klang, doch Daniel schien es nicht zu bemerken.

Daniel bedankte sich bei ihr, dann war das Gespräch beendet. Sie sah ihm an, dass er es eilig hatte, wegzukommen. Hinterher sank sie aufs Sofa in ihrem Arbeitszimmer. Ihr Magen verkrampfte sich, und sie kniff die Augen fest zusammen.

Sie hatte die Polizei angelogen, und es würde die Beamten nur wenige Sekunden kosten, dahinterzukommen. Offenbar hatten sie Gustavs Telefonnummer noch nicht überprüft, was jedoch höchstwahrscheinlich nur eine Frage der Zeit wäre. Die Nummer gehörte zu einem Anschluss in der Hochschule, so dass sich die Polizei an das Institut für Biowissenschaften wenden würden, um den Namen des Teilnehmers ausfindig zu machen. Aber so weit waren sie offenbar noch nicht.

Was hatte Daniel genau gesagt? Sie sahen keinen Grund, sich die Sache näher anzuschauen – momentan. Großer Gott.

37

Das Polizeirevier lag im Stadtzentrum, und Anna lief vom Parkplatz auf dem Sandtorg aus an den wenigen Häuserblöcken vorbei dorthin. Im Café am hellgelb gestrichenen Rathaus waren fast alle Tische im Freien mit Leuten in Sommerkleidung besetzt. Keiner von ihnen kam ihr bekannt vor. Alle wirkten so sorglos, wie sie dort ihren Kaffee oder ein Bier tranken, so entspannt und unbeschwert. Auf einmal packte sie ein irreales Gefühl, es war so vehement, dass sie stehen bleiben musste. Eine grausame Erinnerung an den Tag, an dem Jacob starb, die sie für den Rest des Lebens mit sich herumtragen würde. Blut, Chaos und eine so heftige Panik, dass sie sich fragte, wie ein Mensch das überhaupt aushalten konnte. Doch sie hatte keine andere Wahl gehabt. Damals nicht und heute auch nicht.

Reiß dich zusammen, dachte sie und ging weiter. Es gab keine Alternative, sie musste es versuchen. Dennoch graute ihr in gewisser Weise vor einem erneuten Treffen mit Daniel.

Anna erkannte Daniel zunächst nicht wieder, als er ungefähr zehn Meter entfernt vom Eingang des Polizeigebäudes an die Wand gelehnt stand. Seine Sonnenbräune schien verblasst zu sein, sein Blick war müde und die Kleidung zerknittert, als hätte er mindestens eine Nacht darin geschlafen. Er umarmte sie ungewohnt heftig, als hätte er sich mehrere Jahre lang nach ihr gesehnt, und sofort setzte das ihr vertraute Prickeln ein. Er roch nicht gerade frisch geduscht, aber auch nicht nach Schweiß. Eher nach abgestandener Raumluft, Stress und Schlafmangel. Seine Bartstoppeln waren länger geworden, es sah gut aus. Mitten in all dem Chaos konnte sie immer noch an so etwas denken, und sie wusste nicht, ob das etwas über ihre Anziehung zu ihm aussagte, oder womöglich einfach nur bedeutete, dass sie kurz davor war, den Verstand zu verlieren.

»Wie schön, dich zu sehen«, sagte er und berührte ihre Wange. »Sollen wir … können wir … hast du Zeit für ein Eis, oder so?«

»Ja«, antwortete Anna. »Falls du mich nicht da drinnen vernehmen willst.«

»Nein, hör auf«, sagte er, als hätte sie etwas Undenkbares geäußert. »*Dich* doch nicht.«

»Hast du denn Zeit? Für einen kurzen Abstecher in die Stadt?«, fragte sie und richtete ihre Schultertasche.

Er klopfte sich auf die Jacke, als wollte er sichergehen, dass er alles dabeihatte. Sein Gesichtsausdruck wirkte leicht abwesend und gehetzt, was sie unvermittelt mit Zärtlichkeit erfüllte.

»Ja, so viel Zeit muss sein«, sagte er und ergriff ihre Hand.

»Aber kein Eis«, meinte Anna. »Vielleicht eher einen Burger? Oder ein heißes Würstchen?«

»Würstchen«, sagte er, und seine Miene hellte sich auf. »Welche magst du am liebsten?«

»Ich glaube, die normalen gekochten. Irgendwo draußen an einer Bude. Solche, die quietschen, wenn man reinbeißt.«

»Ja, das hat was.«

Daniel lächelte dezent, während sie durch eine ruhige Straße in Richtung einer Würstchenbude schlenderten. Die

Sonne stand schräg am Himmel, und er setzte seine Sonnenbrille auf.

»Hey, cool«, sagte Anna.

Sein Lächeln ließ alles auf ihrer Seele Lastende leicht werden, und sie wollte dieses Gefühl um jeden Preis für eine Weile bewahren.

»Nein, ganz und gar nicht. Völlig uncool. Aber du, genau das brauche ich jetzt. Danke.«

Er holte tief Luft und ergriff dann erneut ihre Hand. Es fühlte sich gut an, natürlich, trotz der ungewöhnlichen Situation.

»Du wolltest ... über heiße Würstchen reden?«, fragte Anna neckend.

»Ja, mein Gott, du ahnst es nicht«, entgegnete er seufzend. »Worüber auch immer. Einfach mal ein wenig Luft holen.«

»Ja, wir können uns auch über Kartoffelbrei unterhalten, wenn du möchtest. Oder Pommes. Oder vielleicht über eingelegte Gurken?«

»Ja, mach nur weiter, das klingt wie Poesie. Aber eigentlich musst du gar nichts machen. Du bist es mir nicht schuldig, alles stehen und liegen zu lassen und runter in die Stadt zu kommen, nur weil ich ein wenig ... Liebe brauche.«

Er ließ ihre Hand los und legte den Arm stattdessen um ihre Taille.

»Blödsinn«, entgegnete Anna und blieb unter einer lauschigen Kastanie stehen. »Ich musste zwar schauen, wo ich meine Tochter unterbringe, aber ich habe mich gefreut, von dir zu hören. Sehr.«

Als sie die Worte aussprach und seinen festen Griff durch

die Jeansjacke spürte, wusste sie, dass es stimmte. Auch wenn ihre Verliebtheit von all dem anderen überschattet wurde, war sie vorhanden, wie eine kleine, stetig brennende Flamme in ihrem Herzen. Obwohl das Ganze völlig aussichtslos war. Was für eine Verbindung sollte daraus werden, wenn sie ständig gezwungen sein würde, zu lügen und ihm große Teile ihrer eigenen dunklen Geschichte zu verheimlichen? Doch in den wenigen verzauberten Minuten dieses Sommertages wollte Anna nicht daran denken. Sie gestattete sich, in eine Blase aus Selbstbetrug und Leugnung einzutauchen, weil es einfach viel zu angenehm war, mit diesem wunderbaren Mann im Schatten der Bäume umherzuschlendern. Derlei kostbare Augenblicke zu zerstören, indem sie über alles Schwere nachgrübelte, wollte sie nicht riskieren.

Kurz darauf erreichten sie die Imbissbude und bestellten jeder ein heißes Würstchen. Sie aßen schweigend, bevor sie gemächlich wieder in Richtung Polizeigebäude zurückgingen. Die Luft war mild, und die Spatzen pickten die Krümel vom Boden auf.

»Du hast mich übrigens noch gar nicht gefragt, wie die Ermittlungen laufen«, sagte Daniel nach einer Weile angenehmen Schweigens.

»Möchtest du, dass ich danach frage?«, wollte Anna mit einem dezenten Seitenblick wissen.

Er nahm seine Sonnenbrille ab und betrachtete die Hausfassaden. Kaum ein Mensch war zu sehen, doch aus einem Fenster strömte leise klassische Musik.

»Möchtest du es denn wissen?«, fragte Daniel und drückte ihre Hand fest.

»Ja, aber nur, wenn du es erzählen darfst und auch willst.«

Ihr Puls schlug jetzt schneller, und sie bemühte sich um eine feste Stimme.

»Könnte sein, dass es Mord war«, sagte Daniel leise. »Bis wir das Obduktionsprotokoll haben, müssen wir diese Möglichkeit zumindest in Betracht ziehen. Hast du ihn gekannt?«

»Nein«, antwortete Anna, und die Lüge kam ihr so leicht über die Lippen, dass sie selbst erstaunt war.

»Behalt es bitte für dich, ich darf das eigentlich gar nicht preisgeben, aber der Tote hatte ... wie soll ich sagen ... Probleme. Schwierigkeiten bei der Arbeit, schwieriges Privatleben. Wir sind gerade dabei, all seine Aktivitäten zu Lebzeiten durchzugehen, und ohne zu viel sagen zu wollen, ist es geradezu ein Wunder, dass er nie im Strafregister gelandet ist.«

»Oha«, sagte Anna in einem Tonfall, der genau die richtige Balance zwischen Unberührtheit und Interesse hielt.

»Ja«, stimmte Daniel zu und schüttelte den Kopf.

Es war rührend, wie unglaublich erleichtert er wirkte, mit ihr über den Fall sprechen zu können, während sich Anna in dem Augenblick wie der schlechteste Mensch überhaupt vorkam.

»Wie es scheint, hatte er Freunde in hohen gesellschaftlichen Positionen, aber auch jede Menge Feinde«, fuhr Daniel fort.

Sie waren vor dem Eingang des Polizeigebäudes stehen geblieben, und Anna sah an seiner Miene, dass es zwar höchste Zeit für ihn wurde, sich zu verabschieden, er es aber hinauszögern wollte.

»Ich habe gehört, du willst einen Blick auf die Handys von allen werfen, die auf dem Fest waren«, sagte sie und hielt ihm ihres hin.

Daniel strich sanft über ihre Finger und nahm das Handy entgegen. Er wog es eine Weile in der Hand und schien zu überlegen. Dann gab er es ihr zurück.

»Ich schätze, es ist nicht nötig ... jedenfalls nicht in der jetzigen Situation«, sagte er entschlossen.

»Und ich glaube nicht, dass ich eine Spezialbehandlung haben will«, erwiderte Anna und schlang die Arme unter dem zerknitterten Jackett um seine Taille.

»Nein, damit hast du vollkommen recht«, pflichtete er ihr bei und küsste sie auf die Stirn. »Aber ich denke, wir warten erst einmal ab. Einige von deinen Freundinnen und Nachbarn reagierten etwas pikiert auf die Fragen von mir und den Kollegen. Das war für mich ein Denkanstoß, nicht ganz so streng vorzugehen bei euch, die ihr ... offenbar nicht viel mit dem Opfer zu tun hattet.«

Jemand klopfte aus dem Inneren des Polizeigebäudes an ein Fenster. Ein uniformierter Polizist winkte Daniel zu und bedeutete ihm, hereinzukommen.

»Du musst wieder zurück«, sagte Anna. »Danke für den schönen Spaziergang. Hoffentlich könnt ihr diesen Fall möglichst bald lösen.«

»Das hoffe ich auch, für den Toten und für alle Beteiligten. Nicht zuletzt auch aus ganz egoistischen Gründen, nämlich um dich zu normalen Zeiten wiedersehen zu können.«

Daniel küsste sie sanft und zärtlich und etwas zu lange, bevor er im Laufschritt in das graue Betongebäude zurückkehrte. Als Anna erneut zum Fenster schaute, sah sie den Polizisten dort drinnen freundlich lächeln.

Hinter ihm erblickte sie jedoch ein anderes Gesicht, undeutlich und verschwommen. Es war, als würde ihr Herz aussetzen, denn da war er wieder. Fredrik Ripholm. Diesmal mit dunklen Flecken auf der Stirn und bläulichen Schwellungen um die Augen, und war das nicht ... Blut um seinen Mund und die Nase herum? Er starrte sie geradewegs an. Anna gefror innerlich zu Eis und blieb wie erstarrt stehen.

Kurz darauf stöhnte sie leise vor Erleichterung, als sie begriff, was sie sah. Ein vergrößertes Foto des Toten, das der Beamte auf einem Computerbildschirm aufgerufen hatte. Der Polizist im Raum warf einen nervösen Blick zurück über die Schulter, begriff augenblicklich, dass sie das schreckliche Foto von außen sehen konnte, und zog hastig die Jalousien zu.

38

»Ich fahre dich jetzt ins Krankenhaus«, sagte Tom und half Helena, den Sicherheitsgurt anzulegen.

Noch immer drehte sich alles um sie herum, und sie fühlte sich schwach. Wie sie in Toms Leihwagen gelangt war, wusste sie nicht mehr. Draußen vor dem Auto standen ihre beiden Brüder. Sie sahen blass aus. Helena spürte eine Wolldecke auf ihren Beinen, ein rot kariertes noppiges Plaid mit Fransen, das immer auf dem Fernsehsofa im Wohnzimmer ihrer Eltern gelegen hatte.

»Mensch, hast du mir Angst eingejagt«, schob Tom hinterher, während er rückwärts vom Hof fuhr. »Ricky klang, als würde er jeden Moment in Tränen ausbrechen, als er anrief. Er meinte, du wärst am Küchentisch zusammengebrochen. Was ist eigentlich genau passiert?«

Seine Stimme klang resolut, doch Helena hörte seine Besorgnis hinter der strengen Fassade.

»Ich weiß nicht genau, was passiert ist«, antwortete Helena mit einer Stimme, die so fremd klang, als käme sie von einer anderen Person.

»Wir müssen dich unbedingt durchchecken lassen«, erklärte Tom mit grimmigem Blick hinter dem Lenkrad.

Er machte sich auf den Weg nach Skövde und zum Krankenhaus. Sie fuhren eine Weile schweigend. Der Schwindel nahm langsam ab, und Helena konnte allmählich wieder klar denken. Sie musterte Toms Hände, die das schwarze Lenkrad umfassten, und räusperte sich.

»Du, Tom? Bist du ganz sicher, dass niemand in der letzten Zeit deinen Volvo ausgeliehen hat? Vielleicht einer der Angestellten, Sebbe? Oder einer von deinen Golffreunden?«

»Nein, keiner«, antwortete Tom und überholte einen Lkw. »Rede jetzt nicht mehr und versuch, dich auszuruhen.«

Helena hörte ihn tief seufzen, und dann musste sie eingeschlafen sein, denn als sie die Augen wieder aufschlug, standen sie bereits vor der Notaufnahme.

Im Wartezimmer war es ungewöhnlich leer, und schon bald saß Helena auf einer Behandlungsliege vor einer Ärztin mit grauschwarzem Haar und einer energischen Art, die ihr Sicherheit vermittelte. Die Ärztin leuchtete ihr in die Augen und maß ihren Puls und Blutdruck.

»Sie hat schon früher unter Blutarmut gelitten«, erklärte Tom und strich Helena beschützend über den Rücken. »Und vor fast zwei Wochen hat sie sich an einem Rosenstrauch verletzt, aber das kann ja wohl nicht ... «

»Ist es in Ordnung, wenn er bei der Untersuchung dabei ist?«, fragte die Ärztin und klopfte ihr leicht auf den Oberschenkel.

»Untersuchung?«, fragte Helena zögerlich.

Sie nahm ihre Umgebung noch immer vage und verschwommen wahr, und ihre Reaktionsfähigkeit war leicht herabgesetzt. Sie schaute ihren Ehemann abwartend an. Die Atmosphäre im Behandlungszimmer war leicht angespannt, ein wenig Abstand von ihm würde ihr womöglich guttun.

»Tom?«, begann sie. »Es wäre schön, wenn du kurz bei Molly anrufen könntest, ich glaube, sie hat versucht, mich zu erreichen, aber ... «

»Okay, das können Sie leider nicht hier drinnen machen«, erklärte die Ärztin.

Sie lächelte Tom nachdrücklich zu, der sich rasch entfernte, um sich ein Handy auszuleihen.

»Besser so?«, fragte die Ärztin leise, und Helena nickte. »Ich kann keinerlei Anzeichen für einen Wundstarrkrampf erkennen. Derjenige, der Ihre Wunde am Arm versorgte, hat gute Arbeit geleistet. Haben Sie denn in der letzten Zeit irgendetwas Außergewöhnliches erlebt? Irgendwas, das Sie gestresst oder aufgeregt hat?«

Helena war kurz davor, laut aufzulachen, ein freudloses Lachen, doch sie nahm sich zusammen.

»Nein, nichts Besonderes.«

»Wissen Sie, wann Sie das letzte Mal Ihre Tage hatten?«

»Vor dreieinhalb ... fast vier Wochen.«

»Und ist Ihre Menstruation normalerweise stark? Ihr Mann sagte vorhin etwas von Blutarmut. Sie sehen ziemlich blass aus, und Ihr Blutdruck ist absolut im Keller. Es ist keineswegs gut, wenn Sie häufiger in Ohnmacht fallen. Ich würde gern einige Untersuchungen vornehmen, wenn das in Ordnung ist.«

Helena nickte und schaute in die freundlichen Augen der Ärztin.

»Kann es sein, dass Sie schwanger sind?«, fragte sie gedämpft.

»Vielleicht«, flüsterte Helena. Ihr wurde erneut schwindlig, und sie hielt sich an der Liege fest. »Aber meine Periode ist noch nicht ausgeblieben, und es war noch zu früh, um einen Test zu machen.«

»Okay, ich verstehe. Ja, für die Durchführung eines Tests zu Hause mag es zu früh sein. Aber ich könnte es jetzt mit einer Blutprobe testen, wenn Sie wollen«, erklärte die Ärztin und verschränkte die Hände ineinander. »Sie erhalten das Ergebnis umgehend, ich kann es in einen verschlossenen Umschlag legen, und wir müssen es auch nicht vor ihm thematisieren.«

Sie deutete nickend in Richtung der Tür, durch die Tom gerade gegangen war.

»Er ist ein guter Mann«, erklärte Helena.

Glaubte diese Frau etwa, dass Tom sie misshandelte? Doch zugleich war sie der Ärztin äußerst dankbar für ihre Feinfühligkeit. Sie hatte recht, Helena war leicht benommen und etwas schwach auf den Beinen, und es hätte ja sein können, dass er ihr etwas angetan hatte.

»Sie brauchen nichts zu erklären«, sagte die Ärztin mit ihrem klugen Blick. »Sollen wir untersuchen, ob Sie schwanger sind, mit einer Blutprobe?«

Helena überlegte kurz.

»Ja. Danke«, antwortete sie und zog ihre Strickjacke aus.

Eine Welle von widersprüchlichen Gefühlen übermannte sie, sowohl Erleichterung als auch Angst und nicht zuletzt ein Hauch von froher Erwartung. Was, wenn sie tatsächlich schwanger wäre?

39

»›Ein Scheißkerl wie er weniger auf der Welt ist kein Grund zu trauern‹. Hast du das wirklich gesagt?«, fragte Emilia und nahm eine Flasche Saft und eine Packung Vanillekekse aus ihrem Picknickkorb.

Kim und sie saßen auf einer Bank auf dem ruhigsten Spielplatz der Stadt und beaufsichtigten Rex, der im Sandkasten mit seiner Schaufel grub. Ein Stück entfernt stand noch eine andere Familie mit kleinen Zwillingen, die zaghaft die Schaukeln für Kleinkinder erforschten, doch ansonsten war der Platz menschenleer. Wenn keine unbekannten lärmenden Kinder anwesend waren, fühlte sich Rex am wohlsten, das wussten sie.

Kim nickte mit zusammengebissenen Zähnen. Die Wirkung ihres morgendlichen Drinks hatte abgenommen, und es war ihr gelungen, nicht weiterzutrinken, auch wenn ihr danach gewesen wäre. Sie hatte Emilia um ein persönliches Treffen gebeten, um der völlig schiefgelaufenen Übergabe von Rex und der erschütternden E-Mail, die Emilia und Stefan ihr daraufhin geschickt hatten, auf den Grund zu gehen. Doch stattdessen sprachen sie nun über den Toten und die polizeilichen Ermittlungen.

»Echt jetzt? Mein Gott.«

»Doch, leider«, sagte Kim und wand sich. »Ich weiß, du denkst sofort, dass du wieder mit mir zusammenkommen musst, stimmt's?«

Emilia verdrehte die Augen. Zu Kims Erleichterung war von Emilias verschlossenem und abwesendem Gesichtsausdruck während der grotesken Situation in ihrem Treppenhaus nichts mehr zu sehen.

»Nein, ich weiß, darüber macht man keine Scherze«, sagte Kim. »Dafür ist es zu tragisch. Ich kann nur hoffen, dass die Bullen kapieren, dass ich das natürlich nicht ernsthaft denke. Ich fühlte mich nur so ...«

»Unter Druck gesetzt? Angegriffen?«, versuchte es Emilia, doch Kim blieb keine Zeit, zu antworten.

»Mama, Mama, seht mal meine Straße, die ich gebaut habe!«, rief Rex fröhlich und wedelte mit seiner roten Kinderschaufel.

»Wow, superschön!«, rief Kim und winkte zurück.

»Wir haben Saft und Kekse hier, wenn du möchtest«, rief Emilia, doch der Vierjährige schüttelte den Kopf.

»Gleich. Wenn ich fertig bin«, antwortete er entschlossen und widmete sich wieder dem Sand.

»Er ist genau wie du«, sagte Emilia.

Es war nur eine beiläufige Feststellung, doch die Worte taten Kim gut. Sie hatte Rex nicht ausgetragen und geboren, das hatte Emilia getan, doch ihre Ex hatte nie den geringsten Unterschied zwischen ihnen beiden als Eltern gemacht, nur weil Kim keine biologische Verbindung zu ihm hatte.

Ganz im Gegensatz zu Stefan. Er deutete gerne an, dass Emilia die wichtigere Mutter für Rex war, schoss häufig kleine Giftpfeile in Kims Richtung und stichelte, sobald sich die Gelegenheit bot. Kim hasste ihn so sehr, dass sie schon Albträume hatte, in denen sie ihn von irgendwo aus großer Höhe herunterstürzte oder ihm noch Schlimmeres antat.

Emilia räusperte sich. Es war, als hätte sie Kims Gedanken gelesen.

»Stefan findet, dass wir Rex öfter bei uns haben sollten«, sagte sie und fingerte an ihrer Armbanduhr herum.

Kim hörte an ihrer Stimme, dass sie nicht vollends überzeugt klang. Früher hatte Emilia immer klar und deutlich geäußert, dass sie Kim für eine gute Mutter hielt. Selbst in schlechten Zeiten, und auch, wenn Kim zu viel arbeitete. Doch seit sie mit Stefan zusammen war, hatte sie ihre Meinung offenbar geändert. Emilia sandte mittlerweile so viele verschiedene Signale aus, dass es sie verwirrte. Kim wusste nicht, wo sie beide eigentlich standen und wie sie Emilias Verhalten deuten sollte.

»Und du siehst es genauso? In allen Punkten?«, fragte sie, bereute ihre Worte jedoch sofort.

Sie hörte selbst, wie bissig sie klang. Verletzt und verbittert.

»Rex ist seit einiger Zeit immer so unkonzentriert, wenn er von dir zurückkommt«, sagte Emilia leise. »Vielleicht wäre es das Beste. Jedes zweite Wochenende bei dir, wie wäre das für dich?«

»Im Leben nicht, das kannst du vergessen!«

Kim verschränkte die Arme vor der Brust. Hinter ihren Augenlidern brannten die Tränen.

»Dieses ganze Theater mit dem Essen«, sagte Emilia. »Und all seine fixen Ideen. Stefan findet, ich meine, *wir* finden, dass es einfach immer schlimmer wird. Wie ist Rex denn bei dir?«

In ihrer Stimme lag etwas Flehendes.

»Ich finde nicht, dass es schlimmer wird.«

Emilia schwieg eine Weile, als würde sie nachdenken. Dann räusperte sie sich.

»Als wir letztens bei Stefans Eltern waren, hatten sie nur Schmetterlingsnudeln und keine anderen, und dann … brach das reinste Chaos aus. Stefan hat versucht, ihn zu zwingen, und … «

Kim wandte sich ihrer Ex zu und sah, dass sie ebenfalls versuchte, die Tränen zurückzuhalten.

»Unseren Sohn zwingen? Zum Teufel, Emilia. Rex hat noch nie irgendetwas gegessen, das wie ein Tier aussieht. Das macht ihn total fertig. Ja, das ist eine Marotte, da stimme ich dir zu. Aber ist es denn wirklich *so* schlimm?«

»Wir waren auch auf einem Kindergeburtstag«, fuhr Emilia fort. »Bei Stefans Nichte. Dort gab es eine Marienkäfertorte. Stefan hat versucht, ihn zu überreden, davon zu probieren, und ihm erklärt, dass er unhöflich wäre und er sich … wie ein Baby verhalten würde. Er hat gesagt, dass es albern von ihm wäre und er sich blöd anstellen und den schönen Geburtstag kaputtmachen würde. Daraufhin ist Rex völlig ausgerastet, er hat versucht, zu beißen und ... « Emilia schniefte.

»Aber was zum Teufel macht ihr denn da?«, fragte Kim. »Das klingt ja eher, als sollte er ausschließlich bei mir sein.«

»Stefan will, dass wir ihn bei einem Psychologen auf die Warteliste setzen lassen.«

Kim erstarrte. Wenn hier jemand zum Psychologen müsste, dann wohl eher dieser verfluchte Stefan.

Emilia schnäuzte sich und schaute sie flehend an, und in dem Moment gab etwas in Kims Innerem nach.

»Und, möchtest du das auch? Wenn du das wirklich willst, machen wir das natürlich. Alles, was unserem lieben Jungen das Leben erleichtert.«

»Meinst du das ernst?«

Kim nickte und warf einen Seitenblick auf Emilia, die normalerweise schick und akkurat gekleidet war, heute aber in verschlissener Jeansshorts und einem viel zu großen grauen T-Shirt neben ihr saß. Sie war die süßeste Frau mit dem größten Sexappeal, die Kim je gesehen hatte. Ihre unregelmäßigen blendendweißen Zähne, ihr Mund, der so oft lächelte. Heute jedoch nicht.

Kim betrachtete den zarten goldenen Flaum auf Emilias sonnengebräunten Oberschenkeln, nur wenige Zentimeter von ihrer Hand entfernt. Den weizenblonden Pony, der immer etwas zu lang war, und den Kim liebend gerne mit dem Zeigefinger zur Seite geschoben hatte, bevor sie sich küssten. Und *wie* sie sich geküsst hatten.

Dass man überhaupt solche Empfindungen haben kann,

hatte Kim immer gedacht. Als hätten sich Zeit und Raum aufgelöst, als wäre nichts anderes mehr von Bedeutung. Kim hatte bereits eine Woche nach ihrer allerersten Begegnung in einer Kneipe um Emilias Hand angehalten, mit Diamantring und allem. Und zwar nicht scherzhaft, sondern in vollem Ernst. Kim hatte es einfach gewusst, mit absoluter Gewissheit, dass sie ihr Mensch auf der Welt war. Emilia hatte sich damals noch nicht einmal als bisexuell geoutet, doch sie hatte ja gesagt, ohne auch nur eine Sekunde zu zögern. Ein Teil von Kim empfand noch immer genau dasselbe für ihre Ex, als könnte nichts ihre Liebe erschüttern. Doch auf einer anderen Ebene wusste sie, dass es Selbstbetrug war, dass sie es einfach nur nicht wahrhaben wollte und sich damit auf lange Sicht nur selbst schaden würde.

Und jetzt saßen sie hier, so nahe beieinander und einander doch so fern. Wie hatte es nur dazu kommen können? Ihr kleiner Sohn spielte im Sandkasten ein Stück vor ihnen, ganz auf die Aufgabe konzentriert, die er sich vorgenommen hatte, nämlich eine ausgeklügelte Burg zu bauen. Oder vielleicht war es auch ein Parkhaus. Wie auch immer, er schien jedenfalls sehr zufrieden damit zu sein, ausnahmsweise einmal seine beiden Mütter als hingebungsvolles Publikum zu haben.

Kim war nicht minder zufrieden. Emilia hatte ihr fast umgehend auf ihren Vorschlag, noch einmal über die E-Mail zu sprechen, geantwortet. Und daraufhin die Idee geäußert, dass sie vielleicht etwas zu dritt unternehmen könnten. Was Kim trotz allem als Schritt in die richtige Richtung vorkam, ein kleiner Hoffnungsschimmer. Nach mehreren Tagen erfolglosen selbstkritischen Grübelns hatte

Kim einsehen müssen, dass die Einzige, die diese Situation erträglicher machen könnte, sie selbst war. Sie müsste sich gegenüber Emilia öffnen, und das hier war ein weiterer bedeutender Schritt.

Es war so unglaublich schön, der großen Liebe ihres Lebens wieder nahe sein zu dürfen. Auch wenn Emilia nicht mehr in sie verliebt war, musste sie doch wohl ebenfalls spüren, dass es eine starke Verbindung zwischen ihnen gab. Ein seelisches Band, das nicht nur existierte, weil sie zusammen den wunderbarsten kleinen Jungen der Welt hatten, sondern noch viel mehr. Eine tiefe und innige Zusammengehörigkeit, die sich entwickelt hatte, weil sie diverse bedeutsame Ereignisse im Leben geteilt hatten.

Kim und Emilia hatten miteinander ein Unternehmen gegründet, hatten den Namen Dog House erfunden und das erste erfolgreiche Computerspiel *Crazy Puppies* auf großen Papierrollen in Emilias winziger Studentenbude entworfen, und diese gemeinsamen Erfahrungen hatten sie fürs Leben zusammengeschweißt.

»Unfassbar, dass du dir einen Nachmittag freigenommen hast, um mit uns zusammen zu schaukeln. Was für eine Ehre!«, sagte Emilia und bot Kim einen Keks an.

In ihrer Stimme klang ein säuerlicher Unterton mit, und Kim konnte es ihr nicht verübeln. Das Computerspielstudio hatte seine ersten große Erfolge während Emilias Elternzeit gefeiert, und mit einem Blick zurück auf diese Zeit hätte Kim ihre Partnerin bedeutend stärker unterstützen müssen.

»Das Leben ist schließlich mehr als nur Arbeit«, entgegnete Kim und nahm den Doppelkeks auseinander, um an die weiße Füllung zu gelangen.

»Entschuldigung, aber wer bist du noch mal? Hast du etwa getrunken?«, fragte Emilia ironisch und nahm sich ebenfalls einen Keks.

Kim schüttelte den Kopf und dachte beschämt an den Morgen. War sie wirklich so tief gesunken, dass sie einen Muntermacher gebraucht hatte? Jetzt kam es ihr absolut unwirklich vor.

Ihr Arbeitseifer, der schon fast an Manie grenzte, hatte sich zwischen sie beide gestellt und war zu einem wiederkehrenden Streitpunkt geworden. Garantiert spielte auch ihre verfluchte Neigung zu diversen Süchten mit hinein. Obwohl Kim in bester Absicht tagein tagaus geschuftet hatte, damit es ihrer Familie gut ging, war sie die Erste, die zugab, mitunter fast besessen von ihren Projekten zu sein. Diesen Fehler würde sie nicht noch einmal machen, auch wenn es für Emilia bereits zu spät war.

»Hast du übrigens mal wieder was von deinen Eltern gehört?«, fragte Emilia.

Die Frage überrumpelte Kim. Sie verschluckte sich und musste husten.

»Trink Wasser, Mama Kim!«, hörte sie eine piepsige Stimme aus dem Sandkasten rufen.

Sie wedelte mit der Hand, um ihren Sohn zu beruhigen, während ihr Emilia auf den Rücken klopfte.

»Verflucht nochmal, was für eine Frage«, sagte Kim heiser, nachdem sie ein paar Schlucke Saft getrunken hatte. »Warum willst du das wissen?«

»Weil sie *mich* kontaktiert haben«, antwortete Emilia und runzelte die Stirn.

»Aha. Und weswegen?«

»Wegen allem Möglichen, zum Beispiel um zu erfahren, was sich Rex zu Weihnachten wünscht, und um mir zu gratulieren, weil ich den Job bei der Bank bekommen habe. Das ist doch eigentlich nett. Aber immer, wenn sie nach dir fragen, wird es kompliziert. Warum du nichts mehr von dir hören lässt, wie es dir eigentlich geht und so weiter. Ghostest du etwa deine Eltern? Ich bin schließlich nicht mehr deine Sekretärin oder Projektleiterin. Oder gar dein persönlicher Coach.«

»Aha, sie fragen also nach mir«, sagte Kim und presste die Lippen aufeinander. »Wie *schön*, dass sie sich mal kümmern. Das haben sie in den vergangenen Jahren nicht gerade oft getan, wie du weißt. Als ich klein war, ging es ihnen vor allem um ihre Karrieren und ihre Reisen ...«

»Sie sagen, dass du dich nie zurückmeldest, wenn sie anrufen. Und sie fragen mich, ob du clean und nüchtern bist«, unterbrach Emilia sie mit leiser Stimme. »Bist du das?«

Kim wartete eine halbe Sekunde zu lange mit ihrer Antwort, und Emilia seufzte. Es war, als würde ein kalter Wind über den Spielplatz wehen. Mit einem Kloß im Magen schaute Kim Emilia an und sah, dass ihre Ex unsäglich traurig war. In ihrer Miene zeigte sich keinerlei Wut, bloß Enttäuschung und Trauer.

»Clean bin ich«, antwortete Kim und hob in einer flehenden Geste die Hände. »Ich schwöre! Nüchtern, nein, leider nicht. Darin kann ich noch weitaus besser werden.«

»Deine verfluchten Freundinnen da oben in Rönnis«, murmelte Emilia. »Dieses ewige Weintrinken und eure ständigen Partys in den Luxusvillen. Wer wird nach dem nächsten Fest sterben, Kim? Du vielleicht?«

Emilia schniefte, und Kim brach es erneut das Herz, als sie die Tränen in ihren Wimpern glitzern sah.

»Es liegt nicht an meinen Freundinnen, dass es mir schwerfällt, maßvoll zu trinken«, erklärte Kim fast flüsternd. »Bitte, ich übertreibe es nie, wenn Rex bei mir ist, das würde ich niemals tun. Aber schwerer fällt es mir, wenn er bei dir ist. Dann ist es so verdammt … leer im Haus.«

»Okay Kim, ich hab's kapiert«, sagte Emilia bissig und stand auf. »Dann ist es also meine Schuld, dass du noch immer trinkst. Mein Fehler, weil ich mich entschieden habe, eine unhaltbare Situation zu beenden. Vielen Dank auch. Nimm endlich deine Probleme in Angriff. Dann können wir vielleicht darüber reden, ob wir uns das Sorgerecht teilen.«

Emilia ging zum Sandkasten und streckte die Hand aus.

»Komm, mein Kleiner, es wird Zeit. Sag tschüs zu Mama Kim.«

»Nein, noch nicht!«, protestierte der Junge. »Wir wollten doch noch Saft trinken und Kekse essen, und ihr müsst gucken, was ich gebaut habe.«

»Ich schau es mir an, Rex«, sagte Kim matt, während sie den Picknickkorb wieder einräumte.

»Aber, Rex«, entgegnete Emilia, »wir beide wollen doch noch ins Spielzeuggeschäft, und anschließend hatten wir vor, Burger zu kaufen.«

Kim hasste den falschen Klang in ihrer Stimme.

»Ich will aber, dass Mama Kim mitkommt!«, rief Rex, und sein kleines Gesicht wurde ganz rot, weil er den Tränen nahe war.

»Sie kann aber nicht, verstehst du, sie muss doch arbeiten! *Arbeiten-arbeiten-arbeiten!*«, wiederholte Emilia mit einer abscheulich schneidigen Stimme.

Kim machte ihr keinen Vorwurf. In ihrer Stimme lagen jahrelange Enttäuschung und Trauer, Einsamkeit und guter Wille, Frust und Vergebung. Liebevolle Geduld mit Kims Fehlern und Macken. Die Hoffnung auf Besserung, die jedoch nie eintrat. Etwas Heiliges war kaputtgegangen, und das war Kims eigene Schuld.

Sie blieb auf dem Spielplatz stehen und schaute den beiden lange nach. Rex drehte sich mehrmals um und winkte, und sein süßes Gesicht wirkte ganz angespannt vor mühsam zurückgehaltenen Tränen. Es war, als würde es ihr das Herz brechen, ein weiteres Mal.

Wie oft kann ein Mensch eigentlich innerlich zerbrechen?, fragte sie sich. Bis er irgendwann nicht mehr heil werden kann. Ist es für mich bereits zu spät?

40

»*Bonjourkon,* mein Mädchen, hej, Sebastian, komm rein und gib mir einen Kuss, mein lieber Junge!«

Nadjas Mutter Samira öffnete die Wohnungstür weit und ließ sie herein. Es duftete himmlisch nach Taboulé und Lammkoteletts.

»Glückwunsch zum Geburtstag«, sagte Sebbe und beugte sich hinunter, um seine kleingewachsene Oma zu umarmen.

Er war Nadja in den vergangenen Tagen stets ausgewichen und hatte verschlossen und kurz angebunden gewirkt, doch jetzt erahnte sie wieder ein Fünkchen der sonst so zugewandten Persönlichkeit ihres Sohnes, und ihr wurde ganz warm ums Herz.

»Oh, was für schöne Blumen, sind die wirklich für mich?«, fragte Samira mit gespielter Bescheidenheit.

»Ja klar«, antwortete Nadja und überreichte ihr den farbenfrohen Strauß. »Ich möchte dir auch gern eine hübsche Handtasche kaufen, aber die solltest du selbst aussuchen. Dafür müsstest du mich begleiten.«

»Ach, ich brauche keine neue Tasche. Spar dein Geld lieber! Ich besitze schon eine sehr gute, die habe ich unten auf dem Platz gekauft.«

Samira stellte sich auf die Zehenspitzen, um von einem Regal in ihrer engen Küche eine Vase herunterzunehmen.

»Hilf Oma doch bitte«, bat Nadja ihren Sohn und warf rasch einen Blick ins Wohnzimmer.

Dort lief der Fernseher, und Nadjas Bruder schaute Fußball.

»*Ça va,* Josef. Hast du Mama etwa mit allen Vorbereitungen alleingelassen?«

»Du weißt doch, wie sie ist. Man kann sie einfach nicht aus der Küche verbannen, wenn ihr zum Abendessen kommt«, erwiderte Josef und stand vom Sofa auf. »Aber jetzt, wo Sebbe hier ist, kriegt er ja vielleicht eine Chance, ihr zu helfen. Du, können wir kurz zusammen rausgehen? Papa kommt etwas später aus dem Imbiss zurück, weil der Typ, der mich vertreten soll, Probleme mit seinem Auto hat. Außerdem muss ich noch mal kurz los, um den Süßkram zu holen.«

»Und dafür brauchst du meine Hilfe?«

»Nein, das nicht, aber … ich dachte, wir könnten kurz reden, allein«, erklärte er.

Nadja zog die Augenbrauen hoch und folgte ihm im Treppenhaus nach unten.

Im Hof spielten einige Mädchen mit Kopftuch Fußball, und von einem Balkon drang eine wehmütige Melodie zu ihnen hinunter. Nadja erkannte sie wieder, es war kosovo-albanische Volksmusik. Marko hatte dieses Stück häufiger gespielt, unmittelbar nach Sebbes Geburt. Es hatte als Schlaflied gedient. Sie seufzte. Dies war eine der wenigen positiven Erinnerungen an ihren Ex und ihre kurze gemeinsame Zeit als kleine Familie.

Es war später Nachmittag, und das Gedränge auf dem Marktplatz in Södra Ryd ließ allmählich nach. Als Nadja und Josef in dem Vorort von Skövde aufwuchsen, war dies ein unwirtlicher Platz gewesen, den sie nur selten aufgesucht hatte. Doch jetzt wurde er von frisch gepflanzten Bäumen und gepflegten Blumenbeeten eingerahmt, und an den Tischen eines Cafés saßen mehrere alte Bekannte ihrer Eltern, die sich beim Kaffeetrinken die Zeit mit Brettspielen vertrieben.

Ein älterer Mann mit üppigem Schnurrbart winkte und stieß seinen Kumpel in die Seite. Nadja konnte sich gut vorstellen, wie über sie beide geredet wurde, die Zwillinge Khory, vor allem jedoch über sie selbst. Sie hoffte, dass es sich nicht um böswilligen Tratsch handelte, denn Södra Ryd war ihr nicht immer wohlgesonnen gewesen. Insbesondere nicht in den kräftezehrenden Jahren, als sie noch eine junge Mutter ohne Ausbildung war und mit einem kriminellen und gewalttätigen Mann zusammenlebte.

Irgendwann würde sie Gustav gern mit hierhernehmen, damit er sehen konnte, wo sie herkam. Doch dann fiel es ihr wieder ein, sie trafen sich ja im Moment nicht mehr. Es versetzte ihr einen Stich ins Herz, doch sie schob die dunklen Gedanken beiseite. Sie waren schließlich hier, um den Geburtstag ihrer Mutter zu feiern, und wegen der Arbeit im Imbiss war es äußerst ungewöhnlich, dass die ganze Familie beisammen sein konnte. Sie durfte nicht zulassen, dass ihre persönlichen Probleme einen derart besonderen Tag überschatteten.

Sie betraten den arabischen Supermarkt. Nadja befühlte einige Granatäpfel, während Josef seine Bestellung abholte.

»Schau mal, wie appetitlich alles angerichtet ist«, schwärmte er.

Josef ließ sie einen Blick in die Tortenschachtel werfen, voller hübsch gemusterter kleiner Grießkekse, frittierter *Mushabak*-Ringe und ausgesuchter grüner Pistazientrüffel, die mit kandierten Rosenblättern dekoriert waren. Als sie gerade wieder gehen wollten, kam ihnen die Verkäuferin hinterhergelaufen. Sie reichte Nadja eine Tüte voller Granatäpfel.

»Sind die etwa für mich?«

Die Frau nickte und lächelte.

»Aber warum denn, lassen Sie mich die bezahlen!«

Die Frau schüttelte entschieden den Kopf.

»Kommt gar nicht in Frage. Die sind für Sie. Wir sind so stolz auf Sie, müssen Sie wissen.«

Nadja bedankte sich herzlich. Sie fühlte sich geehrt, doch zugleich war es ihr peinlich.

»Du bist bekannt wie ein bunter Hund«, sagte Josef.

»Nein, ganz und gar nicht«, entgegnete Nadja.

»Hat es eigentlich noch mehr ... Drohungen oder dergleichen gegeben? Oder fühlst du dich jetzt sicher in deinem Haus?«

»Na ja, mehr oder weniger, aber es ist okay«, antwortete sie. »Nett, dass du fragst, aber im Augenblick möchte ich lieber nicht daran denken. Heute ist schließlich ein besonderer Abend.«

»Haben sie eigentlich herausgefunden, wer den Einbruch im vergangenen Jahr begangen hat?«

Josef blieb stehen. Er sprach leise.

»Steckt womöglich ... Marko dahinter, der irgendwen beauftragt hat? Oder irgendwelche Rechtsextremen, wegen deines Engagements für die Umwelt?«

»Ich weiß es nicht«, antwortete Nadja. Sie war auf einmal unendlich müde. »Die haben ja nichts mitgenommen, es war offenbar bloß ein Einschüchterungsversuch. Ich bin nur so wahnsinnig froh darüber, dass in dem Moment niemand zu Hause war. Stell dir nur vor, wenn Sebbe ... Nein, ich will lieber nicht darüber reden.«

»Verstehe«, sagte Josef ernst. »Komm, jetzt feiern wir erst mal unsere Mutter. Aber was ist eigentlich mit dieser Mordermittlung? Das ist ja ziemlich unheimlich, oder?«

»Da besteht keinerlei Zusammenhang, da bin ich mir sicher«, seufzte sie.

Sie nahmen die Treppen nach oben, und das Geräusch von Nadjas klappernden Absätzen hallte von den Wänden wider. Irgendetwas an ihren High Heels ließ ihre Gedanken zurück zum Sommerfest driften. Wie fröhlich und erwartungsvoll ihre Freundinnen und sie unmittelbar davor gewesen waren. Und wie ungewohnt anders und gedämpft die Stimmung zwischen ihnen danach war.

»Außerdem wissen sie noch gar nicht, ob es Mord war. Die Polizei hat mich gestern befragt, und da schienen sie die Todesursache noch nicht zu kennen. Aber soweit ich es verstanden habe, behandeln sie es als verdächtigen Todesfall.«

»Die Beamten haben ja auch schon zweimal mit Sebbe gesprochen«, sagte Josef leise, als sie die Wohnung betraten.

»Was? Nein, nur einmal.« Nadja befiel eine unerklärliche Kälte.

»Verflucht«, murmelte Josef. »Ich hätte lieber nichts sagen sollen. Er wollte dich bestimmt nur nicht beunruhigen.«

»Erzähl mir alles. Auf der Stelle«, forderte Nadja und schaute ihrem Bruder tief in die Augen.

»Na ja, der Typ, der gestorben ist, hatte sich Molly gegenüber irgendwie ekelhaft benommen. Er hat irgendwas gesagt oder getan, ich weiß es nicht, Sebbe wollte es mir nicht genau sagen. Und als er davon erfuhr, ist er offenbar ausgerastet. In seiner Wut hat er irgendeinen Gegenstand im Restaurant zu Boden geschleudert. Was er natürlich sofort bereut hat und wofür er sich schämt. Aber die Polizei hat davon Wind bekommen. Hast du vielleicht irgendwas davon mitgekriegt? Du warst doch auch auf dem Fest.«

Nadja schüttelte nur den Kopf. Ihr fehlten die Worte. Ihr Sohn hatte doch wohl nichts mit dem Tod zu tun, oder etwa doch? Eine gruselige Zukunftsvision zog vor ihrem inneren Auge vorbei. Was, wenn Sebbe in die Fußstapfen seines kriminellen Vaters treten würde? Was, wenn es gewissermaßen genetisch bedingt, also vorbestimmt war? Sie musste dieser Sache auf den Grund gehen und mit Sebbe reden, um ihm helfen zu können. Unbedingt!

41

»Oh Mama! Wir haben uns solche Sorgen gemacht!«

Molly fiel Helena um den Hals, sobald Tom ihr aus dem Auto geholfen hatte. Nelly kam unmittelbar hinter ihrer großen Schwester aus dem Haus gerannt.

»Bitte, Mädels, eure Mutter braucht ein wenig Ruhe«, erklärte Tom und führte sie in die Villa.

Helena landete auf dem breiten Sofa im Wohnzimmer. Ihre Töchter schmiegten sich an sie, jede an einer Seite, und sie konnte sehen, dass Molly geweint hatte.

»Ich muss Mama zu Bett bringen, hört ihr?«, sagte Tom.

»Nur noch ein bisschen kuscheln«, bat Nelly und bohrte ihre Nase in Helenas Pulli. »Es riecht, als wärst du bei Robban und Ricky gewesen. Warum durfte ich nicht mitkommen?«

»Beim nächsten Mal«, antwortete Helena und lächelte matt. »Nelly, kann ich mal kurz dein Handy ausleihen und ihnen schreiben, dass alles in Ordnung ist?«

Nachdem sie die Nachricht weggeschickt hatte, blieben sie noch eine Weile aneinandergeschmiegt sitzen, und Helena spürte, wie sich ihre Kinder allmählich entspannten. Tom sank in einen Sessel gegenüber. Er ließ Helena nicht aus den Augen, und seine Miene war nur schwer zu deuten. Ihre Gedanken sprangen zwischen dem Briefumschlag in ihrer Handtasche und den Worten ihrer Brüder hin und her, die der festen Überzeugung waren, dass die Haare am Lackschaden von Toms Auto keinesfalls von einem Wildtier stammen konnten. Als Nellys Körper zuckte, begriff Helena, dass ihre jüngste Tochter kurz davor war, einzuschlafen.

»Hier haben wir eine kleine müde Maus«, sagte sie leise und betrachtete den braun gelockten Schopf ihrer Jüngsten, der an ihrer Brust ruhte.

»Ja, ich glaube, so langsam wird es für uns alle Zeit, zu Bett zu gehen«, meinte Tom.

Molly gähnte und rekelte sich.

»Ich mach mich schon mal auf den Weg«, sagte Helena.

»Klar, aber geh es langsam an. Brauchst du Hilfe?«, fragte Tom.

»Nein, ist schon in Ordnung. Ich schaffe es alleine nach oben. Ich werde in Ruhe duschen und mich dann schlafen legen.«

»Möchtest du vielleicht einen Tee, Mama?«, fragte Molly. »Oder eine heiße Brühe? Ich kann sie dir machen, wenn du willst.«

»Nein, mein Liebling, ich muss mich bloß etwas ausruhen«, antwortete Helena und drückte ihren müden Töchtern jeweils einen Kuss auf die Wange, bevor sie langsam hinauf ins Schlafzimmer ging und die Tür hinter sich schloss.

Die Abenddämmerung hatte bereits eingesetzt, und der von rosafarben bis lavendelblau getönte Himmel über Skövde war mit Streifen goldenen Lichts überzogen. Helena blieb am Fenster stehen und sog den Anblick der glitzernden Stadt in sich auf, während die Schatten um sie herum immer dunkler wurden. Dann holte sie tief Luft, ging weiter zur Toilette und schloss sich ein.

Ihre Hände gehorchten ihr kaum, als sie den Umschlag von der Ärztin öffnete. Darin lag das Ergebnis ihrer Blutprobe, die mit hundertprozentiger Sicherheit eine Schwangerschaft ausschließen oder bestätigen konnte, und zwar weitaus früher als bei einem Test zu Hause.

Es war positiv.

Sie war schwanger.

Als Allererstes empfand sie echte Freude. Doch kurz darauf übermannte sie eine Welle unterschiedlichster Gefühle. In ihren Augen brannten die Tränen, und angesichts eines Wirbelwinds aus Angst, Argwohn, Panik und Scham wurde ihr ganz schwindlig.

Es klopfte leise an der Schlafzimmertür, und sie hörte Toms Stimme.

»Darf ich reinkommen? Ich glaube, es wäre nicht so gut, wenn du duschst. Helena?«

Er klang besorgt. Sie holte Luft. Ihr Herz schlug heftig.

»Ja, ich komme.«

Rasch steckte sie das Ergebnis wieder zurück in die Handtasche, schloss die Toilettentür auf und ging ihm auf dem Weg ins Schlafzimmer entgegen.

»Also, ich dachte nur … es ist bestimmt nicht gut, wenn du jetzt noch duschst. Das heiße Wasser kann Schwindel verursachen, wenn man niedrigen Blutdruck hat. Du bist ja heute schon mal in Ohnmacht gefallen.«

Tom strich ihr zärtlich über die Wange.

»Ist das wirklich nur stressbedingt, oder was hat die Ärztin gesagt?«

»Stress. Ja, du hast recht«, antwortete Helena und setzte sich aufs Bett. »Ich bin im Augenblick ziemlich angeschlagen. Wohl mehr, als ich mir selbst eingestehen wollte.«

Ihre Stimme klang brüchig und schwach, wie sie selbst hörte. Hatte Tom es auch gehört?

»Dann komm jetzt, raus aus der Jeans und unter die Decke gekrochen«, befand Tom und schüttelte die Kissen im breiten Doppelbett auf. »Hier ist eine Flasche Wasser und eine Cola, und ich leg dir Kopfschmerztabletten hin, falls du eine brauchst. Sollen wir das Fenster öffnen und lüften? Aber vielleicht ist dir eher kalt.«

Tom war beschäftigt, während sich Helena langsam auszog und in einen weichen Pyjama schlüpfte. Anschließend setzte sie sich wieder aufs Bett und betrachtete seinen breiten Rücken, während er die schweren Samtvorhänge zuzog. Sie vergewisserte sich, dass die Schlafzimmertür geschlossen war, und senkte kurz die Lider, bevor sie es aussprach.

»Ich bin schwanger.«

Tom hielt mitten in einer Bewegung inne. Im selben Augenblick bereute sie ihre Worte, doch Tom kannte sie hingegen so gut, dass er es schon sehr bald selbst begriffen hätte. Außerdem wäre es befremdlich gewesen, es ihm nicht umgehend zu erzählen.

»Aber, Schatz, Liebes ... Ist das wahr?«

Toms Augen waren vor Rührung feucht geworden, und er sank auf die Bettkante. Helena nickte und streckte sich nach ihm aus, um ihn fest zu umarmen. Sie traute sich nicht, seinem Blick zu begegnen. Wie sehr sie wünschte, dass alles anders gekommen wäre, dass dieser Moment absolut rein und unbefleckt und voller Freude gewesen wäre. Bei dem Gedanken kamen ihr die Tränen.

Tom hielt sie in seinen Armen, und sie merkte, dass er ebenfalls weinte.

»Und ich dachte schon ...«, begann er und trocknete seine Tränen. »Das hier ist geradezu ein Wunder. Hast du es vorhin erfahren, im Krankenhaus?«

Helena nickte stumm, ihr fehlten die Worte. Sie merkte, wie Tom im Kopf nachrechnete. Er wusste ziemlich genau Bescheid über ihren Zyklus.

»Aber das ist ja noch total früh«, sagte er erstaunt, und in seinem Gesicht breitete sich ein freudiges Lächeln aus. »Großer Gott ... der Tag nach dem Fest?«

Helena nickte erneut und zuckte die Achseln.

»Aber, Schatz, du wirkst irgendwie so betrübt. Stimmt etwas nicht?«

Tom legte eine Hand auf ihre Wange. Sie zwang sich, ihm in die Augen zu schauen.

Ich würde dich gern dasselbe fragen, dachte sie. Stimmt etwas nicht? Gibt es etwas, das du mir von dieser Nacht erzählen müsstest, als du über Nebenstraßen nach Hause gefahren bist und dein Auto einen Schaden davongetragen hat?

Doch Helena brachte die Worte nicht heraus.

»Ich bin selbst völlig überwältigt«, sagte sie stattdessen und zwang sich zu einem Lächeln.

»Ja du lieber Gott, ich kann es auch kaum fassen«, sagte Tom und ergriff ihre Hände. »Es kommt mir wirklich wie ein Wunder vor. Ich muss dir nämlich was erzählen.«

Helena wurde eiskalt, und sie hätte am liebsten ihre Hände zurückgezogen, blieb aber genauso sitzen. Tom war ihr jetzt so nahe, dass sie die kleinen grünen Punkte in seinen braunen Augen sehen konnte.

»Was denn?«, flüsterte sie.

»Ich war ein wenig verwirrt, oder wie sagt man?«

Tom räusperte sich. Sein Blick flackerte, während er nach dem richtigen Wort suchte.

»Verwirrt?«, wiederholte Helena. »Weswegen denn?«

»Vielleicht auch eher … frustriert«, erklärte er und wand sich. »Wir haben es ja schon eine ganze Weile versucht, und damals bist du ziemlich schnell schwanger geworden. Deshalb habe ich … Also, es klingt vielleicht völlig idiotisch, und ich hätte es dir auch sagen sollen, aber ich habe mich untersuchen lassen.«

»Untersuchen lassen?«

Sie kapierte rein gar nichts.

»Ja, aber es war mir irgendwie peinlich«, gestand Tom. »Es ist, als würde einem die Männlichkeit abhandenkommen. Ich wollte mich erst untersuchen lassen, und es dir dann im Anschluss sagen. Also, um das Ergebnis erst einmal selbst verdauen zu können.«

Helena war vollends verwirrt. Ihr Mund war wie ausgetrocknet, und sie trank ein paar Schlucke Wasser. Was faselte Tom da?

»Ich verstehe nicht, was du mir sagen willst«, brachte sie hervor.

»Die Anzahl meiner Spermien«, sagte Tom leise und schaute weg. »Ich habe sie testen lassen. Nicht von meinem Arzt hier in Skövde, dafür war ich zu stolz. Ich wollte nicht riskieren, dass es irgendwer erfuhr ... irgendjemand, oder auch du ... bevor ich nicht bereit dazu wäre. Es ist ja schließlich ziemlich intim. Und privat.«

Es war, als würde ein eisiger Wind durchs Schlafzimmer wehen, obwohl das Fenster geschlossen war.

»Und bei wem hast du dich testen lassen?«, fragte Helena fast im Flüsterton.

»Ja, also ... *Er* hat mir geholfen. Fredrik Ripholm. Er ist Teilhaber einer privaten Klinik, oder besser gesagt, war es. Und ... ja. So war das. Ich habe das Ergebnis übrigens auf dem Fest erhalten.«

»Das Ergebnis?«, wiederholte Helena.

Sie merkte selbst, dass sie wie ein Papagei klang, doch sie versuchte nur, die Tragweite dessen zu erfassen, was Tom ihr gerade erzählte.

»Tja, es waren keine guten Neuigkeiten. Die Anzahl meiner Spermien sei mittlerweile so niedrig, hat Ripholm gesagt, dass die Chance auf eine natürliche Befruchtung verschwindend gering ist. Ich weiß nicht genau, warum, aber das Alter ist wohl ein entscheidender Faktor. Er wollte noch weitere Untersuchungen vornehmen, um eine eventuelle Krankheit auszuschließen, und dann über alternative Möglichkeiten mit mir sprechen.«

Tom schüttelte den Kopf.

»Ich kann nur sagen, dass das nicht gerade gut bei mir angekommen ist. Na ja, und dann haben wir zwei uns heftig gestritten, und ich ... Nein, ich schäme mich dafür. Ich hätte es dir gleich in jener Nacht sagen sollen. Aber stattdessen bin ich einfach abgehauen. Das war so unglaublich kindisch von mir.«

Helena saß wie angewurzelt in dem großen Bett. Was hatte Tom ihr da gerade erzählt?

»Bitte, Schatz, verzeih mir«, bat Tom. »Und tja, er hatte ja letztlich Unrecht. Es gab doch eine Chance. Wir haben es schließlich hinbekommen! Ich bin so wahnsinnig glücklich. Es ist absolut unglaublich.«

Helena umarmte Tom, es war keine innige Umarmung, doch das schien er nicht zu bemerken. Er legte sich neben sie und schob seine Hand unter der Bettdecke zärtlich auf ihren Bauch.

»Völlig unglaublich«, murmelte er an ihrem Hals, und sie hörte an seiner Stimme, dass er lächelte.

Helena selbst lag stocksteif auf der Matratze und starrte an die Decke.

Als Tom ging, um Nelly zu Bett zu bringen, war Helena kurz allein. Am liebsten hätte sie sich unter den heißen Wasserstrahl der Dusche gestellt und geradewegs alles herausgeschrien. Oder sich unter der Decke verkrochen, um nie mehr hervorzukommen. Stattdessen stand sie rasch auf, schnappte sich ihren Laptop und schloss sich erneut in der Toilette ein. Sie öffnete den Browser und gab zwei Worte ein:

Frühe Abtreibung

42

Fredrik Ripholm trug seinen Arztkittel, und von ihm ging ein starker chemischer Geruch aus, der ihr in die Nase stach. Anna wich zurück und bat ihn, aufzuhören. Er hatte sie in die Enge getrieben, und sein bohrender Blick jagte ihr höllische Angst ein.

Sie kniff die Augen fest zusammen, doch er stand nach wie vor im Zimmer. Ihr wurde bewusst, dass sie in ihrem eigenen Bett lag und träumte. Doch seine boshafte Erscheinung war noch immer da. Anna öffnete ganz vorsichtig die Augen, eines nach dem anderen. Sie konnte keine Einzelheiten erkennen, da es draußen noch dunkel war, doch sie erahnte die Konturen des Raumes.

Er näherte sich ihr langsam und mit schlurfenden Schritten. Kam unaufhaltsam auf sie zu.

»Erkennen Sie mich wieder?«

Diese flüsternde gehässige Stimme. Das heisere Lachen.

Die Angst hatte ihre Klauen tief in ihren Körper geschlagen, so tief, dass sie im Rückgrat steckten und sie lähmten. War das möglich? Konnte sie sich deswegen nicht bewegen, weil sie vor lauter Schreck paralysiert war?

»Erkennen Sie mich wieder?«

Jetzt war er ganz nahe, und sein unangenehmer ätzender Geruch verursachte ihr Übelkeit.

War nun das Ende gekommen? Er hatte sie ein allerletztes Mal aufgesucht, würde es danach vorbei sein?

»Sie sollten nicht hier sein«, flüsterte sie schwach.

»Sie sollten nicht hier sein«, äffte er sie nach. »Erkennen Sie mich wieder, Anna?«

Sie verspürte einen heftigen Druck auf dem Brustkorb und rang nach Luft. War es wirklich er, der sie mit seinen sehnigen Händen nach unten presste?

»Ich erkenne Sie wieder«, röchelte sie. »Ich werde Sie nie vergessen können.«

»Ein süßes Mädchen haben Sie«, zischelte er unmittelbar an ihrem Ohr. »Haben Sie der Kleinen erzählt, was Sie getan haben? Oder soll ich es ihr erzählen?«

Mit einer enormen Kraftanstrengung ballte Anna die Hände zu Fäusten. Sie kniff die Augen zusammen und schrie geradewegs auf.

Der Druck auf ihrer Brust verschwand augenblicklich. Und Ripholm verschwand ebenfalls.

»Mama, wach auf! Du musst aufwachen!«

Astrid weinte laut und gellend.

Anna schaute sich verwirrt um. Sie befand sich in ihrem Schlafzimmer, die Morgensonne schien herein, und ihre kleine Tochter war völlig außer sich.

»Oh mein Gott«, stöhnte Anna. »Es tut mir leid. Entschuldige bitte, was ist denn los?«

»Mama, du hast so still dagelegen«, weinte das Mädchen. »Deine Augen waren weit offen, aber du hast mich nicht gesehen. Ich hatte solche Angst! Ich wollte schon einen Krankenwagen rufen. Mach das nie wieder, nie wieder!«

»Nie wieder«, sagte Anna ein ums andere Mal, während sie ihre Tochter im Arm wiegte. »Nie wieder, nie wieder.«

*

Der Albtraum war Anna unter die Haut gegangen und warf einen Schatten auf den restlichen Tag. Wie sie das Geschehene auch drehte und wendete, sie fand einfach keine Lösung. Als Daniel anrief, erwog sie erst, nicht dranzugehen, tat es schließlich aber doch. Er klang ernst und wollte sich wie erwartet mit ihr treffen.

»Diesmal kein heißes Würstchen auf die Hand«, erklärte er. »Wir gehen aus und essen an einem gedeckten Tisch.«

Eigentlich eine schöne Idee, doch in ihren Ohren klang es eher unheilverkündend.

Anna lief hinüber zu Kims Haus und klopfte an die Tür. Kims Auto stand draußen, doch es dauerte eine Weile, bis ihre Freundin die Tür einen Spaltbreit öffnete.

»Hej, sorry, dass ich dich überfalle, aber könntest du Astrid vielleicht für ein paar Stunden nehmen?«

»Oh, ist irgendetwas passiert?« Kim wirkte gestresst, und Anna kam sich dumm vor.

»Nichts Schlimmes, aber ... die Polizei fragt, ob ich noch mal aufs Revier runterkommen kann.«

Eine Notlüge? Nein, nur bedingt. Es missfiel ihr, Kim die Unwahrheit zu sagen.

»Oha, ja, aber das kriegen wir hin. Ich bin allerdings gerade ziemlich unter Druck wegen der Arbeit, werde wohl bis in den späten Abend am Schreibtisch sitzen. Ist es in Ordnung, wenn ich Astrid allein ins Wohnzimmer setze? Rex ist diese Woche leider nicht hier, deshalb versuche ich, möglichst viel zu schaffen ...«

»Klar. Danke dir, ich werde mich revanchieren, sobald ich kann«, sagte Anna.

Kim zuckte die Achseln, sie wirkte nicht gerade erfreut. Die Stimmung zwischen ihnen wurde seltsam steif, und Anna beeilte sich, in ihr eigenes Haus zurückzukehren, um ihrer Tochter die Planänderung mitzuteilen und etwas zu essen zu machen.

Schweren Herzens und mit einem unguten Gefühl fuhr Anna in die Stadt. War Daniel etwa der Wahrheit auf die Schliche gekommen?

»Hej«, begrüßte er sie und umarmte sie verhalten.

Sein Oberhemd war zerknittert, aber sauber, sie selbst hatte einfach das erstbeste Kleid übergestreift. Er hatte einen Tisch bei einem romantischen Italiener mit gehobener Küche reserviert, was sich jedoch als völlig sinnlos erwies, weil sich Anna überhaupt nicht auf die feinen Speisen konzentrieren konnte. Sie fand, dass alles nach Pappe schmeckte, und kam sich völlig fehl am Platz vor.

»Wie geht es dir?«, fragte Daniel.

Es war, als würde er jede ihrer Bewegungen beobachten, jeden Bissen, den sie nahm, was sie nervös und fahrig machte. Als der Kellner an ihren Tisch trat, um zu fragen, ob alles zu ihrer Zufriedenheit sei, zuckte sie heftig zusammen.

»Mir ging es schon mal besser«, antwortete Anna wahrheitsgemäß. Sie war es wahnsinnig leid, immer eine Fassade aufrechtzuerhalten. »Und wie läuft es bei dir? Wolltest du eigentlich irgendetwas Bestimmtes?«

»Ja, ich wollte dir etwas im Vertrauen erzählen«, antwortete Daniel. »Ich hatte gehofft, dass wir in Ruhe darüber reden können, und du mir helfen könntest, es zu verstehen.«

Anna fühlte sich wie betäubt. Was hatte er nur herausgefunden?

Daniel hatte um einen etwas abseits stehenden Tisch gebeten, und nun senkte er die Stimme.

»Der Tote, das wissen wir jetzt, hatte ziemlich viel Dreck

am Stecken. Dass es ihm gelungen war, einer Anklage zu entgehen und seine Lizenz zu behalten, ist geradezu ein Skandal.«

Daniel trank von seinem Mineralwasser und schaute sie ernst an. Anna wappnete sich innerlich. Würde es jetzt kommen? Hatte Daniel herausgefunden, welch furchtbare Tat sie vor Jahren begangen hatte?

»Anna, wir haben auf einem der Handys, die wir gerade untersuchen, eine Filmsequenz gefunden. Der Film ist am Abend des Festes aufgenommen worden. Im Hintergrund kann man dich in diesem Garten mit all den Rosen sehen, zusammen mit dem Verstorbenen.«

Anna nickte stumm.

»Man kann ebenfalls sehen, dass du ihm ins Gesicht schlägst. Könntest du so nett sein und mir erklären, was da genau passiert ist?«

Anna nickte erneut. Sie trank einen Schluck Wasser und versuchte, die richtigen Worte zu finden, doch in ihrem Kopf herrschte auf einmal absolute Leere.

Daniel saß da und wartete eine Weile schweigend. Er presste die Serviette in seiner Hand zusammen.

»Ich würde deine Erklärung dazu gern als Erster hören«, sagte er, als sie noch immer kein Wort hervorgebracht hatte. »Bevor wir es in die Ermittlungsakte aufnehmen. Ich weiß, dass du schwierige Zeiten hinter dir hast, und ...«

»Er war widerlich«, sagte Anna rasch. »Oder ich meine, er hat etwas Widerliches gesagt, zu Helenas ältester Tochter. Deswegen habe ich es getan. Es war natürlich absolut daneben, und ich hätte es dir gleich sagen sollen.«

»Warum hast du das nicht getan?«

Daniel hatte seine Serviette abgelegt und saß jetzt reglos da.

»Ich hatte Angst, ich war verwirrt, und ich habe versucht, es zu verdrängen, weil es mir so unangenehm war. Ich dachte, wenn ich erzähle, dass ich jemanden geschlagen habe, kann es sich negativ auf mich auswirken und mich ... mich ... als schlechte Mutter dastehen lassen oder so. So etwas tut man schließlich nicht. Man darf niemanden schlagen, das ist gegen das Gesetz.«

Daniels Schultern senkten sich. Die Erleichterung war ihm deutlich anzusehen.

»Aha, so ist das also«, sagte er. »Okay. Gut, dass wir das geklärt haben.«

Was würde er bloß sagen, wenn er wirklich Bescheid wüsste? Über das Schreckliche, was sie getan hatte?

Anna räusperte sich. Diese Situation war unhaltbar, und ihr wurde bewusst, dass es keinen anderen Ausweg gab. Wenn er erführe, dass sie ihm die Wahrheit vorenthielt, würde alles wie ein Kartenhaus in sich zusammenstürzen. Aber sie musste es tun.

»Daniel. Es tut mir wahnsinnig leid, aber ich glaube, dass wir uns nicht mehr sehen sollten. Zumindest für eine Weile nicht. Die Ermittlungen und ... das hier mit mir, mit uns ... Es schadet dir womöglich eher, wenn wir uns ... treffen.«

Daniel zuckte zusammen. Er schluckte mehrfach, und zwischen seinen Augenbrauen bildete sich eine Falte, die Anna noch nie zuvor an ihm gesehen hatte. Doch er wirkte keineswegs aufgebracht, sondern nur tief unglücklich.

Sie bekam kaum Luft, während sie auf eine Reaktion seinerseits wartete.

»Ja, vielleicht hast du recht«, sagte Daniel tonlos. »Pass auf dich auf, Anna.«

»Und du auf dich«, entgegnete sie leise.

Sie hängte sich ihre Handtasche über die Schulter und ließ ihn allein am Tisch zurück.

43

Helena wälzte sich im Bett hin und her. Ihr Körper fühlte sich zerschlagen und wie gerädert an, als hätte sie große Strapazen hinter sich. Was in gewisser Weise auch der Fall war. Ihre Hände wanderten hinunter zum Bauch. Dort drinnen existierte ein neues Leben, das um nichts von alldem gebeten hatte, und dessen Mutter sich gerade in einem absolut chaotischen Zustand befand, in einem Gewirr aus Lügen und Geheimnissen.

Sie linste hinüber zu Tom, der neben ihr schlief. Eine Locke seiner ergrauenden dunklen Haare war ihm in die Stirn gefallen, und er lag auf der Seite, mit dem Gesicht zu ihr. Er wirkte so friedlich, als sei er erfüllt von Glück und Zukunftshoffnung eingeschlafen. Ihr starker zuverlässiger Mann, der mitunter auch unsicher und ängstlich sein konnte. Nun lag er hier neben ihr und träumte bestimmt von schönen Dingen. Doch er hatte ihr auch das eine oder andere verheimlicht. Ernste Sachen sogar. Was hatte das zu bedeuten? Verbarg Tom etwas vor ihr?

Helena strich sich mit den Händen unterhalb des Nabels über den Bauch und folgte der sanften Wölbung, die schon bald größer werden würde. Falls sie nicht … Helena befiel eine unergründliche Traurigkeit. Sie hatte es einfach nicht verdient, sich als Mutter dieses kleinen Lebewesens zu bezeichnen.

Die Nacht war noch nicht zu Ende, auch wenn der Morgen nahte. Helena schluckte heftig und hielt die Tränen zurück, die unter ihren Lidern brannten. Es ging einfach nicht. Sie musste eine Abtreibung vornehmen lassen, je eher, desto besser. Es wäre absolut unverantwortlich, in diesem Tumult aus Unwahrheiten, Verrat und nicht zuletzt einem jähen gewaltsamen Tod ein Kind willkommen zu heißen.

Helena musste wieder eingeschlafen sein, denn als sie die Augen aufschlug, war es im Schlafzimmer heller geworden, und obwohl die schweren Samtgardinen zugezogen waren, ahnte sie, dass draußen die Sonne schien.

Tom lag nicht mehr neben ihr, dafür aber ein anderes Familienmitglied. Nelly hatte sich offenbar hereingeschlichen und auf der Bettseite ihres Vaters zusammengekuschelt. Sie atmete tief, und ihre langen dunklen Wimpern ruhten auf den kindlichen Wangen. Helena wurde von einer unbändigen Zärtlichkeit für ihre kleine Achtjährige ergriffen. Dies war die letzte Woche der Sommerferien, und Nelly hatte sich bislang ausschließlich Sorgen um ihre Mutter machen müssen. Was ungerecht war. Helena strich ihrer schlafenden Tochter über die warme weiche Wange. Heute würden sie irgendetwas Schönes zusammen unternehmen, alles andere musste warten.

Sie schlich in die Toilette und nahm ihren Laptop mit. Dort sah sie, dass sie eine E-Mail von der Polizei bekommen hatte, der Absender lautete Daniel Ahlgren. Ihr Brustkorb krampfte sich zusammen, und sie überflog rasch die kurze Nachricht. Er wollte, dass sie noch heute aufs Revier kam. Großer Gott. In ihrem Telefonverzeichnis starrte Helena eine Weile auf Annas Namen, bevor sie ihre Freundin anrief. Eigentlich widerstrebte es ihr, sie gerade jetzt um einen Gefallen zu bitten, da die Stimmung zwischen ihnen angespannt war. Sie schaffte es auch nicht, Anna den wahren Grund dafür zu nennen, warum diese bei der Arbeit für sie einspringen sollte, sondern brachte nur eine fadenscheinige Begründung hervor. Annas Stimme klang ausdruckslos und matt, aber sie sagte sofort zu.

Während sich Helena nach dem Duschen die Haare föhnte und sich anzog, schlief Nelly im Ehebett weiter. Als Helena in die Küche hinunterschlich, war weder von Molly noch von Tom eine Spur zu sehen, doch auf dem Küchentisch stand ein prächtiger Rosenstrauß. Helena erkannte sofort einige Sorten aus Rosenlund wieder. Von wem kamen die Blumen? Im Strauß steckte eine Karte, und sie goss sich ein Glas Saft ein, bevor sie das kleine Kuvert öffnete.

Gute Besserung für die beste Chefin der Welt! Küsschen von allen im Hotel

Der Saft drehte sich ihr im Magen um. Das hier waren Rosen, die Adam gezüchtet hatte, die creme- und hellrosafarbenen wuchsen nahe des Rosenverstecks und erinnerten sie an genau das, woran sie am allerwenigsten denken wollte.

Tom kam aus dem Garten herein und hielt etwas in seiner leicht gewölbten Handfläche.

»Guten Morgen, schöne Rosen, oder?«

Er versuchte, sie zu küssen, doch sie entzog sich ihm, es war ein reiner Reflex. Er wirkte verletzt und legte die Himbeeren aus seiner Hand auf die Arbeitsfläche.

»Ich bin aufs Revier bestellt worden«, sagte sie leise, ohne seinem Blick zu begegnen.

Ein Schatten huschte über Toms Gesicht, doch er sagte nichts. Erneut sah sie den Schaden am Auto vor sich. Die blonden Haare.

Helena betrat erhobenen Hauptes das Polizeigebäude, während sie innerlich Todesängste ausstand. Sie hatte keine Ahnung, worüber Daniel mit ihr sprechen wollte, und sich auch keine Strategie zurechtgelegt, sondern wollte abwarten, was geschehen würde.

Sie wurde in ein Vernehmungszimmer gebeten, und nach wenigen Minuten kamen Daniel und ein weiterer Polizist herein. Helena beschlich ein irreales Gefühl, als säße eine andere Person an ihrer Stelle hier, und sie würde wie in einem Film alles von außen betrachten.

Daniel setzte sich Helena direkt gegenüber und hustete leicht hinter vorgehaltener Hand.

»Wir haben Informationen, dass du in einer geschlossenen Facebook-Gruppe Nachforschungen zu Fredrik Ripholm angestellt hast, stimmt das?«

Helena saß äußerlich ruhig da, während in ihrem Inneren ein Sturm losbrach. Sie hätte wissen müssen, dass das hier kommen würde, hatte es schon lange befürchtet.

»Oh«, sagte sie und verschränkte die Arme vor der Brust, während sie seinem Blick begegnete. »Oder ja, meinte ich.«

»Okay«, sagte Daniel und nickte. »Wir haben die Wohnung des Verstorbenen und auch seine Computer durchsucht und darin ziemlich grobe anonyme Hassbriefe gefunden. Einige davon beinhalten Drohungen. Manche sind von Hand geschrieben und andere in Form von Mails, die zwar mit einem verschlüsselten Programm erstellt wurden, aber von einem Computer in Skövde verschickt wurden, wie wir mittlerweile wissen. Aus deinem Wohngebiet. Die Briefe weisen sprachliche Übereinstimmungen auf.«

Der Puls hämmerte in ihren Ohren.

»Und was bedeutet das?«, fragte Helena rasch und verschränkte die Hände.

Daniel betrachtete sie forschend.

»Helena, wir haben Entwürfe sowie auch gewisse Fragmente und Sätze auf deinem Handy gefunden, die mit diesen Briefen übereinstimmen«, erklärte er.

Im Vernehmungszimmer herrschte eine Weile betretenes Schweigen. Im Raum regte sich kein Lüftchen. Ihr Puls beruhigte sich wieder, doch in ihrem Nacken begann es zu ziehen.

»Wollen Sie damit sagen, dass womöglich jemand anderes diese Texte auf Ihrem Handy geschrieben hat?«, fragte der andere Polizist.

Helena kniff kurz die Augen zusammen.

»Das war ich«, gab sie dann zu und schaute auf. »Ich hätte es gleich sagen sollen, dafür möchte ich mich entschuldigen.«

Sie holte tief Luft.

»Der Ton in den Briefen ist ziemlich hasserfüllt«, hob Daniel hervor.

Helena lauschte ihren eigenen Atemzügen. Anna hatte recht gehabt, sie hätte alles gestehen sollen.

»Das war ziemlich ekelhaft von mir, aber verzeih bitte, wenn ich das sage: Dieser Mann war ja auch ekelhaft. Es tut mir sehr leid, falls ich damit wertvolle Zeit der Polizei vergeudet haben sollte, und ich schäme mich dafür, dass ich zu feige war, es dir zu sagen.«

»Ja, du hast Zeit und Ressourcen der Polizei vergeudet, und das ist eine ernste Sache«, erklärte Daniel. »Außerdem besitzt du damit ein Motiv, denn wie du bereits erzählt hast, warst du am späten Abend allein. Niemand kann dir ein Alibi geben.«

Helena schluckte ein ums andere Mal. Ihr Blick flackerte, und in ihrem Inneren machte sich Panik breit. Ein dumpfer Kopfschmerz befiel sie, und ihr Körper war gespannt wie eine Feder.

»Ich verstehe, wie das aussieht, aber ich habe nichts damit zu tun. Ich hatte übrigens auch keine Ahnung davon, dass mein Mann mit ihm zusammen Golf gespielt hat«, erklärte sie mit brüchiger Stimme.

Die Polizisten wechselten unergründliche Blicke.

»Ich habe nichts mit seinem Tod zu tun, aber ich weiß nicht, was ich sagen soll, damit ihr mir glaubt!«

»Ich glaube dir«, sagte Daniel nach einer Weile, die ihr wie eine Ewigkeit vorkam.

Er beugte sich über den Tisch vor und begegnete ihrem Blick. Daniel sah aus, als hätte er schon mehrere Nächte nicht mehr geschlafen, und seine Augen waren rot gerändert.

»Kann ich jetzt gehen?«, fragte Helena leise.

Er nickte müde.

»Ja, das kannst du. Aber keine weiteren Geheimnisse mehr, okay?«

Als Helena auf die Straße trat, verspürte sie eine enorme Erleichterung. Dennoch hatten sich Daniels Worte über Geheimnisse wie Dornen in ihr Bewusstsein gebohrt und trieben ihren Puls erneut in die Höhe. Eigentlich hasste sie Geheimniskrämerei und fühlte sich mies, wenn sie log, aber manchmal hatte man einfach keine andere Wahl. Schließlich musste sie ihre Familie schützen, und das war das Wichtigste von allem. So war es doch, oder nicht?

44

Anna fuhr mit einem sonderbaren Gefühl nach Varnhem. Sie hatte erneut schlecht geschlafen, diesmal jedoch zum Glück ohne weitere Albträume. Als Helena von Nellys Handy aus angerufen hatte, hatte sie schon an ihrem Tonfall gehört, dass es dringend war. Die Stimmung zwischen ihnen beiden war seit Helenas überstürztem Aufbruch neulich noch immer steif und unnatürlich, doch Anna hatte die Kraft gefehlt, das Thema noch einmal anzusprechen. Sie hätte Helena gern gefragt, wie es ihr eigentlich ging, spürte jedoch, dass sich ihre Freundin nicht öffnen wollte. Anna wurde an Helenas Stelle in Rosenlund gebraucht, das war alles.

Astrid hatte Ohrenschmerzen bekommen und konnte

deswegen nicht in den Hort gehen, sondern hatte den Tag stattdessen bei ihren Großeltern verbracht.

Als Anna in die Straße ihrer Eltern einbog, wappnete sie sich innerlich gegen mögliche Fragen ihrer Mutter. Pia wusste, dass ihre Tochter vorsichtig angefangen hatte, einen Mann zu daten. Doch Anna hatte es ziemlich zugesetzt, mit Daniel Schluss zu machen, noch bevor sie ein Paar geworden waren, und sie wollte auf keinen Fall mit ihrer Mutter über ihn sprechen.

Als sie aus dem Auto stieg, geriet sie vor lauter Müdigkeit leicht ins Wanken. Sie hatte einen langen Arbeitstag hinter sich, hatte mehrere Stunden Fotos für die neue Homepage von Rosenlund redigiert, alle Informationen für die herbstlichen Suppengerichte zum Lunch vorbereitet und an Helenas Stelle drei Geschäftsführer von lokal ansässigen Reisebüros empfangen. Unter normalen Umständen hätte ihr das Spaß gemacht, doch in der jetzigen Situation war es ihr einfach zu viel. Als sie auf das rote Ziegelhaus zuging, setzte hinter ihren Schläfen ein unangenehmer Spannungskopfschmerz ein.

Anna klopfte an die Haustür aus Teak. Drinnen hörte sie ihre Mutter im Flur näher kommen.

»Komm rein, komm einfach rein«, rief Pia, und Anna drückte den Türgriff hinunter.

Es war jedes Mal, als würde sie augenblicklich in ihre Kindheit zurückversetzt werden. Dieselbe braun gestreifte Tapete, die schweren Kiefernholzmöbel und die fein säuberlich gewienerten Erbstücke: die Petroleumlampe auf der Kommode im Flur sowie die vielen Kupferkessel und Keramikkrüge aus Höganäs auf dem Küchenbord.

»Hej, haben wir hier ein munteres kleines Mädchen? Was machen die Ohren?«, rief Anna.

Sie hörte die wohlbekannten Geräusche des Computerspiels *Animal Crossing* aus ihrem ehemaligen Jugendzimmer.

»Es ist alles bestens«, antwortete Pia und umarmte Anna rasch und herzlich. »Sie hat sowohl etwas zum Mittag gegessen als auch ein Stück Kuchen. Inzwischen sind auch das Fieber und die Schmerzen weg. Du sorgst doch immer dafür, dass sie Watte in den Ohren hat, wenn sie badet? Sonst kann man leicht Ohrenschmerzen bekommen.«

»Na klar, immer Watte«, log Anna und seufzte innerlich.

»Hej, Mama, ich muss nur noch drei Fische angeln«, hörte sie eine helle Mädchenstimme.

»Was für eine hübsche Bluse du anhast, blau steht dir gut. Trinkst du noch einen Kaffee mit?«, fragte Pia und fuhr noch einmal mit dem Küchentuch über die bereits glänzende Edelstahlspüle.

»Ja, ich nehme gerne einen halben Becher«, sagte Anna.

»Hat die Polizei endlich herausgefunden, was passiert ist?«, fragte Pia und stellte einen Becher Kaffee vor ihrer Tochter auf den Tisch.

Selbstverständlich wurde im ganzen Ort über den Todesfall draußen in Rosenlund geredet.

»Nein, soweit ich weiß, noch nicht«, antwortete Anna und bemühte sich um einen neutralen Ton.

»Gibt es Kaffee?«

Die Frage kam von ihrem Vater Janne, der gerade aus dem Keller gekommen war. Er trug wie immer seine Arbeitshose und dazu ein modisches Sweatshirt, doch er wirkte bedeutend weniger vital als bei ihrem letzten Besuch, der nur wenige Tage zurücklag. War er irgendwie angeschlagen?

»Hej, Papa. Wie geht es dir?«

»Hej, hej«, sagte er, bekam ebenfalls einen Becher und setzte sich.

»Ich frag mal die Kleine, ob sie ein Eis haben möchte«, sagte Pia und ließ sie beide allein in der Küche zurück.

Janne wirkte in Gedanken versunken, während er aus dem Fenster schaute. Es war, als wäre Anna gar nicht anwesend. Sie folgte seinem Blick und sah, dass er einen der Apfelbäume zu betrachten schien.

»Papa, bald wird es Zeit, die *Ingrid Marie* zu beschneiden.«

Janne zuckte zusammen und schaute sie an, als wunderte es ihn, dass sie ebenfalls am Küchentisch saß.

»Ach, du bist schon zurück«, sagte er und rieb sich ein Auge. »Wie war's denn in der Schule?«

»Aber, Papa!«

Anna lächelte zögerlich. Machte er etwa Witze?

»Äh, ich meinte, dass es bald Zeit wird, die *Ingrid Marie* zu beschneiden.«

»Ach so? Und wer ist das?«

»Was meinst du damit, Papa?«

Janne betrachtete Anna einige Sekunden hilflos.

»Was ich damit meine? Na ja, ich wollte wissen, wer Ingrid Marie ist. Kennen wir sie?«

Es war, als würde sämtliche Luft aus Annas Lungen entweichen. Hatte er sich verhört? Sie missverstanden? Der Apfelbaum war Jannes ganzer Stolz, es konnte doch wohl nicht sein, dass er das vergessen hatte.

»Das ist einer von deinen Apfelbäumen draußen im Garten, Papa. *Ingrid Marie* ist ein Apfelbaum.«

»Ja, das weiß ich doch!«, entgegnete Janne und rieb sich weiterhin das Augenlid.

»Sei vorsichtig mit dem Auge«, sagte Anna und runzelte die Stirn. »Darf ich mal sehen, es ist ziemlich rot. Juckt es? Oder brennt es?«

»Nein, warum?«, fragte Janne, rieb jedoch weiter.

Anna war fassungslos. Was passierte mit ihrem Vater?

»Hej, Mama!«

Astrid kam zusammen mit ihrer Oma in die Küche.

»Wir haben sowohl Eis am Stiel als auch Eistüten«, erklärte Pia. »Was möchtest du gern?«

»Beides, wenn ich darf«, antwortete Astrid.

Sie war noch etwas blass um die Nase, wirkte jedoch munter und keineswegs mehr so kränklich wie am Morgen.

»Möchtest du auch ein Eis, Opa?«

»Eis?«, fragte Janne und betrachtete sein Enkelkind prüfend. »Und das fragst du noch? Klar, möchte ich Eis.«

»Mama, könnten wir uns hinten auf der Terrasse kurz was anschauen?«, fragte Anna und stand auf.

»Ja natürlich«, antwortete Pia. »Du musst dir auch unbedingt ein paar Tomaten pflücken, ich habe noch immer Massen davon.«

Sie gingen hinaus auf die Terrasse und schlossen die Tür hinter sich. Anna suchte nach den richtigen Worten. Sie hatte aus nächster Nähe mitbekommen, wie Jacobs Oma dement geworden war, und erkannte die Anzeichen dafür wieder. Es war ein entsetzliches Gefühl. Janne war noch nicht einmal siebzig.

»Papa scheint allmählich ... vergesslich zu werden«, sagte sie.

So, jetzt war es heraus. Pia runzelte die Stirn.

»Aber nicht doch. Papa ist, was gewisse Dinge angeht, schon immer ein bisschen zerstreut gewesen. Aber bei vielem anderen hat er den absoluten Überblick. Wenn wir gemeinsam Kreuzworträtsel lösen, muss er fast nie etwas nachschlagen. Er hat ein Allgemeinwissen wie sonst kaum jemand!«

»Ja. Aber ich habe ihn gerade eben etwas gefragt, und er hat so merkwürdig darauf reagiert ... «

»Was heißt schon merkwürdig, vielleicht hat er sich ja einfach nur verhört.« Pias Augen funkelten zornig. »Du hast dich in den letzten Jahren übrigens auch manchmal ziemlich ... merkwürdig benommen, Anna. Muss ich dich etwa daran erinnern? Zum Beispiel, wenn es dir nicht besonders gut ging. Und Papa kommt einfach noch nicht damit klar, jetzt Rentner zu sein. Ihm fehlen irgendwie die Ziele im Leben, und das setzt ihm ziemlich zu. Aber sein Erinnerungsvermögen ist geradezu tipptopp. Dieses Katastrophendenken solltest du dir wirklich abgewöhnen.«

Mist. Natürlich fiel es ihrer Mutter schwer, das zu akzeptieren, und sie nahm ihn stattdessen in Schutz.

Auf einmal tauchte Jannes Gesicht hinter der Glasscheibe auf. Er sagte etwas, doch sie konnten ihn nicht hören, und Pia öffnete die Terrassentür.

»Habt ihr etwa Geheimnisse vor mir?«, fragte er und blickte gewitzt drein. »Schau mal, was ich gefunden habe, das ist doch deiner, oder Anna?«

Er hielt etwas in der Hand, einen ihr wohlbekannten

Stift, nach dem Anna schon überall gesucht hatte. Ihr Lieblingskugelschreiber, der rosafarbene von Parker.

»Ja! Wo hast du den denn aufgetan?«

»Bei meinen Kreuzworträtselstiften. Vielleicht hat Astrid ihn irgendwann zusammen mit ihren Malutensilien hergebracht.«

»Ja, vielleicht«, sagte Anna.

Lächelnd nahm sie den Stift entgegen, den Janne ihr hinhielt.

»Schicke Farbe«, sagte er. »Du warst schon immer verrückt nach rosa. Weißt du noch, als du zu deinem siebten Geburtstag ein rosa Fahrrad bekommen hast? Da war die Freude groß.«

»Und diese rosafarbene Pelzjacke aus dem Elloskatalog, die du unbedingt haben wolltest«, lächelte Pia.

»Ja genau, und die du partout mitten im Sommer anziehen wolltest«, lachte Janne.

Er ging zurück ins Haus.

»Da siehst du's«, flüsterte Pia. »Sein Erinnerungsvermögen ist absolut intakt.«

Sie verließen die Terrasse und gingen wieder zurück in die Küche.

»Oma und ich haben Sachen gefunden, die du als Kind gebastelt hast, Mama«, sagte Astrid. »Richtig schöne. Mosaike aus Perlen, Zeichnungen und sogar kleine Tonfiguren.«

»Deine Mutter ist eine Perfektionistin, das war sie schon als Kind«, sagte Pia entschieden und legte selbstgezogene Cocktailtomaten in einer Tüte zum Mitnehmen für sie bereit. »Das haben uns alle Lehrer immer wieder bestätigt, ausnahmslos.«

Anna stimmten die Erinnerungen nostalgisch. Als Kind hatte es ihr Sicherheit verliehen, dass beide Eltern an ihrer Schule arbeiteten, auch wenn die Tatsache, dass alle genau wussten, wer ihre Eltern waren, sie mitunter gehemmt hatte. Der Charme einer kleineren Ortschaft mit einer derart ausgeprägten sozialen Kontrolle konnte auch umschlagen und einem die Luft zum Atmen nehmen. Varnhem war ein wunderschönes Fleckchen, doch Anna bereute ihre damalige Entscheidung nicht, den Ort zu verlassen und zusammen mit ihrer Tochter nach Rönnbacken in Skövde zu ziehen. Varnhem besaß eine phantastische Klosterkirche und eine herrliche Umgebung, doch als Anna dort aufgewachsen war, hatte es nicht einmal eine Pizzeria gegeben.

»Können wir für heute Abend etwas beim Grill kaufen?«, flüsterte Astrid in Annas Ohr, als hätte sie die Gedanken ihrer Mutter gelesen.

Anna nickte zustimmend, doch Pia hatte natürlich alles mitgehört.

»Was? Ich habe euch doch extra Essen zum Mitnehmen eingepackt. Wir haben nämlich noch massenweise Frikadellen übrig«, erklärte sie und klang verletzt.

»Danke, wie nett von dir. Die nehmen wir doch gerne mit«, sagte Anna und zwinkerte Astrid zu, so dass nur sie es sah. Astrid zwinkerte zurück.

Pia wollte sie schließlich nur unterstützen, und ihr Essen schmeckte wirklich lecker. Doch Anna und ihre Tochter waren sich darin einig, dass man an manchen Tagen einfach nur Lust auf die knusprigen Pommes und Hähnchenburger mit Salat von Georges Grill hatte.

Als sie bereit für die Abfahrt waren, folgte ihnen Janne hinaus zum Auto, um wie immer zum Abschied zu winken.

»Also dann auf Wiedersehen«, sagte er und klopfte leicht aufs Wagendach. »Und grüßt mir Jacob ganz herzlich.«

Anna zuckte zusammen. Sie wusste nicht, was sie sagen sollte, und lächelte, obwohl ihr eher zum Weinen zumute war, bevor sie irgendetwas Unverfängliches entgegnete. Astrid sagte gar nichts.

Nachdem sie Varnhem verlassen hatten, schniefte Astrid.

»Mama, warum hat Opa gesagt, dass wir Papa grüßen sollen? Weiß er es denn nicht mehr?«

»Er hat sich wohl nur versprochen«, antwortete Anna und bemühte sich um eine feste Stimme. »Oder sich einfach vertan. Opa ist ja manchmal etwas zerstreut. Aber jetzt fahren wir los und kaufen leckere Burger, und dann machen wir es uns zu Hause gemütlich, nur wir zwei.«

Mit einem Kloß im Hals und Tränen in den Augen fuhr sie auf die Hauptstraße. Vor sich sah sie das Gesicht ihres Vaters, seinen Blick, der erst ganz klar gewesen war und dann so schrecklich leer. Wenn ihre Tochter nicht im Auto gesessen hätte, hätte Anna aus vollem Hals geschrien.

45

Nadja war gerade aus dem Auto gestiegen, als sie Anna mit Astrid im Wagen durchs Wohnviertel näher kommen sah. Sie ließ ihre Lebensmitteltüten auf der Auffahrt stehen und ging rasch über die Straße, um ein paar Worte mit ihrer Freundin zu wechseln.

»Hej. Wir haben uns gerade Burger beim Grill geholt«, erklärte Anna, während sie in ihrer Schultertasche nach dem Hausschlüssel kramte.

Sie wirkte hohläugig und fast gehetzt, und Nadja wich instinktiv zurück.

»Dann aber schnell rein mit euch zum Essen«, sagte sie und lächelte dem Mädchen zu, das gerade aus dem Auto sprang. »Ich habe gehört, dass es Helena nicht so gut geht. Glaubst du, dass wir uns trotzdem bald alle sehen können? Ich hätte nämlich Lust auf ein Treffen, ein Abend mit euch ist genau das, was ich jetzt brauche.«

»Gerne, aber ich habe gerade ziemlich viel um die Ohren«, erklärte Anna.

»Schon klar, es hat ja keine Eile.«

»Helena klang ziemlich fertig am Telefon, aber vielleicht freut sie sich, wenn du von dir hören lässt. Sie ist jetzt über Nellys Handy erreichbar«, erklärte Anna und nahm die Tüte vom Imbiss aus dem Kofferraum. »Und probier's doch einfach auch bei Kim, obwohl ich glaube, dass die wieder mal ziemlich in Arbeit ertrinkt. Aber ich schaffe es heute Abend leider nicht ...«

»Kein Problem«, sagte Nadja. »Es ist nur diese Sache mit den Ermittlungen, und wie sehr Sebbe und Molly da reingezogen wurden. Und dann noch das mit unseren Handys. Ich finde es ehrlich gesagt ziemlich befremdlich. Sind meine Privatangelegenheiten etwa Bestandteil von öffentlichen polizeilichen Ermittlungen?«

Nadja lachte auf und zuckte die Achseln, als wollte sie

ihre Sorge abmildern. Denn eine derart geringfügige Verletzung der Privatsphäre war in diesem Zusammenhang wirklich nur eine Kleinigkeit, jedenfalls für all jene, die nichts zu verbergen hatten.

»Nein, aber ... frag doch mal, ob Helena Lust zum Reden hat«, sagte Anna. »Sie klang nicht erkältet oder so, eher angespannt und müde.«

Das kommt mir bekannt vor, dachte Nadja und winkte Anna und ihrer Tochter zum Abschied, während die beiden ins Haus gingen.

Nadja schlenderte über die Straße zurück und warf einen Blick auf Helenas große weiße Villa. Sie vermisste diese selbstverständlichen Zusammenkünfte mit ihren Freundinnen, beschloss jedoch, Helena erst einmal nicht zu kontaktieren, damit sie sich ausruhen konnte.

Es war zweifellos nicht alltäglich, dass Helenas und Toms Tochter die Freundin von Nadjas Sohn war. Und dass Sebbe außerdem mit Molly zusammen im Hotel ihrer Eltern arbeitete. Das sorgte für eine gewisse Verbundenheit, eine Loyalität und ein Bündnis, das zum einen eine gefühlsmäßige Nähe zu Helena herstellte, zum anderen aber auch etwas Beklemmendes hatte. Was, wenn zwischen Sebbe und Molly irgendwann Schluss wäre? Hätte es womöglich einen negativen Einfluss auf seine Aufstiegschancen am Arbeitsplatz?

Nein. Nadja verwarf den Gedanken. Helena und Tom würden niemals irgendwen aus der Belegschaft benachteiligen oder bevorzugen, ganz gleich, auf welche Art der oder die Betreffende mit der Familie Hedström verbunden war.

Es begann leicht zu regnen, und schon bald schüttete es.

Nadja beeilte sich, ihre Haustür aufzuschließen, die Alarmanlage auszuschalten und die Lebensmittel hineinzutragen. Sebbe war bei der Arbeit, und das große Haus kam ihr leer und hallend vor, fast so, als wäre es verlassen. Selbst die stilvolle Einrichtung erschien ihr auf einmal ganz karg. Draußen auf der Terrasse klatschte der Regen auf die Steinplatten, und der Himmel war dunkel geworden.

Mit schlafwandlerischen Bewegungen räumte Nadja die Lebensmittel in die Schränke. Sie war mit den Gedanken woanders. Daniels Fragen zu dem unbekannten Kontakt in ihrem Handy hatten ihr das Gefühl verliehen, dass ein Damoklesschwert über ihr schwebte und sich eine unabwendbare Katastrophe anbahnte. Das Geburtstagsessen bei ihren Eltern in Södra Ryd war ohne irgendwelche Zwischenfälle verlaufen, doch sie hatte den Eindruck, dass Sebbe zurückhaltender und in sich gekehrter gewesen war als sonst. Fast so, als würde er ihr ausweichen. Eigentlich hatte sie beabsichtigt, ihn auf das anzusprechen, was Josef ihr erzählt hatte, nämlich, dass ihn die Polizei mehr als nur einmal vernommen hatte, doch dafür hatte es keine Gelegenheit gegeben. Zudem wehrte sich etwas in ihrem Inneren dagegen.

Vielleicht will ich es ja gar nicht wissen, dachte Nadja und erschauderte. Ich würde viel lieber in der Illusion leben, dass er noch immer mein süßer kleiner perfekter Junge ist.

Sie stellte sich vor das große Panoramafenster und schaute hinaus. Der Wind schien stärker geworden zu sein. Würde es heute Abend etwa ein Unwetter geben? Ihr wurde bewusst, wie entsetzlich einsam sie sich fühlte.

Was machte Gustav wohl gerade? Schon in einer Woche würde das Wintersemester beginnen, und dann würden sie sich häufiger begegnen, sogar im selben Raum arbeiten. Nadja wusste nicht, wie sie das ertragen sollte, ohne sich vor Sehnsucht nach ihm völlig zu verzehren. Sie vermisste ihn jetzt schon schmerzlich, auch wenn sie es unter Kontrolle hatte, jedenfalls tagsüber. Doch jetzt übermannte es sie wieder, dieses Gefühl quälender Leere und dass alles in eine gewisse Schieflage geraten war. Weil Gustav ihr fehlte.

Die Gedanken an Gustav ließen sie an ihr Treffen oben bei den Silberfällen in der Nacht vom Fest zurückdenken. Ihre Erinnerung an den im Dunkeln vorbeihuschenden Schatten war inzwischen merklich verblasst. Vielleicht war es ja so, dass ihr Gehirn daran arbeitete, das Gesehene zu verdrängen oder zumindest zu verwischen. In besagtem Augenblick war sie ziemlich überzeugt davon gewesen, dass es sich um ein Tier gehandelt hatte, doch jetzt war sie sich ganz und gar nicht mehr sicher. Großer Gott. Sie fröstelte und schlang die Arme um den Oberkörper. Ein Mann war gestorben, und es ließ sich nicht völlig ausschließen, dass sie diejenige war, die ihn zuletzt lebend gesehen hatte.

Das Dämmerlicht draußen und der erleuchtete Raum hinter ihr verwandelten das Panoramafenster in einen Spiegel, in dem Nadja sich selbst deutlicher sah als das, was sich auf der anderen Seite des Glases im zunehmend dunkler werdenden Garten befand, wo der Regen herunterprasselte. Es war unheimlich, dort nichts deutlich erkennen zu können, und sie beschloss, das Außenlicht einzuschalten. Als sie den Schalter neben der Terrassentür betätigte, meinte sie für einen kurzen Moment, im Lichtkegel der

Lampe jemanden stehen zu sehen, tropfnass, aber absolut regungslos. Aber natürlich war da niemand.

Blödsinn, sagte Nadja im Stillen zu sich selbst, während sie Teewasser aufsetzte. Trotz all dessen, was sie bereits erlebt hatte, und trotz der latenten Bedrohung, die noch immer existierte, war sie eine vernünftige Frau, und vor Dunkelheit hatte sie noch nie Angst gehabt. Das hier war etwas Neues, eine irrationale Gefühlsreaktion.

Stress, dachte sie und schaute erneut hinaus in den Garten. Die innere Anspannung hat mich empfänglicher und auch anfälliger für Ängste gemacht. Mit dem Becher Tee in der Hand lehnte sie sich gegen die Arbeitsplatte in der Ecke des großen offenen Raumes im Erdgeschoss. Der Regen peitschte jetzt gegen die Fenster und rann in breiten Rinnsalen an den Scheiben hinunter. Aus irgendeinem Grund vermied sie es, sich aufs Sofa oder an den Esstisch zu setzen. Sie wollte die Wand im Rücken spüren, wollte … die Kontrolle behalten? Großer Gott, so war es. Nadja hinterfragte ihr Verhalten. Warum nur diese Wachsamkeit? Als gäbe es einen konkreten Anlass dafür, besonders vorsichtig und argwöhnisch zu sein.

Sie versuchte, sich auf ihren Tee zu konzentrieren, auf den hübschen Keramikbecher, die Wärme unter ihren Fingern und den angenehmen Duft. Eigentlich war es kein Wunder, rief sie sich in Erinnerung. Im Hinblick auf die besonderen Umstände sogar eine ganz natürliche Reaktion. Ein Vermisster war tot aufgefunden worden, und die Polizei sah sich veranlasst, Mordermittlungen aufzunehmen. Im schlimmsten Fall konnte es sogar sein, dass es einen Täter gab, der sich ganz in ihrer Nähe aufhielt.

Nadja stellte ihren Becher ab und öffnete die oberen Knöpfe ihrer Bluse. Sie sehnte sich danach, ihren BH abzustreifen und etwas Bequemes anzuziehen und dann vielleicht im Fernsehen einen Film anzuschauen oder ein Buch zu lesen, um auf andere Gedanken zu kommen. Genau in dem Moment begann die Außenbeleuchtung zu flackern. Nadja hielt mitten in der Bewegung inne. Eine Lampe nach der anderen erlosch in rascher Folge. Nur wenige Sekunden später gingen auch sämtliche Lichter im Haus aus. Es wurde stockdunkel, und auch das leise Brummen des Kühlschranks verstummte.

Dann setzte der Alarm ein.

Das durchdringende Schrillen ging ihr wie elektrische Stöße durch den Körper. Nadja vergaß alles, was sie über Notsituationen wusste. Weder floh sie, noch versuchte sie, Hilfe zu holen. Sie stand wie versteinert in ihrem dunklen Haus und konnte sich nicht bewegen.

46

Nadjas Augen waren weit aufgerissen, und ihr Herz schlug so heftig, dass sie glaubte, es würde aus ihrem Brustkorb springen. Das dunkle Haus schien unter dem durchdringenden Alarmton, der ihr in den Ohren gellte, zu erzittern. Sie konnte nur daran denken, wie ausgeliefert sie sich nach dem Einbruch im vergangenen Jahr gefühlt hatte. Ihr Blick flackerte, und als sich draußen vor den großen Glastüren zum Garten hin etwas bewegte, zuckte sie zusammen. Ein

Augenpaar. Ein Reh. Es blieb mehrere Sekunden lang reglos stehen und schaute sie an, bevor es sich umdrehte und mit einem behänden Satz in Richtung ihrer Wildblumen wieder verschwand.

Der Anblick des Rehs setzte ihrer Handlungsunfähigkeit ein Ende. Rasch schnappte sie sich ihre Handtasche und ihr Tablet von der Arbeitsplatte und stürzte hinaus in den Flur. Falls es tatsächlich ein Einbrecher war, der den Stromausfall verursacht und versucht hatte, irgendein Schloss zu knacken, wollte sie keinesfalls allein im Haus bleiben.

Es goss wie aus Eimern, als sie zu ihrem Auto rannte. Zum Glück hatte sie es nicht in die Garage gestellt. Falls jetzt jemand im Dunkeln auf sie zugestürmt käme, hätte sie zumindest das Überraschungsmoment auf ihrer Seite, versuchte sie sich einzureden, während sie an der Fernbedienung herumfummelte.

Nadja sprang hinein, startete den Wagen, setzte rasch auf die Straße zurück und brauste los. Sie wollte Abstand zum Haus gewinnen, bevor sie das Sicherheitsunternehmen kontaktierte, und sie wollte sich auch keinesfalls ihren Nachbarn aufdrängen und sie womöglich in Gefahr bringen.

Sie atmete rasch und oberflächlich, und während sie zu Georges Grill hinunterfuhr, warf sie wachsame Blicke in den Rück- und die Seitenspiegel, doch niemand schien ihr zu folgen. Der Imbiss hatte geöffnet. Sie hielt ein Stück entfernt davon, nahm ihr Tablet zur Hand und rief ihren Bruder Josef über Facetime an.

»In meinem Haus ist der Alarm losgegangen«, brach es aus ihr heraus, sobald er sich meldete.

»Wo bist du denn gerade?«, fragte Josef.

Seine Stimme wurde sofort todernst. Im Hintergrund hörte sie Küchengeräusche und das Stimmengewirr von Kunden.

»Vor dem Imbiss, im Auto«, antwortete sie. »Es gab einen Stromausfall, und dann ist die Alarmanlage angegangen. Mehr weiß ich nicht. Ich bin einfach nur losgerannt.«

Josef schwieg kurz.

»Arbeitet Sebbe heute Abend in Rosenlund?«, fragte er.

Nadja bestätigte es, während das Adrenalin nur so durch ihren Körper schoss. Sie hatte angefangen zu schwitzen. Ein paar Kunden verließen gerade den Imbiss und liefen zu ihrem Wagen, ein junges Mädchen lachte über den Regen. Nadja umfasste das Lenkrad fest. Der Sturzregen hatte die dunkle Straße in einen Spiegel verwandelt, und das erleuchtete Neonschild des Grills und die bunte Lichterkette um den Eingang wurden von den Pfützen reflektiert.

»Ich rufe Sebbe an und erkläre ihm die Situation«, versprach Josef. Seine Stimme war konzentriert und gefasst. »Falls jemand versucht hat, irgendein Schloss aufzubrechen, müssen wir die Polizei rufen. Willst du nicht lieber zu uns reinkommen? Vielleicht solltest du besser nicht da draußen im Auto bleiben.«

»Super, dass du Sebbe Bescheid sagst, danke. Könntest du vielleicht auch beim Sicherheitsunternehmen anrufen? Ich kann deren Nummer in meinem Tablet nicht finden, und die Polizei hat ja mein Handy beschlagnahmt. Gerade komme ich mir ziemlich paranoid vor, und in diesem Zustand möchte ich lieber nicht mit Sebbe sprechen. Ich glaube, ich muss noch ein bisschen rumfahren. Und falls wirklich jemand versucht hat, einzubrechen, würde ich ihn auf keinen Fall zu euch führen wollen. Ich lass in fünf oder zehn Minuten wieder von mir hören.«

Nadja bog in Richtung Gamla Kungsvägen ab und steuerte die Tankstelle beim Badhus Kreisel an. Es tat ihr gut, auf breiteren erleuchteten Straßen zu fahren, auf denen reger Verkehr herrschte. Einmal meinte sie, eine Person auf der Rückbank ihres Wagens zu sehen, und einen entsetzlichen Augenblick lang dachte sie, dass sich dort jemand versteckt hielt. Doch es war nur der Schein der Straßenlaternen, der in einem ungewöhnlichen Winkel ins Auto fiel.

Sie hielt eigentlich nur an der Tankstelle, um die Panik abzuschütteln. Im Shop blieb sie vor dem Süßigkeitenregal stehen und starrte darauf, ohne irgendetwas zu sehen. Das Tablet hatte sie in ihre große Handtasche geschoben, und als sie gerade nach einer Tüte Schokodrops griff, rief Josef an.

»Mit Sebbe ist alles in Ordnung, er fährt nach der Arbeit nicht nach Hause. Übernachtet entweder bei Mama und Papa in Ryd oder bei Molly, das weiß er noch nicht so genau.«

Nadja verzog das Gesicht und fluchte im Stillen, denn sie hätte ihre Eltern am liebsten nicht mit hineingezogen. Sie hatten sich im Lauf der Jahre schon genügend Sorgen um sie gemacht.

»Hier vom Imbiss aus konnte ich nichts Außergewöhnliches erkennen, aber offenbar ist halb Rönnbacken vom Stromausfall betroffen«, fuhr Josef fort. »Das Sicherheitsunternehmen ist jetzt in deinem Haus. Nach einem ersten Rundgang können sie noch nicht abschätzen, was genau passiert ist, wollen aber auch nichts ausschließen. Sie fragen, ob du heute Nacht irgendwo anders unterkommen könntest, während sie alles in Ruhe durchgehen. Sie rufen mich dann später zurück, damit ich dir Bescheid geben kann.«

»Danke, mein Lieber. Ach, ich komme mir so dumm vor. Keine Ahnung, ob es wirklich etwas Ernstes war, aber ich hatte so fürchterliche Angst.«

Nadja hielt die Süßigkeitentüte noch immer in der Hand und ging zurück zum Eingang, um einen der kleinen Kundenkörbe zu holen. Dann steuerte sie das Regal mit den Hygieneartikeln an. Zahnbürste, Zahnpasta, was würde sie noch benötigen?

»Kein Wunder, nach allem, was du bereits erlebt hast«, sagte Josef leise, und sie schätzte, dass ihr Vater in der Nähe war. »Die Sicherheitsleute meinten jedenfalls, dass du genau richtig gehandelt hast. Kannst du denn heute Nacht irgendwo anders unterkommen?«

»Ich frage eine Freundin, sonst gehe ich ins Hotel«, antwortete Nadja und lächelte dem jungen Mann an der Kasse reflexmäßig zu. »Tausend Dank, Josef. Im Ernst. Tut mir leid, dass ich dich erschreckt habe, und sorry, dass ich dich in mein krankes Dasein mit hineinziehe.«

»Kein Problem«, entgegnete er. »Wozu hat man denn schließlich einen Zwillingsbruder? Hoffentlich kannst du schlafen. Wir hören voneinander.«

Nadja fuhr eine Weile planlos durch die regennasse erleuchtete Innenstadt von Skövde. Vielleicht hätte sie doch eine ihrer Freundinnen kontaktieren sollten, aber es erschien ihr unangemessen, sie um diese Zeit noch zu belästigen. Der Wind zerrte an den Bäumen, und draußen waren nur vereinzelt Hundebesitzer zum Gassigehen unterwegs. Sie versuchte, sich zu sammeln, doch ihre Gedanken wanderten immer wieder in dieselbe Richtung, genau jene, die sie eigentlich hatte vermeiden wollen. Dennoch geschah es, dass sie letztendlich mit dem Auto genau dort landete, in der Norra Trängallé, in seiner Straße. Vor seiner Mietwohnung. Gustavs Zuhause.

Sie schaute hinauf zum französischen Balkon in der zweiten Etage. Das Wohngebiet in der Nähe des Unicampus' lag verlassen da. Draußen wurde es gerade dunkel und das Wetter zunehmend schlechter. Nadja war noch nie in Gustavs Wohnung gewesen. In diesen Mietshäusern wohnten viel zu viele Studenten, so dass sie entdeckt werden könnten und somit nur unnötig die Gerüchteküche befeuern würden. Dafür waren sie beide in akademischen Kreisen einfach zu bekannt und prominent.

Und jetzt saß sie hier wie eine Idiotin im Auto in der Dunkelheit und starrte hinauf zu Gustavs dunklem Wohnzimmerfenster. Wie eine Stalkerin. Wie eine tragische … Figur. Verflucht auch!

Nadja erschauderte. Mittlerweile schwitzte sie nicht mehr, stattdessen hatte sie angefangen, zu frieren. Es gab nicht den geringsten Grund für sie, hier zu sein, doch selbst unter Aufbietung ihrer gesamten Willenskraft konnte sie nicht leugnen, dass sie Gustav im Augenblick am allermeisten brauchte. Und nicht nur im Augenblick.

Als jemand auf der Beifahrerseite gegen die Scheibe klopfte, fuhr sie heftig zusammen und schrie auf.

Es war Gustav.

»Sorry! Sorry, sorry, sorry!«

Nadjas Stimme brach, und sie bedeutete ihm, sich zu ihr ins Auto zu setzen. Gustav wirkte misstrauisch und bewegte sich abwartend. Als er schließlich einstieg, hielt er einen gewissen Abstand zu ihr. Er trug Funktionskleidung, und seine Haare waren nass.

»Was ist los?«, fragte er.

»Irgendwer ... oder irgendetwas war an meinem Haus. Oder in meinem Haus, ich weiß es nicht«, erklärte Nadja. Sie ballte die Hände zu Fäusten. »Tut mir leid, ich hätte nicht herkommen dürfen, aber sie meinten, dass ich heute Nacht nicht zu Hause schlafen sollte, und ich sehne mich so sehr nach dir, und ... verflucht!«

Eine Träne rann an ihrer Wange hinunter.

»Darauf habe ich jeden Abend gehofft«, sagte Gustav leise. »Natürlich nicht, dass du Angst hast, weil jemand an deinem Haus war!«

»Schon klar«, sagte Nadja und schniefte. »Es tut mir so wahnsinnig leid, und ich werde dich jetzt auch in Ruhe lassen. Das war nicht richtig von mir, wirklich keine gute Idee.«

»Und wo wirst du heute Nacht schlafen?«, fragte Gustav. »Ist jemand hinter dir her? Irgendwelche Leute? Jetzt, heute Abend?«

»Bestimmt ist es nur ein Stromausfall«, antwortete Nadja und schüttelte den Kopf. »Aber sie wollen das überprüfen. Wie du weißt, liegen ja ... gewisse Drohungen gegen mich vor. Aber ich habe offenbar mehr Angst, als ich mir eingestehen wollte. Gerade nach dieser Sache mit dem Todesfall und den Ermittlungen.«

»Du schläfst bei mir«, sagte Gustav in einem Tonfall, der keinen Protest zuließ. »Aber dein Wagen ist zu auffällig. Wir müssen ihn in einer anderen Straße abstellen.«

»Okay«, sagte Nadja schwach.

Sie war sich keineswegs sicher, dass das eine gute Idee war, doch es tat ihr unglaublich gut, jemanden an ihrer Seite zu wissen, der sich um alles kümmerte. Der sich um sie kümmerte.

Gustav bot an, den Wagen umzuparken, doch Nadja wollte nicht allein sein. Nachdem sie eine Parklücke gefunden hatten, liefen sie durch den Regen zurück zu seiner Wohnung. Der Sturm riss an Nadjas Haaren, und ihr Make-up löste sich auf. Doch das machte ihr nichts aus. Sie kam sich auf einmal so frei vor, als wäre alles glasklar. Ihre durchnässte Bluse klebte am Oberkörper, und Gustav versuchte, sich aus seiner Jacke zu schälen und sie ihr über die Schultern zu legen.

»Ich werde es erzählen«, sagte sie atemlos, als sie das Treppenhaus erreicht hatten. »Ich werde dem ermittelnden Polizisten von uns erzählen.«

»Meinst du das ernst?«, fragte Gustav. »Und … wie soll es dann mit uns beiden weitergehen?«

Er schloss seine Wohnungstür auf, und sie betraten seinen kleinen Flur. Sie begegnete seinem festen Blick. Es bestand kein Zweifel daran, dass er sich weiterhin mit ihr treffen wollte.

»Ich kann nicht ohne dich sein«, antwortete sie schlicht. »Wir müssen irgendeine Lösung finden. Aber du gehörst zu meinem Leben.«

Gustav zog sie an sich und umarmte sie lange und innig.

47

Der Abend verlief für Anna wie in einem Nebel, und wenn Astrid sie nicht an den Burger auf ihrem Teller erinnert hätte, hätte sie nichts in den Magen bekommen. Das Mädchen hingegen hatte mit gutem Appetit gegessen, und die Ohrenschmerzen waren endgültig abgeklungen.

Als es Zeit war, zu Bett zu gehen, wollte Astrid in ihrem eigenen Zimmer schlafen, wofür Anna dankbar war. Sie musste endlich ihre Albträume und die Wahnvorstellungen, die sie heimgesucht hatten, in den Griff bekommen, denn die raubten ihr jegliche Kraft. Selbst für eine derart simple Aufgabe, wie nach dem Abendessen ein paar Teller und Gläser in die Spülmaschine zu räumen, benötigte sie mehr als eine Viertelstunde, und nach dieser Anstrengung war sie so erschöpft, dass sie sich einfach auf den Fußboden setzte. Sie schaffte es nicht, Astrid zum Zähneputzen anzuhalten, schaffte es nicht einmal, ihre eigenen zu putzen. Es war ein Wunder, dass sie überhaupt ihre Kleidung auszog und in ihr Nachthemd schlüpfte.

Als es im Haus dunkel und still wurde, lag Anna hellwach in der Dunkelheit. Sie starrte auf die Fotos von Jacob auf ihrem Nachttisch. Das Hochzeitsbild. Wie jung und hübsch und ahnungslos sie gewesen waren. Was hätte Jacob gedacht, wenn er sie jetzt hätte sehen können? Was hätte er gesagt? Sie kniff die Augen zusammen. Eigentlich wusste sie es bereits. Es hätte ihm ganz und gar nicht gefallen. Wenn sie genau hinhörte, konnte sie tief in ihrem Inneren sogar Jacobs Stimme vernehmen.

Hol dir Hilfe. Mach das nicht mit dir alleine aus, es wird nur schlimmer werden. Und das wird sich negativ auf Astrid und dich selbst auswirken. Gestehe es, gestehe alles! Nur so kannst du frei werden.

Wenn es doch nur so einfach wäre, dachte sie und rollte sich unter der Bettdecke zusammen. Die Wahrheit würde sie vielleicht von dieser abscheulichen Strafe befreien, den unwillkommenen Besuchern aus der Vergangenheit, die sie immer wieder heimsuchten. Doch die Wahrheit würde sie womöglich auch ihre Tochter kosten, da sie ein Verbrechen begangen hatte. Und diesen Preis war sie nicht bereit, zu zahlen. Nie im Leben.

Ihr Körper fühlte sich vor lauter Müdigkeit ganz taub und verspannt an, und ihre Gedanken wurden träge. Sie war mehrfach kurz davor, einzudösen, doch immer, wenn der Schlaf sie übermannen wollte, zuckte sie zusammen und war wieder hellwach. Ihr Herz pochte so heftig, dass ihr der Brustkorb weh tat. Sie merkte, dass sie Angst hatte. Panische Angst davor, einzuschlafen, und vor dem, was sie in der Schattenwelt ihrer Träume sehen und hören würde. Und da brodelte noch etwas unter der Oberfläche, eine alte Furcht, die sich erneut bemerkbar machte. Sie kannte sie bereits aus der ersten Zeit nach Jacobs Tod: Was, wenn ich nicht mehr aufwache? Was, wenn ich im Schlaf sterbe und meine Tochter auch noch allein lasse?

Offenbar war sie schließlich doch eingenickt, denn als sie wieder wach wurde, war es bereits Morgen, und draußen zwitscherten sorglos die Vögel. Es klingt geradezu höhnisch, dachte Anna und rieb sich die geschwollenen Augen.

Während des Frühstücks rief Rabia an, eine Freundin

aus Astrids Tanzkurs. Sie wohnte in der Innenstadt von Skövde und war gerade mit ihrer Familie aus dem Urlaub zurückgekehrt. Wollte Astrid vielleicht zu ihnen kommen und gemeinsam mit dem Mädchen und seiner Mutter einen Stadtbummel machen?

Astrid bat fast flehend darum, mitgehen zu dürfen, so dass Anna dem Wunsch ihrer Tochter nur nachgeben konnte.

Erst als sie hinunter in Richtung Vasastan fuhren, wurde Anna klar, dass Rabia ganz in der Nähe von Daniel wohnte. Und wie auf Bestellung erblickte sie ihn aus dem Augenwinkel, als sie das Haus verließ, in dem sie Astrid abgeliefert hatte.

Sie fuhr zusammen. Ihn zu sehen, war wie eine kalte Dusche. In einem ersten Impuls wollte sie sich verstecken, doch Daniel hatte sie bereits entdeckt und kam auf sie zu. Er trug zivile Kleidung, Jeans und ein graues Sweatshirt, und wirkte noch leicht verschlafen. Seine Haare standen am Hinterkopf ein wenig ab, und er schaute Anna prüfend an. In der Hand hielt er eine Papiertüte vom Bäcker um die Ecke.

»Heute konnte ich mal ausschlafen«, sagte er in einem Ton, der offenbar ungezwungen klingen sollte, doch der ernste Unterton war deutlich zu hören.

Anna entgegnete nichts, doch er registrierte ihren Blick auf die Brötchentüte.

»Kommst du mit zu mir hoch?«, fragte er.

»Das wäre nicht gut.«

Anna bemühte sich, ihm in die Augen zu schauen, doch sie schaffte es nicht. Ihre langen blonden Haare hingen nachlässig herunter, und sie wünschte, sie hätte sich dahinter verstecken können.

»Nein, vielleicht eher … nicht.«

Daniel streckte die Hand aus und berührte leicht ihren Oberarm. Das genügte. Die zärtliche Geste bewirkte, dass ihr ganzer Körper erzitterte, und sie fast zusammenbrach.

»Aber was ist denn los?«, fragte er. Er hielt sie fest, zog sie an sich und umarmte sie.

Ein Schluchzer entfuhr Anna. Auf dem Gehweg näherte sich ein Hundebesitzer, der ihnen auswich und sie fragend anschaute.

»Komm«, forderte Daniel sie auf und ging auf seinen Hauseingang zu.

Sie folgte ihm. Im Nachhinein hätte sie nicht genau erklären können, was im Anschluss daran passierte. Es war, als würde sie von fremden Kräften gesteuert werden, und in ihrem Körper flackerte eine verzweifelte, geradezu gierige Sehnsucht auf.

Sie schafften es kaum bis in den Wohnungsflur. Daniel versuchte, etwas zu sagen, doch sie küsste ihn mitten im Wort, hart und heftig und mit einer Intensität, die Anna von sich selbst gar nicht kannte. Als Daniel merkte, welche Glut in ihr loderte, reagierte sein Körper, und er erwiderte ihren Kuss. Es war, als würden sie unweigerlich zueinander hingezogen werden, und Anna konnte ihm weder widerstehen, noch wollte sie es. Es war ein völlig verrückter Augenblick mitten im Chaos, doch zugleich das Wahrhaftigste, was sie seit langem empfunden hatte.

Seine Wohnung war nicht groß, und unversehens landeten sie auf seinem Sofa. Er suchte ihren Blick. *Willst du das hier wirklich?*, schien er zu fragen, und Anna nickte. Es war, als stünde sie neben sich. Als sie ihren Pulli abstreifte, kam es ihr völlig unwirklich vor, als hätte der gefühlsmäßige Wirbelsturm der letzten Tage jegliche Hemmungen weggefegt. Wie oft hatte sie sich diesen Augenblick vorgestellt und befürchtet, beim ersten Mal viel zu nervös zu sein? Doch stattdessen fühlte sich alles ganz selbstverständlich an. Ihre Hände suchten nach dem Reißverschluss seiner Jeans, und dann ging alles ganz schnell. Die Leidenschaft siegte, und Daniel stöhnte, als er in sie eindrang. Es hatte etwas Begieriges, Jähes und fast Tierisches, und in diesem Augenblick war alles andere unwichtig. Allerdings nur in diesem Augenblick.

Anna wimmerte laut, als sie kam, und die Intensität ihrer Ekstase überraschte sie.

Hinterher lagen sie eng umschlungen da, und Anna wünschte, sie hätte die Zeit anhalten können. Doch sie musste los und setzte sich auf. Daniel versuchte, sie zurückzuhalten, sie festzuhalten. Sie schaute ihm tief in die Augen, und in seinem Blick lag ein ganz neuer Ausdruck, eine ungekannte Offenheit, mit der er sie verwundert betrachtete. Sie flüsterte kaum hörbar, dass sie gehen müsste.

Schweren Herzens machte sie sich los und suchte nach ihrer Kleidung, die völlig durcheinander auf einem Haufen lag. Sie zog Slip, Hose und Pulli an und hängte sich die Schultertasche um, bevor sie ihre Schuhe entdeckte. Ihre Wangen glühten, allerdings nicht vor Scham, sondern als Nachwirkung des Vergnügens, das sie gerade geteilt hatten. Beim Anziehen hatte sie sich leicht von ihm abgewandt, doch jetzt schaute sie ihn an. Er lag noch immer auf dem Sofa und erwiderte ihren Blick ernst. Ihn schienen viele Fragen zu beschäftigen, und eine davon formulierte er.

»Anna? Du hast mir gar nicht erzählt, dass Fredrik Ripholm für kurze Zeit der Arzt deines Mannes gewesen ist. Wie soll ich das deuten?«

Ihre Kehle war plötzlich wie zugeschnürt. Sie brachte nur heraus, dass sie ihre Tochter abholen müsste, jetzt sofort, und dann hatte sie seine Wohnung auch schon verlassen. Ihre Schuhe hielt sie noch immer in der Hand.

Als sie barfuß die Treppen hinunterlief und den kalten Boden unter den Fußsohlen spürte, merkte sie, dass heiße Tränen über ihre Wangen strömten.

Sie stieg ins Auto und starrte durch die Seitenscheibe hinaus auf Daniels Hauseingang. Würde er ihr folgen? Nein.

Anna fuhr zum nächsten Einkaufszentrum und stellte sich in eine etwas abseits gelegene Parklücke. Dort blieb sie hinter dem Lenkrad sitzen, bis ihr Körper aufhörte zu zittern.

Als sie ihr Handy checkte, sah sie, dass sowohl Kim als auch Nadja und Helena etwas in den Chat gestellt hatten. Auch Daniel hatte ihr bereits mehrere Nachrichten geschickt. Besorgte Zeilen wie *Wie geht es dir? Lass bitte von dir hören! Bist du in Ordnung?!* Doch Anna schaffte es nicht, die Nachrichten genauer zu lesen. Ihr fehlte jegliche Kraft.

48

Helena stand in der Garage. Tom hatte die Glühbirne ausgewechselt, und sie hatte erneut den Kinderwagen hervorgezogen. Jetzt sah man die kleinen Macken deutlicher, die abgenutzten Räder und vereinzelte Matschspritzer an den Seiten. Doch er war noch immer in gutem Zustand und würde sich ganz bestimmt aufhübschen lassen.

Helena hielt inne. Was waren das für Überlegungen? Welch eine Form von Masochismus betrieb sie gerade? Jeder Gedanke an das Kind führte automatisch zurück zu ihrem Verrat. Sie umfasste den Griff und umklammerte das mattschwarze Gummi. Nelly war im November geboren worden, und der Dezember war eiskalt gewesen. Helena wusste noch, wie sie im Internet nach einer Art Muff gesucht hatte, den man darüber ziehen konnte, doch letztlich war es ihr unnötig erschienen. Auch diesmal würde es nicht nötig sein. Dieses Kind würde im Frühjahr geboren werden, im Mai, wenn es dazu käme. Ein kleines Frühlingskind. Der Gedanke verursachte ihr Schwindel und Übelkeit zugleich.

Nur wenige Monate nach Nellys Geburt hatte Helena Anna beim Babyturnen kennengelernt, und das war der Anfang ihrer engen Freundschaft gewesen. Doch jetzt schien ihre Beziehung nicht mehr so vertraut und aufrichtig, wie Helena es sich gewünscht hätte. Es kam ihr surreal vor, und sie fühlte sich ungeheuer leer. Normalerweise konnten sie über alles reden, schon seit der ersten Zeit, als die Mädchen noch Babys gewesen waren. Sie musste das unbedingt mit Anna klären, so konnte es nicht weitergehen.

Helena ging zurück in die Villa. Nelly half ihrem Vater

gerade beim Gemüseschnippeln fürs Abendessen und stand in ihrer gepunkteten Schürze und mit konzentrierter Miene auf einem Hocker. Helena winkte Tom flüchtig, wollte ihn jedoch nicht stören, während er ihre Tochter anwies. Besser gesagt, sie wollte lieber allein sein. Sie konnte einfach nicht nachdenken, wenn er in ihrer Nähe war, jedenfalls nicht bei dieser neuen Fürsorge und den liebevollen Blicken, die zu ihrem Bauch hinunterwanderten. Ihr Mann strahlte geradezu vor Glück, was Helena fast in den Wahnsinn trieb.

Im Obergeschoss war sie zum Glück allein. Lustlos betrat sie ihr Büro, betrachtete die lindgrünen Wände und den mit braunem Leder bezogenen Drehstuhl. Es war, als könnte sie ihre Bewegungen nicht steuern, es geschah einfach. In diesem Zimmer hielt sie sich nur selten auf, es diente eher als Abstellraum. Helena öffnete einen der Schränke und nahm einen Karton heraus, in den sie Mollys und Nellys schönste Babykleidung gepackt hatte. Die allerersten kleinen Schuhe und den winzigen Strampler mit Pilzen darauf, den Molly während ihrer ersten Autofahrt von der Entbindungsstation nach Hause getragen hatte. Helena griff nach einer silbernen Rassel mit Gravur und rosa Seidenband, die sie völlig vergessen hatte, ein Geschenk von Toms Mutter zu Mollys Namenstag. Als Nelly geboren worden war, lebte Helenas Schwiegermutter schon nicht mehr. Sie zwang sich, die Rassel zurückzulegen und den Karton wieder an seinen Platz im Schrank zu stellen. Dann setzte sie sich auf ihren Bürostuhl und betrachtete die Utensilien auf dem Schreibtisch. Ein hölzerner Ständer mit gebohrten Löchern für Stifte, den Molly im Werkunterricht gefertigt und ihrer Mutter zu Weihnachten geschenkt hatte. Tontäfelchen mit den unfassbar winzigen Handabdrücken ihrer Mädchen als Neugeborene.

Ein Windhauch ließ die dünnen Gardinen leicht aufflattern. Das Licht hier drinnen war angenehm, außerdem war es ruhig und still. Würde dieser Raum das Zimmer des neuen Geschwisterchens werden? Der Gedanke überrumpelte sie, er kam wie aus einem Hinterhalt. Als würden ihre Gefühle ihr einen Streich spielen. Nein. Nein! Es wäre der reinste Wahnsinn, dieses Kind zur Welt zu bringen. Dass sie überhaupt daran dachte, war absurd, als gehörten ihr Leib und ihre Seele nicht zusammen. Als würde ihr Körper sie hintergehen.

»Was ist das hier?«

Tom stand im Türrahmen. Sie hatte ihn nicht die Treppe heraufkommen hören. Er hielt ihren Laptop in der Hand, und seine Miene war so hilflos, so traurig, dass es ihr in der Seele weh tat. Die Ränder ihres Gesichtsfelds verschwammen.

»Was denn?«, fragte sie mit piepsiger Stimme.

Tom betrat den Raum und schloss die Tür hinter sich.

»Ich wollte gerade etwas nachschauen«, sagte er tonlos. »Ich konnte das Rezept von diesem französischen Kartoffelsalat, der uns so gut geschmeckt hat, nicht finden, und dachte, dass der Link vielleicht in deinem Computer gespeichert ist.«

Helena sagte nichts. Tom wirkte so niedergeschlagen und verwirrt, dass sich ihr Magen zusammenkrampfte.

»Irgendwer hat auf deinem Laptop nach einer frühen Abtreibung gegoogelt«, fuhr er fort, klappte den Laptop auf und stellte ihn vor sie auf den Schreibtisch. »Erst dachte ich, dass es vielleicht Molly war, aber das stimmt nicht. Sie würde niemals deinen Laptop dafür benutzen, und … Ich weiß nicht, was ich tun soll. Es fühlt sich an, als bekäme ich keine Luft mehr.«

Toms Stimme brach, und Helena wurde abwechselnd heiß und eiskalt. Was sollte sie nur sagen?

»Ich dachte eine Zeitlang, dass du dich scheiden lassen willst«, sagte sie gedämpft.

»Und warum?«, fragte Tom.

Der Glanz in seinen Augen war erloschen, und seine Arme hingen schlaff an den Seiten herunter.

»Ich hatte den Eindruck, als wir uns nach dem Fest gestritten haben«, murmelte sie. »Seitdem war alles nur noch Chaos. Und jetzt das hier, ich weiß nicht, ob ich das schaffe … ob wir das schaffen …«

»Ob *ich* es schaffe, meinst du? Noch einmal Vater zu sein, in meinem Alter? Ist es das, was dir Sorgen bereitet?«

Der spitze und gekränkte Unterton in seiner Stimme schmerzte sie.

»Nein.«

»Ist irgendetwas anderes nicht in Ordnung? Bitte, Helena, rede mit mir! Sonst gehe ich kaputt.«

Er streckte seine Hände nach ihr aus, flehend und geradezu herzerweichend verletzlich.

»Nein, soweit ich weiß, nicht«, sagte sie.

Helena stand auf und ging auf ihn zu. Tom nahm sie in die Arme und alle Gefühle brachen aus ihr heraus.

»Ich habe offenbar die Panik gekriegt, ich wollte dir keine Angst einjagen. Es ist nur alles so verwirrend«, sagte sie, das Gesicht an seinen Brustkorb geschmiegt.

Sein Shirt wurde von ihren Tränen ganz feucht. Sie konnte ihm nicht alles erzählen, das ging einfach nicht. Tom hielt sie fest und schluchzte ebenfalls.

»Wir kriegen das auf die Reihe, versprochen«, sagte er. »Ich werde nirgends hingehen. Ich will hier sein, bei euch. Das ist das Einzige, was ich will.«

Helena lehnte sich bei ihm an, doch sie konnte keine Freude empfinden. Wie sollte das jemals funktionieren? Sie würde ihm nie die ganze Wahrheit beichten können. Und was war mit Toms Behauptung, er wüsste nicht, was mit seinem Auto passiert war? Da war sie keinesfalls sicher, ob sie die Wahrheit wirklich erfahren wollte.

Tom ließ sie los und betrachtete prüfend ihr rot geweintes Gesicht. Er kannte sie so gut, vielleicht zu gut.

»Du freust dich ja gar nicht«, sagte er verletzt. »Ich spüre doch, dass irgendetwas nicht stimmt. Du grübelst die ganze Zeit über irgendwelche Dinge, richtig? Was belastet dich?«

Helena schaute weg, sie schaffte es nicht, seinem anklagenden Blick standzuhalten.

»Du widersprichst mir zumindest nicht«, fuhr Tom fort. »Wie soll ich das deuten? Warum bist du nicht glücklich mit mir? Wir müssen doch verflucht noch mal miteinander reden können, Helena. Ansonsten macht das ja alles keinen Sinn.«

Sie schüttelte matt den Kopf. Konnte er nicht einfach aufhören und sie in Ruhe lassen?

»Du ziehst die gesamte Familie mit runter, wenn du so bist«, brummte Tom. »Das war schon immer so. Wenn es dir schlecht geht, muss es uns allen auch schlecht gehen.«

Jetzt wurde es ihr zu bunt.

»Verflucht nochmal, Tom. Das ist verdammt ungerecht.

Wie gemein du bist! Ich glaube vielmehr, dass du mir irgendwas zu erzählen hast, etwas, das dich belastet. Eigentlich bist du doch eher derjenige, der mir wichtige Dinge verheimlicht, oder? Wie zum Beispiel, dass du … einen Menschen umgebracht hast.«

Die Worte rutschten ihr einfach so heraus. Tom starrte sie an, und Helena stürzte davon, blind vor Tränen und mit einer höllischen Angst davor, was er entgegnen würde.

49

Kim öffnete die Terrassentür und sog die Morgenluft ein. Der Tau glitzerte auf dem Gras, und der Nebel über dem Berghang hatte sich noch nicht vollständig gelichtet. Es war noch früh am Samstagmorgen, doch Rex war bereits munter und bester Laune, so dass ihr nichts anderes übrigblieb, als sich seinem Tempo anzupassen. Eigentlich war es nicht Kims Wochenende, aber Emilia hatte sich bei ihr gemeldet und gefragt, ob sie dieses eine Mal schon früher tauschen könnten. Sie hatte Kim nicht lange überreden müssen, und Rex war überglücklich gewesen. Kim hatte nicht nach dem Grund gefragt, meinte jedoch, zwischen den Zeilen lesen zu können, dass Emilia und Stefan den Jungen in einer besonders schwierigen Entwicklungsphase wähnten, und es ihnen schlicht und einfach zu viel wurde. Kim schüttelte im Stillen grimmig den Kopf. So viel dazu. Wie wollten die zwei es denn jemals schaffen, ihn mehr als die halbe Zeit bei sich zu haben, wie sie es gefordert hatten?

»Sieh mal, Mama, ich kann schon fast einen Salto!«

Der kleine Junge hüpfte wagemutig auf dem großen Trampolin und machte Luftsprünge, während seine Freudenschreie weit über alle Gärten hallten. Wenn Lars-Inger nicht gerade mit ihrem Wohnmobil verreist waren, würde höchstwahrscheinlich prompt irgendeine Maßregelung von ihrer Seite kommen, in Form einer Beschwerde im Briefkasten oder einer ungehaltenen Bemerkung. Doch heute hatten Kim und ihr Sohn die Grünfläche vorerst für sich, bevor die Nachbarn aufwachten.

»Komm und hüpf mit mir, Mama!«

Kim folgte Rex' Aufforderung und sprang eine Weile mit ihm zusammen, obwohl sie nur einen Slip und ein T-Shirt trug. Ihr Sohn kreischte vor Lachen, als Kim einen Sitzsprung ausprobierte, der misslang. Danach sprang sie vorsichtiger und war froh um das Schutznetz, das sie zusätzlich gekauft und um das Sportgerät gespannt hatte.

Anschließend machten sie es sich vor dem Fernseher gemütlich. Kim hatte den Toaster auf dem Couchtisch platziert und verschiedene leckere Säfte bereitgestellt. Ihr Tablet hatte sie ganz bewusst in die Küche gelegt, um jede Ablenkung zu vermeiden und ganz für Rex da sein zu können. Ihre gemeinsame Zeit war auch so schon begrenzt genug. Rex kuschelte sich in eine Wolldecke, und sein Daumen schob sich unauffällig in den kleinen Mund. Kim ließ ihn gewähren. Was spielte es schon für eine Rolle? Sie selbst hatte noch als Fünfjährige an ihrem Schnuller genuckelt, ohne Schaden daran zu nehmen, außerdem brauchte der Junge im Augenblick jede nur verfügbare Geborgenheit.

»Mama?«

»Ja, was ist, mein Kleiner?«

»Also, als ich bei Mama Emilia war, war sie traurig. Ganz doll traurig. Sie hat sogar geweint.«

Kim erstarrte, versuchte ihre Reaktion jedoch vor dem Jungen zu verbergen.

»Oh«, sagte sie vorsichtig und trank etwas Apfelsaft, während sie sanft die Füße des Jungen umfasste. »Und weißt du auch, warum sie traurig war?«

»Stefan war böse«, flüsterte Rex fast und zog sich die Decke über den Kopf. »Sie haben gezankt, es war ganz gruselig. Wenn Mama Emilia traurig ist, bin ich auch traurig.«

Kim drückte die Pausentaste des Fernsehers. In ihrem Inneren breitete sich eine Eiseskälte aus.

»Oje, das klingt nicht gut«, sagte sie und strich ihrem Sohn über die kurzen Beinchen.

»Stefan hat meinen Teller durch die Luft geworfen, und dann hat er die Tür zugeknallt – Peng! Ich hatte solche Angst.«

Großer Gott. Rex war den Tränen nahe. Sollte sie versuchen, noch mehr in Erfahrung zu bringen, oder wäre es besser, das Thema fallenzulassen? Nein, sie musste mehr erfahren.

»Und wo hat er den Teller hingeworfen?«, fragte sie so sanft, wie sie nur konnte, obwohl sie innerlich vor Wut kochte.

»An die Wand, er ist kaputtgegangen. Genau neben Mama«, antwortete er kaum hörbar. »Weil ich nicht aufessen wollte. Aber Mama hat gesagt, dass ich das nicht muss.«

Kim versuchte, die Dimension dessen zu erfassen, was

Rex ihr erzählte. Wie oft hatte sie sich gewünscht, dass die Beziehung zwischen Emilia und Stefan in die Brüche gehen möge. Dass beide den gleichen Schmerz und Kummer empfinden würden, der ihr widerfahren war, als Emilia ihre kleine Familie verlassen hatte. Natürlich hatte sie bereits geahnt, dass in Emilias neuer Beziehung keine perfekte Harmonie herrschte, aber sie hatte nicht genau gewusst, ob nicht das eigene Wunschdenken ihre Deutungen beeinflusste. Doch als Rex jetzt von Streit und Tränen berichtete, empfand sie keine Schadenfreude. Es war einfach nur widerlich. Widerlich, dass Rex gezwungen war, das mitanzusehen.

Kim hatte keinerlei Einfluss auf Emilias neue Beziehung, und mitten in diesem dysfunktionalen Chaos saß ihr kleiner, gänzlich unschuldiger Sohn und war gezwungen, mit einer Situation zu leben, die nicht einmal die Erwachsenen geregelt bekamen.

Kim umarmte Rex und blinzelte, um die Tränen der Ohnmacht und der Wut zurückzuhalten. Es war, als bekäme sie kaum Luft. Die Sache auf sich beruhen zu lassen, kam nicht in Frage, denn jetzt ging es nicht mehr nur darum, dass Emilia Kim verlassen und ihr das Herz gebrochen hatte. Es ging um ein unschuldiges Kind, das in einer furchteinflößenden Familiensituation gelandet war, mit einem Mann, der sich nicht als Erziehungsberechtigter eignete. Sie stand auf und ging planlos hinaus in die Küche, öffnete den Kühlschrank und starrte etwas zu lange auf die Weißweinflasche darin.

Nein. Nein!

Mit zitternden Händen nahm sie ihr Tablet zur Hand

und begann, eine Nachricht an Emilia zu schreiben, hielt dann jedoch inne. Was, wenn Emilia die Tragweite des Ganzen noch gar nicht erkannt hatte? Was, wenn ihre geliebte Ex in die Klauen eines Unmenschen geraten war, eines Gewalttäters? Einen Teller an die Wand zu werfen oder sogar auf eine Person, war schließlich Gewalt. Und das vor einem schutzlosen Vierjährigen, ihrem Vierjährigen … Kim begann, vor lauter Wut und Trauer zu zittern. Nein, es war keine gute Idee, Emilia im Affekt zu schreiben. Auf einmal sehnte sie sich inständig nach ihren Freundinnen. Sie musste unbedingt mit einem anderen Erwachsenen darüber sprechen und herausfinden, wie sie weiter vorgehen sollte. Rasch stellte Kim eine Nachricht an Anna, Helena und Nadja in ihren Chat.

07:40
Würde euch wirklich gerne sehen, brauche euren Rat bei einer wichtigen Sache. Wann ginge es bei euch? Küsschen

Der weitere Tag plätscherte gemächlich dahin, und Kim und Rex spielten mit Lego, aßen Eis und hüpften noch ein wenig auf dem Trampolin. Doch in Kims Kopf rauschte es wie von einem Wespenschwarm, ihre Wut und Trauer sowie das Gefühl der Ohnmacht stifteten ein heilloses Durcheinander. Trotzdem versuchte sie, sich auf ihren Sohn zu konzentrieren, Anteil an seinem ausgeklügelten Spiel mit den Legofiguren zu nehmen, und nicht an den eiskalten Wein im Kühlschrank zu denken.

Nadja meldete sich im Laufe des Nachmittags und schrieb, dass sie Kim gerne treffen würde, vielleicht am besten abends zu Hause bei Kim, nachdem Rex eingeschlafen wäre? Es war, als würde Kim ein riesiger Stein vom Herzen fallen, denn Nadja hatte persönliche Erfahrung mit Gewalt in einer Beziehung und würde ihr bestimmt einen Rat geben können.

»Mama, ich habe so Lust auf Pommes. Diese leckeren, die es unten bei Georges gibt.«

Rex legte den Kopf schräg. Seine Stimme hatte etwas Flehentliches, und er setzte seine entzückendste Miene auf. In seinen Augen erahnte sie einen spitzbübischen Schalk.

»Aha, du findest also, wir sollten uns etwas Leckeres vom Imbiss gönnen?«, fragte Kim mit gespieltem Erstaunen und sah aus, als müsste sie in Ruhe überlegen. »Tja, Rex ... das finde ich eigentlich auch! Komm, dann gehen wir los.«

Auf der Straße radelten mehrere Teenager vorbei, und die Gerüche des Spätsommers strömten ihnen entgegen. Schwere satte Blumendüfte von Lilien und Schmetterlingsflieder vermischten sich mit dem frischen Duft von Kiefern- und Tannennadeln auf der nahegelegenen Joggingstrecke am Berghang. Mit Rex' kleiner Hand in ihrer versuchte Kim, ihr Gedankenkarussell zu stoppen und das Zusammensein im Hier und Jetzt einfach zu genießen, während sie die Straße aus dem Wohngebiet Rönnbacken bis hinunter in die Kurve zu Georges Grill trotteten.

Der Imbiss war gut besucht, und Kim stellte sich mit ihrem Sohn hinter sechs oder sieben anderen Kunden in die Schlange. Nadjas Bruder Josef räumte gerade benutzte Tabletts und Gläser von den Tischen. Er erblickte sie und winkte ihnen energisch zu, insbesondere Rex.

»Krieg ich heute einen Lolli?«, rief der Junge.

»Und ob, mein Freund«, antwortete Josef und verschwand mit einer Fuhre Geschirr in der Küche.

Ein weiteres Auto kam angefahren und parkte unmittelbar neben der Schlange.

»Sieh mal, ein Polizeiauto!«, rief Rex und deutete darauf.

Seine Aufregung war nicht zu überhören. Ihn faszinierten jegliche Art von Fahrzeugen, was Kim gut nachvollziehen konnte, auch wenn es sich um ein ausgeprägtes Geschlechterstereotyp handelte. Sie selbst hatte Autos allerdings auch immer ziemlich spannend gefunden, insbesondere, wenn diese mit neuartigen technischen Details und ausgefallenen Funktionen ausgestattet waren.

Emilias Worte hallten in ihrem Kopf wider. *Er ist genau wie du.*

Sie erkannte Daniel sofort. Er war in Zivil und stieg zusammen mit einer Kollegin in Uniform aus dem Wagen.

»Hej!«, begrüßte Daniel sie, als er sich hinter ihr und Rex anstellte. »Alles in Ordnung?«

»Alles … okay«, entgegnete Kim.

Sie linste hinunter zu ihrem Sohn, der fest ihre Hand hielt und mit großen Augen zu Daniel hinaufschaute. Daniel folgte ihrem Blick und begriff. Ernste Themen waren im Augenblick nicht angebracht.

»Ist das dein kleiner Junge?«, fragte er.

»Ja, das ist Rex«, antwortete Kim nicht ohne Stolz.

Die Polizistin gesellte sich zu ihnen. Sie nickte Kim zu und wechselte rasch einen Blick mit Daniel, den Kim nicht recht einordnen konnte. Es hatte sicher nichts zu bedeuten, und sie kam sich leicht paranoid vor. Wusste Daniels Kollegin, wer sie war, und dass sie diese dämliche Bemerkung über den Toten gemacht hatte?

»Es ist vermutlich nicht der richtige Moment, um zu fragen, aber ich weiß ja, dass du Annas Nachbarin bist«, sagte Daniel mit gedämpfter Stimme.

»Kennst du Anna?«, fragte Rex.

»Dem Kleinen hier entgeht nichts«, erklärte Kim.

Es war in der Tat nicht der richtige Moment, um über persönliche Dinge zu sprechen, denn sie sah, wie sich ein älterer Mann etwas weiter vorne in der Schlange umdrehte und sie unverhohlen anstarrte. Die Polizistin bekam einen Anruf und ging zurück zum Auto. Sie setzte sich auf den Beifahrersitz und schloss die Wagentür.

»Ja, wir haben uns ein paarmal getroffen, aber jetzt will sie, glaube ich, eine Pause. Oder, ach ich weiß es nicht genau«, sagte Daniel mit einer Ehrlichkeit, die Kim erstaunte.

»Mag sie dich nicht mehr?«, fragte Rex und betrachtete seinen Daumen, als überlegte er, ob er ihn in den Mund schieben sollte.

»Gute Frage, keine Ahnung«, antwortete Daniel und wirkte resigniert. Er zuckte leicht die Achseln und begegnete rasch Kims Blick. »Vielleicht ... weißt du es? Ihr beide seid doch Freundinnen.«

»Nein, ich habe keine Ahnung ... « Kim wand sich. »Und vielleicht ist es in der Gegenwart des Kleinen hier auch etwas ungünstig, über private Dinge zu sprechen.«

Sie deutete nickend auf ihren Sohn.

»Aber ich würde mich gern dafür entschuldigen, dass ich letztens etwas ... unangemessen reagiert habe«, fuhr sie fort. »Wie läuft es denn sonst so? Besteht die Möglichkeit, dass man sein Handy bald wieder zurückbekommt?«

Es war die falsche Frage, aber ihr fiel wirklich nichts Besseres ein.

»Tja«, entgegnete Daniel seufzend. »Nicht der richtige Moment, um zu reden, wie gesagt. Aber das Speichern der Handydaten wird voraussichtlich noch mindestens eine Woche in Anspruch nehmen.«

»Darf ich im Polizeiauto mitfahren?«, fragte Rex.

Er lispelte leicht, und es bedurfte mitnichten einer familiären Verbindung, um von ihm hingerissen zu sein. Daniel lachte auf.

»Aha, du möchtest also mal in einem Polizeiwagen fahren?«

Rex nickte glücklich.

»Ja, das sollten wir doch hinkriegen. Demnächst einmal«, antwortete Daniel und fuhr dem Jungen freundschaftlich mit der Hand durchs Haar. »Wir haben übrigens auch Luftballons im Auto, wenn du einen möchtest.«

»Nein danke, Luftballons sind blöd.«

»Ja, das finde ich manchmal auch«, stimmte Daniel zu und lächelte schief.

Rex strahlte übers ganze Gesicht, und Kim wurde ganz warm ums Herz.

Das Gefühl hielt noch immer an, als sie und Rex wieder nach Hause zurückkehrten. Wie wichtig es für den Jungen doch war, von freundlichen wohlwollenden Erwachsenen umgeben zu sein, sowohl Frauen als auch Männern. Und wie machtlos sie sich angesichts der Tatsache fühlte, dass dies bei ihrem Sohn nicht immer der Fall war. Mitzuerleben, dass sie nicht durchgehend für ihr Kind da sein und es beschützen konnte, war entsetzlich. Kim wusste keinen anderen Ausweg als einen zeitlich äußerst begrenzten: Rex so oft aus seinem Lieblingsbuch vorzulesen, wie er es wollte, und anschließend ausgiebig mit ihrem kleinen Jungen auf dem Sofa zu kuscheln. Zum Glück käme Nadja bald, denn ohne ihre Freundinnen würde sie das Ganze einfach nicht durchstehen.

50

Helena saß mit ihrem Laptop am Küchentisch und bemühte sich, dienstliche E-Mails zu beantworten. Sie zitterte nach dem Streit mit Tom noch immer. Tom hatte auf ihren Ausbruch mit Schweigen und Verbissenheit reagiert, und dann war er zum Einkaufen verschwunden. Sie mussten schließlich versuchen, vor Nelly die Fassade aufrechtzuerhalten.

Molly hatte im Hotel die Spätschicht übernommen. Helena hatte sie nicht gedrängt, wieder zur Arbeit zu gehen, sie hatte es selbst gewollt.

Als Helena gerade versuchte, sich auf eine E-Mail von einem Lieferanten zu konzentrieren, sah sie die Nachricht von Kim.

Würde euch wirklich gerne sehen, brauche euren Rat bei einer wichtigen Sache. Wann ginge es bei euch? Küsschen

Helena las den kurzen Text sorgfältig. Irgendetwas zwischen den Zeilen ließ sie innehalten. Warum kam ihr Kims Anfrage wie ein Notruf vor?

»Nelly? Ich will nur rasch über die Straße zu Kim und kurz mit ihr reden«, sagte Helena und stand auf.

Ihre Tochter saß ihr schräg gegenüber und spielte mit Perlen.

»Und was, wenn der Strom wieder ausfällt?«, fragte sie.

»Mach dir keine Sorgen. Dann zünden wir jede Menge Kerzen an und grillen Würstchen im Kamin«, antwortete Helena und zog eine Strickjacke über.

»Frag mal, ob Rex rüberkommen und mit mir spielen will. Astrid ist nicht zu Hause, und ich langweile mich!«

»Okay, ich frage ihn.«

Helena überquerte die Straße und steuerte Kims Haus an. Bei Anna war alles dunkel, auch ihr Wagen stand nicht auf der Auffahrt.

»Wie nett von dir, dass du kommst«, sagte Kim und riss die Haustür auf, als hätte sie bereits dahintergestanden und gewartet.

Sie zog Helena zu sich herein und schloss die Tür. Kim sah äußerst angespannt und niedergeschlagen aus, ihre Brille war fleckig, und die Kleidung hing an ihrem Körper herunter. Sie war blass, wirkte aber gefasst.

»Hattet ihr neulich auch einen Stromausfall?«, fragte Kim.

»Ja, es betraf wohl unseren gesamten Straßenzug«, antwortete Helena. »Ich schätze mal, dass es mit dem Sturm zusammenhing, doch jetzt scheint alles wieder in Ordnung zu sein. Aber sag mal, was bedrückt dich denn? Deine Nachricht hat mich ziemlich beunruhigt.«

Aus dem Wohnzimmer hörte man Rex laut vor sich hinträllern und singen.

»Es geht um Emilia und ihren neuen … *Lebenspartner*«, erklärte Kim leise und warf einen Blick in Richtung des Zimmers. »Rex hat mir vorhin erzählt, dass Stefan gewalttätig ist und er Angst vor ihm hat. Ich weiß einfach nicht, was ich machen soll.«

»Ach du Scheiße! Da musst du etwas unternehmen«, sagte Helena entschieden.

»Und was? Ich habe mich schon ein wenig im Netz umgeschaut, aber irgendwie schwirrt mir der Kopf. Ich bin so wahnsinnig wütend und so … traurig.«

»Okay, und was hat er laut Rex getan?«

»Mit Gegenständen um sich geworfen, oder zumindest mit einem. Ein Teller, gegen die Wand, vor der Emilia stand.«

»Verflucht«, rief Helena aus. »Dass er so gewalttätig ist. Dieser Mistkerl.«

»Ich muss mit Emilia darüber sprechen.« Kims Augen wurden feucht. »Was, wenn er … Was, wenn sie auch Angst vor ihm hat?«

»Ja, sprich mit ihr«, pflichtete Helena ihr bei und verschränkte die Arme vor der Brust. »Ich kann dich gut verstehen. Ich würde genauso empfinden. Aber trotzdem, sie ist schließlich Rex' Mutter! Und es ist ihre Pflicht, ihr Kind vor diesem Idioten zu schützen.«

»Ich weiß, aber ich glaube, dass es etwas komplizierter ist. Ich muss erst mal davon ausgehen, dass Emilia in dieser Situation ihr Bestes gibt. Nadja kommt übrigens auch gleich«, sagte Kim. »Glaubst du, sie würde es auch so sehen? Dass ich zuerst mit Emilia spreche und mir ihre Version anhöre?«

»Ganz bestimmt. Oder jedenfalls vermute ich es. Ich wäre nach meinem Bauchgefühl gegangen.«

»Okay, dann schicke ich Emilia jetzt eine Nachricht.«

Kim wirkte erleichtert, als hätte Helenas Zustimmung wie eine Handlungsaufforderung auf sie gewirkt.

Helena streckte unterdessen den Kopf ins Wohnzimmer.

»Hej, Rex!«

»Hej, Nellys Mama«, entgegnete der kleine Junge, ohne aufzuschauen.

Er war vollauf damit beschäftigt, seine Spielzeugautos in einem akkuraten Muster auf dem Couchtisch aufzureihen.

»Nelly fragt, ob du zu uns kommen und mit ihr spielen möchtest«, sagte Helena.

»Abhängen«, erklärte er. »Wir sagen nicht *spielen*, wir sagen *abhängen*. Manchmal auch *chillen*.«

Sein altkluger Ernst brachte ihr Herz zum Schmelzen.

»Wir haben einen neuen Film von Narnia, einen Zeichentrickfilm«, sagte Helena. »Na ja, so neu ist er auch wieder nicht, ich habe ihn schon als Kind gesehen.«

»Ist er gruselig?«, fragte Rex und schaute mit aufblitzendem Interesse auf.

»Ja, ein bisschen.«

»Gut! Herrn Tumnus mag ich am liebsten.«

»Ich auch«, pflichtete Helena ihm bei. »Aber wir müssen erst noch deine Mama fragen. Da kommt sie.«

»Jetzt ist es erledigt«, erklärte Kim und begegnete Helenas Blick.

»Okay, gut. Du, ich finde, dass ihr beide mit zu uns rüberkommen solltet. Du kannst jetzt nicht allein hier sitzen bleiben. Nelly hat Sehnsucht nach ihm. Sag Nadja doch einfach Bescheid, dass sie direkt zu mir kommen kann.«

»Und Anna?«, fragte Kim. »Was ist mit ihr, weißt du etwas?«

Sie zogen sich in Richtung Küche zurück, um ungestörter reden zu können. Helena fiel auf, dass Kim offenbar einen Großputz absolviert hatte, denn das kleine Haus im persönlich eingerichteten Retrostil wirkte nahezu klinisch rein.

»Ich verstehe, was du meinst«, sagte sie. »Sie wirkte in letzter Zeit etwas abwesend und mitgenommen, aber ich hatte leider selber so viel um die Ohren. Mir scheint, als wäre sie im Augenblick nicht in der Verfassung, uns zu sehen. Ich fand ihr Verhalten jedenfalls ziemlich ausweichend.«

»Okay, aber umso wichtiger wäre es, sicherzugehen, dass mit ihr alles in Ordnung ist«, wandte Kim ein. »Ich habe sie auch schon seit mehreren Tagen nicht mehr gesehen. Und auch keine Rückmeldung auf meine Nachricht im Chat bekommen. Sonst antwortet sie doch immer als Erste.«

»Merkwürdig«, sagte Helena. »Komm, wir gehen rüber zu mir. Nelly ist allein.«

Tom hatte gerade den Wagen geparkt und war dabei, die Lebensmitteltüten ins Haus zu tragen, als Helena mit Kim und Rex hinüberkam.

»Schau mal, wen ich hier aufgegabelt habe«, sagte Helena und bemühte sich, normal zu klingen.

An seinen Bewegungen sah sie, dass er noch immer stocksauer auf sie war, es aber zu verbergen versuchte.

»Sorry, wenn wir uns aufdrängen«, sagte Kim.

»Ach, Blödsinn«, entgegnete Tom und hievte vier schwere Tüten auf die Kücheninsel. »Aber wenn ihr Abendessen möchtet, wäre ich dankbar für ein wenig Hilfe beim Auspacken. Das gilt auch für dich, Nelly Hedström.«

Nelly versuchte, sich unsichtbar zu machen, doch Rex erblickte sie hinter dem Sofa.

»Das gilt auch für dich, Nelly Hedström«, wiederholte er mit altkluger Stimme, während er mit einem Sack Kartoffeln kämpfte, der fast genauso groß war wie er selbst.

»Danke, aber wir hatten schon ein frühes Abendessen vom Grill«, sagte Kim. »Wie schön, hier bei euch sein zu können. Oder mit euch zu chillen, wie die Kids sagen.«

Nachdem sie alles ausgepackt hatten, bestand Tom darauf, Essen zu kochen. Höchstwahrscheinlich, um ihr aus dem Weg zu gehen, wie Helena befürchtete.

»Oh, wir haben, glaube ich, gar keinen Wein zu Hause«, sagte sie und wandte sich mit gespieltem Erstaunen an Kim, in der Hoffnung, dass es echt wirkte. »Aber willst du vielleicht ein Bier?«

»Nein danke, das ist völlig in Ordnung für mich«, sagte Kim, woraufhin Helena erstaunt die Augenbrauen hochzog.

Sie öffnete zwei Flaschen Cola für Kim und sich selbst und schaltete den alten Narnia-Film für die Kinder ein.

Obwohl es bewölkt war, und Regen in der Luft lag, stellten sie sich zusammen auf die Rückseite der Villa und blickten hinunter über den Berghang und die Stadt Skövde.

»Noch keine Antwort?«, fragte Helena und warf einen Seitenblick auf ihre Freundin.

Kim wirkte in ihrer voluminösen Strickjacke so klein, so

jung und hilflos, und Helena legte den Arm um sie, während sie gemeinsam aufs Tablet schauten.

»Nein, noch nichts von Emilia«, antwortete Kim. »Nur von Nadja, sie kommt gleich. Muss nur erst noch irgendwas wegen ihrer Alarmanlage klären. Bei Anna hingegen herrscht immer noch Funkstille.«

Helena dachte nach und trank einen Schluck Cola. War Anna ihr wirklich ausgewichen? Oder war sie selbst vielleicht zu sehr mit sich beschäftigt gewesen, um es zu bemerken? Oder nach dem Vorfall bei ihrem gemeinsamen Kaffeetrinken zu stur, um ihr die Hand zu reichen?

Ein lauter Tumult von der Küche her riss sie aus ihren Gedanken.

»Du kannst hier doch nicht einfach so reinstiefeln. Verlass auf der Stelle mein Haus!«

Tom war hochrot im Gesicht und deutete auf einen jüngeren Mann von großer schmaler Gestalt mit einer spitzen Nase, dessen Gesicht vor Wut verzerrt war.

Stefan.

»Ist Kim hier? Ich muss mit ihr reden!«, forderte Stefan.

Helena schaute sich nach den Kindern um und atmete auf, als sie mehrere kleine Füße die Treppe ins Obergeschoss hochtapsen hörte. Sie versuchte, Blickkontakt mit Tom aufzunehmen, der jedoch voll auf den ungebetenen Gast fokussiert war. Stefan stand breitbeinig da und ruderte wild mit den Armen. Er sah aus wie ein Tier, das jeden Moment zum Sprung ansetzen könnte. Seine wässrigen Augen stachen leicht hervor.

»Kim, willst du auch mit ihm reden?«, fragte Helena, ohne den Eindringling aus den Augen zu lassen.

»Nein! So jedenfalls nicht.« Kim stand ungefähr einen Meter hinter Helena mit dem Rücken zur halbgeöffneten Terrassentür.

»Kim, untersteh dich, Emilia noch einmal zu kontaktieren«, fauchte Stefan.

Zahlreiche Speicheltröpfchen spritzten aus seinem Mund. Helena starrte ihn voller Abscheu an. Wie sich Emilia für ihn hatte entscheiden können anstatt für Kim, war ihr ein Rätsel, das sie nie lösen würde, doch im Augenblick waren alle Beziehungen für sie ein Mysterium. Inklusive ihrer eigenen.

Mit klopfendem Herzen schnappte sich Helena Nellys Tablet, schaltete die Kamerafunktion ein und richtete das Display auf Stefan.

»Ich filme dich jetzt. Verschwinde aus unserem Haus. Wir möchten, dass du uns in Ruhe lässt. Tom, ist er einfach so reingekommen?«

Sie richtete die Kameralinse auf ihren Mann, wobei sie ein Stück zurückwich und sich Kim näherte.

»Ja, er hat nicht geklopft, sondern ist einfach reingestiefelt. Also Hausfriedensbruch«, konstatierte Tom verbissen.

Helena merkte, dass er seine ganze Selbstbeherrschung aufbieten musste, um seine Wut in Schach zu halten. Er trug eine Schürze und hielt einen Kochlöffel in der Hand, und sie befürchtete, dass er sich jeden Moment auf den Eindringling stürzen würde.

Zum Glück wusste Tom nicht, was Kim ihr erzählt hatte, dachte sie und richtete das Tablet erneut auf Stefan. Der machte allerdings keine Anstalten, sich zu entfernen.

»Wir haben hier zwei kleine Kinder im Haus«, sagte

Helena und bemühte sich um eine ruhige professionelle Stimme, wie sie es von ihrer Arbeit her gewohnt war.

»Du willst den Kindern doch wohl keine Angst einjagen, Stefan? Und jetzt geh bitte«, forderte Tom ihn auf.

»Ich habe den Kindern überhaupt keine Angst eingejagt«, entgegnete Stefan mit gellender Stimme. »Hat es dir etwa die Sprache verschlagen, Kim? Jetzt, wo du dich hinter deinen ach so feinen Freundinnen verstecken kannst? Hol dich der Teufel, du verfluchte miese … «

Er wandte sich zum Gehen. Helena hatte den Rest seines Geknurres nicht mehr verstanden. Tom hingegen schon.

Er stürzte vor und sah aus, als wollte er handgreiflich werden und Stefan eigenhändig hinauswerfen, doch so weit kam er nicht.

Helena schrie laut auf, als ihr Mann auf dem Fußboden zusammensackte. Das Tablet glitt ihr aus den Händen. Kim reagierte als Erste und stürzte zu Tom, der mit einem abgewinkelten Bein auf dem Rücken lag. Er war kreidebleich im Gesicht, und seine aufgerissenen Augen starrten geradewegs an die Decke.

»Ruf einen Krankenwagen, ruf einen Krankenwagen!«, schrie Kim und versuchte, Tom auf die Seite zu drehen.

Doch Helena konnte sich nicht bewegen, alles kam ihr so unwirklich vor.

»Ich mache das. Sorry, verfluuucht, sorry!«

Stefan starrte sie und Kim abwechselnd mit wildem Blick an, während er sein Handy aus der Hosentasche nestelte.

Helena sah alles wie in Zeitlupe vor sich ablaufen und hörte nur ein dumpfes Rauschen, das alle Stimmen um sie herum verstummen ließ. Sie sank neben ihrem Mann zu

Boden, ergriff seine Hand und hielt sie fest. Sie schaute ihn eindringlich an und konnte den Blick einfach nicht von seinen aufgerissenen Augen lösen.

51

Als Anna nach dem Einkaufen mit Astrid auf dem Rücksitz den Hügel hochgefahren kam, erblickte sie schon von weitem den Krankenwagen vor Helena und Toms Villa. Die Eingangstür stand sperrangelweit offen.

Es war, als würde sich eine eiskalte Hand um ihr Herz schließen.

»Bleib sitzen«, sagte sie knapp.

Astrid schaute sie fragend an, widersprach ihr jedoch nicht.

Anna stieg aus dem Auto und ging näher heran, zögerte dann jedoch und machte wieder kehrt. Die Wolken schienen geradezu über den Himmel zu rasen. Warum stand der Krankenwagen dort? Anna fuhr sich mehrfach mit der Hand übers Gesicht und rieb sich die Stirn.

In dem Moment kamen die Sanitäter mit einer Trage aus dem Haus. Anna sah sofort, dass Tom darauf lag, in eine Wolldecke gehüllt und fest gegurtet. Die Sauerstoffmaske auf seinem Gesicht ließ den großgewachsenen Mann hilflos und ausgeliefert wirken. Sein Anblick erinnerte sie an all die Male, als Jacob wegen akuter Probleme in die Notaufnahme gebracht werden musste. Sie konnte ihn geradezu vor sich sehen, wie er schwach und ausgezehrt auf einer holprigen Trage in den Rettungswagen verfrachtet worden war. Damals hatte sie versucht, nicht in Panik zu geraten, um dem Kind in ihrem Bauch nicht zu schaden. Doch jetzt flackerten der alte Schrecken sowie die Machtlosigkeit, die tief in ihrem Inneren gespeichert waren, wieder auf und verursachten ein unangenehmes Brennen in ihrem Körper. Alle Erinnerungen, die nun an die Oberfläche drangen, waren messerscharf und verursachten ihr heftigen Schwindel. Der Schmerz war noch immer präsent.

Anna sah Helena herauseilen, und ihre Blicke begegneten sich flüchtig. Für Anna war es wie ein Spiegelbild ihres eigenen Leidens, und sie wünschte, sie hätte irgendwie helfen können. Im Türrahmen von Helenas Haus erblickte sie jetzt Kims und Nadjas erschrockene Gesichter. Rex hatte sich auf Kims Arm geflüchtet, und Nadja legte schützend ihre Arme um die weinende Nelly.

Anna kam es wie eine Ewigkeit vor, bis sie Tom endlich in den Krankenwagen bugsiert hatten. Helena stieg ebenfalls ein, und dann fuhren sie in rasanter Fahrt mit Blaulicht davon. Als von innen jemand gegen die Seitenscheibe ihres Autos klopfte, zuckte Anna zusammen. Astrids kleines Gesicht war vom Weinen ganz verzerrt, und Anna riss die Tür auf, um ihre Tochter in den Arm zu nehmen.

»War das Nellys Papa?«, schluchzte das Mädchen.

»Ich glaube schon«, murmelte Anna und trug sie ins Haus.

Sie schrieb im Chat eine Nachricht an die anderen, erhielt jedoch erst keine Antwort. Sollte sie zu Helenas Villa hinübergehen, um zu sehen, ob die Mädchen sie brauchten? In dem Augenblick antwortete Kim kurzgefasst.

18:02
Helena mit Tom im Krankenhaus. Tom zusammenge-
brochen, weiß nicht, was passiert ist, bin bei Nelly.

Anna drehte eine Runde in ihrem kleinen Garten. Was sollte sie antworten? Sie war völlig außer sich. Selbst das entfernte Trällern eines Vogels versetzte ihr einen leichten Schrecken, und der zunehmende Wind verursachte ihr Übelkeit. Sie räumte die gekauften Lebensmittel ein, doch danach wusste sie nicht mehr ein noch aus. Keine ihrer gewöhnlichen Atemübungen half. Die Panik lauerte an allen Ecken und drohte sie zu übermannen, das spürte sie, und allein schon das Wissen darum verstärkte ihre Symptome noch. Es half auch nichts, dass Astrid, die nach dem Vorfall ebenfalls verängstigt und ganz unruhig geworden war, ihre Nähe suchte und sich am liebsten in der Sofaecke an sie kuscheln und mit ihren Haaren spielen wollte. Sie musste ihre gesamte Willenskraft aufbieten, um nicht vom Sofa zu fliehen, sich auf der Toilette einzuschließen, alle Wasserhähne aufzudrehen, ein dickes Handtuch vors Gesicht zu pressen und alles laut herauszubrüllen.

Stattdessen versuchte sie, sich zu sammeln, goss Astrid ein Glas Saft ein und legte Kekse auf einen Teller. Sie zwang sich, zu essen und zu trinken. Dann schrieb sie Kim eine Antwort im Chat.

18:45
Wie schrecklich! Melde dich, sobald du mehr weißt.
Kann ich was tun?

Allein das Schreiben der Nachricht hatte ihr den kalten Schweiß auf die Stirn getrieben. Und jetzt schnürte sich ihr die Kehle zu. Der trockene Keks setzte sich in der Speiseröhre fest, und einen panischen Augenblick lang glaubte Anna, sie würde ersticken.

Entspann dich, versuchte sie sich zuzureden. Das ist rein psychisch bedingt, du kannst atmen. Das ist eine natürliche Reaktion auf das, was du gerade gesehen hast, der Krankenwagen mit den Sanitätern, Tom auf der Trage.

Um sich abzulenken, ging sie in die Waschküche und setzte eine Maschine auf, obwohl nur ein wenig Unterwäsche und ein paar weitere Teile im Wäschekorb lagen. Sie nahm eines von Astrids Shirts in die Hand, ein rosafarbenes. Und auf einmal war er da, Fredrik Ripholm, höhnisch grinsend in seinem quietschrosa Hawaiihemd. Sofort veränderte sich die Atmosphäre im Raum, etwas Beängstigendes, das sie nicht in Worte fassen konnte, lag in der Luft. Es war, als wäre sie nicht allein dort drinnen.

Erkennen Sie mich wieder?

Anna presste die Handflächen auf die Ohren und beeilte sich, zu Astrid zurückzukehren. Die Stimme war nicht real, sie existierte nur in ihrem Kopf.

Nimm dich zusammen. Du musst dich zusammennehmen, um dem Mädchen keine Angst einzujagen!

»Ich möchte so gerne die Filme mit Papa gucken«, sagte Astrid.

»Ja klar, natürlich«, hörte sich Anna selbst zustimmen.

Sie suchte die wertvollen Filmclips aus Jacobs und ihrer gemeinsamen Zeit heraus, angefangen von ihrer ersten Verliebtheit bis hin zum bitteren Ende. Ihre Bewegungen waren mechanisch, und jedes Mal, wenn sie die Augen schloss, flimmerte es hinter ihren Lidern, doch Astrid schien nichts zu bemerken.

Ihre Tochter faszinierten die letzten Ausschnitte am meisten, kurz nachdem sie auf die Welt gekommen war, unmittelbar vor Jacobs Tod. Das winzige rot angelaufene Bündel in Papas Armen, das kleine frisch geborene Baby, das sie selbst gewesen war. Sie sah natürlich, dass sich Jacob im Vergleich zu den früheren Sequenzen verändert hatte, fast bis zur Unkenntlichkeit mit seinem ausgemergelten Körper und den tief in die Höhlen gesunkenen Augen im abgemagerten Gesicht. Aber dennoch so unfassbar glücklich darüber, sein Kind kennenzulernen, bevor es zu spät gewesen wäre.

Für Anna war es derart qualvoll, dass sie mehrfach wegschauen musste. Sie erinnerte sich an die starken chemischen Gerüche und sah die Schläuche, die in den Körper ihres attraktiven Mannes hinein- und herausführten. Sah die Trauer in seinen leuchtend blauen Augen und ihrem eigenen jüngeren Ich auf dem Bildschirm. Sie hatten gewusst, was sie erwartete, allerdings nicht, wie grausam es enden würde. Wer hätte das auch in seinen schlimmsten Albträumen voraussehen können? Wer hätte wissen können, was passieren würde, als Ripholm in ihr Leben trat?

Nachdem Astrid endlich ins Bett gekommen und eingeschlafen war, saß Anna allein in der Küche mit einer brennenden Kerze auf dem Tisch. Für einen Außenstehenden wäre es ein entspannter und friedlicher Anblick gewesen, doch in Annas Inneren herrschte Chaos. Sie versuchte, sich auf die Flamme zu konzentrieren, um ihre Gedanken nicht in die allerschlimmsten Bahnen abgleiten zu lassen. Nicht an den Ordner mit den Anzeigen im verschlossenen Eckschrank und an noch schlimmere Dinge zu denken. Hoffnungslose, nachtschwarze Gedanken.

In dem Augenblick flatterte etwas am Fenster auf.

Anna zuckte zusammen und erblickte zu ihrer Überraschung an der Innenseite der Scheibe zwischen Gardinensaum und Fensterbank einen Schmetterling. Es war ein Bläuling. Etwa derselbe, der zu ihr gekommen war, als sie Daniel das Rosenversteck gezeigt hatte? Ein weiteres Mal musste sie an Jacobs hübsche Augen und seinen liebevollen Blick denken.

Rasch blies sie die Kerze aus, für den Fall, dass das kleine Insekt näher heranfliegen sollte, damit es sich nicht die Flügel verbrennen würde. Oder wurden nur Nachtfalter vom Licht angezogen?

Als sie das Fenster kippte, schlug ihr die milde Luft des Augustabends entgegen. Im Schein des Vollmonds sah sie, wie der Schmetterling abhob und einmal ihre Hand umkreiste. Dann flog er hinaus und war verschwunden.

Genau in dem Augenblick summte ihr Handy. Kim.

21:02
Tom scheint OK zu sein! Er darf noch heute Abend wieder nach Hause!

Anna sank auf einen Küchenstuhl. Ihre Hände zitterten, als die Spannung aus ihrem Körper wich. Kurz darauf summte ihr Handy erneut. Eine Nachricht von Daniel.

21:04
Muss mit dir über das reden, was zwischen uns lief.
Unbedingt. Bitte. Kann ich vorbeikommen?

Anna warf einen Blick durchs Fenster in den dunklen Garten, wohin der Bläuling auf seinem Weg hinaus in die Freiheit gerade geflogen war. Jetzt wusste sie, was sie tun musste.

52

»Mann, hast du mir einen Schreck eingejagt«, sagte Helena. Sie saß neben Toms Krankenhausbett.

Er war nicht mehr an die Geräte angeschlossen, und auch seine Gesichtsfarbe hatte sich wieder normalisiert. Helena war völlig ausgelaugt.

»Aber was für einen Widerling sich Emilia da geangelt hat«, entgegnete Tom heiser und schüttelte den Kopf.

»Echt wahr? Ich hatte keine Ahnung, dass er so einer ist. Kim hat mir heute haarsträubende Dinge über ihn erzählt ... Aber darüber können wir morgen reden. Für heute reicht es erst mal mit dem Elend.«

Helena drückte seine Hand.

»Ach übrigens, Helena, da ist noch etwas, worüber wir reden müssen. Deine Brüder haben da so eine Sache erwähnt, als ich letztens draußen bei ihnen war, um dich abzuholen.«

Tom schaute sie eindringlich an.

»Ich hätte es schon früher sagen sollen, aber dann ist irgendwie alles auf einmal passiert. Ehrlich gesagt weiß ich nicht so recht, was du glaubst, wozu ich fähig bin.«

»Wie meinst du das?«, fragte Helena müde.

»Du bist doch zu Robban und Ricky rausgefahren, damit sie sich die Spuren anschauen, die du am Lackschaden meines Autos gefunden hast, stimmt's? Und hast gefragt, ob sie womöglich von einem Wildtier stammen könnten, oder so, richtig?«

Sie nickte und zitterte dabei leicht.

»Die Nachbarn deiner Brüder besitzen einen Cockerspaniel«, sagte Tom mit finsterer Miene. »Mit goldbraunem Fell, Laban heißt er wohl. Er ist an dem Abend, als unser Fest stattfand, offenbar ausgebüxt, und ich habe ihn höchstwahrscheinlich mit meinem Wagen gestreift, ohne es zu merken. Aber er hatte wohl einen Schutzengel, der Besitzer hat ihn später in der Nacht in einem Graben gefunden. Der Hund wird wieder gesund werden. Robban und Ricky sind sich ziemlich sicher, dass an meinem Auto Haare und Blut von einem hellen Cockerspaniel klebten.«

»Und das haben sie dir gesagt?«, fragte Helena mit großen Augen.

»Ja«, antwortete Tom. »Es waren keine Menschenhaare. Großer Gott, hast du das etwa geglaubt? Dass ich Ripholm umgebracht habe?«

Ihre Hand begann zu zittern, und Tom drückte sie fester. Hielt sie mit seinen warmen Händen umschlossen.

»Wir müssen besser darin werden, miteinander zu reden«, sagte er.

Helena brachte eine ganze Weile kein Wort heraus. Ihre Erleichterung war so groß, dass sie erst einmal verstummte.

»Normalerweise hätten wir Sie über Nacht zur Beobachtung hierbehalten.«

Der Arzt schaute durch die dicken Brillengläser auf seiner Nasenspitze in Toms Akte.

»Aber man kann erkennen, dass es nur etwas Muskuläres ist. Haben Sie viel Sport getrieben, Tom? Sport in Kombination mit starken Gefühlsregungen wie nach dem Eindringen dieses Mannes in Ihr Haus ist eine mögliche Erklärung für Ihren Zusammenbruch. Starke Schmerzen im Brustkorb können beispielsweise durch große Angst ausgelöst werden. Ihre Werte sehen gut aus, aber Sie könnten es durchaus etwas ruhiger angehen lassen.«

»Ja, das wäre wohl angebracht. Allerdings werde ich demnächst wieder Vater«, erklärte Tom und lächelte den Arzt und auch Helena an.

»Aha, sieh mal einer an. Dann gratuliere ich recht herzlich.«

Er zog leicht die buschigen Augenbrauen hoch, bevor er gemächlich zum nächsten Patienten weiterging.

»Tut mir leid, aber ich bin einfach so froh und erleichtert«, sagte Tom und ergriff erneut Helenas Hand. »Ich würde es am liebsten der ganzen Welt erzählen.«

Helena legte ihre freie Hand auf den Bauch. Sie unterdrückte ihr Gefühl der Scham, versuchte es schlicht und einfach zu verdrängen. Tom war glücklich, und es ging ihm gut, und genau diese Stimmung wollte sie mit ihm teilen.

Unten im Eingangsbereich riefen sie sich ein Taxi, dann standen sie eng umschlungen in der Augustnacht und warteten. Über dem Bergkamm leuchtete ein herrlicher Vollmond, und Helena gestattete sich in Toms liebevoller Umarmung, zögerlich Vorfreude zu empfinden.

Sie machten einem jüngeren Paar Platz, das vom Parkplatz kam und auf den Eingang zuging. Der Mann stützte seine hochschwangere Partnerin und trug eine große Tasche sowie ein v-förmiges Kissen. Er wirkte nervös und zugleich erwartungsfroh. Sie ging breitbeinig und bewegte sich mit ihrem gewaltigen Bauch mühsam vorwärts, und ihre verbissene Konzentration deutete daraufhin, dass die Wehen bereits eingesetzt hatten.

Großer Gott, dachte Helena. Schon bald wird es uns ähnlich ergehen. Sie spürte ein leichtes Flattern im Magen und lehnte ihren Kopf an Toms Schulter. Unglaublich, dass sie dieses Wunder noch einmal erleben dürfte. In diesem Augenblick überdeckten ihre Dankbarkeit und Erleichterung alles andere. Wie hatte sie nur in solchen Bahnen denken können? Dies war schließlich genau das, was sie wollte, und Tom ebenfalls. Es musste funktionieren.

Seine Hand wanderte an ihrem Rücken hinunter in den Kreuzbereich und massierte sie mit leichten Bewegungen. Helena erinnerte es daran, wie er sie während der vielen langen Stunden bei ihren früheren Entbindungen massiert und getröstet hatte.

Helena konnte nicht umhin, dem jüngeren Paar mit dem Blick zu folgen, bis es die Entbindungsstation erreicht hatte.

Dieser Tag hatte sie, so empfand sie es zumindest, etwas Wichtiges gelehrt. Nämlich im Hier und Jetzt zu leben und das zu schätzen, was wirklich von Bedeutung war. Toms Freude über die Schwangerschaft war rührend und schön, die konnte sie einfach nicht zerstören. Nicht jetzt.

»Tom?«, begann sie und schaute zu ihm auf.

»Ja?«

»Du wirst ein weiteres Mal der weltbeste Papa sein. Und deine knapp sechsundfünfzig Jahre sind doch wirklich kein Alter. Aber vielleicht solltest du es dennoch etwas ruhiger angehen lassen. Du musst ja nicht unbedingt so tun, als wärest du fünfundzwanzig.«

»Ich bin ganz bei dir«, sagte Tom und drückte sie fest an sich.

53

»Komm rein«, flüsterte Anna und ließ Daniel ins Haus. »Astrid schläft, aber wir können uns draußen auf die Terrasse setzen.«

Sie linste zu Helenas Haus auf der anderen Straßenseite und sah dort Licht brennen. Was ihr bei all dem Schwierigen, das ihr bevorstand, einen Hoffnungsschimmer verlieh. Sie schloss vorsichtig die Tür, und Daniel folgte ihr durchs dunkle Haus und die Terrassentür wieder hinaus. Er sagte nichts, nickte nur. Anna nahm mehrere Decken mit zu den Gartenmöbeln und schaltete ein batteriebetriebenes Windlicht ein, das einen warmen rosa Schein verbreitete.

»Ich ... verstehe nicht ganz, was gerade mit dir, mit uns passiert«, murmelte Daniel und nahm eine Decke entgegen.

Er setzte sich auf einen der Rattansessel und Anna mit untergeschlagenen Beinen in die Ecke des Sofas. Der Mond schien auf sie beide hinunter, und in seinem eigentümlichen

Licht sah Daniel ganz anders aus. Jede Spur des kompetenten Polizisten war wie weggewischt, und vor ihr saß schlicht und einfach ein Mann. Einsam und unsicher wirkte er, geradezu unglücklich.

Anna wusste, dass sie ihm eine Erklärung schuldig war und dass diese jetzt fällig war. Koste es, was es wolle. Das war der einzige Ausweg aus diesem Albtraum, denn sie konnte nicht länger mit ihrem Geheimnis leben. Schaffte es einfach nicht mehr, sich diesen Qualen auszusetzen. Vielleicht würde sie nur frei werden, wenn sie ihm jetzt die Wahrheit erzählte. Obwohl es ein gewisses Risiko barg, war sie mittlerweile bereit, die Konsequenzen zu tragen. Gut möglich, dass sie ihre Tochter verlieren würde, doch eine Alternative gab es nicht mehr. Wenn sie weiterhin versuchte, allein gegen ihre Dämonen und das Trauma anzukämpfen, würde sie sowieso schon bald keine gute Mutter mehr für Astrid abgeben.

Anna schluckte heftig und versuchte, einen Anfang zu finden. Wie fasste man das Schlimmste, was man je erlebt hatte, in Worte? Doch es musste sein. Anna hegte die leise Hoffnung, dass es ihr womöglich angerechnet werden könnte, wenn sie aus freien Stücken gestand. Aber eigentlich hatte sie keine Ahnung, ob es tatsächlich der Fall sein würde. Es war, als wüsste sie rein gar nichts mehr.

»Als Allererstes möchte ich sagen, dass ich das, was letztens zwischen uns lief, nicht bereue«, begann sie vorsichtig. »Aber vieles andere. Zum Beispiel, dass ich dir nicht gleich von Anfang an die Wahrheit gesagt habe.«

Daniel wirkte erleichtert, doch dann wurde sein Blick wachsam.

»Die Wahrheit über Fredrik Ripholm und dich?«, fragte er gedämpft.

Anna nickte. Sie seufzte tief.

»Mein Mann Jacob hat Ripholm kennengelernt, kurz nachdem er seine Diagnose erhalten hatte«, erklärte sie.

Die Tränen brannten bereits in ihren Augen, doch sie versuchte, ihre Gefühle auszuschalten. Es war wichtig, Daniel die Dinge so sachlich wie nur möglich zu schildern.

»Okay«, sagte er und beugte sich vor. »In seiner Eigenschaft als Arzt, nehme ich an?«

»Ja, ganz genau, aber nicht in erster Linie. Jacob litt an Bauchspeicheldrüsenkrebs, der jedoch bereits breit gestreut hatte, als er die Diagnose erhielt. Es ging nicht um Ripholms Expertise als Krebsspezialist, sondern sie trafen sich aus einem anderen Grund.«

Anna holte Luft und zupfte an den Fransen der Wolldecke über ihren Beinen. Am liebsten hätte sie es vermieden, darüber zu sprechen und sich erneut in diese verzweifelte Finsternis hinabzubegeben, doch jetzt gab es kein Zurück mehr.

»Ich war gerade schwanger geworden, als wir den Bescheid erhielten, dass Jacobs Krebs nicht behandelbar war«, fuhr sie leise fort. »Er hatte starke Schmerzen und litt unsäglich, und er war schon immer ein Anhänger der Freiheit des Individuums gewesen. Also das, was man Sterbehilfe nennt. In diesem Zusammenhang hat er Ripholm kennengelernt, und zwar als Arzt, der ihm dabei helfen konnte. Wenn es ... an der Zeit wäre. Nachdem er seine Tochter kennengelernt hätte.«

Annas Stimme brach und wurde zu einem heiseren Flüstern. Sie konnte Daniel nicht anschauen, sondern betrachtete stattdessen ihre krampfhaft ineinander verschränkten Hände.

»Ich verstehe, dass es schwer für dich ist«, sagte Daniel leise. »Danke, dass du es mir trotzdem erzählst und mir damit hilfst, es zu begreifen.«

Anna schniefte leicht und warf einen Blick in Richtung der angelehnten Terrassentür. Das Letzte, was sie jetzt wollte, wäre, dass Astrid aufwachen und drinnen im Dunkeln stehen und mithören würde.

»Jacob war belesen«, fuhr sie fort, nachdem sie sich vergewissert hatte, dass sie noch immer allein waren. »Er kannte die Rechtslage. Er wusste, was illegal war und dass ein assistierter Suizid den Arzt seine Approbation kosten konnte. Doch er fasste Vertrauen zu Ripholm, der sich bereiterklärte, uns zu helfen. Jacob wurde in seiner letzten Zeit zu Hause gepflegt, das war kurz nach Astrids Geburt. Eines Nachts ging es ihm auf einmal furchtbar schlecht. Wir hatten alles besprochen und geplant, wie Jacob es haben wollte, doch es endete ... einfach nur entsetzlich.«

Sie fröstelte, doch erstaunlicherweise fiel ihr das Reden zunehmend leichter, je mehr sie sich dem Allerschlimmsten näherte. Daniel hörte ihr schweigend, aber aufmerksam zu und ließ ihr die Zeit, die sie benötigte.

»Ich war völlig übernächtigt und stand unter Schock, während ich einerseits ein Neugeborenes zu versorgen und andererseits einen sterbenden Ehemann zu pflegen hatte, der unter höllischen Schmerzen litt. Fredrik Ripholm kam in der betreffenden Nacht zu uns und stellte ziemlich rasch fest, dass Jacob das Präparat nicht eigenhändig würde einnehmen können, da er Krämpfe und einen epileptischen

Anfall erlitten hatte. Vermutlich hatte er bereits Metastasen im Gehirn. Ich bat Ripholm, Jacob zu helfen, doch auf einmal war er wie ausgewechselt. Sein Mitgefühl und die hehren Ideale waren völlig vergessen. Er weigerte sich standhaft und sagte schließlich, dass er es nur für Geld machen würde. Und dass er nicht bereit wäre, seine Karriere dafür aufs Spiel zu setzen.«

»Oh mein Gott«, rief Daniel aus. Sein Blick war finster geworden. »Was für ein Mistkerl. Und was hast du gemacht?«

»Ja, was habe ich gemacht?« Anna starrte vor sich hin. »Jacob hatte fürchterliche Angst. Er schrie und rief um Hilfe, seine Augen waren ganz glasig. Und ich glaube nicht, dass er noch wusste, wer ich war. Seine Arme und Beine zuckten ...«

»Wie grausam. Hätte Ripholm ihm nicht ein Beruhigungsmittel verabreichen können?«, rief Daniel aufgebracht und runzelte die Stirn.

Anna legte einen Finger auf die Lippen und deutete hinauf ins Obergeschoss, wo Astrid lag und schlief.

»Sorry, aber das regt mich so wahnsinnig auf«, seufzte Daniel.

»Kein Beruhigungsmittel«, erklärte Anna und schüttelte traurig den Kopf. »Ich half Jacob beim Einnehmen des Präparats, aber ich hatte keine Ahnung, ob ich es richtig machte, und wir konnten uns nicht mal mehr voneinander verabschieden ...«

Sie schluchzte auf und schlug die Hände vors Gesicht. Dann atmete sie mehrfach tief durch, um sich zu sammeln.

»Dabei hat Jacob sich auf die Lippe gebissen. Es fing an zu bluten, und er hustete. Währenddessen schrie Astrid aus voller Kehle, bis es auf einmal absolut still wurde. Es war, als hätte jemand eine Kerze ausgeblasen. Aber unmittelbar zuvor hatte er wahnsinnige Angst, Daniel, ich habe es in seinem Blick gesehen, und er in meinem. Es war so unwürdig. Mein guter Mann. Ich habe ihm das Leben genommen, und ich habe es nicht gut gemacht.«

Jetzt zitterte sie am ganzen Körper, ein einziges großes Beben. Daniel beugte sich auf seinem Rattansessel vor.

»Und danach, was passierte danach?«, fragte er vorsichtig.

»Rein formell betrachtet? Nichts«, antwortete Anna und schlang die Arme um ihren Oberkörper. »Es war ein erwarteter Todesfall. Jacob hatte alles vorher geregelt, deshalb gab es keinerlei Probleme mit den Formularen oder dergleichen. Nachdem Ripholm wieder gegangen war, kam eine junge, leicht schlaftrunkene diensthabende Ärztin zu uns nach Hause und sah in der Akte den Vermerk von Jacobs Palliativteam, der besagte, dass er nicht mehr lange zu leben hatte.«

Sie schaute auf und begegnete Daniels warmherzigen, fürsorglichen Blick.

»Es fing erst später an. Ungefähr einen Monat nach der Beerdigung«, fuhr Anna fort.

»Was genau fing da an?«

Anna schaute Daniel direkt in die Augen.

»Fredrik Ripholm hat mich angerufen und angefangen, Geld von mir zu erpressen, für sein Schweigen darüber, dass ich meinen Mann ermordet hatte, wie er sich ausdrückte.«

Daniel starrte sie fassungslos an.

»Also ... also, ich habe mich ja in den vergangenen Wochen ziemlich intensiv mit seinem Leben beschäftigt und dabei so einige unangenehme Dinge entdeckt, aber das stellt ja wohl alles in den Schatten. Und wie lange dauerte das an?«

»Bis zu seinem Tod«, antwortete Anna leise. »Bargeld in gewöhnlichen braunen Briefumschlägen, die ich an ein Postfach in Göteborg schickte. Sonst würde er es meiner Tochter und der ganzen Welt erzählen. ›Stellen Sie sich nur vor, die Mutter der kleinen Astrid ist eine Mörderin‹, sagte er einmal, als er mich anrief. Ich hatte den Eindruck, dass er bekifft war, doch ich konnte ihm ja nichts entgegensetzen. Ich hatte so wahnsinnige Angst. Vor drei Jahren schrieb er mir, dass er eine größere Summe verlangte, übrigens auf einer Geburtstagskarte. Aber mir fiel es schwer, noch mehr zu bezahlen. Im Monat darauf zeigte mich jemand anonym an, ich sei als Mutter ungeeignet. Solche Anzeigen hat es vorher schon gegeben, drei Stück insgesamt. Damals verdächtigte ich noch meine Schwägerin Ylva, die mich nach Jacobs Tod ständig kritisiert hatte. Aber diesmal kam sie offenbar von Ripholm.«

»Und was hast du daraufhin getan?«

»Was konnte ich schon tun? Einen Kredit aufnehmen und äußerst sparsam leben. Außerdem musste ich auf die kleine Erbschaft von Jacob zurückgreifen.«

Daniel ergriff ihre Hand und drückte sie.

»Oh mein Gott. Da wird einem ja speiübel. Hast du diese Geburtstagskarte zufällig noch, auf der stand, dass er mehr haben wollte?«

»Ja, inklusive Kuvert. Aber darauf befinden sich nur Ziffern und Symbole, ein Außenstehender würde nicht verstehen, was gemeint ist. Sie ist auch nicht unterschrieben.«

»Gut, das macht nichts«, erklärte Daniel.

Er hielt ihre Hand und schwieg eine Weile. Dann räusperte er sich.

»Rein juristisch betrachtet ist es trotzdem fahrlässige Tötung«, sagte er leise.

Anna zuckte zusammen. Sie sah erneut Jacobs gequälte Miene vor sich, seine hübschen Augen, die um ein Ende flehten.

»Ich besitze auch einen Brief, den Jacob geschrieben hat.« Ihre Stimme trug kaum noch und war nun schwach wie ein Flüstern.

»Und was steht in dem Brief?«

»Dass Jacob einen assistierten Suizid wünschte und dass dies seinem eigenen Willen entsprach. Und das ist hier in Schweden legal«, antwortete Anna kaum hörbar. »Aber ich habe ihm das Mittel eingeflößt, und damit habe ich aktive Sterbehilfe geleistet, und das ist verboten.«

Daniel biss sich auf die Lippe und schaute sie ernst an. Dann stand er abrupt auf, ballte die Hände zu Fäusten und schien nachzudenken.

»Ich danke dir aus tiefstem Herzen, dass du mir das erzählt hast«, sagte er nach einer Weile, die Anna wie eine halbe Ewigkeit vorkam. »Leider muss ich gleich aufs Revier fahren und einen Bericht schreiben. Aber es wird die Version sein, die sich Jacob gewünscht hat. Du brauchst dir keine Sorgen mehr zu machen.«

»Großer Gott, ich weiß gar nicht, was ich sagen soll«, meinte Anna und stand langsam auf.

Ihre Erleichterung war riesig, doch ihr Körper war ganz steif, und sie hatte keine Ahnung, wie sie sich Daniel gegenüber verhalten sollte. Jetzt wusste er mehr über sie als irgendein anderer Mensch.

»Und was geschieht nun? Ich hatte schließlich, wie sagt man noch, ein Motiv, richtig?«

Daniel trat einen Schritt auf sie zu. Der Augustabend war mild, und über ihnen hing der silberweiße Mond groß und rund am Himmel.

»Ich verstehe, dass es ein fürchterlicher Schock für dich gewesen sein muss, ihn auf dem Fest wiederzusehen«, sagte er leise.

»Ja. Ich hatte keine Ahnung, dass Tom Ripholm kannte.«

Anna legte sich die Decke über die Schultern und ließ sich von Daniel umarmen.

»Hattest du denn irgendetwas mit seinem Tod zu tun?«, fragte Daniel leise.

Er schob sie ein Stück von sich weg und schaute ihr direkt in die Augen.

»Nein.«

Daniel seufzte schwer.

»Anna, ich muss diese Verbindung zwischen euch natürlich in den Bericht aufnehmen, das ist eine äußerst ernste Sache. Aber auf dich wird deswegen kein Schatten fallen, und du wirst auch nicht deine Tochter verlieren. Verstehst du mich?«

Anna nickte und konzentrierte sich auf Daniels festen Blick.

»Es gibt Anzeichen dafür, dass wir das Obduktionsprotokoll schon ziemlich bald vorliegen haben. Dann wissen wir mehr.«

»Okay. Und Daniel?«

»Ja?«

»Danke, dass du mir zugehört hast.«

»Danke, dass du mir das alles anvertraut hast«, entgegnete Daniel mit zärtlicher Stimme.

Er umarmte sie und drückte sie behutsam.

»Ich würde jetzt so gerne hier bei dir bleiben und dich im Arm halten«, sagte er leise. »Aber ich muss leider los. Ich weiß, dass es schon spät ist, aber vielleicht magst du ja eine deiner Freundinnen fragen, ob sie dir vielleicht Gesellschaft leisten kann.«

Anna nickte und drückte ihn ebenfalls fest. Dann fuhr er los.

54

Eine leichte abendliche Brise zog durch Annas kleinen Garten. Daniel hatte recht. Sie wollte jetzt nicht alleine sein, außerdem schuldete sie ihren Freundinnen eine Erklärung. Aber es war bereits spät, und würden sie sie überhaupt anhören wollen? Sie holte tief Luft und schrieb rasch eine Nachricht in den Gruppenchat der Queens of Rönnbacken, bevor sie es sich noch anders überlegte.

22:07
Sorry, dass ich so spät noch störe, weiß nicht, ob ihr noch wach seid. Aber ich brauche euch. Muss euch dringend etwas erzählen. Sitze draußen auf der Terrasse, Astrid schläft.

Es dauerte kaum eine Minute, als sie hörte, wie die Terrassentür des Nachbarhauses geöffnet wurde. Ein Rascheln im Gras, und dann trat Kim auf ihrer Seite der Hecke hinaus ins Mondlicht. Anna ging rasch auf sie zu.

»Bist du in Ordnung?«, flüsterte Kim besorgt und streckte ihre Hand über die Zweige hinweg.

Anna ergriff sie, es tat ihr so ungemein gut.

»Du warst noch nicht im Bett?«, fragte Anna leise.

»Nein, wo denkst du hin? Nach so einem verrückten Tag wie diesem. Aber Rex schläft, und ich kann ihn nicht allein lassen. Oder warte ... Ich werde sein altes Babyphon raussuchen! Warte kurz, dann komm ich rüber, ich krieche durch den Kindertunnel.«

Kim deutete nickend auf ein Loch in der Ligusterhecke, das nach vielen Stunden des Spielens entstanden war, und verschwand in ihrem Haus. Anna seufzte erleichtert, und in ihre Augenwinkel traten Tränen der Dankbarkeit.

Als sie erneut in den Chat schaute, hatten sowohl Nadja als auch Helena geantwortet, dass sie unterwegs zu ihr waren. Jetzt war sie wirklich den Tränen nahe. Doch sie hielt sie zurück, sonst würde sie es nie schaffen, alles zu sagen, was gesagt werden musste.

»Also, ich muss euch erklären, warum ich mich zurückgezogen habe«, sagte Anna gedämpft.

Sie nahm dankbar einen Becher Tee von Nadja entgegen.

»Es tut mir leid, dass es so ungelegen kommt, aber ich kann es einfach nicht länger für mich behalten.«

Helena legte den Arm von einer Seite um Annas Rücken, und Kim strich ihr sanft über die andere Schulter.

»Quatsch«, entgegnete Helena. »Ist doch klar, dass wir kommen, wenn du uns brauchst. Dafür sind wir doch da, oder etwa nicht? Egal, was geschieht. Aber was ist denn passiert?«

Anna wärmte ihre Hände am Teebecher, schluckte heftig und holte Luft.

»Ich bin euch allen eine Erklärung dafür schuldig, was auf dem Fest passiert ist. Ich hatte eine Verbindung zu dem Mann, der gestorben ist. Aber es wird etwas dauern, das Ganze näher auszuführen. Also falls ihr es überhaupt hören wollt.«

Helena streckte sich nach Annas Hand aus, drückte sie fest und nickte.

»Selbstverständlich«, sagte Nadja.

»Wie Helena schon sagte, dafür sind wir doch da«, meinte Kim.

Anna schluckte mehrfach. Spürte die beruhigende Nähe ihrer Freundinnen.

»Ich habe das bisher nur Daniel erzählt«, begann Anna zögerlich. »Übrigens gerade eben. Es ist etwas, das ich schon seit Jacobs Tod mit mir herumtrage. Als seine Krankheit so schlimm wurde, dass er nur noch Schmerzen hatte, und diese Schmerzen absolut unmenschlich wurden, beschloss er, seinem Leben ein Ende zu setzen.«

Kim schlug die Hand vor den Mund. Anna nahm einen Schluck Tee und wappnete sich. Die anderen saßen reglos da und warteten.

»Fredrik Ripholm wollte Jacob eigentlich helfen, das Ganze zu einem guten Abschluss zu bringen, doch das ging schief. Ripholm hat sich geweigert, so dass ich alles allein machen musste«, sagte Anna mit nur leicht zittriger Stimme. »Es war entsetzlich. Als Jacob dann eingeschlafen war, behauptete Ripholm, dass ich meinen Mann ermordet hätte. Und daraufhin begann er, mich zu erpressen.«

Über Helenas Wangen rannen Tränen, und Nadja ballte die Hände so fest zu Fäusten, dass ihre Fingerknöchel ganz weiß wurden. Kim sah aus, als würde sie jeden Moment vor Wut explodieren.

»Mir fehlen die Worte«, schniefte Helena. »Großer Gott, Anna!«

»Und dann hast du ihn auf dem Fest gesehen und ... und ... was ist dann passiert?«, fragte Nadja.

»Ein Albtraum. Der einfach kein Ende nehmen wollte. Wie in einem Horrorfilm«, antwortete Anna und schüttelte den Kopf. »Alles war plötzlich wieder präsent. Außerdem hatte ich eine Höllenangst davor, dass die Geschichte ans Licht kommen und ich wegen Mordes angeklagt werden würde. Und im Zuge dessen Astrid verlieren würde.«

Nadja stand auf, um sie zu umarmen.

»Verfluchtes Aas«, murmelte sie zwischen zusammengebissenen Zähnen.

»Tja«, sagte Anna. »So, nun wisst ihr es.«

Sie erwiderte Nadjas Umarmung. Jetzt wussten ihre Freundinnen alles. Dennoch gingen sie nicht. Sie blieben bei ihr sitzen und umarmten sie, verliehen ihr ein wenig von ihrer Kraft. Annas Erleichterung war geradezu eine Befreiung.

55

Kim lehnte sich gegen die Kirchenmauer. Es kam ihr etwas dreist vor, hier zu stehen und Emilia nach ihrer Chorprobe abzupassen. Doch nach Rex' gestrigem aufrüttelndem Bericht wusste Kim, dass Stefan Emilias E-Mails kontrollierte. Ansonsten wäre er nicht so wutentbrannt nach Rönnbacken gekommen, und der Tag hätte nicht dermaßen katastrophal geendet. Zum Glück hatte Tom keinen Herzinfarkt erlitten.

Kim fluchte im Stillen und wünschte, sie hätte nicht aufgehört, Snus zu kauen, das hätte sie ein wenig abgelenkt. Ihre innere Unruhe drohte, in enorme Wut umzuschlagen. Sie verfluchte sich selbst dafür, Emilia nach Rex' Äußerung, dass Stefan gewalttätig sei, geschrieben zu haben. Sie hatte einfach nicht bemerkt, wie sehr Emilia von ihrer neuen Liebe kontrolliert wurde. »Liebe«, Teufel auch. Dieses Wort traf einfach nicht auf Emilias Beziehung zu.

Kim blies sich den Pony aus den Augen und warf einen Seitenblick zur Tür. Aus der Kirche war keine Musik mehr zu hören, vermutlich waren sie da drinnen gleich fertig. Im Kies pickten einige kleinere Vögel herum, und eine Gruppe Jugendlicher schlenderte trotz des bewölkten Vormittags Softeis schleckend vorbei.

Das Kirchenportal wurde geöffnet, und Kim richtete sich auf. Als Erstes kamen mehrere ins Gespräch vertiefte ältere Frauen heraus. Kurz darauf folgte Emilia, allein. Sie erblickte Kim sofort und schaute sie mit großen Augen besorgt an.

»Ist irgendetwas mit Rex?«, fragte Emilia und eilte auf sie zu.

»Nein. Er ist für ein paar Stunden bei Helena. Aber vielleicht verstehst du, dass wir reden müssen. Können wir eine Runde zusammen drehen?«

»Ich wollte eigentlich gleich ins Studio …«, antwortete Emilia unsicher und warf rasch einen Blick auf ihre Sporttasche.

»Ist *er* dort und wartet auf dich?«, fragte Kim.

»Nein … aber er erwartet mich spätestens um drei wieder zu Hause«, antwortete Emilia.

Sie schaute Kim an, und in ihrem Blick lagen sowohl Scham als auch Angst. Kim biss sich auf die Lippe. Verdammt! Warum hatte sie nicht bemerkt, wie unsicher und ängstlich Emilia seit ihrer Beziehung mit Stefan geworden war? War es schleichend gekommen? Kim hasste sich dafür, weder aufmerksamer gewesen zu sein noch auf ihr Bauchgefühl gehört zu haben, das ihr die ganze Zeit suggeriert hatte, dass dieser Mann Emilia nicht guttat.

»Okay«, sagte Kim und streckte die Hand aus, um ihrer Exfrau die Tasche abzunehmen. »Kann er dich auf seinem Handy tracken?«

Emilia nickte schweigend.

Mist. Warum hatte sie ihr nichts davon erzählt? Kim hatte tausend Fragen, wusste jedoch, dass sie allesamt wie Vorwürfe klingen würden. Und vielleicht waren sie das auch. Doch jetzt war nicht der richtige Zeitpunkt, um Emilia zu belehren, auch wenn Kim vor Wut kochte, weil sie ihren kleinen Jungen dieser Misere ausgesetzt hatte. Emilia war selbst ein Opfer. Bei dem Gedanken daran krampfte sich ihr Magen zusammen.

»Wir könnten ja … zu deinem Fitnessstudio fahren und dort reden?«, schlug sie vor.

Emilia nickte unglücklich und stieg auf der Beifahrerseite in Kims Wagen.

»Oder … mein Handy an der Rezeption abgeben«, meinte Emilia mit schwacher Stimme. »Die sind nett dort. Und anschließend eine Runde drehen … Wäre gar nicht schlecht, mal aus der Stadt rauszukommen und ein wenig frische Luft zu schnappen.«

»Kapiere«, sagte Kim. »Ein wenig Landluft?«

Sie sah Emilia im Augenwinkel scheu lächeln, doch das Lächeln verschwand rasch wieder. Es würde kein leichtes Gespräch werden, und Kim graute davor.

Sie hinterlegten das Handy im Fitnessstudio, wie Emilia vorgeschlagen hatte, und kurz darauf überquerte Kim den bewaldeten Billingen. Sie fuhren vorbei an der Ortschaft Flämslätt sowie an der Kirche von Lerdala, und als sie schließlich den Wegweiser hinauf zu den Silberfällen passierten, bat Emilia sie, anzuhalten.

Zusammen wanderten sie unter den märchenhaften Kronen der Laubbäume bergan, dem Geräusch des sprudelnden Wassers entgegen. Sie gingen schweigend, und Kim konnte sich nicht überwinden, ein Gespräch zu beginnen. Was sollte sie auch sagen?

Stattdessen ergriff Emilia das Wort.

»Stefan hat deine Mail gestern gelesen. Ich weiß zwar nicht, was Rex gesagt hat, aber Stefan ist sofort an die Decke gegangen und dann abgehauen. Später kam er völlig zerknirscht wieder und erwähnte mit keinem Wort, was geschehen ist. Aber ich habe ihm angesehen, dass etwas passiert ist. Er will sich heute Abend mit mir aussprechen. Hat er dich angegriffen?«

Emilia redete schnell und gestresst. Kim hielt eine Hand hoch und blieb stehen. Sie war nach dem Anstieg ganz außer Atem und schaute sich blinzelnd um. An den Bäumen hingen noch vereinzelte Reste des polizeilichen Absperrbandes, doch ansonsten sah sie keine Spuren mehr davon, dass dies kürzlich der Fundort einer Leiche sowie der Ausgangspunkt für kriminaltechnische Ermittlungen gewesen war.

»Nein, aber Rex hat mir Dinge erzählt, die mich unglaublich traurig gemacht und beunruhigt haben. Und gestern ist Stefan eindeutig zu weit gegangen. Er ist bei Helena und Tom eingedrungen, bei denen Rex und ich gerade zu Besuch waren, und hat mich angeschrien und bedroht.«

Kim deutete auf zwei Baumstümpfe. Sie setzten sich, ohne einander anzuschauen.

»Wie kann ich dir in dieser Sache helfen? Ich stehe auf deiner Seite, aber vor allem stehe ich auf Rex' Seite. Das hier ist völlig inakzeptabel.«

»Ich werde Stefan verlassen«, sagte Emilia abrupt. Ihre Stimme war brüchig, doch Kim erahnte ihre darunterliegende Stärke. »Das habe ich eigentlich schon länger vor. Natürlich hat er auch seine guten Seiten ... «

Kim wollte gerade aufbrausen und musste an sich halten, um es nicht herauszulassen. Gute Seiten? Wie konnte Emilia hier sitzen und Stefans Taten kleinreden? Aber vielleicht war es nur ein Abwehrmechanismus. Es würde kein einfacher Prozess werden. Doch Emilia hatte den ersten Schritt getan, und zwar einen großen. Jetzt musste sie sie unterstützen.

Kim wappnete sich und holte tief Luft.

»Emilia, wenn er gewalttätig gewesen ist, darf er sich Rex nicht mehr nähern, und dir auch nicht. Gegen ihn muss Anzeige erstattet werden. Ich möchte, dass du nicht zu ihm zurückfährst, um dich heute Abend mit ihm auszusprechen, oder wie auch immer er es formuliert. Ich werde dir helfen. Du bist meine beste Freundin, Emilia.«

Und ich liebe dich so sehr, dachte Kim, sprach es jedoch nicht aus.

Einen Augenblick lang herrschte Stille.

»Sieh nur, jetzt reißt der Himmel auf«, sagte Emilia nach einer Weile und deutete nach oben. »Mein Gott, wie schön es hier draußen ist.«

Kim war völlig vor den Kopf gestoßen. Emilia redete, als hätte sie nichts von dem gehört, was Kim gerade gesagt hatte, als hätte sie die Wirklichkeit ausgeblendet. Ein paar Sekunden lang zweifelte Kim an ihrem Verstand. Doch dann wandte sich Emilia ihr zu und schaute ihr tief in die Augen. In ihrer Miene lag nichts Weltfremdes, und ihr Blick wirkte absolut abgeklärt.

»Könntest du mich vielleicht hinfahren?«, fragte Emilia und stand mit einem Seufzer auf.

»Und ... wohin?«

»Ich mache es. Ich muss Stefan anzeigen. Kann ich dann so lange bei dir bleiben, bis ich was Eigenes gefunden habe? Oder glaubst du, dass Rex es eigenartig findet, wenn wir wieder ... zusammenwohnen, für eine Weile?«

»Ich glaube, dass er ... überglücklich sein wird«, entgegnete Kim.

Ihre Stimme geriet ins Stocken. Sie konnte es kaum fassen, dass das Gespräch so gut verlaufen war. Doch dann fiel ihr wieder ein, dass Emilia genau so war. Wenn sie sich erst einmal für etwas entschieden hatte, handelte sie rasch. Während sie neben dem rauschenden Wasserfall über die grünen Hügel wieder hinunterstapften, musste sich Kim zurückhalten, um nicht Emilias Hand zu ergreifen.

56

»Bitte setzen Sie sich doch, Daniel kommt gleich.«

Die uniformierte Polizistin deutete auf einen laminierten weißen Tisch umgeben von grün bezogenen Stühlen.

»Danke«, sagte Nadja und setzte sich.

Auf der Tischplatte befanden sich Ringe von Kaffeebechern. Sie löste ihre Haarspange und ließ die Haare offen herunterhängen, überlegte es sich jedoch anders und steckte sie wieder hoch. Sie schaute sich um. An der einen Schmalseite standen ein Whiteboard, ein Flipchart und auf dem Tisch daneben ein Becher mit dem Logo der Polizei voller Textmarker. Die Situation erinnerte sie an polizeiliche Vernehmungen vor langer Zeit, in einem anderen Leben, als Markos Kriminalität drohte, ihre und Sebbes Existenz zu vernichten. Eine träge Fliege summte am Fenster, und nach einer Weile kam es Nadja vor, als summte sie in ihrem Kopf weiter.

Die Sorge darüber, dass ihr Sohn womöglich verdächtigt wurde, nagte an ihr. Hätte sie in der Nacht, als der Tote verschwunden war, vielleicht mehr tun können, um zu helfen? Was für ein Licht warf das auf sie? Vermutlich kein besonders gutes. Die Nervosität verstärkte ihren Harndrang, doch als sie gerade zur Toilette gehen wollte, betrat Daniel den Konferenzraum. Nadja sprang auf und stand fast stramm. Ihr Herz pochte so heftig, dass sie meinte, er könnte es hören, und in ihren Achselhöhlen brach der Schweiß aus. Ihre Bluse hatte bestimmt schon dunkle Flecken bekommen.

»Nein, bleib ruhig sitzen«, sagte er und wedelte abwehrend mit der Hand.

»Ach übrigens, ist die Sache mit der Alarmanlage in deinem Haus gut ausgegangen? Ich habe gesehen, dass ein Anruf vom Sicherheitsunternehmen einging, mit der Bitte an meine Kollegen, ebenfalls einen Blick ins Haus zu werfen. Aber soweit ich weiß, war alles in Ordnung, richtig?«

»Danke, dass du nachfragst«, sagte Nadja. »Ja, dem Sicherheitsunternehmen zufolge lag nichts Verdächtiges vor, weder wegen des Stromausfalls noch, was meine Alarmanlage betrifft. Es war offenbar nur ein dummer Zufall. Mittlerweile haben sie ein Update am System durchgeführt, da es normalerweise keine Beeinträchtigungen durch Störungen im Stromnetz geben sollte. Ich kam mir hinterher ziemlich blöd vor, aber schließlich habe ich … schlechte Erfahrung gemacht, und …«

»Nein, du musst dir ganz und gar nicht blöd vorkommen«, entgegnete Daniel und verschränkte die Hände vor dem Körper. »Ich kenne deine Situation, und ich beneide dich nicht darum. Aber worüber wolltest du heute mit mir reden?«

Nadja biss sich auf die Lippe und holte tief Luft.

»Danke, dass du dir Zeit nimmst, es geht eigentlich um

zwei Dinge«, erklärte sie. »Du hast meinen Sohn, Sebastian Khory, offenbar mehr als einmal zum Gespräch einbestellt?«

»Ja, das stimmt«, antwortete Daniel. »Worum es ging, kann ich dir leider nicht sagen, da er bereits volljährig ist.«

»Ich muss dich aber eines fragen: Braucht er einen Anwalt? Schließlich geht es hier um meinen Sohn«, sagte Nadja flehend.

In dem Moment, als sie die Worte aussprach, wurde ihr die Tragweite ihrer Frage bewusst. Daniel presste die Lippen aufeinander und verschränkte die Arme vor der Brust. Er sagte nichts, schüttelte aber rasch den Kopf.

»Also nichts Ernstes?«

»Ich schlage vor, dass du deinen Sohn selbst fragst«, entgegnete Daniel. »Sorry, wenn ich etwas gestresst wirke, aber hast du noch ein weiteres Anliegen?«

»Ja, eine Sache noch. Mein Handy ist noch immer bei euch«, sagte sie und blinzelte mehrfach.

In ihrem Inneren machte sich zögerlich Erleichterung darüber breit, dass der Polizist nicht besonders besorgt wirkte, was ihren Sohn anging.

»Ja, das ist leider der Fall«, bestätigte Daniel ihre Worte. »Aber wir werden schon relativ bald mit der Sichtung fertig sein, vielleicht in ein, zwei Tagen, und dann wird natürlich je nach Bedarf der Inhalt analysiert. Wie du weißt, haben wir deines ja bereits oberflächlich untersucht, deinen Chat … sexueller Natur am Abend des Festes und dergleichen.«

Er wand sich.

»Okay«, sagte Nadja wachsam. »Eigentlich bin ich hauptsächlich deswegen hier. Ich habe bei unserem letzten

Gespräch einige Informationen zurückgehalten, und das möchte ich jetzt korrigieren.«

Daniel zog dezent die Augenbrauen hoch, behielt jedoch seine neutrale Miene bei.

»Okay. Wenn du kurz hier wartest, werde ich alles für eine formelle Vernehmung vorbereiten.«

Nadja nickte. Sie ballte die Hände zur Faust und öffnete sie wieder. Ihre Handflächen waren schweißnass, und ihr Puls raste.

Wenige Minuten später wurde sie in einen kleineren Raum mit Aufnahmegerät und Videokamera geführt. Die Polizistin Klara Magnusdotter, der Nadja schon zuvor begegnet war, kam hinzu. Dann begann die Vernehmung.

»Ich möchte dir etwas über den Kontakt in meinem Handy mitteilen, mit dem ich intime Nachrichten ausgetauscht habe und den ich, wie schon erwähnt, während des Festabends kurz getroffen habe. Er heißt Gustav Edelfeldt und ist einer meiner Studenten, steht also in einem gewissen Abhängigkeitsverhältnis zu mir. Er ist fünfundzwanzig Jahre alt, und niemand weiß, dass wir ein Verhältnis haben. Ich bin nicht gerade stolz darauf, aber ich bin bereit, diesbezüglich die Konsequenzen zu tragen.«

Weder Daniel noch seine Kollegin verzogen die Miene. Nadjas Puls galoppierte förmlich. Sie räusperte sich und streckte leicht den Rücken.

»Ist er relevant für die Ermittlungen?«, fragte Klara.

»Eigentlich nicht. Aber wir hatten keinen … One-Night-Stand in seinem Auto, wie ich neulich behauptet habe. Wir sind stattdessen zu den Silberfällen hochgegangen. Und … tja, hatten dort Sex.«

»Aha?«, meinte Daniel.

»Und währenddessen beziehungsweise eigentlich erst hinterher, als wir wieder herunterkamen, meinte ich, irgendetwas im Gebüsch zu sehen. Oder vielmehr zu erahnen. Erst dachte ich, dass es womöglich ein Reh oder ein anderes Tier war, doch je mehr ich darüber nachgedacht habe, desto weniger könnte ich schwören, dass es *kein* Mensch gewesen ist. Oder genauer gesagt, Mann. Außerdem war es ganz in der Nähe vom Fundort des Toten.«

»Danke, dass du es uns erzählst«, sagte Daniel. »Ich hätte es allerdings lieber gesehen, wenn du es uns sofort gesagt hättest. Wir müssen selbstverständlich Gustav Edelfeldt kontaktieren und feststellen, ob er deine Aussage bestätigen kann.«

»Selbstverständlich«, wiederholte Nadja. »Ich bitte um Entschuldigung. Es war ... es ist eine heikle Situation für mich. Ich weiß, dass ich einen Fehler gemacht habe, deswegen wollte ich auf keinen Fall, dass die Sache ans Licht kommt.«

»Ob die Unterlagen öffentlich gemacht werden oder nicht, hängt vom Ergebnis der Obduktion ab«, erklärte Klara. »Falls sich also herausstellen sollte, dass wegen Mordes ermittelt wird, und es zu einer Anklage kommt, wird das Ermittlungsprotokoll veröffentlicht, ja.«

»Ich verstehe«, sagte Nadja und schluckte heftig.

Als sie das Polizeirevier verließ, schämte sie sich wie ein Schulmädchen. Zugleich empfand sie eine gewisse Erleichterung darüber, dass Sebbe offenbar nicht verdächtigt wurde, doch der Ernst der Lage entging ihr keinesfalls. Es wäre also durchaus möglich, dass schon bald alle erfahren würden, dass sie ein Verhältnis hatte. Und dann wäre sie gezwungen, die Konsequenzen ihres Handelns auf sich zu nehmen, in jeder Hinsicht. Was sich wiederum negativ auf ihr gesamtes Leben auswirken würde. Dennoch war es richtig gewesen, Farbe zu bekennen. Es war das einzig moralisch Richtige. Trotzdem brannten ihr auf dem Rückweg zu ihrem Auto die Tränen in den Augen. Möglicherweise war sie kurz davor, alles zu verlieren.

57

Während Anna den ihr wohlbekannten Weg zur Klosterkirche von Varnhem zurücklegte, riss der Himmel auf, und ein paar Sonnenstrahlen wärmten ihre Wangen. Die Anlage war jedes Mal aufs Neue betörend schön, und zu dieser Jahreszeit blühten in den Beeten am Eingang massenweise farbenfrohe Dahlien. Sie hatte keine Blumen für Jacobs Grab dabei, das würde sie beim nächsten Mal zusammen mit Astrid nachholen. Die liebte es geradezu, Papas Grab von Unkraut zu befreien und zu schmücken, insbesondere mit Blumen aus ihrem kleinen Garten in Rönnbacken oder prächtigen Rosen von Mamas Arbeitsplatz in Rosenlund.

Anna suchte den schattigen Ort neben der Steinmauer auf, an dem ihr Mann ruhte. Er war immer so stolz darauf gewesen, dass Anna aus Varnhem stammte, und wusste wegen seines großen Interesses an Geschichte fast mehr über die beeindruckende Kirche mit ihren Klosterruinen und Königsgräbern als sie selbst. An einem so spektakulären Ort zu heiraten, war für sie beide eine Selbstverständlichkeit gewesen, genauso, wie ihn dort zu begraben. Als Jacob erfuhr, dass sein Krebs unheilbar war, kam er ziemlich rasch zu der Überzeugung, dass Anna und das Kind in ihrem Bauch zurück in ihren Heimatort ziehen sollten, um in der Nähe ihrer Familie zu sein. Anfänglich hatte Anna diese Einstellung erschreckend deprimierend gefunden, doch er hatte recht behalten. Es war angenehm, seinen Gedenkstein in unmittelbarer Nähe zu wissen, nur einen kurzen Spaziergang von ihrem Elternhaus entfernt.

Ein Stück weiter hinten harkte der Friedhofsgärtner gerade einen der Kieswege. Anna ging vor Jacobs Grabstein aus grauem Bohuslän-Granit – ein Andenken an seine eigene Herkunft – in die Hocke. Während sie einige welke Birkenblätter entfernte, sprach sie in Gedanken mit ihm und sagte das Übliche. Hej, ich vermisse dich, Astrid geht es gut.

Anna wusste natürlich, dass er nicht hier war. Jacob lebte stattdessen in den blauen Augen seiner Tochter weiter und im Wind, im Regen und im Vogelgezwitscher. Dennoch spürte sie hier eine besondere Nähe zu ihm.

»Ich habe jemanden kennengelernt«, sagte sie weiter. Eigentlich bewegten sich nur ihre Lippen. »Aber ich gehe es äußerst vorsichtig an. Astrid hat ihn noch nicht kennengelernt, doch ich glaube, dass sie ihn mögen wird. *Du* würdest ihn auch mögen. Er heißt Daniel und ist Polizist, und er ... weiß es. Ich habe ihm erzählt, wie fürchterlich es war, als du starbst, und wie schrecklich alles abgelaufen ist. Er sagt, dass ich mir keine Sorgen machen soll. Meine

Freundinnen wissen es auch. Und dieser Widerling ist jetzt endlich weg. Er wird uns nicht mehr belästigen können.«

Sie schwieg eine Weile und strich über den Granit.

»Ich wünschte so sehr, dass wir mehr Zeit zusammen gehabt hätten, Jacob. Ein langes und schönes gemeinsames Leben. Aber daraus wurde nichts, und darüber bin ich entsetzlich traurig. Aber jetzt bin ich bereit, mein Leben weiterzuführen und nach vorne zu schauen, so wie du es gesagt hast. Das bedeutet aber nicht, dass ich dich vergessen werde, niemals. Du bist immer bei uns. Wir reden jeden Tag von dir. Astrid liebt es sehr, in deinen Büchern zu blättern und sich erzählen zu lassen, wie du warst. Sie ist dir so ähnlich, das ist völlig unglaublich. Sie ist so lieb und klug und lustig und einfach wunderbar. Ich bin wahnsinnig froh, dass wir sie bekommen haben. Nächstes Mal bringe ich sie wieder mit, versprochen. Schon ganz bald!«

Eine Windbö zog über den Friedhof. Es raschelte in den Baumkronen, und die Sonne verschwand hinter den Wolken. Anna drückte einen Kuss auf ihre Finger und presste sie anschließend auf Jacobs Grabstein. Dann stand sie auf und schloss für einen Moment die Augen.

In dem Moment klingelte ihr Handy. Als sie sah, dass es Daniel war, meldete sie sich umgehend. Seine Stimme klang überdeutlich, als stünde er direkt neben ihr.

»Anna? Ich habe gerade das Obduktionsprotokoll reinbekommen.«

*

421

Sie trafen sich vor dem Polizeigebäude, Daniel kam heraus, und Anna eilte ihm entgegen. Er schloss sie in seine Arme und hielt sie fest umschlungen.

»Ist das wahr? Ist das wirklich wahr?«, fragte sie und schaute ihn prüfend an.

»Ja. Es ist vorbei.«

Daniel ergriff ihre Hand.

»Komm. Sollen wir meinen Wagen nehmen und zum Grill fahren?«, fragte er und führte sie zum Parkplatz hinterm Gebäude. »Ich muss einfach mal raus, ich brauche dringend eine Falafel bei Georges, und ich möchte sie zusammen mit dir essen.«

»Okay«, stimmte Anna zu. »Aber zuerst musst du mir alles erklären, am Telefon habe ich es nämlich nicht ganz verstanden. Wie war das also?«

Daniel startete den Wagen und schaute sie flüchtig an, bevor er vom Parkplatz fuhr.

»Die Obduktion war besonders zeitaufwendig, weil wir den Todesfall anfangs als unnatürlich eingeschätzt hatten. Sie sind wirklich ganz akribisch vorgegangen«, erklärte er. »Und das war offenbar nicht ganz einfach. Er war so übel zugerichtet, von Wildtieren, wie sich herausstellte, und die Analyse einiger Proben hat länger gedauert als üblich. Aber sie haben festgestellt, dass er eines natürlichen Todes gestorben ist. Ein massiver Herzinfarkt war die Todesursache. Er hatte offenbar seit vielen Jahren einen ungesunden Lebensstil gepflegt, und in seinem Blut fanden sich große Mengen Alkohol und auch Kokain. Darüber hinaus wies er Verletzungen von einem Sturz auf. Vermutlich ist er im Dunkeln herumgetorkelt und einfach gestolpert. Möglicherweise wurde er auch von einem Auto angefahren, aber das lässt sich nicht mehr herausfinden.«

Anna fröstelte und zog die Jeansjacke enger um ihren Oberkörper. Sie näherten sich dem Grill, und Daniel berührte zärtlich ihre Wange.

»Sorry, das waren grausame Einzelheiten, die ich dir besser hätte ersparen sollen«, sagte er.

»Doch, ich musste es hören«, entgegnete Anna. »Das klingt vielleicht verrückt, aber es hilft mir, das Geschehene zu verarbeiten.«

Daniel fuhr hinauf nach Rönnbacken und parkte den Wagen in der Kurve vor Georges Grill. Hier waren sie sich zum ersten Mal begegnet und miteinander ins Gespräch gekommen. Es kam ihr ziemlich lange her vor, doch zugleich waren sie beide noch immer etwas scheu und zögerlich.

Sie bestellten ihr Essen, und als sie sich auf eine etwas abgelegene Bank setzten, spürte Anna auf einmal, wie hungrig sie war. Sie aßen schweigend, und in Daniels Miene regte sich eine ganze Weile nichts. Die Ermittlungen hatten an seinen Kräften gezehrt, das sah sie ihm deutlich an.

»Was für einen miesen Job du doch hast«, sagte Anna und betrachtete ihn von der Seite.

»Ich weiß. Aber ich kann nichts anderes«, gestand er. »Und glaub mir, ich bin froh, auch wenn es im Augenblick nicht so aussieht. Ich bin zwar völlig ausgepumpt, aber mit dem Ergebnis wirklich zufrieden. Bei dem Lebenswandel des Verstorbenen war ich eher darauf eingestellt, dass uns womöglich eine Mordermittlung bevorstehen würde.«

Anna nickte.

»Aber macht dich deine Arbeit nicht manchmal fertig?«, fragte sie vorsichtig.

»Ja klar. Es wäre ja auch unmenschlich, wenn es anders wäre. Ich glaube sogar, dass Kollegen, denen gewisse Dinge nicht zusetzen, auch keine guten Polizisten sind. Aber bei Bedarf bekommen wir schließlich Unterstützung von einem Psychologen, und außerdem sind wir ganz gut darin, miteinander zu reden, also wir Kollegen.«

»Das ist gut«, sagte Anna. »Ich käme ohne meine Freundinnen auch nicht klar. Es ist so schade, dass du sie auf diese Weise kennenlernen musstest.«

»Kein Problem. Ich mag sie trotzdem und bin echt neidisch auf euren Zusammenhalt.« Daniel zerknüllte eine Papierserviette in der Hand. »Als meine Partnerin und ich uns getrennt haben, habe ich fast all unsere gemeinsamen Freunde verloren. Keiner hat mich mehr eingeladen. Aber ich selbst war auch nicht gerade der Aktivste, was das betrifft. Habe mich eher vergraben und ... in Selbstmitleid gesuhlt.«

»Ja, unser Zusammenhalt«, sagte Anna nachdenklich. »Du kannst dir bestimmt vorstellen, dass ich einige Jahre ... höllische Ängste ausgestanden habe.«

Daniel nickte und strich ihr übers Haar.

»Ich hatte Angst davor, dass alles ans Licht kommen würde, und war der festen Überzeugung, dass ich dann meine Tochter verlieren würde. Nach Jacobs Tod bin ich in eine heftige Krise geraten und habe mich phasenweise ziemlich dämlich verhalten. Ich möchte, dass du das weißt. So habe ich übrigens auch Helena kennengelernt.«

»Ach ja?«, meinte Daniel.

Anna stellte ihre Limoflasche zwischen den Füßen auf den Boden. Ihr Blick fiel auf eine Frau ein Stück entfernt auf dem Gehweg, die in der einen Hand eine Einkaufstüte trug und an der anderen ein trotziges Kind hinter sich herzog. Für eine Weile wurde es ganz still in Annas Kopf, und sie hörte nur noch das leise Rauschen des Windes in den Baumkronen und gedämpfte Verkehrsgeräusche.

»Ich habe … ein Puppenhaus zertrümmert«, begann Anna leise. »Das war vor ungefähr sieben Jahren. Ich habe es hochgehoben und mit voller Wucht auf den Boden geknallt. Es hat ziemliche Macken davongetragen. Astrid war damals zehn Monate alt und befand sich im selben Raum. Leider waren auch noch andere Kinder anwesend, und Erwachsene.«

»Oha«, sagte Daniel und fuhr sich mit der Hand über seinen Dreitagebart. »Magst du noch mehr erzählen?«

Anna nickte und räusperte sich. Sie traute sich nicht, seinem Blick zu begegnen, sondern starrte stattdessen auf eine Hausfassade gegenüber, ohne jedoch irgendetwas zu sehen.

»Es war beim Babyturnen, in einem Kindergarten hier in Skövde. Ich war gerade aus Göteborg weggezogen und wohnte zusammen mit Astrid bei meinen Eltern draußen in Varnhem. Sie wollten mich unterstützen, nachdem ich Witwe geworden war, so war es jedenfalls geplant. Aber ich fühlte mich so eingeengt, wie eine Gefangene. Sie meinten es natürlich nur gut, aber du weißt vielleicht, wie es ist, wenn man über einen längeren Zeitraum aufeinander hockt … Es war Sommer, und ich weiß noch, dass ich andauernd geschwitzt habe. Astrid hat kaum geschlafen, und …«

»Es war die Trauer«, sagte Daniel.

»Trauer, Trauma, postpartale Depression, alles. Aber das wusste ich damals nicht«, sagte Anna. »Auch wenn es natürlich keine Entschuldigung für mein Handeln ist. Ich hätte mir schon viel eher Hilfe holen müssen. Ich war schließlich erwachsen.«

»Du warst ... gerade mal siebenundzwanzig Jahre alt, oder?«, warf Daniel mit zärtlicher Stimme ein.

»Unmittelbar danach war alles ganz still«, fuhr Anna fort und nickte. »›Die Frau da hinten blutet‹, sagte eines der älteren Kinder dann. Ich schaute an mir herunter und sah, dass genau hier ein scharfkantiger Holzsplitter herausragte ...«

Sie deutete auf ihr Schienbein, an dem noch immer eine dezente Narbe zu sehen war. Daniel holte tief Luft.

»Kinder«, seufzte er.

»Ich weiß, ich weiß.« Anna verschränkte die Hände ineinander. »Zum Glück wurde sonst niemand verletzt. Ich erinnere mich noch deutlich an die Gerüche, merkwürdig, oder? Pürierte Banane, saure feuchte Windeln. Und die anderen Mütter, die mit lauten Stimmen auf mich einredeten. Sie rochen allesamt nach Kaffee, und ich begriff einfach nicht, was sie sagten. Doch dann hörte ich Astrid weinen, und erst in dem Augenblick schien ich wieder zu mir zu kommen.«

»Gab es denn irgendeinen besonderen Anlass?«, fragte Daniel vorsichtig.

»Du meinst, dafür, dass ich ausgerechnet an dem Tag ausgerastet bin, und ...?«

Sie hielt inne. Ihr blieben die Worte im Hals stecken, und

sie schämte sich so sehr, dass es ihr schwerfiel, die richtige Formulierung zu finden.

»Ich habe die Kontrolle verloren. Und in blinder Wut agiert«, sagte Anna leise.

»Alles gut, tief durchatmen. Du musst es nicht erzählen«, sagte Daniel.

Er legte einen Arm um sie. Die zärtliche Berührung trieb ihr die Tränen in die Augen, doch sie hielt sie zurück.

»Es klingt, als würde ich hier sitzen und mich selbst bemitleiden«, sagte sie mit erstickter Stimme. »Aber ich war damals wie eine Verrückte auf Jobsuche gewesen und habe parallel dazu versucht, alles zu regeln, was nach Jacobs Tod anfiel. Ich bin zurück in das kleine Haus meiner Eltern in einem Dorf auf dem Land gezogen, während ich zugleich versucht habe, zu lernen, wie man mit einem Säugling umgeht, der sich weigert, zu trinken, und sich weigert, zu schlafen, und immerzu nur brüllt und permanent auf einen angewiesen ist. Am betreffenden Tag beim Babyturnen war es, glaube ich, eine nicht auffindbare Nuckelflasche, die dazu geführt hat, dass ich … explodierte. Irgendetwas in mir ist in diesem Moment zerbrochen, und eine ganze Weile lang hatte ich furchtbare Angst, dass es nie mehr heilen würde.«

»Du warst erschöpft, psychisch und physisch am Ende«, sagte Daniel. »Jähe Wutausbrüche sind eines der Symptome dafür. Das weiß ich, weil ich bei der Arbeit so einige Kurse absolviert und übrigens auch persönliche Erfahrung damit habe. Es gab eine Zeit, in der ich unter heftigen verbalen Wutanfällen litt, die in keinem Verhältnis zu dem standen, was mich gerade in Rage versetzt hatte. Aber vor allem waren meine Gedanken extrem destruktiv. Ich hätte am liebsten jemandes Auto demoliert, also puren Vandalismus betrieben. Oder sogar Leute zusammengeschlagen und dergleichen. Doch irgendwann ist mir dabei so angst und bange geworden, dass ich mir Hilfe geholt habe.«

Anna traute sich wieder, aufzuschauen, und als sie Daniels Blick begegnete, war er voller Liebe und Empathie. Sie lehnte sich an ihn.

»Bei mir war es so, dass ich mich wahnsinnig schämte, nachdem ich schließlich Hilfe bekommen hatte«, fuhr sie fort. »Ich wäre am liebsten im Erdboden versunken. In meinen Augen wäre es das Beste für alle gewesen.«

»Und wie bist du da wieder rausgekommen?«

»Helena«, antwortete Anna und musste angesichts der Erinnerung lächeln. »Sie war auch dort, im Kindergarten. Astrid und ihre Tochter Nelly sind im gleichen Alter. Helena hatte den Überblick, sie hat es sofort kapiert. Sie war es auch, die mich ins Krankenhaus gefahren und dafür gesorgt hat, dass Astrid sicher zu meinen Eltern kam. Sie blieb übrigens noch während der gesamten Reha an meiner Seite. Und letztlich hat sie auch dafür gesorgt, dass ich nach Rönnbacken gezogen bin und bei ihr im Hotel anfangen konnte.«

»Sie hat dich wahrgenommen«, sagte Daniel nachdenklich.

Anna streckte den Rücken.

»Ja, sie hat mich in einer meiner absolut dunkelsten Stunden erlebt, und sie hat sich nicht abgewendet. Helena hat mir mindestens genauso viel geholfen wie die Psychologen und meine Therapie. Jetzt verstehst du, warum wir uns so nahestehen, oder?«

»Oh ja«, antwortete Daniel. »Und danke, dass du mir so persönliche Dinge anvertraust. Diese Nähe ist mir nämlich wichtig. Du bist ziemlich mutig.«

»Oh nein. Aber trotzdem danke. Ich bin auch nicht mutiger als andere. Allerdings habe ich in diesem Zusammenhang etwas Wichtiges gelernt. Allein ist man nicht stark. Alle Leute, denen man begegnet, tragen irgendwelche schlimmen Erlebnisse mit sich herum und kämpfen mit Dingen, von denen man keine Ahnung hat. Deshalb bin ich auch so enttäuscht von mir, weil ich Helena nicht alles gesagt habe, was ich mit Ripholm erlebt habe. Ich hätte wissen müssen, dass sie mir zugehört hätte.«

»Ich versuche mir auch immer klarzumachen, dass alle Leute irgendetwas mit sich herumtragen, von dem man keine Ahnung hat«, sagte Daniel.

Sie saßen eine Weile ruhig atmend und schweigend zusammen.

»Du, ich muss leider wieder zurück aufs Revier. Aber vielleicht können wir ja versuchen, uns am Wochenende zu sehen, oder so?«

»Sehr gerne«, antwortete Anna.

Sie zog Daniel zu sich heran und küsste ihn sanft und innig. Im selben Augenblick spürte sie, wie eine große Last von ihren Schultern fiel. Anna konnte nicht genau sagen, was mit ihr geschah, aber es schien ihr, als hätte sich etwas verändert, um sie herum und auch in ihrem Inneren. Sie hatte ihn in ihr Herz geschlossen.

58

Nadja umrundete zwei junge Mädchen mit Rucksäcken und Sneakers, die versuchten, sich auf dem Campus zurechtzufinden. Ein wenig erkannte sie sich in deren großen Augen wieder, als sie selbst zum ersten Mal an der Uni gewesen war. Trotz ihres maßgeschneiderten Kostüms, ihrer exklusiven Tasche und ihrem weltgewandten Auftreten wusste sie noch genau, was sie empfunden hatte, als sich ihr diese neue unbekannte große Welt geöffnet hatte. Mit all ihren Möglichkeiten und Anforderungen. Damals war ihr alles so aufregend, vielversprechend und zugleich unglaublich spannend vorgekommen.

Es ärgerte sie, dass sie ihr altes goldenes Bettelarmband heute Morgen nicht hatte finden können. Nadja trug es hin und wieder, um sich daran zu erinnern, wo sie herkam und was sie alles durchgemacht hatte. Das Armband mit den kleinen, daran hängenden Figuren war beileibe nicht ihr wertvollster Schmuck, doch sie hatte es bereits als Kind von ihren Eltern geschenkt bekommen, und die hatten ihr zu besonderen Anlässen immer wieder neue kleine Anhänger geschenkt. Ein goldenes Herz zu Sebastians Geburt und eine kleine Weltkugel, als sie Dozentin geworden war. Nadja hatte ihr gut gefülltes Schmuckkästchen mehrfach durchsucht und auch hinter der Kommode nachgeschaut, das Armband aber nirgends finden können. Wie konnte es einfach so verschwinden?

An der Uni wimmelte es nur so vor Studienanfängern, die zur Einführungswoche nach Skövde gekommen waren. Sie spielten Frisbee miteinander oder saßen auf den gepflegten Rasenflächen und unterhielten sich. Zu Semesterbeginn musste Nadja zwar nur wenige Vorlesungen halten, aber sie hatte dennoch jede Menge zu tun. Die Planungen für die aktuelle Klimakonferenz in Kopenhagen waren angelaufen, und zwei ihrer Doktoranden hatten einen prestigeträchtigen Preis für ihre Studien zu nachhaltigem Konsum aus ökologischer Sicht erhalten. Das musste gefeiert werden, sowohl mit einem Vortrag als auch mit einem rauschenden Fest im Institut.

Die gehissten Flaggen wehten im Wind, und in der Luft lagen eine gewisse Spannung und Erwartung. Auf Höhe des Glockenturms kam Nadja auf dem Fußweg eine Gruppe junger männlicher Studenten entgegen. Einer schob ein Fahrrad neben sich her, ein zweiter dribbelte mit einem Fußball und ein dritter trug ein Sixpack Bierdosen in der Hand. Sie lachten und unterhielten sich lautstark, verstummten jedoch, als sie Nadja erblickten, und traten zur Seite, um ihr Platz zu machen. Ihre Blicke hatten etwas Ehrfürchtiges. Vielleicht würden einige von ihnen in Zukunft bei ihr studieren. Nadja lächelte freundlich und grüßte nickend.

Wenn sie es genauer überlegte, waren sie bestimmt nicht viel jünger als Gustav, doch was die Reife betraf, lagen sie meilenweit auseinander. Nadja warf einen Blick hinauf zum Fenster ihres Arbeitszimmers und seufzte. Trotz ihrer Vorfreude auf das kommende Semester graute ihr auch davor. Obwohl die polizeiliche Vernehmung gut verlaufen war, hatte sie keine Ahnung, wie das Ganze ausgehen würde. Es lag völlig außerhalb ihrer Kontrolle, was ihr heftig zusetzte. Sollten Gustav und sie ihr Verhältnis jetzt öffentlich machen? Sie selbst bezweifelte, dass es der richtige Weg wäre, aber wie stand Gustav eigentlich dazu? Die Nacht in seiner kleinen Wohnung war himmlisch gewesen, doch schon am nächsten Tag war die Arbeit wieder losgegangen, und seitdem hatten sie sich nicht gesehen und auch kaum voneinander gehört. Darüber hinaus plagte Nadja ein schlechtes Gewissen, weil sie auch für ihren Zwillingsbruder keine Zeit hatte. Josef hatte am Ende des Sommers deprimiert gewirkt, als belastete ihn irgendetwas, das er ihr aber nicht mitteilen konnte.

Als Nadja das Gebäude betrat, stand der Hausmeister am Empfang unverzüglich auf. Er zwinkerte ihr verschmitzt zu und hielt einen üppigen, in braunes Papier eingeschlagenen Blumenstrauß hoch.

»Hoffentlich aus ökologischem Anbau«, sagte er und überreichte ihr die Blumen.

Nadja erahnte unter dem Papier langstielige Chrysanthemen in zartem Puderrosa und weinrote Gladiolen. Ein eleganter Strauß, der anscheinend von einer Person ausgesucht worden war, die sie kannte und wusste, dass in ihrem Büro eine große Vase aus rauchfarbenem Recyclingglas stand. War das möglich?

Sobald sie ihr Büro erreichte, schloss sie die Tür hinter sich und riss den zugehörigen Umschlag auf. Ihr Herz machte einen Sprung.

In der Hoffnung auf gute Zusammenarbeit im kommenden Semester!
Gunilla Svensson

Gustav, geliebter Gustav. Es war genauso, wie sie es erhofft hatte. Trotz ihrer Unsicherheit, was die Zukunft betraf, erhellten die Blumen ihren Arbeitstag und bereiteten ihr gute Laune.

Als der Nachmittag in den Abend überging und Nadja so gut wie alle zweihundert E-Mails in ihrem Postfach gelesen hatte, klingelte das Festnetztelefon auf ihrem Schreibtisch.

»Hej, hier ist Kriminalinspektor Daniel Ahlgren.«

Nadja war so überrascht, dass sie nur ein Murmeln zustande brachte. Mit angehaltener Luft wartete sie, was er ihr zu sagen hatte.

»Wir werden in Kürze eine Meldung herausgeben, und da du uns gewisse sensible Dinge anvertraut hast, möchte ich es dir schon vorab persönlich mitteilen.«

»Okay«, sagte Nadja.

»Die Ermittlungen zum Tod von Fredrik Ripholm werden eingestellt. Es liegen keine verdächtigen Todesumstände vor. Deine Angaben werden also nicht veröffentlicht, und ich sehe auch keinen Grund für ein persönliches Gespräch mit Gustav Edelfeldt.«

Nadja lehnte sich auf ihrem Bürostuhl zurück, legte den Kopf in den Nacken und holte tief Luft, wobei ihr der Telefonhörer aus der Hand glitt.

»Hej? Entschuldige bitte, Daniel. Danke, vielen herzlichen Dank.«

»Gern geschehen.«

»Und mein Sohn ... Wird gegen ihn auch nicht weiter ... ermittelt?«

»Hast du denn noch nicht mit ihm gesprochen?«, fragte Daniel mit müder Stimme.

»Nein«, antwortete Nadja.

Es war ihr peinlich, aber es hatte sich einfach nicht ergeben, Sebbe zu fragen, warum ihn die Polizei mehr als einmal vernommen hatte. Vielleicht hatte sie sich aber auch einfach davor gescheut, als wollte sie es lieber nicht wissen.

»Also gut, aber ich habe nichts gesagt. Aber es gibt gewisse Dinge, die du deinem Sohn vielleicht nahelegen könntest. Zum Beispiel, dass es besser ist, die Geschwindigkeitsbeschränkungen einzuhalten und sich nicht mit seiner Freundin zu streiten, insbesondere nicht mitten in der Nacht, wenn man hinterm Steuer sitzt.«

Daniel klang streng, aber beherrscht, während er weiterredete, und Nadja bedankte sich bei ihm, bevor sie auflegten. Sie konnte kaum glauben, was sie gerade gehört hatte. Verfluchter Lausebengel. Sie würde ihm gewaltig die Leviten lesen! Doch zuerst musste sie noch etwas anderes tun.

Gustav klopfte leise an ihre Tür, und nur Sekunden später warf Nadja sich in seine Arme. Obwohl ihr Büro in der obersten Etage lag, zog sie die Jalousien zu und schloss die Tür von innen ab.

»Es wird keine weiteren Ermittlungen geben, und das Ganze wird auch nicht an die Öffentlichkeit gelangen«, flüsterte Nadja zwischen den sanften Küssen.

»Ich weiß, ich habe es gerade in den Nachrichten gehört«, entgegnete Gustav leise und zog sie mit sich aufs Sofa.

»Du ahnst nicht, wie erleichtert ich bin«, gestand sie und

knöpfte sein Hemd auf. »Jetzt brauchen wir uns keine Sorgen mehr zu machen.«

Gustav hielt inne und beäugte sie mit kritischem Blick.

»Meinst du, dass wir unsere Beziehung weiterhin geheim halten sollen?«

Nadja ergriff seine Hände, hielt sie fest und schaute ihm tief in die Augen.

»Schau mich nicht so an, Gustav. Du weißt doch, was wir riskieren. Mein Lieber, ich bitte dich. Zumindest, bis du dein Studium abgeschlossen hast. Das ist die einzige Möglichkeit, und das schaffen wir!«

Seine Miene verriet eine gewisse Enttäuschung, und um den Mund herum hatte sich ein verletzter trauriger Zug gebildet. Es schmerzte sie, ihn so zu sehen, doch im Augenblick gab es schlichtweg keine Alternative. Sie waren bei dieser Sache noch einmal davongekommen, durch puren Zufall. Nadja konnte es einfach nicht an die große Glocke hängen, dass sie ein Paar waren. Nicht jetzt. Damit würden sie Gustavs guten Ruf und seine Karriere aufs Spiel setzen und ihrer definitiv ein Ende bereiten.

»Ich liebe dich doch«, flüsterte Nadja. »Ernsthaft. Und ich überlege nur, was das Beste ist. Ich will nur dich. Ich begehre dich so sehr. Jetzt und für immer.«

Es stimmte. Gustav murmelte etwas Unverständliches, doch sein Blick wurde sanfter, und kurz darauf küssten sie sich erneut, gierig und leidenschaftlich, während sich draußen vor dem Fenster die Abenddämmerung herabsenkte.

59

Ende August herrschte strahlendes Wetter. Es war, als wollte sich der Sommer noch einmal von seiner allerschönsten Seite zeigen, bevor er zu Ende ging. Anna saß auf ihrer Terrasse und versuchte, sich vor Beginn ihres Literaturkreises zu sammeln. Die anderen wussten nun Dinge über sie, die sie ihnen lange verheimlicht hatte, und es würde eine Weile dauern, sich daran zu gewöhnen.

Doch zuerst schrieb sie ihrer Mutter eine Nachricht und fragte, wie es ihrem Vater ging. Die Antwort kam fast postwendend:

17:55
Er treibt mich noch in den Wahnsinn. Aber zum Abendessen bekommt er ein Krabbenbrot, und dann ist er zumindest wieder für eine Weile mit dem Leben zufrieden.

Die Nachricht endete mit einem Krabben- und einem Kuss-Emoji, und Anna schickte ein Kuss-Emoji zurück. Sie seufzte und stand auf. Sie mussten schleunigst die Sache mit ihrem Vater angehen.

Anna hielt Astrid an der Hand, während sie auf die große schöne Villa am Berghang zusteuerten.

In diesem Moment trat auch Kim aus ihrem Haus. Anna drehte sich um und sah, wie sie ihrer Freundin Emilia und Rex zuwinkte, bevor sie die Tür schloss und im Laufschritt auf ihre direkten Nachbarinnen zueilte.

»Sie ist noch immer da«, sagte Kim und breitete freudig die Arme aus. Sie strahlte übers ganze Gesicht.

»Möchte Emilia nicht mit zum Literaturkreis kommen?«, fragte Astrid.

»Nein, sie und Rex machen es sich lieber zu Hause gemütlich. Außerdem wollen sie ein Weltraumschloss aus Lego bauen«, erklärte Kim und zuckte fröhlich die Achseln.

Auf der anderen Straßenseite öffnete Nadja ihre schlichte graphitgraue Haustür. Als sie die drei erblickte, winkte sie ihnen und kam auf sie zu.

Kurz darauf näherte sich ihnen die weibliche Hälfte von Lars-Inger im Trainingsanzug und mit Walkingstöcken in den Händen, doch die sonst so flinke ältere Frau setzte lustlos einen Fuß vor den anderen und wirkte niedergeschlagen, als sie an ihnen vorbeiging.

»Hej, Inger. Wie geht es dir?«, fragte Anna.

Die Nachbarsfrau blieb stehen und schaute sie alle an, als würde sie sie heute zum ersten Mal sehen.

»Na ja, nicht so besonders«, antwortete sie und zuckte die Achseln. »Lars ist jetzt besessen vom Kanufahren, und ich finde das ehrlich gesagt stinklangweilig. Wisst ihr, er ist manchmal echt eine ... wie sagt man noch ... trübe Tasse!«

Anna zuckte zusammen, und Kim verzog den Mund.

»Jetzt muss ich aber rein«, erklärte Inger, als hätte sie sich bei etwas äußerst Unangemessenem ertappt. »Um diese Zeit drehen wir nämlich immer eine Runde durch den Garten, um den Schnecken den Garaus zu machen.«

»Ja, diese Viecher rauben einem wirklich den letzten Nerv«, pflichtete Kim ihr bei.

»In der Tat!«, sagte Inger zögerlich.

Sie betrachtete bewundernd Annas dezent geblümtes

Kleid und warf dann rasch einen Blick auf ihren eigenen Trainingsanzug.

»Die sind wie verrückt nach unseren Dahlien und fressen die Blumen wie Kartoffelchips«, fuhr sie fort.

»Wir haben Chips dabei!«, rief Astrid fröhlich und hielt eine große Tüte hoch.

»Oh, welch ein Fest«, sagte Inger nachdenklich.

»Möchtest du probieren? Die schmecken echt lecker«, sagte das Mädchen und öffnete die Tüte.

»Äh, oh, ja gern!« Inger nahm vorsichtig einen Chip und zerkaute ihn mit zunehmend genießerischer Miene. »Mein Gott, wie lecker. Na ja, dann also auf Wiedersehen.«

Sie wandte sich zum Gehen, zurück zu ihren Schnecken und ihrem Ehemann.

Anna wechselte einen Blick mit Nadja. Dann schaute sie Kim vielsagend an, die wiederum die Stirn runzelte und eine Grimasse zog, zugleich jedoch nickte.

»Ach, Inger?«, begann Anna.

Die Nachbarsfrau blieb stehen.

»Wir treffen uns manchmal zum Literaturkreis«, erklärte Nadja. »Ein paar Frauen hier aus dem Viertel.«

»Aha, so so. Und jetzt wollt ihr mich nach einem Buchtipp fragen? Da könnte ich euch tatsächlich so einige geben.« Inger lachte nervös. »Man hat nämlich viel Zeit zum Lesen, wenn man mit einem Mann verheiratet ist, der abends immer schon um acht schlafen geht. Das kann ich euch sagen.«

»Wir sind tatsächlich interessiert an einem Tipp«, sagte Anna. »Aber ... vielleicht möchtest du ja auch mal mitkommen.«

»Du meinst, zu eurem Literaturkreis? Soll ich das?«

Inger runzelte die Stirn und betrachtete die Frauen.

»Aber ... warum wollt ihr denn ausgerechnet *mich* dabeihaben? Ihr, die immer so viel ... Spaß zu haben scheint ...?«

»Blödsinn, Inger«, entgegnete Kim entwaffnend. »Du scheinst doch auch ... Spaß haben zu wollen.«

»Und du bist nett«, sagte die kleine Astrid. »Und außerdem hast du einen so schönen Garten!«

»Aber, meine Kleine, das ist wirklich lieb von dir.«

Ingers Wangen hatten Farbe angenommen, und sie wirkte auf einmal ganz schüchtern.

»Also wirklich, was für ein Angebot. Vielen Dank. Ich werde darüber nachdenken und es mit Lars besprechen.«

Mit diesen Worten ging Inger bedeutend schwungvoller als vorher zurück zu ihrem Haus.

In Helenas großer Küche waren diverse kleine Snacks von Georges Grill angerichtet, da es keine der Freundinnen geschafft hatte, etwas vorzubereiten. Sie hatten es noch nicht einmal geschafft, sich auf ein neues Buch zu einigen, geschweige denn, irgendeines zu lesen. Der Abend war so mild, dass Astrid und Nelly ihre Bikinis anzogen und in den Pool hüpften. Als die Kinder außer Hörweite waren, räusperte sich Anna.

»Was für ein Spätsommer«, rief sie aus und atmete auf.

»Aber wirklich«, stimmte Nadja zu und schüttelte den Kopf. »Und Anna, wie ist es denn jetzt zwischen Daniel und dir?«

»Gut. Also ... richtig gut. Es war so dermaßen befreiend,

ihm alles zu erzählen. Das hat uns irgendwie einander näher gebracht.«

Anna errötete und drehte ihr Weinglas zwischen den Fingern.

»Wie gut, dass der Fall abgeschlossen ist und wir die hier zurückbekommen haben«, sagte Kim und hielt ihr Handy hoch.

Helena hatte bislang geschwiegen, ergriff nun aber das Wort.

»Also Anna, ich will ja die Stimmung nicht kaputtmachen, aber ich musste immerzu an das denken, was du uns erzählt hast. Das ist wirklich unfassbar.«

»Ist schon in Ordnung. Ich bin einfach nur so wahnsinnig erleichtert«, sagte Anna.

»Ich habe vorher schon viele ungeheuerliche Dinge über Ripholm erfahren, mit denen er einfach so davongekommen ist«, erklärte Helena. »Aber das, was er Jacob und dir angetan hat, setzt dem Ganzen wirklich die Krone auf. Mag sein, dass es brutal klingt, aber ich wundere mich fast, dass ihn niemand … ermordet hat.«

»Ich habe mit dem Gedanken gespielt, und das schon nach einem einzigen kurzen Gespräch«, wandte Kim achselzuckend ein.

»Großer Gott, was sagst du da?«, fragte Nadja und riss die Augen auf.

»Die Wahrheit«, erklärte Kim. »Ich weiß, dass es ziemlich krass klingt, aber ich war schließlich volltrunken. Das ist zwar keine Entschuldigung, aber dennoch. Und übrigens, ich werde mich nicht mehr betrinken, das habe ich gerade beschlossen.«

»Oh, das klingt gut«, sagte Anna und warf einen Blick auf ihr eigenes Weinglas. »Sorry, dann sollte ich vielleicht auch lieber aufhören.«

»Ach Quatsch, ist schon in Ordnung«, entgegnete Kim und winkte ab.

Helena streckte die Hand aus und legte sie auf Kims.

»Starker Vorsatz, Kim. Sag Bescheid, wenn wir dir in irgendeiner Form helfen können«, meinte sie.

»Danke«, sagte Kim und lächelte übers ganze Gesicht.

»Also ich muss wirklich sagen, dass mich das Ganze ziemlich mitgenommen hat. Ich hatte eine Zeitlang große Befürchtungen, dass unsere beiden Großen in irgendeiner Form involviert wären«, sagte Nadja gedämpft.

»Und warum? Molly etwa auch?«, fragte Helena und runzelte die Stirn.

»Auf dem Fest war offenbar irgendetwas vorgefallen, und neulich hat mir Sebbe nach vielem Hin und Her gestanden, dass sie nachts auf der Rückfahrt im Auto Streit hatten. Er war zu schnell gefahren und hat sich dafür geschämt.«

Anna betrachtete ihre Freundinnen um den Tisch herum. Alle lauschten gespannt.

»Er ist geblitzt worden, ohne es zu merken«, fuhr Nadja fort. »Und hinterher hat er sich nicht getraut, mir zu sagen, dass die Polizei mit ihm gesprochen hat. Sie hatten vermutet, dass er Ripholm womöglich mit seinem Wagen erfasst hat, als dieser in der Dunkelheit auf der Straße umhergetorkelt ist. Doch die Polizei konnte keinerlei Spuren finden, die diese Theorie bestätigt hätten. Aber jetzt sind die Ermittlungen ja zum Glück eingestellt worden.«

Helena riss die Augen auf.

»Haben sich die beiden nachts im Auto gestritten? Das ist doch lebensgefährlich! Also das gefällt mir ganz und gar nicht.«

»Mir auch nicht. Ich habe Sebbe ziemlich die Leviten gelesen, und du kannst dir sicher sein, dass das nicht wieder vorkommt. Aber ich frage mich trotzdem, ob ihre Beziehung nicht womöglich bald zu Ende geht.«

»Das kann man nur hoffen!«, sagte Helena mit Nachdruck. »Es tut mir leid, ich mag Sebbe sehr, aber das ist völlig inakzeptabel.«

Sie verschränkte die Arme vor der Brust.

»Wir waren auch mal neunzehn und haben uns gestritten und sind zu schnell gefahren«, entgegnete Anna ruhig und schaute Helena mit einem Blick an, der so viel besagte wie *Komm mal wieder runter.*

Helena machte eine resignierte Geste, und ihre vielen Armreifen klimperten. Im etwas entfernten Pool alberten die Mädchen herum, und eine sanfte Brise ließ das Laub in den Bäumen rascheln.

»Okay. Verflucht. Tut mir leid, fangen wir noch einmal von vorn an«, sagte Helena. »Wer kommt denn am nächsten Wochenende zum Probeessen von Sebbes Menü? Seine liebe Mutter natürlich. Sonst noch jemand? Kim, könnte das etwas für deine Exfrau sein? Es gibt auch eine Variante für Allergiker, nur dass sie es weiß.«

»Das wage ich leider nicht zu beantworten«, sagte Kim und wirkte verlegen. »Ich habe keine Ahnung, was gerade mit uns passiert, und ich will sie nicht unter Druck setzen. Ich bin einfach nur wahnsinnig froh, dass sie bei mir im Haus ist, sie und Rex. Immer noch.«

Sie trank etwas Saft aus einem hohen Glas mit Eiswürfeln darin.

»Ja, das sieht man dir an. Du strahlst ja förmlich«, sagte Nadja. Sie nippte an ihrem Roséwein und nahm sich ein paar Oliven. »Anna, können wir deinen Daniel auch beim Probeessen erwarten? Aber da er jetzt all unsere intimsten Geheimnisse kennt, haben wir ihn vielleicht vergrault ... «

Helena räusperte sich und zupfte am Volant ihres Kleides, und Anna schaute hinunter auf ihre Hände, bevor sie antwortete.

»Das glaube ich ganz bestimmt nicht. Aber natürlich werde ich ihn fragen.«

Anna spürte, wie ihr warm ums Herz wurde. Der Gedanke an ihn stimmte sie glücklich.

»Ich bin so froh, dass ich euch habe, und wie gut, dass nun alle Geheimnisse ans Licht gekommen sind«, fuhr sie fort. »Jetzt können wir endlich den schönen Abend zusammen genießen und hoffentlich davon ausgehen, dass es ein ruhiger Herbst wird, stimmt's?«

Sie erhoben ihre Gläser und schauten einander an.

Kurz darauf kam Nelly mit bloßen Füßen über die Terrasse getapst. Astrid war auch aus dem Pool gestiegen, sie stand ein Stück hinter Nelly und trocknete sich ab. Nelly fingerte an ihren Haaren herum und schaute Helena gewitzt an.

»Mama?«

»Ja?«, sagte Helena. »Liebling, sag jetzt bitte nicht, dass dir der Kopf juckt.«

»Nein, ich überlege nur gerade was«, entgegnete das

Mädchen und schloss seine kleinen runden Ärmchen um den Nacken seiner Mutter.

»Und was?«

»Mmh, ob ich jetzt erzählen darf, dass du ein Baby im Bauch hast.«

DANKSAGUNG

Ganz herzlichen Dank an alle lieben Menschen, die mich und meine Schriftstellerei unterstützen.

Danke an meinen Verleger John Häggblom, meinen Lektor Rasmus Klamas und das ganze Team von Lovereads/ Forum. Ihr seid wunderbar, mit eurem Engagement und Wissen sorgt ihr dafür, dass ich großen Spaß an meiner Arbeit habe. Und danke an die Enberg Agency, die *Rosenlund* zu einer Herzensangelegenheit gemacht und von Schweden aus in die Welt hinausgetragen hat.

Mein Dank gilt Cecilia Fransson und Louise Nermina Samuelsson, die mir geholfen haben, Skövde samt Umgebung detailliert zu beschreiben. Danke auch für eure unschätzbare Hilfe bei der Gestaltung meiner Protagonisten.

Mein Dank gilt überdies dem Kriminaltechniker Lennart Kjellander für alle wertvollen Einblicke in die Polizeiarbeit. Ebenso danke ich der Ärztin und Schriftstellerin Sara Ros für ihre großzügige Unterstützung mit medizinischen Fachkenntnissen.

Mein Dank gilt außerdem sowohl meinen wunderbaren KollegInnen als auch neuen und alten FreundInnen, nicht zuletzt jenen in den sozialen Medien. Ihr vergoldet wirklich meinen Alltag. Auf Instagram könnt ihr mich unter *@amandahellb* kontaktieren.

Und last but not least ein großes Dankeschön an alle Leser, die mir in meine geliebte Heimat gefolgt sind. Das

Buch spielt an realen Orten, auch wenn ich mir die Freiheit genommen habe, diese ein klein wenig zu verändern. Das Wohnviertel Rönnbacken heißt in Wirklichkeit anders, und Rosenlund gibt es nicht in dieser Form, aber in ähnlicher. Das Hotel ist inspiriert von der Karstorps Säteri auf der gegenüberliegenden Seite des Tafelberges Billingen.

Amanda Hellberg, 2023

Mary Kay Andrews
Ein Fundament aus Liebe

Hattie Kavanaugh hätte es besser wissen müssen: Als professionelle Bauunternehmerin hätte sie die Finger von dem Haus in Savannah lassen sollen, in das sie gerade ihre gesamten Ersparnisse gesteckt hat. Als unüberwindbare bauliche Probleme auftauchen, muss sie zugeben, dass sie dringend Geld braucht. Mo Lopez kann ihr genau das bieten, denn er ist TV-Produzent und auf der Suche nach einer neuen Show. Nach anfänglichen Reibereien finden Mo und Hattie immer mehr zueinander, doch dann kommen sie einem Verbrechen auf die Spur und müssen sich fragen, auf welchem Fundament ihre gegenseitigen Gefühle gebaut sind.

Roman
Aus dem amerikanischen Englisch von
Andrea Fischer
576 Seiten, broschiert
978-3-596-71187-1

Weitere Informationen finden Sie auf
www.fischerverlage.de